TISANA LETALE

BRIGITTE GLASER

TISANA LETALE

La cuoca Katharina e la vacanza detox

Traduzione di Anna Carbone

emons:

Della stessa autrice:
Delitto al pepe rosa. Il primo caso della cuoca Katharina Schweitzer
Morte sotto spirito. La cuoca Katharina torna a casa
Assassinio à la carte. La cuoca Katharina e la mafia turca
Miele amaro. La cuoca Katharina e l'eredità pericolosa
Buffet al veleno. La cuoca Katharina e il terribile sospetto
Crimini al pistacchio. La cuoca Katharina va in Alsazia

Inquadra il QR Code e ascolta il primo capitolo di *Delitto al pepe rosa. Il primo caso della cuoca Katharina Schweitzer.*

FSC
www.fsc.org
MISTO
Carta da fonti gestite in maniera responsabile
FSC® C115118

Titolo originale: *Saus und Braus*

Prima edizione italiana: giugno 2021

Impaginazione: Rossella Di Palma
Stampato presso: Elcograf SpA – Stabilimento di Cles (Tn).
Printed in Italy 2021

ISBN 978-3-7408-1306-2

Distribuito da Emons Italia S.r.l.
Viale della Piramide Cestia 1c
00153 Roma
www.emonsedizioni.it

Nel tuo frigo si nasconde il tuo peggior nemico.

Manuel Vázquez Montalbán

Primo giorno di scarico

Per prepararsi adeguatamente al digiuno, si consiglia di bere molto, perlomeno due litri di acqua naturale, succhi di frutta allungati o tisane. Consumare cibi leggeri, prediligendo frutta e verdura fresche, e all'occorrenza sostituire carne e grassi con un po' di riso integrale. Mangiare solo fino a raggiungere il senso di sazietà, evitando nella maniera più assoluta alcolici e caffè.

Non era la voce del diavolo, quella che ci indicava la strada per l'Himmelreich, bensì quella del navigatore di Adela. A Schönmünzach ci ordinò di entrare nella Langenbachtal e poi, giunte a Zwickgabel, di girare a sinistra. Da quel momento la voce tacque e noi proseguimmo per una strada in salita piena di curve. Sulla sinistra un torrente impetuoso serpeggiava nella valle e sulla destra una montagna ricoperta di abeti scuri incombeva sulla strada, talmente stretta che quando incontravi qualcuno che veniva in senso opposto dovevi farti il segno della croce. Persino Adela, che pure al volante aveva un piglio energico, fu costretta a ridurre l'andatura e a suonare il clacson prima di ogni tornante. Salivamo sempre più su e la voce si manteneva ostinatamente muta. Imprecando come un carrettiere contro quell'idiota di navigatore, Adela mi ordinò di tenere d'occhio i cartelli stradali, peccato che non ce ne fossero. Tornare indietro era una possibilità solo teorica, dal momento che non c'era modo di fare inversione. Quando la strada si divise in due viottoli ancora più stretti e sulla sinistra scorgemmo una sontuosa villa nello stile tipico della Foresta Nera, finalmente la voce tornò a farsi sentire. "Siete arrivati a destinazione," annunciò con tono così sicuro e allo stesso tempo umile che Adela parve sentirsi un po' in colpa per la sua mancanza di fiducia.

"Kurhaus Himmelreich" campeggiava in caratteri eleganti tra le imposte rosse e un tripudio di gerani, mentre ai due lati dell'ingresso stormivano due sontuosi ippocastani. Adela con la sua decappottabile attraversò il ponticello oltrepassando il torrente, accelerò nell'ampia curva che portava al parcheggio dietro l'edificio e arrestò l'auto sulla ghiaia scricchiolante.

Scendemmo, ci stiracchiammo dopo il lungo viaggio e inspirammo a fondo l'aria pungente della Foresta Nera. Subito immaginai uno spuntino coi fiocchi con lardo affumicato, *leberwurst* in barattolo, cetrioli sott'aceto e una bella pagnotta cotta nel forno a legna, ma al centro terapeutico Himmelreich non avremmo trovato niente di tutto ciò, lì niente bagordi. Adela smise di fare il pieno di aria, aprì il bagagliaio, tirò fuori prima il mio e poi il suo trolley, quindi chiuse la capote, carezzò affettuosamente la carrozzeria nera e infine chiuse a chiave l'auto. Dopo un'occhiata impensierita al mio braccio fasciato, mi strinse leggermente il tutore e per l'ennesima volta mi raccomandò di muoverlo il meno possibile, meglio ancora, di non muoverlo per niente. Quindi impugnò energicamente la maniglia della sua valigia e la trascinò sulla ghiaia in direzione dell'ingresso. La seguii.

Sotto gli ippocastani poltroncine di vimini invitavano gli ospiti a sedersi, un invito che al nostro arrivo non era stato accolto da nessuno. Imbottiture e tessuti avevano la stessa tonalità di rosso delle imposte, con piccoli disegni geometrici di un grigio pallido. Agli orli delle tovaglie erano cuciti pesetti di piombo che impedivano loro di prendere il volo. Alla nostra sinistra una piscina turchese scintillava sotto una cupola di vetro e all'aria della Foresta Nera si mescolò all'improvviso un soffio di cloro.

Il portone era spalancato, e quando entrammo i nostri trolley come d'incanto scivolarono leggerissimi sul parquet della reception. Poiché dietro il banco non trovammo nessuno ad attenderci, Adela premette il campanello. Quel posto era proprio deserto: l'ascensore dietro la reception era fermo, dalle scale a destra dell'ingresso non arrivava alcun rumore e le poltroncine accanto all'accettazione erano tanto eleganti quanto inutilizzate. I cuscini, anch'essi in rosso e grigio tenue, facevano risaltare il legno del parquet. Di sicuro c'era lo zampino di un decoratore d'interni, anzi, di una decoratrice, perché lì tutto denotava la mano di una donna: vecchio e nuovo, colori tenui e decisi, legno e vetro, ogni cosa si armonizzava alla perfezione, emanando una generale atmosfera di benessere.

Sopra l'ascensore si accese una lucina e la porta si aprì con un sommesso *pling*. La donna che ne uscì era inequivocabilmente la padrona di casa, glielo si leggeva in ogni fibra del suo essere.

"Benvenute all'Himmelreich." La voce era cristallina come il torrente di montagna dietro lo stabilimento, il volume dosato alla perfezione. "Mi chiamo Peggy Heinemann." Ci salutò con una stretta di mano. "Avete fatto buon viaggio?"

"Oh, be', la strada per arrivare qui è davvero infernale. Un paio di curve ce le saremmo risparmiate volentieri," rispose Adela, cominciando a rovistare nella borsa. Dopo un po' ne tirò fuori una busta con il logo di una rivista di wellness. "Adela Mohnlein," si presentò. "Ho vinto un soggiorno di dodici giorni per un digiuno terapeutico per due persone qui da voi. La mia accompagnatrice è Katharina Schweitzer," concluse indicando me.

"Il concorso a premi." La signora Heinemann prese la busta con un sorriso non falso, ma neppure caloroso. "Il digiuno terapeutico fa davvero miracoli e serve come profilassi. Oggi è l'alfa e l'omega di uno stile di vita sano."

Lei stessa era la dimostrazione vivente della profilassi di cui parlava: esile e snella come un'atleta, i capelli ossigenati tagliati in un caschetto elegante, bocca energica, nessuna ruga sul viso affilato. Era difficile valutare la sua età, se il tempo era stato clemente con lei poteva essere sui quarantacinque anni, in caso contrario averne meno di quaranta.

L'occhiata con cui ci squadrò attestava che Adela e io non avevamo usato le medesime cure con i nostri corpi. Sotto la tuta color lampone che la mia amica aveva indossato per stare comoda durante il viaggio si delineavano tutti i suoi rotolini di grasso. I pantaloni di lino e la camicia ampia che portavo io mascheravano i miei soltanto in minima parte. Per tutta la vita ero sempre stata alta e robusta, e la menopausa mi aveva regalato un paio di chili in più.

"Se volete compilare i moduli di accettazione," ci invitò la padrona di casa, che nel frattempo era andata dietro il banco e aveva tirato fuori i fogli e le chiavi delle camere.

"Vuoi che ci pensi io anche per te, tesoruccio?" mi chiese Adela, indicando il mio braccio destro fasciato.

Annuii. Se necessario, avrei firmato con la sinistra.

"Frattura?" si informò la signora Heinemann.

"Tendinite."

"Oh, poverina!" mi commiserò lei. "Tennis?"

"Ossa di manzo."

Per la prima volta nei suoi occhi apparve un'espressione un po' confusa.

"È una cuoca," si affrettò a spiegare Adela.

"Una cuoca?" ripeté la signora Heinemann. "E anche lei è..."

"Oh, no," rise Adela. "Sono ostetrica... in pensione," aggiunse dopo una breve pausa.

Senza farsi notare, mi diede un colpetto sul fianco, scuotendo leggermente la testa. Durante il nostro primo viaggio insieme mi aveva spiegato che, in quanto ex ostetrica, era in grado di capire al primo sguardo se una donna avesse avuto figli o meno, e da allora facevamo questo gioco. Scommettevo di rado con lei, Adela vantava una percentuale di successi di oltre il novanta per cento: nel caso di Peggy Heinemann anch'io avrei puntato che non fosse una mamma.

"Ignorare lo stress fa male alla salute fisica." La padrona di casa sfogliò i moduli con gesti veloci, poi mi squadrò attentamente. "Cuoca! Non mi stupisco che nel suo caso lo stress abbia assunto la forma di una tendinite. Dopotutto i cuochi devono lavorare continuamente con il polso, non tengono mai ferme le dita. Solo qualcosa come una tendinite li costringe a tenerle a riposo. Le prometto che il soggiorno qui da noi farà bene non soltanto alla sua linea, ma anche al braccio infortunato. Perfetto, adesso posso mostrarvi il nostro centro?"

Indicò l'ascensore e ci si diresse con passo elastico. La seguimmo con i nostri bagagli. Salimmo in silenzio al primo piano, mi tirai dietro il trolley verso sinistra, oltre le scale, e poi in un corridoio laterale, mentre la signora Heinemann ci spiegava che quell'ala dell'edificio era stata costruita solo cinque anni prima, proprio come il centro benessere, e che erano stati utilizzati legname e pietre del posto per garantire armonia tra vecchio e nuovo. Per la prima volta nella sua voce mi parve di cogliere una leggera cadenza sassone.

Si fermò davanti alla porta numero 114, l'aprì e ci invitò a entrare.

Era una stanza luminosa, con legno della Foresta Nera per il letto, il guardaroba e la scrivania; cuscini e biancheria riprendevano i tessuti dell'ingresso. Sul tavolino c'era un mazzo di fiori di campo, sulla ringhiera del piccolo balcone un vaso di gerani.

"La sua camera è esattamente sotto questa," spiegò la signora Heinemann a Adela. "Invece del balcone ha un terrazzino."

"Niente doppia?" chiesi stupita. Non che volessi a tutti i costi dividere la camera con Adela, ma non mi sarei mai aspettata che il premio del concorso prevedesse tanto lusso.

"Qui all'Himmelreich abbiamo soltanto camere singole," ci spiegò la donna. "Solo così ogni ospite può concentrarsi su se stesso e sul proprio iter terapeutico."

Una volta lasciata anche la valigia di Adela, ci mostrò l'area wellness: bagno turco e diverse saune, salette per massaggi e per il fitness, una sala relax con vetrata sul torrente e ovviamente la piscina circolare, che anche da vicino era una gioia per gli occhi. E non mancò di indicarci le caraffe di acqua e le tisaniere sparse un po' dappertutto.

"L'acqua proviene da una sorgente nel Murgschifferwald ed è celestiale," dichiarò. "Bevetene quanta ne volete. Vi accorgerete di quante sfumature di gusto riuscirete a scoprirvi nel corso della terapia."

A chi ha fame è buono ogni pane, pensai scacciando l'immagine dello spuntino della Foresta Nera che continuava a comparirmi davanti agli occhi. Sfumature di gusto nell'acqua?

La padrona di casa ci riportò all'accettazione e si congedò.

Quindi tornai nella mia stanza e disfeci la valigia, in bagno annusai i flaconcini omaggio, saggiai il materasso e infine mi ritrovai con Adela per prendere una tisana sotto gli ippocastani. "Un piccolo saluto estivo", era scritto sul biglietto accanto alla tisaniera. "Foglie di ibisco, liquirizia, menta, mirtillo nero."

Adela riempì le tazze mentre io chiamavo Arîn, cui in mia assenza avevo affidato la gestione del Giglio Bianco. Intanto mi osservai il braccio fasciato. Era la terza tendinite in un anno, sempre all'avambraccio destro. La prescrizione del medico era stata riposo assoluto, stecca notte e giorno e niente sforzi, non potevo usare il braccio neppure per lavarmi i denti. Quando avevo protestato che ero cuoca e proprietaria di un ristorante, mi aveva fatto presente che rischiavo l'invalidità professionale totale. Non poter più lavorare era l'orrore puro per una cuoca appassionata come me, ma anche la prospettiva di dovermene rimanere chiusa in casa mentre a tre chilometri di distanza il mio personale trafficava al Giglio Bianco mi faceva impazzire. Così come io a mia volta facevo impazzire loro, pretendendo di controllare ogni cosa con il braccio nel tutore, il che prima di tutto non era nel mio stile, e in secondo luogo non era necessario. Eva si occupava del servizio in sala da undici anni, Arîn cucinava da me da nove. Ma potevo davvero affidare il Giglio Bianco alla piccola curda? Ce l'avrebbe fatta? Preparavo con lei i menù e le liste della spesa, discutevamo insieme di budget e di qualità dei fornitori, ma a lasciarla sola in cucina avevo sempre bruttissimi presentimenti. Però quando il nostro ex cuoco Holger, fresco di ritorno dalla Francia, si era detto disposto a dare una mano per un paio di settimane, Adela aveva avuto gioco facile a convincermi ad accompagnarla in quel viaggio nella Foresta Nera. Non per il digiuno, ma per la distanza dal mio ristorante.

"Arîn?" chiesi quando finalmente rispose al telefono. "È tutto a posto? Il consommé di pomodori vi è riuscito?" Si, Arîn e Holger avevano tutto sotto controllo, c'erano trenta prenotazioni per la serata. "Ti ricordi che i canederli di albicocche..."

"Katharina..." mi interruppe lei, perciò mormorai: "Va bene, va bene," e riattaccai.

"E allora?" chiese Adela mescolando la sua tisana.

"Preparano i canederli di albicocche, ma bisogna fare attenzione che il quark..."

"Rilassati e respira, tesoruccio." Adela mi carezzò la mano, come faceva sempre. "Assaggia la tisana, non è niente male."

L'assaggiai, e aveva ragione.

"Riposo e rilassamento," continuò Adela. "Ci godremo delle belle passeggiate e dei massaggi. Saune a più non posso. Disintossicazione interna ed esterna. Il digiuno terapeutico non è una qualche invenzione alla moda, ha una lunga tradizione. C'è chi sostiene che serva ad acquistare lucidità mentale, altri dicono che porti all'illuminazione spirituale. In ogni caso, aiuta a mettere distanza dalla quotidianità, a risolvere i problemi..."

"Sì, sì, come vuoi," la interruppi pensando alle precedenti gite e vacanze con lei. "L'importante è non imbattersi in un cadavere."

"Certo, niente cadaveri," convenne lei guardandomi con la massima innocenza nei suoi occhioni scuri. "Prima o poi dovrai smetterla di inciampare sempre in qualche morto."

Con quale abilità mi aveva rifilato la colpa! Con quale eleganza aveva distolto l'attenzione dal fatto che era stata la sua curiosità a portarci più volte a incappare in un omicidio.

"Questo è l'Himmelreich, il paradiso," proseguì indicando con un ampio gesto i campi e i boschi tutto attorno a noi. "Idillio puro! Qui siamo al riparo da ogni tipo di delitto."

All'improvviso cominciò a gesticolare animatamente, lasciandomi perplessa. "Oh, guarda chi sta arrivando!" esclamò scuotendo la testa divertita.

Mi voltai e non credetti ai miei occhi. Quella sì che era una sorpresa. "Luc!" esclamai eccitata. "Luc!" Quindi mi alzai di scatto e gli corsi incontro con la velocità che mi consentivano i cinquant'anni suonati e il tutore al braccio. "Luc!"

Lui allargò le braccia e con le robuste mani da vignaiolo mi afferrò per i fianchi e mi fece fare una piroetta per aria, poi mi prese il viso tra le mani e me lo coprì di baci. Non riuscivamo a vederci spesso. Luc gestiva un'azienda vinicola in Alsazia, io un ristorante a Colonia, e questo voleva dire tanti chilometri da fare e incontri rari. Erano tre settimane che non vedevo il mio amato e avevo di nuovo il cuore in gola, uno dei pochi vantaggi delle relazioni a distanza.

"Ma... che cosa ci fai tu qui? Non devi estirpare erbacce o potare le viti?" balbettai raggiante.

"Solo perché qualche volta mi è scappato di prenderti un po' in giro per i fianchi troppo grossi o la pancia abbondante non dovevi correre a fare una dieta," mi sussurrò con aria colpevole. "Anzi, adoro ognuna delle tue curve."

E a conferma delle sue parole, mi carezzò con dolcezza l'imponente didietro. Fui felice che non mi tenesse il broncio perché non avevo scelto di trascorrere il riposo forzato nel suo vigneto di Scherwiller, come avrebbe desiderato. Mi strinsi a lui e insieme tornammo da Adela, che era rimasta seduta al tavolo.

"*Chère Adele.*" Luc si chinò su di lei per baciarla sulle guance. Con i suoi *chère Adele*, i *trois bises* alla francese e il suo fascino alsaziano, a poco a poco l'aveva conquistata, una cosa non facile, perché la mia coinquilina aveva un debole per Ecki, il mio ex. "Ti dispiace se ti rubo *Catherine* per un paio d'ore?"

"Andate, andate, piccioncini," ridacchiò lei liquidandoci con un gesto.

Luc mi guidò su un sentiero dietro il parcheggio che portava in un bosco. Dopo forse un centinaio di metri, il bosco lasciava il posto a un bel prato in cui serpeggiava un torrente. Vicino all'acqua, tra margherite e campanule, vidi una piccola tavola apparecchiata che sembrava uscita da una fiaba dei fratelli Grimm. E quello che mi aspettava sulla tovaglia bianca all'ombra di un nocciolo mi fece subito venire l'acquolina in bocca.

"L'ultimo pasto del condannato a morte," sorrise Luc.

"Quel *gugelhupf* non verrà per caso dalla pasticceria Schickele?" gli chiesi mentre attraversavamo il prato per raggiungere il luogo del picnic. "E il Crémant d'Alsace? Un 11/8/13? Non sarà mica un 2015?"

"*Mais oui*," confermò lui ridendo mentre già faceva saltare il tappo.

L'11/8/13 era il miglior Crémant d'Alsace di Luc. Una squisita edizione limitata, ne produceva non più di cinquanta bottiglie l'anno. Esisteva dal 2014, gli aveva dato il nome della data del nostro primo incontro. In realtà io non sono un tipo così romantico, ma quando Luc mi aveva mostrato la prima bottiglia, mi aveva steso. Mi torna ancora la pelle d'oca ogni volta che ci ripenso. Non avevo ancora assaggiato il 2015: un sapore celestiale. Tutto lì era celestiale.

Brindammo, ci imboccammo fragole a vicenda, ci facemmo il solletico con le campanule, tubammo e ci sbaciucchiammo come fanno solo gli innamorati.

"È bello qui," disse Luc quando finalmente riuscimmo a staccarci. "È bello quasi come nei Vosgi da noi. Li conosci?"

Scossi la testa. "Da adulta ho viaggiato in tutto il mondo tranne che nella Foresta Nera, e da piccola, essendo figlia di ristoratori... Lo sai anche tu, le trattorie lavorano sempre e soprattutto nei fine settimana, perciò puoi immaginarti quanto siano state rare le nostre gite nella Foresta Nera. E quando ci andavamo, era sempre in posti sulla sponda del Reno: le cascate dell'Ognissanti, il Karlsruher Grat, il Brigittenschloss, il Mummelsee. Il massimo dell'emozione era l'Hornisgrinde. Ma mai l'altro versante, mai la Murgtal. Credo addirittura che questa zona non sia neppure più Baden ma Svevia. Il confine deve essere qui da qualche parte."

"E tra Baden e Svevia è come..."

"Oh, lascia stare," lo interruppi per baciarlo ancora.

Il sole era già tramontato quando ci incamminammo allacciati stretti stretti sulla via del ritorno. Le poltroncine di vimini sotto gli ippocastani erano appoggiate ai tavoli, la reception era di nuovo deserta, due donne sulle poltrone vicino all'ingresso alzarono brevemente lo sguardo al nostro arrivo, ma tornarono subito a sprofondarlo nelle loro riviste.

"Qui hai solo una brandina come nella cella di un convento oppure il tuo letto è abbastanza largo per due persone?" mi sussurrò all'orecchio Luc. "E il tuo braccio? Credi che possiamo...?"

"In effetti il letto è piccolo, ma vale la pena tentare," sussurrai di rimando.

Altroché se ne valse la pena!

Soltanto addormentarsi dopo risultò complicato, perché non sapevo bene cosa fare del braccio malato. Perciò mi accorsi subito che qualcuno bussava sommessamente alla porta. Un'occhiata all'orologio mi disse che la mezzanotte era passata da un pezzo.

"Apri, sono io," sentii bisbigliare Adela.

Mi sciolsi dall'abbraccio di Luc e mi alzai. Al buio impiegai un po' a infilare l'arto infortunato nella vestaglia. Adela bussò ancora, chiaramente impaziente. Barcollai fino alla porta, e quando l'aprii, fui investita da un tanfo di acquavite che per un attimo mi tolse il respiro.

"Vieni con me!"

Senza aspettare risposta, girò sui tacchi e avanzò lungo il corridoio. Aveva difficoltà ad andare diritta, incespicò più volte e dovette a più riprese sorreggersi al muro. Scendendo si tenne saldamente alla ringhiera con tutte e due le mani, e arrivata in fondo raggiunse la sua stanza procedendo a zig-zag. Dunque non ero stata la sola a non rispettare il divieto di consumare alcolici. Però, a differenza mia, lei aveva fatto il pieno. La sua porta era spalancata e la seguii all'interno. Il letto era intatto, sul comodino vidi la piccola cornice d'argento con la foto di Kuno, la valigia aperta era poggiata su uno sgabello, la tuta lampone era appesa con cura allo schienale di una sedia. Soltanto allora mi accorsi che Adela si era messa in tiro. Indossava l'abito color vinaccia con paillettes che aveva messo l'ultima volta alla festa per l'anniversario della società di Dirk Bause.

"Dove sei stata?" le chiesi.

Ma lei non mi sentì, fissava il letto scuotendo incredula la testa. Poi tirò via il piumone, sollevò il cuscino, si mise in ginocchio, ficcò la testa sotto il letto, si rialzò ondeggiando, si precipitò in bagno, scostò il vetro della doccia, tornò a fatica in camera, spalancò le ante dell'armadio, fece il giro attorno al divanetto, e aprì la tenda davanti alla portafinestra.

"Mi vuoi dire o no che cos'è successo?"

Adela si lasciò cadere sulla poltrona, si sfilò le décolleté, prese una di quelle caraffe che stavano sparse dappertutto, ma la mano le tremava così tanto che non riuscì a servirsi. Afferrai io la caraffa, le riempii il bicchiere e glielo porsi. Lo svuotò in un fiato.

"Era steso sul mio letto... so benissimo che aspetto ha un morto," biascicò restituendomi il bicchiere. Lo riempii di nuovo.

"Morto? Chi?" le chiesi allarmata.

"Roger."
"Roger?"
"Roger Hürlimann." Fece un singulto mentre con il bicchiere in mano tracciava un ampio arco nell'aria. "Te l'ho detto, la sua Facel Vega..."
"Eh?"
"Mi gira la testa, credo di stare per..." Posò il bicchiere, saltò in piedi, si portò la mano davanti alla bocca e si precipitò in bagno.
Poco dopo sentii i conati, poi lo sciacquone, seguito da gargarismi e dallo spazzolino che sfregava i denti. Quindi, pallida e tremante, riapparve appoggiata allo stipite, massaggiandosi la fronte.
"Peggio di uno sciame di vespe spaventato," gemette. "Devo stendermi."
Cercò invano di afferrare il cursore della lampo. Mi avvicinai per aiutarla a sfilarsi l'abito di paillettes, quindi cercai nella sua valigia una camicia da notte, gliela feci passare dalla testa, scostai di lato le coperte, aspettai che si fosse coricata e poi le tirai di nuovo su, chiedendomi che cosa diavolo avesse tracannato. Come aveva fatto lei prima, perlustrai la stanza ancora una volta in cerca di indizi della presenza di uno sconosciuto. La portafinestra era aperta. Era stata Adela oppure l'aveva trovata così al suo ritorno in camera? Glielo avrei chiesto l'indomani.
Stavo per andarmene quando Adela riaprì gli occhi. "Ma la cosa di Roger è vera comunque," farfugliò, e subito dopo li richiuse.
Annuii, spensi la luce e me ne andai.

Quando tornai nella mia stanza, trovai Luc seduto sul letto con uno sguardo interrogativo.
"Adela vede i fantasmi," gli spiegai, poi mi tolsi la vestaglia sperando ardentemente che fosse davvero così.

Himmelreich! Il nome di quel posto mi aveva conquistata subito. Fruscio di abeti, ruote di mulini, rilassamento totale. Un compagno di sbronze di Adela morto non rientrava proprio in quel quadretto.

Secondo giorno di scarico

Evitare carne, pesce e uova. Il modo migliore di iniziare la giornata è con una piccola porzione di formaggio quark e frutta fresca; a pranzo verdure cotte, da integrare a cena con riso e brodo. Al pomeriggio un centrifugato di verdure, per il resto bere come già indicato per il primo giorno.

Luc era già partito due ore prima, non senza avermi invitata a pranzo a Baiersbronn, ma ovviamente solo una volta terminato il digiuno. Il Traube Tonbach o il Bareiss, la scelta la lasciava a me. Harald Wohlfahrt o Peter Lumpp, entrambi premiati con tre stelle Michelin, entrambi da anni nell'olimpo della *haute cuisine*: come avrei potuto decidere? Però, che dilemma sontuoso, considerato che dall'indomani il mio menù avrebbe previsto soltanto tisane e centrifugati di verdure, pensai scendendo la scala, e già vedevo davanti a me il leggendario carpaccio di spigola di Wohlfahrt o la rosetta di capesante gratinate di Lumpp. Ma tutte quelle immagini scomparvero all'istante quando sentii la voce di Adela e poco dopo la vidi ferma alla reception.

"E lei è sicura che Roger Hürlimann sia partito?" stava chiedendo alla signora Heinemann.

Mi sfuggì un gemito: avevo sperato che quell'uomo sarebbe scomparso dalla testa della mia amica insieme all'alcol e che non fosse stato altro che una delle sue fantasticherie.

"Sicurissima," confermò la titolare. "Aveva già saldato il conto ieri sera perché intendeva partire questa mattina di buon'ora."

"Ed era già stato ospite qui?"

Peggy Heinemann si sfregò le mani con un sorrisetto che la diceva lunga.

"Le dispiace dirmi il numero della sua stanza?" chiese ancora Adela.

La signora Heinemann aggrottò la fronte, si chinò in avanti e sussurrò: "Vorrà scusarmi, ma il nostro centro ha il massimo rispetto per la privacy. I nostri ospiti devono ovviamente avere la certezza che non divulgheremo niente su di loro..."

"Si tratta della Facel Vega," la interruppe la mia amica a voce più alta. "Roger mi aveva promesso dei documenti. Se non li ha lasciati alla reception, forse li ha dimenticati in camera. Sarebbe un disastro se la donna delle pulizie li gettasse via."

Per me era chiaro che aveva alzato la voce di proposito e che questi "documenti" erano una sua invenzione. Ero ansiosa di vedere se la titolare avrebbe abboccato. E fu così.

"Chiederò alla ragazza di aprirle la porta," concesse benevolmente la signora Heinemann.

Il residuo di alcol che doveva avere ancora in circolo non impedì a Adela di allontanarsi in fretta. Anche se aveva ormai superato ampiamente la sessantina, aveva l'andatura energica di una trentenne. La fermai per le scale.

"Non sarebbe meglio andare prima a fare colazione?" le suggerii.

"Tesoruccio, non riuscirò mai a mandare giù quella coppetta di quark se prima non so che cosa è successo stanotte." Per abitudine mi carezzò il braccio infortunato, ma lo lasciò subito quando nel corridoio del pianterreno vide il carrello delle pulizie.

Non appena la cameriera uscì da una delle stanze, la chiamò correndo verso di lei. "Signorina, le dispiace aprirmi un attimo la stanza del signor Hürlimann?"

Quella annuì e aprì la porta accanto alla camera di Adela. Il letto era appena stato rifatto, in bagno erano appesi asciugamani puliti. La stanza attendeva un nuovo ospite.

"Questa notte il letto è stato usato?" chiese Adela con piglio autoritario.

La cameriera annuì di nuovo, infilandosi una ciocca di capelli neri dietro l'orecchio. Era alta, robusta e giovanissima, doveva avere vent'anni o poco più. Fino a quel momento non aveva aperto bocca. Aveva occhi scuri e impenetrabili come quelli di Arîn. Mi ricordava la piccola curda agli inizi, quando bisognava tirarle fuori ogni parola con le pinze.

"Spazzatura?" chiese ancora Adela.

La ragazza indicò il sacco di plastica appeso a un lato del suo carrello: era ancora quasi vuoto. Adela ci rovistò dentro ma non trovò niente, tranne un filo interdentale usato e alcuni fazzoletti di carta appallottolati.

"La sua macchina!" disse più a se stessa che a me mentre andava via.

"Io vado a fare colazione," le urlai dietro, poi mi voltai di nuovo verso la ragazza e le misi in mano una banconota da cinque euro. "Come si chiama?" le domandai, perché mi seccava sempre che le donne delle pulizie venissero ignorate, e mi infastidiva ancora di più che a farlo fosse la mia amica e coinquilina.

"Ebru. Ebru Delbaz."

"Ebru, un nome curdo." Lo sapevo perché Arîn aveva una cugina che si chiamava così.

Per la prima volta abbozzò un sorriso.

La sala ristorante si trovava dietro la reception. Al mio ingresso una cameriera stava già sparecchiando, rimaneva soltanto un ospite seduto a uno dei tavoli, nascosto dietro la *Süddeutsche Zeitung* aperta; per il resto, evidentemente la fame aveva spinto gli ospiti dell'Himmelreich a fare colazione di primo mattino. Mi diressi al tavolo a fianco di quello del lettore di giornale, l'unico su cui restavano ancora due coppette di quark. Accanto, posate bene in fila su un piattino, c'erano otto fragole, sei ciliegie e due mezzi kiwi, e nel cestino del pane alla sinistra quattro fette di pane croccante di segale. "Tisana del mattino," lessi sulla targhetta vicino al thermos. "Foglie di mora, lampone e noce, finocchio, issopo, calendula e menta stimolante." Sul quark alle erbe era posata un'unica fetta di cetriolo traforata a forma di smiley. La mangiai per prima, quindi spalmai il quark sulle fette di pane, svuotai i kiwi con il cucchiaino, succhiai le ciliegie e conservai per ultime le fragole. Mi stavo infilando in bocca la quarta quando arrivò Adela.

"L'auto non c'è più," sbuffò lasciandosi cadere spossata sulla seggiola vicino alla mia. "Sparita, proprio come Roger Hürlimann. Te lo giuro, ha..."

Al tavolo accanto frusciò il giornale e da dietro spuntarono un paio di occhiali dalla montatura di nickel e una faccia incorniciata da una folta capigliatura scompigliata alla Einstein. Doveva sicuramente avere più di sessantacinque anni, valutai. Quell'uomo faceva pensare a una pianta perenne resistente al freddo.

"Tra poco si comincia. Il giro di presentazione in palestra avrà inizio alle nove in punto, mi hanno detto. Signore!" Si portò le dita alla fronte in segno di saluto, infilò il giornale nella tasca della giacca di lino e si alzò.

"Mancano sei minuti," dissi dopo un'occhiata all'orologio, prendendo la quinta fragola. "Se non riesci ancora a mandar giù neanche un boccone, la tua porzione la mangio io."

Lesta come un furetto, Adela mi strappò la fragola dalle dita e se la infilò in bocca. Quella mattina ignorò completamente la regola principale del digiuno: mangiare lentamente. Veloce come un lampo, spazzolò la sua porzione e si sciacquò la bocca con la tisana.

"Vieni," disse posando la tazza. "Andiamo a dare un'occhiata agli ospiti dell'Himmelreich."

In palestra, nell'area wellness, tappetini da yoga rossi e grigi erano impilati contro il muro, mentre al centro grosse palle da ginnastica rosse e grigie erano disposte in cerchio. Al nostro ingresso fummo salutate con cenni del capo. La maggior parte degli ospiti erano donne, una delle due eccezioni era la pianta perenne. Per un esame più approfondito dei presenti non rimaneva tempo, perché subito dopo di noi nella sala entrò la signora Heinemann, seguita da un uomo sulla quarantina non molto più alto di lei, ma altrettanto snello. Lo sguardo di lei era limpido come il giorno prima, quello di lui invece era rannuvolato e offuscato da lunghe ciglia. Indossava un discreto completo grigio di un tessuto leggero, mentre la titolare aveva una camicetta a righe bianche e azzurre sotto una giacca blu e un paio di pantaloni chiari sette ottavi. Si sedettero su una palla ciascuno, con le gambe distese in avanti, e la signora Heinemann ci invitò a fare altrettanto. Eravamo in quindici, contai, e non tutti riuscimmo a prendere posto con la loro stessa eleganza e scioltezza. Adela, per esempio, aveva gambe davvero troppo corte, e la donna grassa con l'ampio caffetano alla sua destra ci troneggiava sopra a gambe divaricate come la nonna casciuba sotto le cui gonne si era nascosto il nonno del piccolo Oskar nel *Tamburo di latta* di Günter Grass.

"Gentili ospiti," esordì la signora Heinemann facendo scorrere lo sguardo su di noi. "Mi chiamo Peggy. Come in tutti i nostri soggiorni, mi farebbe piacere che mi deste del tu e vi esorto a fare altrettanto tra di voi, in modo da creare un'atmosfera più confidenziale. Trascorreremo insieme i prossimi giorni, digiunando. Avete capito bene, anch'io. Naturalmente non posso farlo in tutti i soggiorni, ma questa volta sono con voi."

Per quanto si sforzasse di mascherare ogni inflessione, più andava avanti a parlare, più si evidenziava la morbida e biascicata parlata sassone, che mi indusse a chiedermi che cosa l'avesse portata lì in quella solitaria valle della Foresta Nera.

"Permettete che vi presenti il dottor Orlow, il nostro medico, che oggi sarà con noi per tutto il giorno," proseguì. "Tutti quelli che al loro arrivo non mi hanno presentato il certificato medico sono pregati di farsi visitare da lui, perché prima di ogni digiuno è sempre opportuno un controllo dello stato di salute. Anzi, nel vostro stesso interesse, devo addirittura insistere che lo facciate, in quanto il digiuno terapeutico è fortemente controindicato per una serie di patologie."

"Il suo punto debole sono i tendini del braccio destro, per il resto ha il fisico di un purosangue," mi aveva assicurato il mio medico quando gli avevo parlato del soggiorno. "Se poi il digiuno faccia davvero bene alla salute, non saprei, ma di sicuro male non le farà, e per il suo braccio non potrei pensare a niente di meglio del riposo."

La digiunoterapia è una cosa che prima o poi fanno tutti, o per meglio dire tutte, visto che è molto più apprezzata dalle donne che dagli uomini. Da oltre quarant'anni, insieme a offerte di wellness sempre più raffinate, si è diffusa nelle cliniche e nei centri terapeutici con un successo inarrestabile. Niente alimenta il sogno della bellezza e della perenne giovinezza quanto il digiuno. Niente sottolinea maggiormente il motto della società: "in forma, snello ed efficiente fino alla tomba".

Anche il dottor Orlow ci parlò del digiuno. La prese alla larga, tracciò un'ampia panoramica attraverso secoli e continenti, senza dimenticare gli aspetti filosofici e religiosi. Aveva una voce vellutata che ben si intonava al suo sguardo rannuvolato, e terminò la sua conferenza accennando al suo personale guru della digiunoterapia. "Otto Buchinger considera il digiuno come la strada maestra dell'arte medica. Ci depuriamo, e disintossichiamo l'organismo introducendo per un certo periodo soltanto liquidi. Ovviamente ciò si traduce in una perdita di peso, che per la maggior parte di voi sarà senz'altro il motivo principale della vostra presenza qui. Ma ciò che è ancora più importante, signore e signori, è che la digiunoterapia allarga la mente e acuisce i sensi. Senza contare che è un investimento nella vostra salute e vi dona una migliore percezione del vostro corpo."

Aveva la R leggermente moscia tipica degli slavi e si esprimeva con un tono lento e meditativo che induceva una piacevole sonnolenza.

"Naturalmente la strada per l'illuminazione non è priva di insidie." La voce limpida di Peggy Heinemann risvegliò il gruppo. "Nel corso del digiuno possono, e sottolineo possono ma non necessariamente devono, insorgere capogiri, senso di fame, fiacchezza generale, coliche intestinali. Ma nel caso, il dottor Orlow è a vostra completa disposizione. E ancora più importante è che vi sosteniate a vicenda. Non siete soli, gli altri se la passano come voi. Parlare con gli altri aiuta a sopportare il digiuno. E..." concluse con un sorrisetto malizioso, "parlare rappresenta uno stimolo, una competizione, perciò aiuta a evitare gli imbrogli. Dopotutto, chi è esente da tentazioni? Ecco perché siamo qui, per non cedere. Fate conoscenza tra di voi, sostenetevi a vicenda! Silv e Dorette, forse potreste iniziare voi, che avete più esperienza," invitò le due donne che avevo notato la sera prima nell'atrio.

Adela si agitava ansiosa sulla palla. Al contrario di me, lei adorava quei giri di presentazioni. Silv e Dorette venivano da Zurigo. Anche loro parlavano lentamente come il dottor Orlow, ma a differenza della sua R moscia slava, adesso nella stanza si fece sentire il duro CH svizzero. Le due donne avevano la mia età, ma al pari di Peggy Heinemann – dentro di me non riuscivo ancora a convincermi a chiamarla semplicemente Peggy – avevano investito molto nella profilassi: non dovevano avere più di uno, massimo due chili di troppo; nella lotta contro le rughe avevano fatto ricorso al botox sul collo e attorno alla bocca; i capelli, in una biondi e nell'altra castani, non presentavano ancora tracce di grigio, oppure erano tinti alla perfezione. La bionda Dorette vestiva con uno stile elegantemente sportivo, però vivacizzava il suo outfit con cintura e scarpe dorate. La castana Silv indossava tessuti di pregio sul grigio e il suo perfetto carré mi ricordava una fotografia di Man Ray. Le due amiche erano al loro quarto soggiorno all'Himmelreich e affermarono all'unisono che ogni volta erano rientrate a Zurigo come abbeverate alla fonte della giovinezza.

A quel punto Peggy fece un cenno d'incoraggiamento alla donna grassa vicino a Silv. Raisa Bolshakova, che aveva la R moscia come Orlow, si presentò brevemente. Era lì per rilassarsi e perdere peso. Il lettore di giornale, seduto accanto a lei, si chiamava Rüdiger. Carezzandosi il pancione, parlò con entusiasmo del buon vino e del buon cibo e della piccola vacanza che si aspettava di godersi lì. Non era venuto del tutto volontariamente, aggiunse con una strizzatina d'occhi, aveva ricevuto il soggiorno in dono dai colleghi insegnanti per il suo pensionamento.

"Noi invece siamo qui per la vincita di un concorso di una rivista di wellness," si intromise Adela, e tutti assunsero un'aria un po' imbarazzata. Britt, sui quarantacinque, capelli a spazzola, naso importante, secca come un chiodo, sottolineò la funzione depuratrice della terapia, da cui si riprometteva di ricavare energia nuova. Tra Mareike e Betje, la coppia madre-figlia sovrappeso proveniente dall'Olanda, parlò solo la madre. La figlia fece capire più che chiaramente di non essere lì per sua scelta. Era tutta vestita di nero, con una T-shirt mezze maniche dalla scollatura ampia. Osservai con interesse i suoi tatuaggi. Sul décolleté aveva scritto a lettere grandi e svolazzanti "Love & Hate", sul dorso delle mani e sugli avambracci erano disegnate sottili piume di uccello, che probabilmente continuavano sotto la maglietta. Quando fu il turno di Claudia, la successiva nel giro, distolsi l'attenzione dai disegni sulla pelle di Betje e tornai con la mente all'invito di Luc a Baiersbronn. Lumpp o Wohlfahrt? Wohlfahrt o Lumpp?

La donna che parlò dopo Claudia, Inge e Gudrun attirò nuovamente tutta la mia attenzione. Seno e vita della taglia ideale, gambe lunghe, boccoli dorati, e per di più il dono di uno sguardo che avrebbe accelerato il cuore di ogni uomo e indotto ogni donna a usare il lazo per tenersi stretto a sé il proprio. Tutti, ma proprio tutti, la guardavano di sottecchi. La bellezza si chiamava Oliwia, aveva anche lei la R moscia, ma più marcata di Orlow e di Raisa Bolshakova. Quando si presentò, si passò la mano sugli splendidi capelli, mostrando a tutti la vistosa giada verde scuro incastonata in argento che le adornava il dito medio. Spiegò di essere lì in cerca di introspezione. A più di uno tra i presenti si lesse in viso lo stupore per quell'affermazione.

Dopo la noiosa coppia Hallstett e me, l'ultima della fila era Adela. "Bene, visto che siamo seduti qui tutti insieme," concluse la sua presentazione, "per caso stamattina qualcuno ha visto andare via Roger Hürlimann? Sì, esatto, quell'ometto piccolo e magro con sopracciglia folte come quelle di Leonid Brežnev."

A pranzo – due patate con la buccia, cinque rosette di broccoli, una carota, un quarto di gambo di porro, il tutto lessato nel brodo – Peggy si offrì di prendere in custodia i nostri cellulari in modo che potessimo concentrarci senza distrazioni esterne sul digiuno e la permanenza lì. Per me era ovviamente fuori discussione, visto che dovevo tenermi al corrente sull'andamento delle cose al Giglio Bianco. Anche quel giorno dopo pranzo Arîn mi aveva diligentemente aggiornata. Tutto alla grande, mi aveva assicurato ancora una volta, Holger e lei erano un dream team, i canederli di albicocche della sera prima una poesia, finora soltanto complimenti e nessuna lamentela. Era davvero così o lo diceva solo per tranquillizzarmi?

Intanto Adela scuoteva la testa con aria di disapprovazione, articolava silenziosamente la parola "staccare", aspettava con impazienza che terminassi la conversazione e alla fine indicò il mio cellulare. "Lascialo in camera tua, ti basta controllarlo una volta al giorno. Non devi essere raggiungibile sempre e comunque."

"Invece sì, devo," ribattei presagendo tutte le cose terribili che potevano andare storte al Giglio Bianco.

Tuttavia, sentendolo squillare di nuovo non appena lo avevo messo via e vedendo che era Martha, rimpiansi di non aver accettato l'offerta di Peggy o seguito il suggerimento di Adela.

"Sei nell'Haselbachtal, da lì a Fautenbach è un attimo, e invece non mi informi neppure di essere da queste parti."

Mia madre era cintura nera nel risvegliare i sensi di colpa.

"È un soggiorno terapeutico, mamma, riposo e rilassamento," mi giustificai, non senza chiedermi immediatamente perché sentissi il bisogno di farlo.

"E noi siamo il contrario del rilassamento, giusto? Sono sei mesi che non ti fai vedere, eppure passi sempre di qua tutte le volte che vai a trovare quel Luc in Alsazia. E dire che a tuo padre farebbe così piacere! Non è che ringiovaniamo, chissà per quanto ancora..."

A un tratto mi sorpresi a chiedermi chi le avesse detto dove mi trovavo, considerato che per fortuna non aveva il dono della chiaroveggenza. Al Giglio Bianco sapevano solo che ero nella Foresta Nera, ma non che ero in uno stabilimento terapeutico nell'Haselbachtal. E Kuno, il nostro coinquilino e compagno di Adela, era partito contemporaneamente a noi per un giro in bicicletta lungo la Mosella.

"Se la Hiltrud non cucinasse all'Himmelreich, ammesso che quella mensa dei poveri si possa chiamare cucinare," proseguì il suo sermone Martha come se mi avesse letto nella mente, "se non avesse visto il tuo nome nell'elenco degli ospiti, non ne avrei saputo niente. Tu non mi avresti mai detto..."

"Hiltrud chi?" la interruppi.

"Ma sì, Hiltrud Schindler, dai, ha fatto il tirocinio in cucina da me, è stata la mia prima apprendista, ma adesso sarà anche lei già sulla sessantina. Viene dal Murgschifferwald, è proprio originaria di lì. Un tempo suo fratello faceva il lardo, lo affumicava con il legno di abete, così delicato, neppure quello del macellaio Jörger poteva competere. Ma dovresti proprio ricordartela, Hiltrud. Ogni tanto passa di qui. Mi è grata per il bel tirocinio che ha fatto da me, lei sì che è riconoscente, Katharina..."

"Mamma, se vuoi tornando possiamo fermarci da te per un caffè." Era meglio deporre subito le armi e darmi per vinta. Questo almeno lo avevo imparato dai tanti anni di guerra madre-figlia. Di sicuro farle un saluto non mi avrebbe ammazzata. Le cose con Martha non erano mai state facili, e a rendere più complicato il nostro rapporto c'era anche il fatto che con gli anni le andavo assomigliando sempre di più. E non soltanto nell'aspetto.

"La cura idroterapica di Kneipp?" propose Adela quando spensi il telefono. Annuii.

Quindi scendemmo al torrente, arrotolammo le estremità dei pantaloni e camminai nell'acqua finché mia madre non mi sparì dalla testa. Poi lasciammo asciugare le gambe al sole e poco dopo andammo a fare una passeggiata.

Nel punto in cui la strada per l'Himmelreich si biforcava, imboccammo un viottolo che proseguiva su per l'Haselbachtal. Il sentiero si arrampicava ripido, il torrente scrosciava con un rumore assordante e il fogliame era fitto come in una giungla. Procedevamo in fila indiana, per cui era difficile chiacchierare. Le cose cambiarono soltanto una volta arrivate in cima. Lì il torrente si riduceva in piccoli rivoli sorgivi e a quel punto la strada, molto più ampia, proseguiva quasi pianeggiante attraverso un ombreggiato bosco di abeti.

"E adesso racconta," chiesi a Adela, ben sapendo che non vedeva l'ora di parlarmi finalmente di quell'Hürlimann. "E tra parentesi, che cosa diavolo è una Facel Vega?"

"E certo, è proprio da te non averne mai sentito parlare. Conoscerai venti qualità diverse di zucchine, ma neppure una Facel Vega. Non c'è da stupirsi, considerato che da bambina non hai mai giocato a Memory con tuo fratello con le carte delle automobili. La Facel Vega," spiegò Adela allargando le braccia con occhi che le brillavano di entusiasmo, "è una delle più belle auto che siano mai state prodotte. Una piccola coupé esclusiva, leggerissima, con un meraviglioso parabrezza panoramico avvolgente. Per non parlare di una velocità massima mitica per quei tempi di..."

"Adela," mi affrettai a interromperla. "Quante volte te lo dovrò ripetere? Le automobili non mi interessano per niente."

"Lo scià di Persia ne guidava una," proseguì lei imperterrita. "E anche Ava Gardner e Pablo Picasso. Albert

Camus è morto in una Facel Vega. Quindi non è soltanto una bella auto, è un'auto leggendaria. La produzione è durata in tutto solo dieci anni, è terminata nel 1964. Perciò puoi immaginare quante Facel Vega ci siano ancora in circolazione oggi e quanto sia andata in visibilio quando ne ho vista una nel nostro parcheggio. Non ne avevo mai ammirata una dal vero, la conoscevo solo in fotografia. Perciò faccio tanto d'occhi, carezzo la carrozzeria, giro attorno al cofano e all'improvviso un tizio mi chiede se la macchina mi piace. Roger Hürlimann, appunto. Si presenta come l'orgoglioso proprietario di quel gioiellino. Così cominciamo a parlare di auto..."

"I dettagli non mi interessano. Lo sai che tanto non ci capisco niente," la frenai.

"Be', insomma, a un certo punto quello mi chiede se ho voglia di fare un giro dopo cena, in un bar lì vicino, dove hanno un whisky eccellente. Naturalmente accetto subito."

"E dov'è che ci sarebbe un bar qui vicino?" le chiesi stupefatta.

"Al Rittersprung, sull'altro versante della valle. Tu non lo hai ancora notato perché eri troppo presa dal tuo Luc, ma come ha detto così bene Hürlimann: 'Chi viene all'Himmelreich non può perdersi il Rittersprung'."

"Perciò siete andati lì a bere un whisky?"

"Devo ammettere che ero un po' troppo elegante. Ho pensato ai nostri bar di Colonia e non ho immaginato che saremmo finiti in un ambiente tanto rustico, ma insomma, non aveva importanza. Ottimo whisky, devo riconoscerlo. Non mi ha lasciato la testa pesante, o quasi."

"Ciò non toglie che ieri notte tu fossi ubriaca fradicia," la rimproverai.

"Sulla via del ritorno, Roger mi ha promesso che il giorno dopo mi avrebbe lasciato fare un giro con la Facel

Vega." Senza pensarci, mi strinse entusiasta il braccio fasciato, ma al mio sonoro "Ahia!" lo lasciò andare subito. "Io, al volante di quella macchina: gli avrei baciato i piedi. Poi all'ingresso dell'Himmelreich ci siamo effettivamente dati due bacetti. Sulle guance, tutto molto composto, non vorrei che pensassi che è successo qualcosa. Dopo voleva ancora bere la sua tisana – buffo, dopo tutto quel whisky, non trovi? – e io sono andata in biblioteca, perché da fuori avevo visto che in camera tua c'era ancora la luce accesa. Cioè, in un posto sconosciuto non sai mai quanto siano sottili i soffitti e quanto si sentano i rumori, e potevo bene immaginare che cosa steste facendo voi due. Così ho pensato: Adela, sii discreta e aspetta ancora un po'. Mi sono appisolata sul divano della biblioteca, non chiedermi che cosa mi abbia svegliata! In ogni caso, poi sono uscita, ho controllato che da voi la luce fosse spenta e finalmente sono rientrata nella mia stanza, e l'ho visto steso là, sul mio letto! Con la bocca spalancata, gli occhi aperti, rigido come una tavola."

Il morto nel suo letto! Dalla notte prima non avevo fatto che ripensarci. "Non gli hai dato più di un'occhiata," le dissi. "E se fosse venuto in camera tua per un tête-à-tête e avesse fatto finta di dormire? E se dopo il tuo sguardo spaventato e la tua fuga precipitosa avesse deciso di fare velocemente retromarcia?"

"Sciocchezze," replicò lei.

"Potrei capire benissimo che abbia perso la testa per te," continuai. "E questo spiegherebbe anche la sua partenza alla chetichella la mattina dopo. Sarebbe stato troppo imbarazzante per lui rivederti alla luce del giorno," insistetti.

"Scordatelo," mi intimò categoricamente Adela. "Quell'uomo era morto. So che aspetto ha un cadavere."

"Anche quando sei sbronza? Qual è la prima cosa che hai fatto quando sei entrata in camera tua?"

"E questo che cosa c'entra?"

"Hai fatto qualcosa di diverso dal solito?" precisai meglio.

"Era la prima sera, come avrei potuto fare qualcosa di diverso dal solito? Probabilmente avrò acceso la luce e poi aperto la portafinestra, perché è quello che faccio sempre. Però non potrei giurarlo..."

"Ne hai già parlato con Kuno?" Kuno Eberle non era soltanto il suo compagno, ma anche un poliziotto in pensione.

Adela annuì. "Nella sua carriera di sbirro ne ha già viste di tutti i colori e non se la sente di escludere niente. Mi ha fatto un mucchio di domande, ma non ho neppure saputo dirgli quanti whisky avessi bevuto. E poi – quali parole ha usato? – ha detto che c'erano buone possibilità che la mia fosse stata un'allucinazione. E il brutto è che io stessa ho dei dubbi su quello che ho visto. Mi sento come Iris Henderson."

"E chi è? Dovrei conoscerla?"

"Iris Henderson, in *La signora scompare*. Uno dei primi film di Hitchcock, girato ancora in Inghilterra. Era già un capolavoro. Nessuno ti sa disorientare come Hitch." Adela scosse impietosamente la testa davanti alla mia limitata conoscenza cinematografica e tornò a Kuno. "Kuno mi ha detto le solite cose. Che prima di informare la polizia dovrei avere almeno un indizio concreto. Io però non ho niente. A parte il fatto che la camera di Hürlimann era accanto alla mia e che per sbaglio potrebbero averlo messo nella mia stanza, ma che poi, quando sono venuta a chiamarti, lo abbiano riportato nella sua. Era davvero un peso leggero. Ammetto che è un po' tirata per i capelli. Ma se è andata così, chi è stato? E perché la sua auto è sparita?"

"Adesso smettila con quella stupida macchina!" la rimbrottai.

"Tra parentesi, costa una fortuna. Come minimo centocinquantamila euro," continuò lei, imperterrita. "Esiste una mafia delle auto d'epoca che non si ferma davanti a nulla, quando ci sono in ballo modelli rari. Ma ieri notte nessuno ha notato niente, nessuno ha visto Roger partire, a piedi o in auto, e anche se a me ha detto qualcosa di diverso, per quanto fosse bello alticcio, Peggy non era l'unica a sapere che aveva intenzione di partire al mattino molto presto. Ne erano informati tutti gli ospiti." Adela fece una breve pausa prima di aggiungere con aria mortificata: "Kuno dice che sono pochissimi i cadaveri che spariscono nel nulla e che dovrei lasciar perdere tutta questa faccenda."

"Questo Hürlimann avrà semplicemente scordato la promessa che ti aveva fatto e sarà partito stamattina," avvalorai l'ipotesi di Kuno. "Tutto il resto possiamo attribuirlo all'alcol."

"Solo finché non spunterà una bustina di Harriman Herbal. Lo bevono un milione di messicani," mormorò Adela cocciuta.

"Eh?"

"Sempre Hitchcock. Lascia stare," mi liquidò lei.

Non insistetti e preferii ricordarle ancora il riposo e il rilassamento.

"Mhmm," bofonchiò lei poco convinta.

"Di' un po', che ne pensi di questa Oliwia?" chiesi per cambiare argomento, prendendola a braccetto. "Introspezione! Quella donna non avrà più di venticinque anni e usa termini così altisonanti. Da dove l'ha tirato fuori? E tu che cosa dici: mamma o no?"

Così cominciammo a spettegolare di gusto su tutto il gruppo dei nostri compagni d'avventura, senza tirare più fuori il nome di Roger Hürlimann. Quando mezz'ora dopo uscimmo dal bosco, ci godemmo la vista della catena di colline del Murgschifferwald, che si stendeva fino all'orizzonte in tutte le tonalità dell'azzurro e del verde, e respirammo a fondo.

"Questa sì che è aria pulita," esclamai entusiasta, e Adela si disse d'accordo, ma senza troppa convinzione, soltanto con un cenno del capo.

Riposo e rilassamento. Quand'era stata l'ultima volta che me li ero goduti?

Di ritorno all'Himmelreich, le mie lentiggini erano raddoppiate e avevo la pelle come durante le vacanze della mia infanzia, quando le estati erano interminabilmente assolate e odoravano di fieno e grano maturo, perlomeno nei miei ricordi. Di buon umore, in terrazza, versai due bicchieri d'acqua a me e a Adela. Lei mormorò un breve e malinconico "caffè e paste", poi prese l'acqua senza altre lamentele. La assaporò come un buon vino e decretò di averci sentito ghiaia, muschio e margheritine di campo. Io non ero ancora pronta per le sfumature di gusto dell'acqua, la bevvi e basta.

Sul prato che arrivava fin giù al torrente alcune sdraio erano a disposizione degli ospiti. Due erano occupate da Silv e Dorette, che facevano la siesta. Una leggeva una rivista, l'altra di tanto in tanto afferrava senza parere un binocolo e lo puntava brevemente sulla montagna dall'altro lato del torrente. Scorsi un grosso edificio in legno in stile americano che sorgeva su un masso gigantesco.

"Quella roccia si chiama Rittersprung," mi spiegò Adela. "Per questo anche l'albergo si chiama così."

"Il selvaggio West nel bel mezzo della Foresta Nera," constatai stupita.

"Ma la cosa insolita del Rittersprung non è l'albergo," mi sorrise Adela con l'aria di chi la sapeva lunga. "Vieni, andiamo a sederci vicino alle svizzere," propose. "Di sicuro ci presteranno il binocolo."

Naturalmente anche lei sapeva che gli svizzeri sono campioni di discrezione non soltanto per quanto riguarda le questioni bancarie. La riservatezza protestante era un loro tratto distintivo. E dalla mia prima impressione, anche Silv e Dorette corrispondevano in pieno a quel cliché. Già a pranzo Silv Wert aveva manifestato un certo distacco, ma Adela non era tipo da avvicinamento graduale. Per lei era tempo sprecato, diceva sempre, e al diavolo la diplomazia. Io mi sentivo spesso in imbarazzo, perciò anche in quel momento esitai a seguirla.

"E vieni, non mordono mica." Adela si girò verso di me e attese che la raggiungessi.

Puntò dritta verso le sdraio subito accanto alle due svizzere, anzi, le accostò addirittura un po' di più a quelle di Silv e Dorette. Le due donne ci guardarono sorprese, ci salutarono educatamente con un cenno del capo, dopo di che ci ignorarono. Dorette riprese il binocolo e Silv la rivista. Leggeva *Vogue*, l'edizione francese, notai.

"*Attention*, Silv, ecco che cominciano." All'avvertimento di Dorette, anche l'amica prese il binocolo.

Le due donne li puntarono sul Rittersprung. A occhio nudo noi vedevamo soltanto omini minuscoli che sembravano avere il ballo di san Vito.

"Niente jeans, pantaloni di cuoio." Dorette spostò per un momento lo sguardo sull'amica, poi lo riportò sul binocolo. "Ha messo di nuovo il costume tirolese, che ne dici?"

"*Tout le monde* trova che il costume tirolese sia tornato di moda," rispose Silv annoiata senza abbassare il binocolo. Parlava un tedesco con un leggero accento svizzero, molto più comprensibile del dialetto di Dorette. "Pensa solo a quanti se ne vedono all'Oktoberfest."

"Anch'io ho in assortimento due modelli di pantaloni tirolesi. Morbida pelle di camoscio, uno color carne, l'altro champagne. Sono di quel giovane designer di Soletta. Modello Oberland Bernese e Patto del Grütli, e ne ho già venduti un bel po'."

"La moda!" sospirò Silv. "Un capo non più in voga può tornare all'ultimo grido anche se al tempo era orribile. Come succede adesso per il costume tirolese." Posò il binocolo alzando gli occhi al cielo.

"Ehi, guarda, ora Kevin indossa solo i pantaloni, sta a torso nudo!" esclamò Dorette entusiasta senza abbassare il suo. "Guarda un po' che braccia, quando solleva l'ascia. E che cosce e che polpacci sodi. Lui sì che è un vero uomo..."

"Adesso scrivo al tuo Ueli che vai fuori di testa per la moda antiquata e anche per un tipo di uomo antiquato." Senza seguire l'invito dell'amica, Silv fece dondolare un paio di volte la cinghia del binocolo attorno all'indice e poi tornò a posarlo. "Nietzsche, se posso citarlo, considerava il costume tirolese come la quintessenza del prete zoticone e il contrario del moderno intellettuale elegante, e così la penso anch'io."

"Wow, e guarda tutti quei ricami sul davanti!" esclamò Dorette con immutato entusiasmo senza curarsi delle osservazioni dell'amica.

A quel punto Silv riprese il binocolo e guardò. "Il costume rimanda al periodo premoderno," pontificò. "E di conseguenza a un'epoca in cui la moda maschile sottolineava gli attributi procreativi con decorazioni sontuose. Dopo la Rivoluzione francese e con l'inizio dell'età moderna, questa moda è stata superata. Però in tempi di estremo individualismo da una parte e di grande insicurezza dei ruoli dall'altra..."

"Silv, tu cianci come se fossi in cattedra," brontolò Dorette girando la testa, senza smettere di guardare, prima a destra e poi a sinistra. "Io vorrei solo sapere perché Ueli se ne sta con le mani in mano."

"Ieri si sarà procurato delle belle vesciche." Silv posò il binocolo e prendendo la custodia lasciò chiaramente intendere che per lei il "man watching" era terminato.

"Probabilmente quelle tecniche di sopravvivenza gli hanno provocato un bello sfogo!" Adesso anche Dorette si staccò il binocolo dagli occhi e la perfidia nel suo sguardo lasciò intendere che avrebbe voluto vedere quell'Ueli ancora più tormentato.

"Possiamo vedere anche noi?" chiese gentilmente Adela indicando i binocoli.

Per un istante Dorette parve colta di sorpresa, poi però ci sorrise con aria complice e porse lo strumento alla mia amica. "Che cosa ti sei fatta al braccio?" mi domandò allora, rinunciando al dialetto.

"Un infortunio sul lavoro," risposi secca, e lei evitò di approfondire.

"Si vede subito che è la prima volta che siete qui, altrimenti ne avreste portato uno anche voi." Lentamente Silv riaprì la custodia del binocolo. "Mentre si digiuna fa bene al morale osservare gli uomini rendersi ridicoli."

"Soprattutto quando tra di loro c'è il proprio marito, prossimamente ex," ridacchiò Dorette.

"Li abbiamo comprati in un negozio di articoli per la caccia a Baiersbronn. Di sicuro ne avranno ancora." E con quel sottinteso non troppo sibillino, Silv tolse benevolmente il suo dalla custodia per porgermelo.

Non faticai a individuare quel Kevin con i pantaloni di cuoio e il torso nudo di cui avevano parlato le due donne. Però non era l'unico a spaccare legna davanti all'hotel Rittersprung. Contai dodici uomini che si davano da fare con l'ascia. Nessuno degli altri teneva testa a Kevin per fisico atletico: il binocolo mi mostrò petti carenati e pancioni, braccini e pelle floscia, pelate e code di cavallo, doppi menti e barboni, toraci ricoperti di cespugli grigi o di lana nerissima. Ma che avessero il corpo pallido come il ventre di un pesce o che fossero abbrustoliti come una grigliata di Maiorca, in tutti quegli uomini il sudore correva a fiumi, alcuni ondeggiavano di qua e di là e rischiavano di cadere a terra. Poi però uno di loro lanciava un nuovo grido di guerra e subito tutti alzavano sopra la testa l'ascia impugnata a due mani e l'abbattevano sui ceppi, ma solo in rari casi con successo. Per la maggior parte non riuscivano a spaccare il ciocco che c'era posato sopra, che rotolava a terra.

"L'anno scorso uno si è tranciato due dita di un piede," intervenne Dorette come se mi avesse letto nella mente.

"E lo fanno tutti i giorni?" si informò Adela.

"Quando non vanno a pescare, a fare mountain bike, ad arrampicare, a cacciare o a macellare," le rispose servizievole Dorette.

"Ognuno si mortifica a suo modo," aggiunse Silv. "Gli uomini preferiscono tormenti visibili."

E in effetti sull'altro lato della valle era tutto un affannarsi e abborracciare, un gemere e imprecare. Soltanto Kevin continuava a sminuzzare un ciocco dopo l'altro senza dare segno di fatica. Un giovanotto muscoloso, un giovane dio, e con quel nome: Kevin!

"E anche questo Kevin è un ospite del Rittersprung?" mi sfuggì.

"No, lui lì è un po' un tuttofare," spiegò prontamente Dorette. "Dal personal trainer alla guida nei corsi di sopravvivenza, e la sera si occupa della mescita al bar. Con lui Karsten ha fatto proprio un buon affare."

"Hai ragione!" confermò Adela abbassando il binocolo. "Se ne intende anche di whisky. Sapete, ieri sera Roger Hürlimann mi ha invitata al bar del Rittersprung. Naturalmente abbiamo parlato soprattutto della sua splendida auto, la Facel Vega..."

La fulminai furiosa con lo sguardo, sperando che bastasse a tapparle la bocca, perché non pensavo che fosse una buona idea parlare di Roger Hürlimann prima di aver capito che cosa fosse successo davvero la notte precedente.

"Adela," l'ammonii sibilando, ma fu del tutto inutile.

"...e lui mi aveva promesso di farmici fare un giro," proseguì imperterrita. "Invece questa mattina vengo a sapere che ha tagliato la corda come se niente fosse."

Respirai a fondo. Per fortuna non aveva aggiunto che credeva di averlo visto morto sul suo letto.

"Oh, sulla parola di Roger non si può mai fare troppo affidamento, questo è certo," ridacchiò Dorette.

"Davvero?" Adela afferrò coraggiosamente i due braccioli della sdraio e si tirò su. "E così voi lo conoscete?"

"Be', ecco, conoscere..." fece marcia indietro Dorette.

"No, è solo un connazionale," venne in suo soccorso Silv.

"E perché dite che non ci si può fidare della sua parola?" insistette Adela con aria innocente.

"Personalmente non lo conosco quasi," minimizzò Dorette. "Sua moglie e la sua ex sono clienti della mia boutique, e così capita di sentire qualcosa. Ovviamente la sua ex non parla bene di lui, e anche la moglie attuale non ne è troppo entusiasta e non vede di buon occhio che spenda tutti quei soldi in vecchie auto. Perché tutte e due amano i suoi soldi, e che prima ne avesse in abbondanza non è un segreto, ma adesso che con i cinesi..."

"Dorette, dobbiamo andare," la interruppe Silv con un'occhiata all'orologio mentre si alzava. "*Excusez*," disse poi a noi due. "È l'ora del nostro massaggio. Bastian si vendica sempre dolorosamente con i ritardatari."

Rimanemmo a guardarle in silenzio mentre risalivano il prato dirette all'Himmelreich. Persino Adela seppe vincersi e aprì bocca soltanto quando furono sparite dentro l'edificio.

"Il loro massaggio, puah!" sbottò. "Voleva solo impedire a Dorette di spiattellare tutto. Quelle due sanno di più su Roger e di sicuro anche sulla sua scomparsa. E i cinesi, cioè, i cinesi..."

"Cinesi, sì, adesso non fissarti! Adela, se sei sicura di averlo visto morto nel tuo letto, dobbiamo chiamare la polizia," tagliai corto.

"Ma non capisci?" esclamò in un misto di rabbia e disperazione. "Per farlo mi serve qualcosa di più che un qualche vago ricordo di ieri notte."

"Ma i cinesi, ti prego!" ribattei brusca. Semplicemente, non volevo che quel Roger Hürlimann intralciasse i nostri buoni propositi di riposo e rilassamento. "Siamo qui per distenderci."

"Riposo e rilassamento. Certo, tesoruccio." Mi carezzò di nuovo la mano. "Anche se non mi credi, un rompicapo come questo non può guastare."

Oh, invece sì, pensai. Invece sì.

Per fortuna dopo cena – riso in brodo, tre gambi di prezzemolo, due fiori di borragine, quattro dadi di carota e quattro di zucchina – ci aspettavano altri enigmi. Peggy ci invitò a fare un gioco a quiz. Adela amava questi intrattenimenti, io un po' meno, ma non c'erano alternative. E poi volevo tenerla d'occhio. C'era da aspettarsi che prima o poi le sarebbe scappato di parlare del morto nel suo letto, e per il momento volevo evitarlo.

Peggy ci divise in gruppi. Adela, Rüdiger, Mareike – la mamma olandese – e io finimmo insieme. Adela brillò in tutte le domande su questioni mediche – in quanto ostetrica, nel corso della sua vita professionale aveva accumulato conoscenze approfondite a riguardo – e ovviamente anche su tutto ciò che concerneva le automobili. Rüdiger fece colpo con la sua vasta cultura generale, il che non fu una sorpresa, dal momento che il neopensionato aveva insegnato storia, filosofia e scienze politiche. Mareike si dimostrò un asso in geografia, ma anche nella flora e nella fauna. Soltanto sulla mia specialità, cibo e bevande, non ci furono domande. Comprensibilmente, Peggy non voleva svegliare il can che dorme e ritrovarsi degli stomaci brontolanti. Di conseguenza, l'unica domanda con cui potei mettermi in mostra fu quella sul nome austriaco del pomodoro: *Paradeiser*. Era così che si sarebbe dovuto chiamare il ristorante che Ecki e io volevamo aprire a Vienna. A lungo avevo inseguito quel sogno, a lungo avevo sperato che Ecki mettesse finalmente radici. Ecki, accidenti a lui. Ecki era definitivamente storia passata.

Adela mi diede un colpetto, la domanda seguente riguardava il nome di un cuoco televisivo, ma dovetti passare. Però la nostra squadra concluse comunque la serata al secondo posto.

Ci scambiammo le congratulazioni e bevemmo ancora acqua e tisane parlando del più e del meno. A poco a poco tutti si ritirarono nelle loro stanze, all'Himmelreich si andava a letto presto. Erano solo le dieci e mezzo, a quell'ora di solito ero ancora nella cucina del Giglio Bianco, era raro che andassi a dormire prima delle due. Quando anche Adela e io ci ritirammo erano passate da poco le undici. In corridoio lei canticchiò una canzone e mi sentii sollevata che nel corso della serata non fosse più saltato fuori il nome di Roger Hürlimann.

Primo giorno di purificazione

Per dare inizio al digiuno è importante l'evacuazione per preparare il corpo a liberarsi nonostante il mancato apporto di alimenti. Il lassativo non è particolarmente piacevole, però aiuta a sentire meno la fame nei giorni di digiuno. Prima di assumere il sale di Glauber o di praticare il clistere, bere una tisana di rosmarino o biancospino per stimolare la circolazione, e una tisana alla verbena o un tè alla menta per sostenere l'attività di fegato e cistifellea.

Già la sera prima durante il gioco a quiz nei discorsi tra di noi era emerso l'argomento del digiuno. Il termine evacuazione era stato evitato, a chi piace parlare di certe cose? Peggy Heinemann non aveva tali scrupoli e approfittò del momento della colazione, in cui tutti erano seduti a bere la loro tisana, per esporre in modo simpatico ma dettagliato la differenza tra sale di Glauber e clistere, e anche per dare una dimostrazione – non pratica, ma comunque assai esplicativa – dell'uso della peretta. Quindi ci indicò il tavolino accanto all'ingresso, dove ne era stata preparata una per ognuno di noi. "Acqua tiepida, miei cari, chi vuole può prendersi anche una camomilla in cucina. Il procedimento va ripetuto, perché a volte rimane ancora una nocciolina più ostinata."

Alla parola "nocciolina", a qualcuno scappò una risatina, quindi Peggy diede il buon esempio e afferrò coraggiosamente una peretta. In alternativa, sul tavolo c'era una bustina di sale di Glauber per ciascuno di noi, calcolata esattamente in base al peso. Giunta alla porta, Peggy si voltò ancora una volta e augurò a tutti una buona depurazione, che però non produsse un assalto a sali e clisteri. A parte le due svizzere, che in quanto ospiti esperte presero le loro bustine di sale di Glauber e subito dopo lasciarono la sala, tutti gli altri rimasero come saldati alle sedie e continuarono a bere la tisana.

Adela, ben riposata e dinamica, fu la prima ad alzarsi. "Suvvia, gente, non possiamo rimandare in eterno. Perciò, occhi chiusi e via!"

E con un energico cenno del capo, mi ordinò di seguirla. Andò decisa al tavolo e passò in rassegna i sali e le perette, sostenendo di non temere né gli uni né le altre. Senza curarsi di abbassare la voce, si offrì di farmi il clistere, visto che con il braccio infermo non ci sarei riuscita da sola. Rifiutai e mi misi freneticamente alla ricerca della mia bustina di sale, e fui sollevata quando a noi si unì Britt. Cominciai a scambiare con lei quattro chiacchiere innocue, lei però rispondeva a monosillabi, e continuò così anche quando le chiesi da dove venisse.

"Berlino."

Non aggiunse altro, come se quella parola spiegasse tutto. È proprio vero che, come si dice, chi viene da una metropoli è un po' arrogante. Senza curarsi oltre di me, Britt inforcò gli occhiali da lettura sul naso aguzzo e cercò la sua bustina di sale. La osservai con più attenzione. Era davvero molto magra, un cosino secco secco. Vista da vicino sembrava il tipo di donna che preferisce perdere peso che mangiare.

"Meglio abbondare," annunciò improvvisamente loquace, infilando in fretta sale e peretta in una grossa borsa. "Preferisco andare sul sicuro."

"Ma non dirai sul serio!" Quando Rüdiger apparve al suo fianco, scuotendo la testa con aria di disapprovazione, la sua chioma alla Einstein splendeva come un'aureola al sole del mattino. "Tutta questa storia dell'evacuazione è soltanto una cialtroneria. Uno studio della Charité ha dimostrato che non riduce per niente il senso di fame, perché in realtà lo stimolo della fame è provocato da ormoni..."

"Ah, davvero?" lo interruppe Britt con un luccichio tagliente negli occhi. "E quale compagnia farmaceutica lo ha finanziato, questo studio?"

"Ti prego, ma che cosa vuoi fare al tuo organismo? Sale e clistere ti rovineranno le pareti dello stomaco, e tutto questo per niente," si accalorò lui. "Perciò io rinuncio del tutto a questa procedura disgustosa e soprattutto inefficace."

"A me sembra soltanto che tu te la faccia sotto."

"Io me la faccio sotto per altre cose."

Le bustine di sale crepitarono mentre i due si impegnavano in un duello di sguardi che non prometteva niente di buono. Erano pronti ad affilare le armi. Senza parlare, optarono per un armistizio e ognuno se ne andò per la sua strada, ma io ebbi l'impressione che avessero appena gettato le basi di una solida inimicizia. Ero sicura che alla prima occasione avrebbero nuovamente attaccato briga.

Trascorsi le ore seguenti impegnata in quella procedura disgustosa, per usare l'espressione di Rüdiger. Il sale di Glauber sciolto in acqua tiepida aveva un sapore orrendo, non per niente andava mandato giù in un solo sorso. Sul brontolio dell'intestino che seguì l'assunzione e sul tempo forzatamente trascorso in bagno preferisco non scendere nei dettagli. Dopo la tortura, mi trascinai stremata sul letto e mi addormentai all'istante.

Mi svegliò un rumore. Dalla porta fece capolino Ebru, che vedendomi richiuse immediatamente. Un attimo dopo la sentii passare l'aspirapolvere nella stanza accanto.

Quando mi alzai, vidi delle stelline guizzarmi davanti agli occhi. Mi sentivo non soltanto vacillante, ma anche stranamente leggera, fragile come un elfo. Una rapida occhiata allo specchio, però, mi mostrò la solita e assai robusta Katharina.

Con la testa che mi girava ancora un po', decisi di andare a farmi una tazza di tisana. Uscii dalla stanza senza guardare e in corridoio andai a sbattere contro Ebru, che urtò il carrello delle pulizie con un grido spaventato. Avevamo più o meno la stessa statura e corporatura.

"Mi scusi, mi scusi," balbettò lei indicando il mio braccio fasciato.

"No, tranquilla, non è successo niente." Sollevai il braccio per dimostrarle che non mi faceva male, ma servì a poco, visto che continuava a tremare. Aveva arrotolato la manica del grembiule che indossava sopra la T-shirt e le scorsi una lunga cicatrice sul braccio destro, come se molto tempo prima glielo avessero squarciato. "Si sente male? Devo andare a prenderle un bicchier d'acqua?"

"No, non è necessario." Scrollò i pesanti riccioli e si raddrizzò. "Mi gira solo un po' la testa. Mi succede qualche volta quando digiuno."

"Ma qui devono digiunare anche tutti i dipendenti?" le chiesi stupita.

Scosse nuovamente la testa. "No, è volontario. Per via del Ramadan."

"Oh, non mi stupisce, non potete bere per tutto il giorno," osservai.

"Però dopo il tramonto possiamo mangiare." Abbozzò un sorriso un po' tirato. "Molto meglio che bere, bere e bere soltanto."

"E la sera che cosa mangiate di preciso?" chiese interessata la cuoca in me. Domanda sbagliata, mi rimproverai, ma ormai era fatta.

Un po' esitante, ma poi con sempre più entusiasmo, Ebru mi enumerò le specialità della cucina curda: i *kutilk*, gustosissimi gnocchi di carne macinata e bulgur, poi riso rosso e zucchine arrostite, e per dessert i *kulicha*, dolcetti di datteri con cardamomo e noci. Il mio intestino, appena liberato e placato, si fece di nuovo rumorosamente vivo, lo stomaco vuoto reclamava cibo. Ebru, che ormai aveva preso slancio, elencò altri piatti. Mi restava solo la fuga. Mi affrettai a percorrere il corridoio, scesi le scale e superata la reception uscii all'aperto, dove sotto gli ippocastani ci aspettavano di nuovo tazze e tisaniere. Mi riempii una tazza e mandai giù d'un fiato la tisana. La seconda la bevvi più lentamente, prima di ingoiare mi rigirai l'infuso nella bocca: menta, foglie di rosa, bacche di rosa canina. Temetti di essere sul punto di cominciare anch'io a distinguere le sfumature di gusto dell'acqua. A poco a poco il mio stomaco si placò.

Guardandomi intorno, vidi al tavolo sulla sinistra Raisa e Oliwia, impegnate in un'accesa conversazione. Non capivo una parola, parlavano in russo. Oliwia sembrava agitata, gesticolava animatamente e concionava a voce alta. Raisa, invece, cercava di tranquillizzarla parlando sommessamente e intanto le carezzava una mano come faceva sempre Adela con me.

Come a un segnale, quando il dottor Orlow le raggiunse al tavolo e si rivolse loro in russo, entrambe tacquero e assunsero un'espressione distaccata. Pur senza capire le parole, era chiaro che stavano solo facendo quattro chiacchiere. Si scambiavano frasi brevi, Orlow disse qualcosa che provocò una risata generale. Una successiva frase del dottore fu liquidata dalle due donne con uno scuotimento del capo, quindi Orlow salutò con un rapido inchino e si diresse verso le due svizzere, che prendevano di nuovo il sole sulle sdraio. Ignorò invece alla sua sinistra mamma e figlia olandesi, anche loro sulle sdraio, forse per cortesia, visto che la ragazza litigava furiosamente con la madre, visibilmente in imbarazzo. Forse lo fece anche perché le svizzere erano clienti abituali o magari avevano prenotato un trattamento speciale con lui.

All'Himmelreich, che si trattasse di bellezza, wellness o medicina, per tutto c'erano extra, che però avevano un costo a parte, come Peggy, non senza una certa aria di superiorità, aveva messo bene in chiaro a Adela e me al nostro arrivo. Non aveva fatto mistero di essere convinta che non avremmo neppure preso in considerazione alcuna di quelle offerte, ci reputava soltanto vincitrici di un concorso a premi che non potevano permettersi niente del genere.

"Trovo che dia davvero un certo sollievo," osservò la vincitrice, che mi aveva raggiunto senza che la notassi. "È davvero straordinario, tutto quello che si blocca nell'intestino. Insomma, io ho una buona digestione, la faccio tutti i giorni, ma che rimanesse ancora così tanto..."

"Chissà se quelle due si conoscono," la interruppi indicando Raisa e Oliwia, che continuavano imperterrite a discutere. "Oppure quando si è all'estero si è portati automaticamente ad avere più confidenza con i propri connazionali?"

"Prima Dorette e Silv parlavano di Oliwia." Adela indicò le sdraio dove adesso sostava il dottore. "Non di Oliwia direttamente, più in generale delle bionde dell'Est europeo. Anche la moglie e la ex moglie di Roger Hürlimann rientrano in quella tipologia." Adela si tirò su le maniche della blusa di cotone, scoccandomi un'occhiata complice. "Volevo proprio parlare con lei di Hürlimann. Se è il suo tipo, forse lui l'ha abbordata, e allora potrei chiederle anche se lei e Raisa si conoscono. Due piccioni con una fava."

Il gong che ci chiamava a pranzo e la presa salda con cui la guidai verso la sala le impedirono di attaccare subito bottone con Oliwia.

Nella stanza aleggiava un profumo di brodo vegetale. Riconobbi sedano, prezzemolo da radice, maggiorana. Privato degli occhi di grasso, il brodo che fumava nei piatti risultava trasparente, decorato con una dose omeopatica di prezzemolo. E per dessert ci aspettava un bicchierino di succo di mela. La minestra veniva consumata da tutti in silenzio, quasi con riverenza. La pace claustrale era interrotta solo di tanto in tanto dal sommesso sorbire del brodo e dal graffiare del metallo sulla porcellana. Anch'io assaporai più volte ogni cucchiaiata in bocca, così distinsi anche un po' di sedano di monte. Una volta svuotato il piatto, di sicuro non avrei potuto dire di sentirmi piena, però avvertivo un certo senso di sazietà.

Dopo che fu sparecchiato, Peggy, che sedeva a tavola con il dottor Orlow, richiamò la nostra attenzione. "Sono felice di vedervi tutti così in forma e di buon umore," esordì, facendo scorrere lo sguardo tutto attorno come un'esperta direttrice d'orchestra. "Se qualcuno di voi dovesse avere ancora problemi intestinali e avesse bisogno di un medico, come vedete il dottor Orlow è qui con noi. Per borborigmi leggeri, tra parentesi, alla reception troverete boule dell'acqua calda..."

Nel bel mezzo del discorso di Peggy, sentii vibrare il cellulare. Vidi che a chiamare era Arîn e risposi subito. "Un momento," sussurrai uscendo dalla sala da pranzo.

"Oggi prendetevela con calma, andateci piano, staccatevi da ogni preoccupazione," predicava Peggy, ed ebbi l'impressione che per quanto usasse il plurale, in realtà si stesse riferendo soltanto a me.

"Che succede?" chiesi non appena mi ritrovai in corridoio.

"Niente, tutto a posto," mi tranquillizzò lei. "Siamo in pausa e ho pensato che per oggi avrei potuto precedere la tua chiamata di controllo."

Quando la gatta non c'è, i topi ballano. Chiamata di controllo! Presi un bel respiro. Per un attimo mi passò per la mente il ricordo del tempo in cui Ecki aveva gestito il Giglio Bianco in mia assenza e aveva cominciato a organizzare settimane viennesi. Arîn e Holger non avrebbero mai fatto niente di simile. Oppure sì?

"Allora," continuò intanto la piccola curda, "le prenotazioni sono buone, le scorte abbondanti e la cucina va alla grande. Vuoi sapere come abbiamo preparato la *daube* provenzale per questa sera?"

"No," la frenai subito, per quel giorno mi bastavano già le specialità di Ebru. "Oh, tra parentesi, qui a fare le camere c'è una ragazza curda," le raccontai. "È un po' più giovane di te, è alta e robusta e di cognome fa Delbaz."

"Delbaz?" ripeté Arîn. "Non mi dice niente. Anche se noi curdi ci teniamo in contatto tra di noi, non ci si può conoscere tutti. Sei sicura che sia proprio curda?"

"Quando le ho detto che ha un nome curdo, ha fatto di sì con la testa."

"E anche la sua famiglia vive in quella solitaria valle della Foresta Nera? Noi tendiamo a rimanere uniti. Sai, esilio, famiglia e così via. Perciò mi stupirebbe che una ragazza curda se ne stesse tutta sola in quel deserto della Foresta Nera."

Ha ragione, pensai. "Non ho idea di dove sia la sua famiglia."

"Ci atteniamo a tutte le tue ricette e portiamo avanti il locale secondo le tue intenzioni," mi assicurò Arîn salutandomi.

Mi ricordai quanto era stata entusiasta allora delle serate di Ecki con la musica popolare viennese. Ma no, di sicuro pensava davvero quello che diceva.

Rimisi via il cellulare. Dietro di me la porta della sala da pranzo si aprì, gli ospiti mi passarono davanti e ognuno se ne andò per conto suo. Sembravano sapere tutti che cosa fare, io sola ero indecisa. Andare a dormire? Di nuovo? No. Una nuotata? Con quel braccio potevo scordarmelo. Leggere? I libri di cucina erano tabù, e di sicuro in qualsiasi romanzo avrei trovato passi in cui si parlava di cibo. Anche se avessero accennato soltanto a un tozzo di pane secco, attorno a quel pane avrei creato un menù intero. Non era una buona idea, quando non si poteva mangiare neppure quello. Fare una passeggiata o prendere il sole? Di nuovo? Ma come faceva la gente a rilassarsi e riposarsi per giorni, addirittura per settimane? E dare una mano a Adela nella sua ricerca di Roger Hürlimann? Lì non avrei di sicuro pensato al cibo. Mi guardai attorno per cercarla, ma non riuscii a vederla.

Sulla terrazza il vento giocava con le foglie degli ippocastani: un paio caddero dal ramo, si impigliarono tra le stecche delle poltroncine di vimini oppure scivolarono sul lastricato dell'ingresso. Il cielo splendeva di un blu terso, nuvolette a pecorelle del bianco più candido avanzavano lentamente. L'aria era soave, c'era odore di fiori di prato e di pietre scaldate dal sole e anche di un pizzico di cloro.

Feci un paio di passi e scorsi non soltanto Silv e Dorette, di nuovo sulle sdraio, ma anche Adela, che come il giorno prima aveva accostato la sua a quelle delle due svizzere. Sicuramente quella libera accanto a lei era per me. Teneva le mani intrecciate sulla pancia voluminosa e aveva gli occhi chiusi. Sembrava perfettamente serena e persa nei sogni più dolci, ma ero sicura che stesse solamente facendo finta di dormire e che non si lasciasse sfuggire neppure una parola delle sue vicine.

Sotto, al torrente, Oliwia e Betje, le più giovani del gruppo, passeggiavano sul prato provenienti dall'impianto per la cura idroterapica. Betje indossava stivaloni da paracadutista, leggings neri e un'ampia canotta, anche quella nera, che le copriva i cuscinetti di grasso lasciando scoperti i tatuaggi sulle braccia e sulle spalle. Le sottili piume che avevo già notato nel corso del giro di presentazione si infittivano sulle spalle, e quando ci diede la schiena, vidi che la ragazza si era fatta disegnare due vere e proprie ali. Oliwia indossava un paio di pantaloni che le coprivano a malapena il deretano e stivali di morbida pelle di camoscio che le arrivavano oltre il ginocchio e facevano pensare a soldati o escursionisti del selvaggio West. Avvicinavano di continuo le teste, gesticolavano e ridevano.

Adela aprì brevemente gli occhi, mi vide e indicò la sdraio libera. Sempre meglio che restarmene piantata lì come un'idiota, decisi, e mi incamminai. Al mio arrivo, Silv e Dorette discutevano di nuovo di abbigliamento. La moda sembrava essere il loro argomento preferito.

"Pantaloni e stivali alti, così non va," si accalorò Dorette. "Fa un po' zoccola."

"No, non sai leggere i segni dei tempi," ribatté Silv. "L'ultima volta che sono stata a New York, la moda femminile ruotava tutta attorno alle gambe. Gambe in leggings. Gambe in pantaloni attillati. Gambe in collant coprenti. Gambe in shorts o in minigonna. E spesso c'erano abbinati stivali, bassi o alti come quelli di Oliwia."

"Be', comunque belli non sono," replicò Dorette.

"Come se la moda avesse a che fare con la bellezza!" Silv la guardò sollevando energicamente le sopracciglia. "Quelle che contano sono le tendenze, i simboli. Per tutto il ventesimo secolo è stata la gonna a determinare quanto si potesse vedere delle gambe. Nylon trasparente e sottilissimo, nudità e pseudocopertura. Fin dove si possono mostrare le gambe? Lo spacco quanto può essere profondo? E se il vento ti solleva la gonna come a Marilyn Monroe e ti scopre le cosce? Tutte queste domande, compresa quella se si possa o no sbirciare sotto la gonna, sono superate. Con gambe come quelle di Oliwia, sono diventate irrilevanti. Gambe del genere hanno piena libertà nel senso più vero del termine. Un segno di modernità, mentre la moda femminile rispecchia ancora così tanto l'epoca premoderna."

"Le mie clienti roba del genere me la tirerebbero dietro," la derise Dorette. "La tua è tutta teoria, è solo aria fritta."

"Ma anche a te interessa leggere le tendenze e saperle interpretare, o no?"

"E quello che cosa sarebbe?" Dorette girò la testa e seguì con lo sguardo Britt, che, uscita dall'Himmelreich, ci passava davanti diretta al torrente. "Mi piacerebbe proprio sapere che cosa ne pensi del suo outfit."

Britt correva giù per la discesa, inciampò più volte, si tirò su e riprese a correre. Gli sformati pantaloni marroni e la maglietta color vinaccia le penzolavano sul corpo sottile. Sembrava agitata, accaldata e nervosa. Si grattava ripetutamente i capelli a spazzola, come se avesse la scabbia.

"Per me quelli sono vestiti da dare ai poveri," aggiunse Dorette.

Raggiunte Oliwia e Betje, Britt si arrestò bruscamente, si strinse le ginocchia come una velocista per riprendere fiato, si tirò di nuovo su, e cominciò a parlare come una mitraglietta, continuando a puntare il dito in direzione del Rittersprung. In quel momento da là non provenivano né colpi di accetta né grida selvagge, si notava invece quello che dalla nostra posizione sembrava un camioncino giocattolo.

"L'autista deve aver ringraziato il Signore, se è arrivato lassù sano e salvo con quel bisonte," osservò Adela, che aveva seguito il mio sguardo.

"Nell'era moderna, non so come ripetertelo, Dorette, ogni scelta di abbigliamento è una messa in scena consapevole," riprese Silv con il suo tono cattedratico. "E con i suoi vestiti e tutto il suo atteggiamento, quella donna vuole manifestare una protesta. 'La moda non mi interessa,' urlano quei pantaloni larghi. 'Quel che conta per me è stare comoda,' dice la T-shirt color vinaccia. 'Al diavolo i parrucchieri,' ringhiano i capelli a spazzola. 'Il seno è mio,' grida il reggiseno assente."

"Scusa, mi presti un attimo il binocolo?" le chiese Adela. Dorette annuì e glielo porse.

"Se così vogliamo dire, è rimasta bloccata nella fase di ostinazione tipica della pubertà, più regressiva che creativa," proseguì imperterrita Silv. "Nega la propria femminilità e rifiuta di crescere. Si atteggia a rivoluzionaria, a una Giovanna d'Arco dei mattatoi, a una..."

"Guarda un po'!" disse Adela, e con un colpetto mi passò il binocolo.

Adesso distinsi il camion con chiarezza. "Macelleria Heinemann", c'era scritto a lettere bianche su sfondo rosso. Vidi il mezzo procedere in retromarcia verso un capanno e poi scendere una rampa. Un uomo aprì la porta del capanno, un altro strattonò un maiale giù dal camion e ce lo spinse dentro. La porta si richiuse e il camion risalì.

"Hanno consegnato un maiale," constatai abbassando il binocolo.

"Naturalmente un maiale felice, cresciuto all'aperto, bio, chilometro zero e così via," dichiarò Silv.

"È per l'evento *Nose to Tail*, lo hanno già fatto l'anno scorso," spiegò Dorette.

"Che cosa?"

Sulla faccia di Adela si erano accesi migliaia di punti interrogativi e finalmente potei esibire anch'io un po' di competenza tecnica. "Fergus Henderson," spiegai. "È un cuoco inglese, nel nuovo millennio è stato il primo a prendere nuovamente posizione perché si cucinino e si consumino tutte le parti dell'animale macellato. È un rifiuto della cucina tutta filetto e petto, un accostarsi a lingua, guanciale, milza, fegato, cuore e reni. Tutto è utilizzabile, niente viene buttato, una cucina parsimoniosa. Henderson è il fautore di una cucina onesta, semplice, ecologica, e così fa tendenza. Oggi anche i cuochi stellati mettono le interiora nei loro menù. Cosa che ovviamente dipende dal fatto che anche la cucina, come l'abbigliamento, segue le mode." Scoccai a Silv un'occhiata complice. "Sebbene in realtà non ci sia niente di nuovo, è una pratica che era stata dimenticata. Fino alla fine degli anni Cinquanta era normale che tutto l'animale..."

"Se non la smetti subito, ricomincio con la Facel Vega," mi minacciò Adela.

"Allora si utilizzava addirittura la vescica del maiale per farne palloni aerostatici," proseguii come se niente fosse. "Comunque, questo Henderson ha fatto furore già nel 1999 con il suo libro *Nose to Tail Eating: A Kind of British Cooking*. Secondo il settimanale britannico *The Observer*, è uno dei libri di cucina più importanti di tutti i tempi."

Silv annuì con un'occhiata ammirata verso di me. Adela si girava ostentatamente i pollici, ma la cosa non mi turbò. Pur di non sentire altre storie sulle macchine d'epoca, avevo già pronte altre tre relazioni sul cibo.

"Il *leberwurst* che ha portato a casa Ueli l'anno scorso era ottimo," raccontò Dorette. "Allora mangiavo ancora la carne," aggiunse a mo' di spiegazione. "Ora sono vegana. Voglio proteggere il mio corpo dai continui attacchi dei radicali liberi."

I radicali liberi! Sospirai. Metabolismo e così via. "E tu ci credi a quello che predica quel fascista di Attila Hildmann, il vegano? Che un'alimentazione attenta garantisca la salute eterna?"

"È comunque meglio che mangiare carne. E Hildmann è diventato bello magro."

"Quell'uomo è un imbroglione, un falso profeta! Quando uno si definisce da solo il Picasso dell'alimentazione..." protestai.

"Ah, davvero?" esclamò Adela, e i suoi occhi brillavano di curiosità.

Non capivo come mai si interessasse a quella piccola disputa sull'alimentazione sana, ma mi sbagliavo di grosso, come mi accorsi subito.

"Quindi voi siete già state qui insieme l'anno scorso? Tu all'Himmelreich e lui al Rittersprung? E Roger Hürlimann? Era venuto anche lui con la moglie?"

"Credo che sia l'ora del nostro succo pomeridiano." Mi tirai su dalla sdraio invitandola a imitarmi. E lei lo fece, ma solo quando anche Dorette e Silv si alzarono. Presi Adela a braccetto dalla parte non infortunata e feci in modo di lasciare un po' di distanza tra noi e le due svizzere.

"Dorette e Silv, figli sì o no?" cercai di distrarla con il nostro giochino preferito.

"Silv nessuno, Dorette due," rispose lei senza troppo entusiasmo, per ammutolirsi subito dopo.

Seguii il suo sguardo verso l'altro versante della valle. Al Rittersprung il camion ripartì, e anche le tre donne al torrente si apprestarono a tornare all'Himmelreich.

Il succo di sambuco che venne servito in terrazza aveva il sapore forte che ricordavo. Dopo, Adela decise di andare un po' a stendersi sul letto e si ritirò. Anche tutti gli altri sembravano sapere che cosa fare, io ero l'unica indecisa. Tornai lentamente dentro il centro, diedi un'occhiata alle riviste nell'atrio, ma non ci trovai niente di interessante. Rüdiger, che stava leggendo il giornale, me ne offrì una sezione, ma rifiutai. Andai in sala da pranzo e da lì proseguii in corridoio finché non arrivai a una porta con il cartello "Cucina".

Sulle cuoche le cucine esercitano un'attrazione irresistibile, vogliono sempre sapere come le hanno allestite i colleghi. Che tipo di salamandra o vaporiera usano, se lavorano in una scatola da scarpe o se il loro piano di lavoro è abbastanza comodo, quali fornelli, forni o grill hanno scelto, se è tutto di un bell'acciaio luccicante o se l'attrezzatura è stata raffazzonata nel corso degli anni.

La cucina in cui mi ritrovai doveva essere stata dimenticata dopo la ristrutturazione come un figliastro negletto. Ricordava quella di un ostello della gioventù degli anni Settanta. Pratica e splendente, era arredata in maniera spartana con frigorifero, fornello, lavello e un lungo piano di lavoro; il tavolo e i pensili erano rivestiti di un laminato plastico a quadrettini grigi. In giro non si vedeva un gambo di prezzemolo, niente di commestibile. Se avesse ricevuto una visita a sorpresa degli ispettori sanitari, avrebbe meritato un dieci e lode.

Ed era deserta. A quell'ora il Giglio Bianco era un fervore di attività. Ma del resto, in un albergo in cui si pratica la digiunoterapia, la cuoca non ha poi questo gran da fare. Se fosse stato per me, avrei preparato brodo vegetale in quantità tale da bastare per un paio di giorni. Feci il giro attorno al tavolo, passai la mano sul freddo piano di lavoro e seguii il profumo di fieno fresco in dispensa. Trovai a seccare mazzi di erbe e fiori stesi su lunghe corde da bucato, funghi bene allineati e frutti di bosco allargati in grossi setacci rettangolari. Su un ampio scaffale contro il muro vidi file ordinate di barattoli. Sui più grossi c'erano etichette con nomi come "tisana del mattino", "tisana della sera", "tisana rilassante", i più piccoli contenevano erbe singole: achillea, melissa, menta, rosmarino, biancospino, verbena e così via. In un armadietto dei medicinali chiuso vidi attraverso il vetro opalino barattolini e boccette di quelli che si usano in omeopatia.

"Lo sapevo che saresti venuta qui," sentii dire a una voce. "Non c'è cuoco capace di passare davanti a una cucina senza entrare, anche se sta digiunando."

Dritta come un fuso, davanti a me c'era Hiltrud, con Ebru al seguito. Portavano ceste piene di fiori di tiglio, il cui aroma inebriante offuscava quello delle erbe lasciate a seccare. Hiltrud. Ovviamente la riconobbi. Adesso che ce l'avevo davanti, mi parve di rivederla seduta in cucina con mia madre. Il viso segnato dal tempo, il corpo massiccio e le mani robuste: tutto in lei dimostrava che sin da bambina era stata abituata a darsi da fare.

Le porsi la mano sinistra per salutarla. "Martha lo aveva detto che adesso cucini qui."

"Non per mia scelta, ma è una storia lunga." Ordinò a Ebru di coprire un angolo del pavimento della dispensa con carta di giornale e di spargerci sopra i fiori di tiglio. "Credevo che da vecchie ci avrebbero sfamato i nostri figli, ma col cavolo. Che cosa ti sei fatta al braccio?"

Glielo raccontai. "Non posso cucinare, è per questo che sono qui."

"Una volta Martha si è fatta un taglio così profondo al pollice destro che non lo ha più potuto usare," ricordò Hiltrud. "È stato tremendo, avrei voluto buttarla fuori dalla cucina."

Oh, sì! Martha e le malattie, anch'io ne avrei avute da raccontare al riguardo. Qualche anno prima si era rotta una gamba e mi aveva ordinato di tornare a casa, e lavorare nella sua cucina era stato un vero inferno, lei era stata insopportabile. Ma se dovevo essere sincera, non è che io fossi più paziente di lei.

"Anche i miei sono contenti che non gli stia tra i piedi,"

ammisi. "È per questo che sono all'Himmelreich. Però qui si esagera un po' con il riposo e il rilassamento."

"Non vorrei che attirassi un altro delitto!" mi minacciò con un dito e una strizzatina d'occhi. "Martha dice che sei una vera calamita per queste cose. Mi racconta sempre quando ti vai a invischiare in qualche intrigo. Più di una volta hai avuto più fiuto della polizia."

"Ma non l'ho mai fatto apposta, è sempre successo tutto per caso," minimizzai.

"Diventate sempre più simili." Mi squadrò attentamente. "Potrei quasi credere che quella che ho davanti sia Martha."

La maledizione dei geni, il lato materno estremamente dominante. Però perlomeno avevo ereditato i riccioli rossi di mio padre.

"Aspetta!" Hiltrud tirò fuori una chiave dalla tasca dei pantaloni, aprì l'armadietto dei medicinali e ne tirò fuori una scatoletta. "Abbassati!" mi ordinò, poi scostò con cura tutore e stecca, aprì il barattolo e mi applicò una crema sul braccio. "Dovrebbe aiutarti a guarire più in fretta."

"Di' un po'," chiesi mentre spalmava la crema. "Da dove viene questa Peggy Heinemann?"

"Da Dresda, credo, o era Lipsia? Comunque da qualche parte in Sassonia."

"E l'Himmelreich appartiene a lei?"

Hiltrud annuì.

"Ma era una vecchia trattoria della zona, come ci è arrivata Peggy Heinemann?"

"Per amore." Hiltrud risistemò il tutore. "E il suo contrario." Vedendo la mia faccia perplessa, si spiegò meglio. "Il vecchio Heinemann è sempre stato il proprietario della macelleria e della trattoria Himmelreich, e li ha lasciati in eredità ai figli. Manfred ha rilevato la macelleria, e Karsten l'Himmelreich."

Karsten Heinemann? Mi diceva qualcosa, ma non riuscivo a mettere a fuoco.

"Karsten è un bravo cuoco, ma come albergatore non ci sa fare. Insomma, l'Himmelreich se la passava male finché lui non ha conosciuto Peggy, e lei è riuscita in tutto quello che Karsten non sapeva fare. Era qui da meno di un anno che già veniva a mangiare gente da Karlsruhe o da Freudenstadt. Poi i coniugi hanno investito: camere da affittare, area wellness, e Peggy era sempre la forza trainante. Karsten invece, come posso dire, non è una cima. Credeva che tutto sarebbe filato liscio e che finché avesse cucinato bene la gente avrebbe continuato a venire. Ma sai come sono le donne, lei non aveva mica voglia di lavorare soltanto, come noi, per lei c'era altro oltre al lavoro, voleva farsi viziare e uscire un po'. A Baden-Baden o a Strasburgo, nei bar e nei locali e così via. E il dottor Orlow le ha offerto proprio questo."

"Peggy si è innamorata di lui," intuii. "E poi? Divorzio? Guerra dei Roses?"

"Altroché." Hiltrud mi strinse il tutore. "Era un bel po' che nella Haselbachtal non si lavavano tanti panni sporchi. Alla fine, l'unica cosa da decidere era chi dei due se ne dovesse andare. E nessuno dei due era intenzionato a farlo. Ovviamente tutti pensavano che toccasse a Peggy rinunciare, ma no. Con gli investimenti si erano indebitati a tal punto che Karsten non riusciva a liquidare Peggy né viceversa. Stallo. Ma a un certo punto Peggy ha trovato i soldi."

"E dove?"

"Si dice che l'abbia aiutata il dottor Orlow con i suoi contatti, ma di preciso nessuno sa niente."

"Oh, eccoti qui, tesoruccio," gracchiò all'improvviso la voce di Adela. "Lo sapevo che una cuoca finisce sempre in cucina."

Le presentai Hiltrud e Ebru, e Adela si scusò con la ragazza per il suo comportamento brusco della mattina precedente.

Ecco, brava, pensai, ma subito dopo mi fece arrabbiare di nuovo.

"Visto che vi ho trovate, avrei ancora una domanda: la nostra prima sera qui ho conosciuto Roger Hürlimann, che mi ha parlato della sua tisana serale. Ne aveva una particolare?"

"Sta parlando del piccolo svizzero, quello con le sopracciglia folte, vero?" chiese Hiltrud. "Aveva problemi di cuore e notevoli difficoltà a digerire, perciò la sera beveva sempre un *bittertee*. Dentro c'è soprattutto cariofillata comune, che contiene sostanze amare e non ha un buon sapore, però fa bene alle mucose gastriche."

"*Bittertee, bittertee*," mormorò Adela. "E ha bevuto soltanto quella tisana?"

Hiltrud si strinse nelle spalle. "Tutte le sere ne lascio sempre un bricco in terrazza. Con un grosso cartello: 'Attenzione: *bittertee*', perché nessuno la beva per sbaglio."

Vedevo benissimo tutte le rotelline girare nella testa di Adela e immaginavo che piega stessero prendendo i suoi pensieri, ma non volevo nella maniera più assoluta che ne parlasse con le altre due.

"Adesso che ne dici di andare a fare la nostra passeggiata?" proposi. Per fortuna Adela annuì senza aggiungere altro.

"Non trovi interessante la faccenda del *bittertee*?" mi chiese poco dopo mentre ci incamminavamo in direzione dell'Haselbach. "Cioè, se volessi ammazzare qualcuno, prima lo terrei d'occhio, e in quel caso scoprirei che la sera beve sempre questo *bittertee*. E allora sarebbe facile mettergli un veleno nella tisana..."

"Ma anche se fosse, come ci è finito poi nel tuo letto?"

"Per sbaglio, per colpa dell'agitazione. La sua stanza era proprio di fianco alla mia," affermò Adela con impazienza. "Ecco perché quando sono tornata con te non c'era più."

"Se sei così sicura, allora andiamo subito al più vicino posto di polizia," le dissi nuovamente. "Così ci penseranno loro."

"La polizia, quante volte devo ripetertelo? A loro devi consegnare prove, non ricordi lacunosi e offuscati dall'alcol. Non capisco perché tu non voglia appoggiarmi," mi rimbrottò offesa.

Le scoccai un'occhiataccia e per un po' procedemmo in silenzio lungo il sentiero che scendeva all'Haselbach. Gli uccellini cinguettavano, l'acqua gorgogliava e la ripida discesa si faceva sentire su polpacci e ginocchia. Quando la strada tornò pianeggiante, tanto per mettere fine al silenzio le raccontai di Peggy e Karsten Heinemann. Ancora non riuscivo a ricordare dove avessi già sentito quel nome.

"Ma il proprietario del Rittersprung non si chiama Karsten?" ricordò Adela, e per me fu un sollievo che si interessasse a quel nuovo argomento.

"Stai dicendo che ha messo in piedi un piccolo baluardo del machismo proprio di fronte alla sua ex?"

"Interessante, non trovi?"

Con un succo di barbabietola o di crauti per cena, il primo giorno di digiuno si avviava alla conclusione. In sala da pranzo regnava la stanchezza. Dopo la cura da cavallo con il sale di Glauber o il clistere, tutti avvertivano in un modo o nell'altro come l'organismo stesse affrontando il passaggio ai tempi magri. Bagordi, addio! Quella sera non era previsto alcun gioco a quiz o altro, e nessuno manifestò il desiderio di compagnia. Tutti si ritirarono, anche Adela e io, perché pure noi eravamo stanche.

Dalla mia stanza mandai ancora un breve messaggio a Luc, poi mi addormentai in fretta. In sogno sfogliavo come da bambina i vecchi quaderni di ricette di mia madre degli anni Sessanta, con foto a volte a colori e a volte ancora in bianco e nero, tutte familiari, le pagine stropicciate dopo tante consultazioni. Mi stavo soffermando sulla mia foto preferita, una torta alla panna con frutti di bosco, quando fui svegliata da uno scricchiolio di ghiaia. Scacciando le immagini della torta, uscii in balcone al buio. Alla luce del lampione vidi Oliwia rientrare in compagnia di un uomo. La stringeva forte e le parlava dolcemente, a voce così bassa che non riuscivo a sentire niente, neppure quale lingua usassero. All'ingresso lei lo allontanò, poi lo riattirò a sé e lo baciò con passione, quindi sparì dentro il centro. Lui mi parve colto di sorpresa e rimase a guardare ancora un po' il portone, poi si voltò e se ne andò. Era appena stato inghiottito dal buio quando spuntò Betje. Aveva i leggings strappati, e graffi su braccia e gambe. Si trascinò nel centro mettendo a fatica un piede avanti all'altro, come se si stesse lasciando alle spalle una lunghissima marcia per i campi o qualcosa di peggio.

Aspettai ancora un po', ma non vidi nessun altro. Nella valle solitaria si diffuse il silenzio della notte, poi da lontano arrivarono ancora le note sommesse di una chitarra e canti di voci maschili. Guardai il Rittersprung, vidi lampeggiare un falò e il vento portò verso di me il profumo di carne appena arrostita. Cinghiale, chiaramente marinato con miele e rosmarino.

Secondo giorno di purificazione

Al risveglio, alzarsi lentamente per evitare capogiri. Se la fame si fa sentire con insistenza, al posto del brodo vegetale è possibile consumare un po' di riso in bianco o di zuppa di avena. La sera bere succhi di frutta o centrifugati di verdure. Per aiutare la digestione, massaggiare delicatamente il ventre. Se anche il massaggio non ha effetto, praticare un nuovo clistere in serata. Per combattere i gonfiori, assumere tisane di anice o di finocchio.

No, alzandomi non avvertii alcun capogiro, però mi lasciò perplessa l'aroma di carne arrosto e rosmarino che sembrava ancora sospeso nella mia stanza. Non erano due cose che avrei consumato volentieri a colazione, ma erano di sicuro mille volte meglio della tisana del mattino che mi aspettava. Che il profumo volesse distrarmi da ciò che avevo visto la sera prima? Oliwia e il suo sconosciuto spasimante, e naturalmente Betje, spossata e piena di graffi, come se fosse di ritorno da una lotta. Dov'era stata? Di che cos'aveva parlato con Oliwia al torrente? Che cosa voleva Britt da loro due? Se non mi era consentito pensare al cibo, allora magari rimuginare sugli ospiti dell'Himmelreich mi avrebbe distratta. Non vedevo l'ora di sapere che cos'avrebbe detto Adela di ciò che avevo visto.

Mi trascinai alla portafinestra e tirai le tende. Una leggera pioggia colpiva i vetri e colava giù diramandosi in tanti rivoletti. Il cielo era grigio. Nella Foresta Nera il clima, con grande disappunto dei turisti, è capriccioso come una diva. Se si ha sfortuna, piove a dirotto, e al più tardi la terza volta che si torna bagnati fradici da un'escursione, della pioggia se ne hanno piene le tasche. A quel punto si prova nostalgia persino per le torri di cemento di Benidorm o Santa Margherita. Senza il sole, anche le migliori oasi del wellness non valgono niente.

Però prenotai alla reception un peeling per quella mattina. Era meglio farsi strofinare la pelle che starsene a guardare mestamente la pioggia. Volevo convincere Adela a venire con me per parlarle con calma degli avvenimenti della sera prima, ma si era già procurata una distrazione per conto suo. La trovai in sala da pranzo, tanto presa in una conversazione con Rüdiger che non si accorse neppure di me. Discutevano di profughi e della profonda crisi in cui versavano gli Stati Uniti, dell'indicibile risveglio della destra, di quell'orribile Erdoğan e dell'ancor più orribile Trump. Intanto io bevevo la mia tisana e cercavo con lo sguardo Oliwia e Betje, che non si fecero vedere.

Interruppi il fiume di parole di Adela per proporle il trattamento, ma non ne aveva voglia. Mi carezzò un attimo distrattamente la mano e poi tornò a parlare con Rüdiger. Un po' offesa, mi diressi da sola nella zona wellness e lì mi affidai alle mani di una donna massiccia e abbronzata di nome Lola. Le sue braccia muscolose sembravano avere già massaggiato un bel po' di corpi. Per ammorbidirmi mi spedì al bagno turco, dove la grassa Raisa Bolshakova dormicchiava avvolta nella tiepida nebbia, continuando a buttarsi acqua sull'ampia schiena. La salutai con un cenno del capo e lei rispose allo stesso modo, fine della comunicazione. Dovevo avere un aspetto ridicolo, completamente nuda con il braccio nel tutore. Con o senza tutore, a cinquant'anni suonati nudo non è più bello nessuno. Per quanto si possa mantenere lustra la facciata, la vecchiaia si può al massimo ritardare, non arrestare del tutto.

Persino in donne come Dorette e Silv. Anche la loro pelle si raggrinzerà, pensai fissando la buccia d'arancia all'interno delle mie cosce robuste.

Lola venne a chiamare Raisa, che si alzò con un'agilità sorprendente. Il suo corpo nudo non sembrava grasso come lasciavano intendere quegli abiti larghi, era vigoroso e allenato come quello di una lanciatrice di peso. Chissà se aveva figli. L'occhio da ostetrica di Adela lo avrebbe capito, io ero propensa per il no. Dopo un nuovo cenno del capo nella mia direzione, lasciò il bagno turco. Tirai il secchio verso di me, presi la coppa di plastica che galleggiava in superficie e cominciai a farmi scorrere l'acqua addosso.

Normalmente al mio corpo non dedicavo mai molto tempo. Lo nascondevo di continuo sotto gli abiti da cuoca, lo piazzavo in cucina e andava bene così. Qualche volta cercavo di coccolarlo con una lunga passeggiata, un bel bagno caldo o, da quando avevo conosciuto Luc, con del buon sesso – per quanto dovevo riconoscere che anche con Ecki il sesso non era stato niente male –, ed era tutto lì. Per me eccessive cure di bellezza erano un incubo, così come tutti i programmi per mantenere un corpo perfetto. E nemmeno mi interessavano le varie promesse di benessere in campo alimentare. Un giorno erano i semi, poi i cibi low carb, slow carb, no carb, e poi ancora sa il cielo cosa. Se ero lì a digiunare e adesso pure a seguire trattamenti di wellness, era solo colpa della mia tendinite.

Ero una cuoca, accidenti! Amavo il buon cibo. No, no, adesso al cibo non dovevo pensare, mi ripromisi. Quando avevo fame, tutte le mie riflessioni tornavano sempre ai fornelli. Con me purtroppo svuotare la mente, non pensare a niente, non funzionava. E allora, che cosa rimaneva? Non riuscii a escogitare altro, come prima, che occuparmi dei miei compagni di digiuno.

Raisa Bolshakova, per esempio. A parte Oliwia, non l'avevo vista chiacchierare con nessun altro. E quando parlava dava sempre del lei, era l'unica a rifiutarsi di usare il tu livellatore di Peggy. Se ne stava sempre seduta per conto suo, cercandosi posti negli angoli più remoti, come qualcuno che non vuole imporre la propria presenza o che brama la solitudine. Però i suoi occhi dicevano altro. Lampeggiavano vigili, guizzavano dappertutto, non si lasciavano sfuggire niente. Cercava davvero di rilassarsi? Oppure sfruttava gli angoli più lontani solo per osservare indisturbata? E Oliwia? Come si conoscevano? Che cosa le univa?

Lola venne a chiamarmi. Mi fece entrare in una stanza anch'essa piena di vapore e mi ordinò di stendermi su un lettino di pietra. Non toccò il braccio infortunato, ma mi spalmò il resto del corpo con una pasta nera e untuosa. Quindi si stiracchiò le braccia, tese i muscoli e infilò una mano in un guanto da peeling. Sfregò e strofinò ogni punto del mio corpo così a fondo che la pelle mi bruciava come il fuoco. Però, quando subito dopo mi spruzzò con la pompa e il dolore si alleviò, sentii la pelle così giovane e delicata che c'era quasi da gridare al miracolo.

Lola mi congedò nella sala relax. Da lì con il bel tempo, come avevamo visto al nostro arrivo, grazie all'ampia vetrata si godeva di una vista spettacolare sull'Haselbach e il bosco retrostante, ma non quel giorno. Il cielo era di un grigio malinconico, il bosco era nascosto dietro banchi di nebbia. Anche se di tanto in tanto la pioggia cessava, poi riprendeva sempre. L'acqua scendeva dal cielo in cortine regolari, avvolgendo ogni cosa con il suo dolce scroscio.

Mi guardai attorno. I coniugi Hallstett, con una coperta sulle spalle, cercavano sul tablet non so quali informazioni, e la madre olandese ricamava in rosso a punto croce su una guarnizione di lino grezzo. Dietro di lei contai diciotto tra gomitoli rossi e grigi. Scelsi una sdraio vicino alla vetrata, ammirai la natura bagnata all'esterno, mi lasciai cullare dalla pioggia e ben presto mi appisolai. Quando mi svegliai, seduta vicino a me c'era Raisa Bolshakova che leggeva un grosso volume.

"*Il libro della cucina ebraica*," mi sussurrò notando la mia occhiata curiosa, e subito dopo si annotò qualcosa con una matita appuntita.

Io dovevo sforzarmi di non pensare a qualsiasi cosa avesse a che fare con la cucina e quella donna sfogliava beata e tranquilla un libro di ricette! "Come ci riesce? A me viene già l'acquolina in bocca solo a pensare al cibo," le chiesi.

"Il *gefilte fisch*, la famosissima ricetta della cucina ashkenazita, non è, come lascerebbe intendere il nome, un pesce ripieno," mi spiegò entusiasta. Parlava un tedesco molto fluente. Soltanto la R moscia lasciava intuire che in casa usasse un'altra lingua. "In realtà si tratta di polpette di pesce. Un tempo però si tirava via la pelle di una carpa o di un luccio tutta intera e la si riempiva di una farcia di pesce. È da lì che viene il nome, lo sapeva?"

Scossi la testa immaginandomi squamare pesci: il pesce non lo si può mangiare senza pulirlo.

"Per prima cosa bisogna preparare un fumetto con le lische e le teste," proseguì Raisa. "Lei sa come si fa?"

"Sono una cuoca," ringhiai.

"Poi fare le polpette è semplicissimo. Filetto di carpa – il classico, ma si possono usare anche altri pesci di acqua dolce –, cipolla, uova, pepe, sale, farina di *matzah*, il pane azzimo. Si formano delle palline, si cuociono nel brodo e si lasciano raffreddare. Devono riposare per tutta la notte. Si servono fredde e guarnite con carote, è un piatto tipico dello Shabbat. Si accompagnano con il cren, una salsa di rafano."

"Ne spazzolerei subito una porzione doppia," gemetti anche se in realtà il pesce cotto non mi piaceva.

"Le polpette si possono anche friggere," proseguì Raisa imperterrita.

"Che cosa ne pensa della Foresta Nera? Era già stata qui?" le chiesi per cambiare argomento.

"La Foresta Nera è riposo. È bella quasi come il Mar Nero."

"Viene dal Mar Nero? Da quale Paese? Russia? Georgia? Ucraina?" Ero molto orgogliosa che mi venissero in mente senza sforzo tutti gli Stati dell'ex Unione Sovietica affacciati sul Mar Nero.

"No, non vengo da lì," rispose secca continuando a sfogliare il suo libro di cucina. "Le interessa la differenza tra cucina ashkenazita e sefardita?"

La campana del pranzo mi evitò di dover rispondere. Mi alzai, la Bolshakova chiuse il libro, mise via la matita e si alzò a sua volta. Si annodò l'accappatoio di spugna a righe blu e verdi, infilò le Birkenstock e se ne andò. Rimasi a guardarla.

Quella donna voleva starsene per conto suo, non dare nell'occhio e non rivelare niente di sé, come aveva dimostrato la sua risposta quando le avevo chiesto da dove venisse. Perché? Aveva qualcosa da nascondere? O era solo per carattere?

Per pranzo si poteva scegliere tra brodo vegetale badense o asiatico. Il primo era insaporito con un po' di levistico, l'altro con un gambo di citronella. Adela, che mi aspettava al nostro tavolo, si complimentò con me per la mia pelle di pesca. Era di buon umore. La conversazione con Rüdiger era stata molto interessante, mi riferì euforica, quell'uomo aveva una cultura vastissima. A me la sera del gioco a quiz era parso un po' troppo saccente e cattedratico, ma era soggettivo. Mi stupiva che, visto l'entusiasmo di Adela per lui, non fosse seduto alla nostra tavola.

Problemi di digestione, mi sussurrò lei. Si era ritirato in camera sua.

Per il resto, in sala da pranzo c'erano tutti, e tutti consumavano diligentemente il brodo. Constatai che si erano formati nuovi gruppi. Betje aveva lasciato il tavolo della madre e sedeva con Oliwia e Britt. Gli Hallstett facevano compagnia all'abbandonata Mareike, Dorette e Silv chiacchieravano animatamente con Inge, Claudia e Gudrun. Adela le aveva ribattezzate "le tre Grazie" perché avevano tutte posteriori invitanti come le tre dee dell'omonimo quadro di Raffaello. Solo la Bolshakova se ne stava di nuovo seduta da sola in un angolo. La vidi far scorrere lo sguardo sui vari tavoli e soffermarsi ogni volta su quello di Oliwia, Britt e Betje, che confabulavano tra loro. Non c'era modo di capire di che cosa parlassero, tanto più che si guardavano continuamente intorno, come per controllare che nessuno le ascoltasse. A parte la Bolshakova e me, nessuno badava a loro, erano tutti presi da se stessi. Vista la giornata, i discorsi ruotavano attorno al tempo e alle app del meteo. Nel pomeriggio ci sarebbe stata una schiarita, diceva wetter.de, ma wetteronline profetizzava che avrebbe continuato a piovere.

"Ho novità," bisbigliai a Adela. "Questo pomeriggio facciamo un giro? Che ne dici di Lipsheim in Alsazia? Potremmo fare una visita alla fabbrica Gaggenau."

"Novità che riguardano Roger Hürlimann?" domandò Adela elettrizzata.

"No, su altri ospiti," risposi sinceramente.

"Gaggenau? Non è il paese che abbiamo attraversato venendo qui?" si informò diffidente. "Dove ci sono gli stabilimenti della Mercedes? Ma è un posto orrendo! Anonimo e privo di storia come tanti altri distrutti dalla guerra."

"Gaggenau è anche il nome di una fabbrica di cucine," le spiegai con pazienza. "In origine aveva sede a

Gaggenau, ma adesso ha spostato la produzione in Alsazia. I Gaggenau sono una specie di Mercedes Classe A degli elettrodomestici da cucina."

"Elettrodomestici da cucina? Brr. Che palle." Adela scosse energicamente la testa, continuando a tenere d'occhio la porta come se aspettasse qualcuno.

"Allora Schönmünzach o l'abbazia di Reichenbach?" proposi in alternativa.

"Forse," rispose evasiva chiamando a gesti Rüdiger, che con il tablet sotto il braccio stava entrando in sala. Da quel momento non contai più nulla, Adela aveva occhi solo per l'insegnante in pensione.

"Hai scoperto qualcosa?" gli chiese.

Attorno a noi venivano spostate seggiole, il magro pasto volgeva alla fine, i nostri compagni di digiuno lasciavano la sala da pranzo. Rüdiger, invece, spostò di lato i piatti e cominciò a scrivere qualcosa sul tablet.

"Davvero molto interessante questo Roger Hürlimann," annunciò. Alla luce della sala da pranzo la sua capigliatura alla Einstein brillava di nuovo come un'aureola. "Lo sapete con che cosa si è arricchito negli ultimi anni?" Spostò lo sguardo da Adela a me con aria di sfida, poi lo riportò su di lei. Io non ci capivo niente, Adela aveva un'aria innocente. "*Land grabbing*," mormorò dopo una pausa a effetto.

"Ah, e che cosa sarebbe?" chiese Adela ignorando il lampo di rabbia nei miei occhi con cui volevo farle intendere quanto la sua ostinazione sul tema Roger Hürlimann mi desse sui nervi. Si era trovata un nuovo alleato. Ancora una volta non mi capacitai di quanto le riuscisse facile rigirarsi la gente e utilizzarla per i propri scopi.

"Forse sapete che al più tardi dalla crisi alimentare del 2008-2009, Stati come la Cina o l'Arabia Saudita hanno effettuato enormi acquisti di terreni nei Paesi del cosiddetto Terzo Mondo." Rüdiger si tirò su le maniche.

In tutte le conversazioni che avevamo avuto in precedenza, si era dimostrato una mente critica, piuttosto di sinistra. Era evidente che il *land grabbing* gli interessava.

"Nella sola Africa parliamo di complessivamente dai cinquanta ai centotrentaquattro milioni di ettari. Gli acquisti vengono fatti soprattutto in Stati con regimi corrotti, e di solito l'affare sta nel comprare terreno a buon mercato in cambio di vaghe promesse di posti di lavoro e di migliorie alle infrastrutture." Richiamò sul suo tablet statistiche e colonne di dati. "Dovete sapere che spesso in Africa la proprietà terriera non è giuridicamente garantita, è raro che ci siano documenti che la certificano, per cui i piccoli contadini non sono in grado di dimostrare che la terra da loro coltivata gli appartiene. In Paesi come la Tanzania, l'Uganda o il Mozambico, è stato quindi possibile cacciarli a migliaia. Questo è un furto di terreno." La sua voce vibrava di indignazione. "Lo si può definire anche il colonialismo del ventunesimo secolo."

"Certo, è davvero orrendo," convenne Adela. "Ma Roger Hürlimann che c'entra con tutto ciò?"

Di nuovo le dita di Rüdiger volarono sui tasti, aprì il sito di una società di investimenti svizzera, fece scorrere le foto dei collaboratori e si fermò su una in particolare: Roger Hürlimann. Osservai l'uomo che non avevo ancora mai visto. Con quelle sopracciglia cespugliose ricordava davvero Leonid Brežnev.

"Questa società, la SwissIF, è specializzata in affari nel campo dell'industria alimentare," spiegò Rüdiger. "E negli affari più perversi, vale a dire quelli in cui ci sono in ballo le risorse: acqua, terreni e sementi. Alla SwissIF, Roger Hürlimann è l'esperto di acquisizioni di terreni in Africa. Stringe accordi tra potentati africani e investitori stranieri. Guardate un po' qui." Fece scorrere lo schermo fino a un'altra foto. "Qui si vede Hürlimann dietro i presidenti

Wen della Cina e Mugabe dello Zimbabwe. È cosa nota che ormai soltanto il commercio con la Cina garantisca la sopravvivenza politica a quel corrotto capo di governo." Tornò a far scorrere le immagini. "E qui lo vedete con lo sceicco saudita Mohammed Al-'Almoudi, uno degli uomini più ricchi del mondo. Grazie all'energico sostegno di Hürlimann, ha acquistato in Etiopia cinquantamila ettari del miglior terreno agricolo per produrvi fiori per il mercato saudita. E questi sono soltanto due dei numerosi accordi combinati da quell'onesto uomo d'affari svizzero."

"E lo avrebbe ammazzato l'incantesimo vudù di un contadino imbrogliato?" mi lasciai sfuggire.

A quel punto fu Adela a fulminare me con lo sguardo.

Rüdiger alzò perplesso gli occhi dal tablet e chiese: "Ah, perché, è morto?"

"Oh, ecco..." balbettai.

"Se lo è messo in testa lei, perché le ho detto che Roger è sparito senza lasciare tracce e senza farmi guidare la sua Facel Vega," svicolò Adela carezzandomi il braccio infortunato con tanta violenza da farmi male. Poi tornò a voltarsi verso Rüdiger. "Ma dopo le tue spiegazioni, ho capito che probabilmente quest'uomo è abituato a fare false promesse e poi sparire."

"Puoi dirlo forte." Rüdiger annuì e parve avere già dimenticato la mia gaffe. "A medio termine, questi affari sono una catastrofe finanziaria. Si dissangua un intero continente, se ne saccheggiano le risorse..."

"...e poi ci si stupisce se per sopravvivere quelle povere persone arrivano da noi come profughi," concluse Adela.

"E dire che secondo l'*International Assessment of Agricultural Knowledge, Science and Technology for Development* del 2008 la soluzione per garantire cibo a lungo termine sta nella promozione delle piccole aziende agricole, non nella loro distruzione." Rüdiger esibiva le sue nuove conoscenze infuriandosi sempre di più. "Però la cosa non interessa a nessuno. Da noi conta solo continuare a vivere bene, si chiudono gli occhi sul fatto che possiamo permettercelo soltanto a spese di altri. Si crede che diventare vegani serva a contribuire alla pace nel mondo, i fruttariani sono oppressi dai sensi di colpa perché mangiano piante, si punta sul crudismo, il *clean eating* o il *powerfood* per acquisire una mentalità nuova. Si impegnano energie per liberare un maiale invece di concentrarsi su quello che contrasta davvero..."

"Quale maiale?" lo interruppi, ma Rüdiger non mi sentì o finse di non sentirmi. Ormai si era accalorato e continuò a concionare contro quegli spiriti egoisti e meschini, contro i crimini dell'industria alimentare e a favore di un mondo migliore. Mentre Adela fingeva di ascoltarlo interessata, io mi congedai a bassa voce e mi diressi automaticamente in cucina.

Trovai Ebru intenta a caricare i piatti del pranzo nella lavastoviglie, mentre Hiltrud riempiva barattoli di plastica di brodo vegetale aiutandosi con un grosso mestolo.

"Vuoi una porzione in più? Con dentro un po' di zuppa d'avena?" mi propose.

Declinai l'offerta. "Avete qualcosa da farmi fare in cui possa usare soltanto la mano sinistra?" chiesi invece.

Hiltrud annuì comprensiva. "Ti direi di venire con me a raccogliere erbe, ma con questo tempo..." Indicò la finestra, contro cui continuava a picchiare la pioggia. "Non ti faccio lavare le verdure, ti farebbe solo venire fame, però puoi togliere foglie e piccioli dai mirtilli che abbiamo raccolto ieri, mentre io pulisco la cucina." Fece un segno a Ebru, che andò a prendere il setaccio in dispensa e lo posò sul tavolone davanti a me. "E tu, ragazza, adesso vai a riposarti, prima che mi caschi in terra per via del Ramadan," le intimò. Si strinse calorosamente la piccola curda al petto e subito dopo la scacciò dalla cucina.

"Ebru," le gridai ancora dietro. "Anche la sua famiglia vive qui nell'Haselbachtal?"

Lei fece segno di no con la testa. "A Karlsruhe e Gaggenau."

"E cosa l'ha spinta a venire in questo posto solitario?"

"Non sono sola. Ho Hiltrud."

"Adesso va'," le ordinò bruscamente Hiltrud, ma mi parve che lo facesse solo per nascondere la propria commozione. Mi misi al lavoro. Stando in piedi – i cuochi non lavorano da seduti – passai la mano sinistra tra i mirtilli eliminando foglioline e piccioli.

"Come ha fatto quella ragazza a finire proprio qui?" chiesi.

"Conosco sua zia, me lo ha chiesto lei, Peggy cercava qualcuno, così si è incastrato tutto. Ce la fai con i mirtilli?"

Annuii. Era un lavoro stupido, molti lavori in cucina lo sono, ma ciò non voleva dire che non lo facessi volentieri. Momenti di riposo tra mansioni che richiedono concentrazione e precisione, una volta un collega li aveva paragonati alla meditazione zen. Mentre eliminavo i piccioli, Hiltrud pulì prima le superfici di lavoro e poi il pavimento, e una volta finito si sedette vicino a me con il giornale. Quella situazione mi riportò di colpo alla mia infanzia. Nella pausa pranzo i miei genitori sedevano spesso uno a fianco all'altra sulla panca davanti alla stufa di maiolica, Edgar con il quotidiano e Martha con il giornale locale. Per quanto spesso litigassero – con Martha era impossibile non farlo! – durante quelle pause regnava sempre una sorta di pace sonnolenta che mi piaceva molto.

"Lo sceicco Mubarak Abdul Aziz Al-Hassawi." Hiltrud, ad alta voce, interruppe la mia, di pace sonnolenta. "Adesso è uno sceicco margravio del Baden." Abbassò il quotidiano e mi guardò indignata. Io però non capivo.

"Una principessa del petrolio del Kuwait ha acquistato il nuovo castello a Baden-Baden," mi spiegò. "Tutte le cose belle della regione vengono comprate da ricchi stranieri. Il castello di Bühlerhöhe dai kazaki, villa Grundig dai georgiani, adesso il nuovo castello dagli arabi. E così in fondo alla galleria degli avi dei margravi del Baden appenderanno il ritratto del padre della principessa, quel Mubarak Abdul, e così via. Ossignore, ma te lo immagini? Uno sceicco in una galleria degli avi del Baden?"

"Se i margravi del Baden hanno venduto il loro castello ai kuwaitiani, di sicuro sono scorsi milioni," riflettei ad alta voce. "Forse in cambio di un piccolo sovrapprezzo hanno ceduto anche il titolo nobiliare?"

"Ruota sempre tutto intorno ai soldi," si indignò Hiltrud. "C'è chi li butta via e chi deve contare ogni centesimo. Lo sai quanto prende oggi mio fratello Bertold per un litro di latte? Solo venti centesimi, la metà di quello che gli serve per sopravvivere. Lo sai quanti produttori di latte nella Foresta Nera sono costretti a chiudere? È una vergogna, non trovi? Bertold e io abbiamo sempre creduto che da vecchi avremmo potuto vivere della fattoria, e invece no. Devo sgobbare perché i prodotti di qualità non vengono più pagati bene. Venti centesimi per un litro di latte, è una presa in giro! E poi arriva una qualche principessa kuwaitiana che tira fuori senza battere ciglio un paio di milioni per un castello che magari lascerà vuoto. Bertold e io, invece, dobbiamo continuare a sgobbare, visto che la fattoria non ci dà da mangiare. Io devo venire qui a scodellare brodo tutti i giorni per gente che lo paga più caro di un buon pasto. Il mondo è ingiusto, non trovi?"

"Credo di aver finito," annunciai spingendo i due setacci verso di lei, che li esaminò con occhio esperto e poi annuì.

"Mi piacerebbe tanto ricominciare a cucinare davvero," continuò. "Per esempio carne di manzo con salsa di rafano oppure trote. Bertold ha un così bel vivaio. In fondo so cucinare bene, puoi chiederlo a Martha. E invece che cosa faccio? Soltanto brodo vegetale."

"Il manzo accompagnato da cetrioli sott'aceto in agrodolce." Mi veniva già l'acquolina in bocca. "O è meglio mirtilli rossi?"

"Prugne alla cannella di Bühl," esclamò Hiltrud entusiasta. "Ci metto non soltanto le stecche di cannella, ma anche l'anice stellato. E il rafano ovviamente fresco, così piccante che quando lo sbucci ti metti a piangere, e la salsa naturalmente solo con manzo buono..."

Se non avesse smesso subito, avrei cominciato a mordere il piano del tavolo. Dovevo sbrigarmi a trovare qualcos'altro da fare.

"Credo che abbia smesso di piovere," mi affrettai a dire. "Vado a fare un giretto."

Fuggii letteralmente dalla cucina in corridoio e da lì sulla terrazza, mi versai una tazza di tisana e la mandai giù avidamente. Constatai con stupore che aveva davvero smesso di piovere.

Dal momento che non riuscii a trovare Adela da nessuna parte, le mandai un messaggio per avvertirla che sarei stata di ritorno al più tardi per cena. Presi una cartina dei sentieri che l'Himmelreich metteva a disposizione degli ospiti, infilai nello zaino una bottiglietta d'acqua e poco dopo mi avviai. Avevo in programma di camminare fino allo sfinimento, così la sera sarei crollata di stanchezza e non avrei più pensato al cibo. Il primo cartello che incontrai indicava la direzione per Hirschstein. Lo seguii. Il terreno bagnato mi sciaguattava sotto i piedi, dagli avvallamenti dei campi a bordo strada salivano ancora residui di nebbia. Quando il sole fece capolino, prima più timidamente poi sempre più deciso da dietro le nuvole grigie, gli uccellini diedero il via a un concerto allegro tra il fogliame bagnato e le scintillanti cime degli abeti. E l'aria! Limpida, tersa, profumata di terra, veniva voglia di respirarla a pieni polmoni.

La strada era appena in leggera salita, però avvertivo comunque di tanto in tanto un lieve capogiro dovuto al digiuno e dovetti fermarmi per riprendere fiato. Ai lati ondeggiavano crescione dei prati e campanule, e dietro le tenere pianticelle si levava la maestosa ma, come sapevo sin dall'asilo, velenosissima digitale. E un po' più in là, tenere fragoline di bosco spuntavano dal terreno appese a steli sottili, fresche e appetitose; anche i lamponi che brillavano dietro la folta boscaglia spinosa erano maturi. Le mie ginocchia si piegarono automaticamente. Tirai fuori dalla tasca dei pantaloni un fazzoletto di carta pulito, lo spiegai per terra e cominciai a raccogliere una fragola dopo l'altra e a posarle con cura sul fazzoletto. Quando, dopo aver colto una fragola, la mano si dirigeva indisciplinata alla bocca, stringevo forte le labbra resistendo ogni volta alla tentazione. Una fragolina così piccola, Signore Iddio, non avrebbe messo a repentaglio la mia cura disintossicante, dopotutto conteneva acqua al novanta per cento. Però qualcosa mi impediva comunque di mangiarla. Sarebbe stato davvero ridicolo non riuscire a digiunare per cinque giorni.

Ripiegai il tovagliolo e lo riposi con cura in una tasca laterale dello zaino, mandai giù un bel sorso d'acqua della bottiglia che mi ero portata dietro e ripresi a camminare. Per non farmi ulteriormente tentare da fragole, lamponi, more o mirtilli – sì, perché lì intorno ce n'erano in quantità – mi concentrai sui fiori e cominciai a raccoglierne un po' per poi metterne un bel mazzolino in camera mia. Mi aveva attratto in particolare un fiorellino rosa pallido.

"Non i garofani selvatici," mi spaventò una voce.

Mi voltai e vidi tre uomini in mountain bike con il caschetto sulla testa. Uno di loro puntava il dito verso il fiore. "I garofani selvatici sono una specie protetta," mi spiegò. "Non sono in molti a saperlo," aggiunse con un sorriso di scusa, poi riprese a pedalare in fretta dietro ai compagni. Rimasi a guardarli finché non furono scomparsi dietro la curva più vicina, dopo di che ripresi a raccogliere fiori lasciando stare i garofani selvatici.

Venti minuti dopo arrivai su una piccola sella dove una panchina invitava a sostare. Stavo già per sedermi quando sull'erba davanti a me vidi quelli in mountain bike fare un picnic. Si erano tolti caschi e zaini e sedevano a gambe larghe o incrociate sul terreno ancora umido, passandosi tra loro un pezzo di lardo affumicato. Tutti ne tagliavano una fettina con un coltello da caccia e se la ficcavano in bocca. Il lardo della Foresta Nera! Con quell'aroma di bosco e abeti, di legno e fumo, non c'era finissimo lardo italiano in grado di tenergli testa!

Avvertivo già il sapore sulla lingua, sentivo già il contrasto tra la carne soda e il grasso aromatico, ricordavo le fettine sottili che tagliava il nonno per poi passarmele a una a una sulla costa del coltello. Mi allontanai in fretta prima di strappare il lardo di mano a uno di loro.

"*Streuselkuchen*, *Streuselkuchen*, *Streuselkuchen*," mi urlò dietro uno di loro.

Era dai tempi della scuola che non me lo gridava più nessuno. Allora me lo dicevano spesso perché le mie numerose lentiggini ricordavano quel dolce cosparso di pasta frolla sbriciolata. Mi voltai sorpresa.

Uno dei tre si alzò e mi venne incontro. "Non mi riconosci? Scuola di formazione professionale di Bühl, abbiamo fatto insieme l'esame di licenza. Karsten Heinemann."

Karsten Heinemann! Adesso capivo perché quel nome non mi tornava nuovo. Però l'uomo che avevo davanti non aveva niente a che fare con il Karsten dei miei ricordi, con il viso flaccido e il corpo informe. Questo Karsten era allenato come uno sportivo professionista, senza un grammo di troppo sulle costole. Il suo volto aveva perso ogni traccia di mollezza e la testa, allora circondata da una massa di riccioli selvaggi, era completamente pelata.

"Tendinite?" mi domandò con un'occhiata al mio braccio.

Annuii. "Accipicchia," dissi poi. "Non ti avrei mai riconosciuto."

"Non mi sorprende. Del sacco floscio di allora non rimane più molto." Mi squadrò dall'alto in basso. "Invece te ti si riconosce senza problemi. I riccioli rossi, le lentiggini. Da allora hai messo su un paio di chili, vero?" Sorrise. "Mangi con noi? Lardo fatto in casa, affumicato per dieci settimane sul legno d'abete. Non so se te lo ricordi, ma sono anche macellaio."

"No, grazie," declinai l'invito, ma in quel momento non riuscii a impedire al mio stomaco di farsi sentire con un netto brontolio.

"Vegetariana? Vegana? Fruttariana?"

"Niente di tutto questo."

"Di' un po', non starai facendo la cura disintossicante dalla mia ex? Digiuno terapeutico di Buchinger?" Il sorriso di Karsten si allargò ancora di più.

"Una sosta per corpo e mente è qualcosa di straordinario," mi sentii dire. "Ci occupiamo troppo poco delle questioni che stanno al di là della nostra quotidianità." Ossignore, ma quanto ero diventata ampollosa? "In fondo siamo tutti in una ruota da criceto e non facciamo che sollevare polvere."

"E non farai anche il digiuno yogico di Peggy?" Karsten scosse la testa incredulo.

"Non c'entra niente," ribattei con foga. "Una limitazione autoimposta può renderci più saggi, con o senza yoga, con o senza inclinazione alla trascendenza, e fa particolarmente bene a noi cuochi perché il digiuno sensibilizza il gusto. Guarda, sento i profumi con una tale chiarezza che non te lo puoi nemmeno immaginare."

"Quindi cucini ancora? Mi era sembrato di sentir dire che avevi cambiato mestiere. Che adesso fai la detective privata o qualcosa del genere."

"Che idiozie," lo liquidai. "Ho un ristorante sulla sponda destra del Reno a Colonia. Sono ancora ai fornelli tutte le sere."

"Però la storia del morto alla cava di pietra e di quello nel torrente... eri tu, vero?" insistette.

Feci spallucce. "E come hai fatto?" chiesi per cambiare argomento indicando il suo fisico atletico. "Se non con il digiuno..."

"Sport estremo e *back to the roots*."

Sospirai.

"Paleo," aggiunse Karsten, come se quella parola spiegasse tutto. Però, vedendo dalla mia espressione che non era così, aggiunse: "Ma come, non hai mai sentito parlare della dieta dell'età della pietra? Niente cereali e latticini! Vengono prodotti dall'uomo soltanto da diecimila anni, l'organismo non è riuscito ad abituarsi a questa nuova alimentazione."

Diecimila anni? Cominciai a capire vagamente di che cosa parlasse. Dieta paleolitica, Nico Richter, il guru del movimento. Carne in grande quantità, semi, noci e verdure, se non ricordavo male. Niente cereali. La base della pizza veniva preparata con cavolfiore grattugiato. Rinunce e sport erano il nuovo credo, il corpo perfetto il nuovo dio. Chissà se i seguaci della dieta paleolitica potevano mangiare mais, patate e pomodori, che erano arrivati in Europa soltanto dopo la scoperta dell'America. O quello era un altro orientamento alimentare? E la dieta delle caverne aveva a che fare con la più moderna *roadkill cuisine*? Oppure ognuno cuoceva il proprio brodo, o per meglio dire, la propria carne? Pur essendo cuoca, neanch'io ne sapevo granché.

"*Back to the roots and back to nature*," dichiarò Karsten. Mi fece segno di aspettare, tornò impettito dai suoi compagni per un momento, li sollecitò ad andare a raccogliere legna da ardere nel bosco e tornò da me. Rimpiansi di non aver approfittato dell'interruzione per filarmela, ma ormai era troppo tardi.

"Quando cominci a occuparti di queste forme primitive di alimentazione, ti rendi conto di tutto ciò che abbiamo perduto e di quanto il mondo si è ammalato di conseguenza," proseguì.

"Ascolta, Karsten, devo andare," mormorai indicando il sentiero. Quell'uomo aveva una missione, e come tutti quelli che si sentono investiti da una missione, sfruttava ogni occasione per convincere gli altri.

"Spazi chiusi, computer, affari virtuali, flussi di denaro virtuali, poco movimento, piatti pronti, televisione," continuò imperterrito. "Non c'è da stupirsi se gli uomini diventano degli smidollati. Tutto sta nel rimetterli in piedi, nel restituirgli la loro dignità. Quanto erano orgogliosi i nostri antenati quando ammazzavano un animale selvatico e dopo la caccia tornavano a casa con il bottino!"

Orgogliosi? Perché esagerare in quel modo? Probabilmente erano soltanto felici di essere stati loro a far fuori quella bestia e non il contrario, avrei voluto obiettare, ma Karsten non mi diede modo di aprire bocca.

"Gli uomini sono caduti in basso," proseguì. "Devono fare qualcosa per la loro virilità. Quando imparano a sopravvivere nella natura, a cacciare e a pescare e poi a macellare, ritrovano coraggio. Con queste conoscenze e un corpo temprato possono tornarsene nei loro uffici e nelle loro torri di cemento, fare grandi cose nel mondo e imporsi sulle donne."

"Mi sono persa qualcosa? Da quando in qua le donne hanno in mano le leve del potere? Da quando in qua i capitani d'industria sono stati sostituiti da capitane? Da quando gli chef sono in maggioranza di sesso femminile?"

"Che gli uomini stiano seduti sulla poltroncina di un ufficio dirigenziale o in piedi in un salone di barbiere, le donne non vogliono smidollati," insistette Karsten.

"E il tuo *Back to Nature* li aiuterebbe a risollevarsi?" lo schernii.

"Certamente," confermò lui, senza cogliere l'ironia che si nascondeva dietro le mie parole. "Però tutti devono fare la propria parte. Una volta concluso l'obbligo scolastico, come minimo un corso di sopravvivenza l'anno, meglio ancora, una sfida con dei veterani."

"E il programma è solo per gli uomini? Hai presente, parità di diritti e compagnia bella?"

"No, siamo aperti a entrambi i sessi. I gay, per esempio, preferiscono il campeggio nel bosco. Una volta ci sono state un paio di lesbicone, ma non ha funzionato. Non hanno lo stesso spirito." Rifletté un attimo, poi magnanimamente propose: "Se vuoi puoi sempre cambiare versante e venire da noi."

E poi? Giocare a Tarzan con uomini inselvatichiti? "No, grazie," declinai. "Il digiuno terapeutico mi basta e avanza."

"Domani macelliamo," insistette cercando di convincermi. "Secondo le regole del *Nose to Tail*. Una bella scrofa di Bentheim allevata solo a ghiande. In effetti potrebbe servirmi una mano esperta per insaporire le salsicce. E dai, Katharina, il digiuno terapeutico non è una cosa per te."

Un rumore alle mie spalle mi risparmiò di dover rispondere. Dal sottobosco uscì un uomo con la faccia rossa come un peperone e le esili braccia cariche di legna.

"E ora, Karsten? Ora?" domandò con inconfondibile accento svizzero come uno scolaretto zelante.

"Prendi la fune che hai nello zaino e con la legna fa' una fascina da metterti in spalla o da trasportare in bici," gli ordinò lui.

"Ma... ho mal di schiena," balbettò Ueli.

Karsten aggrottò la fronte e si avvicinò all'uomo tenendo le braccia conserte. L'ancora marito di Dorette era appena più basso di lui. Sotto la canottiera a costine si distingueva giusto un accenno di pancia, e sebbene dovesse aver già superato da un pezzo i cinquanta, aveva ancora una capigliatura folta. A vederlo sembrava un uomo prestante, se si tralasciavano le braccine.

"Che cos'è che un uomo non fa mai e poi mai, Ueli?" gli chiese Karsten.

"Sì, hai ragione," mormorò lui, che subito dopo portò la legna vicino al suo zaino e la posò per terra.

Karsten lo seguì. Nei suoi occhi vidi lampeggiare la voglia di umiliarlo quando ripeté: "Che cos'è che un vero uomo non fa mai e poi mai?"

"Ma vaffanculo," sibilò Ueli con il suo spiccato accento svizzero.

"Lamentarsi!" latrò Karsten come un maresciallo. "Un vero uomo non si lamenta mai!"

Constatai senza troppa sorpresa che la dieta paleolitica poteva anche aver reso Karsten nettamente più snello, ma non gli aveva regalato un briciolo di umanità. Era rimasto lo stesso stronzo dei tempi della scuola di formazione. Già allora gli piaceva dire peste e corna dei compagni e aveva sempre badato esclusivamente al proprio interesse. Era successo anche al nostro esame al termine del corso di cucina. Quando me ne ero accorta, c'ero rimasta letteralmente di sale.

Quella sera per cena scelsi un centrifugato di barbabietole. Il sapore terroso mi ricordò tutti i piatti che amavo preparare con quell'ortaggio. Da quelle parti le servivano spesso con il rafano, ma erano ottime anche caramellate con limoni sott'aceto o con un pesto di prezzemolo, mentre grattugiate crude con cipolle e una vinaigrette di olio di colza erano il contorno ideale ai bliny di grano saraceno, alla smetana e al caviale. Soltanto sotto forma di centrifugato le barbabietole erano tanto, tanto noiose. Il sospiro estasiato emesso da alcuni ospiti dopo averne bevuto un sorsino poteva essere giustificato solo da una grande capacità di immaginazione.

La disposizione dei posti non era cambiata dal pranzo, a parte il fatto che adesso Rüdiger sedeva a tavola con noi. Adela e lui avevano trascorso il pomeriggio insieme, ma dopo aver scoperto l'amore comune per i film di Hitchcock, non si erano più occupati degli affari di Roger Hürlimann. A tavola fecero a gara tra loro su chi conosceva più regole della tensione alla Alfred. Enumerarono tutti i camei del maestro nei suoi film e si dilungarono sulle difficoltà che il regista aveva avuto con attrici e produttori.

Appresi così en passant che cos'avesse di particolare il tè marca Harrimann che qualche giorno prima Adela aveva citato con tanta insistenza. Nel film *La signora scompare*, un'etichetta di quel tè dà credibilità alla protagonista.

"Nei suoi film Hitchcock amava giocare con i dettagli," si infervorò Adela, spronata dagli entusiasti cenni di assenso di Rüdiger. "Il coltello in *Ricatto*, il mignolo nel *Club dei 39*, il fermacravatte in *Frenzy*..."

Sentendomi esclusa, rivolsi la mia attenzione agli altri ospiti e constatai con sorpresa che adesso Dorette si era unita al trio Oliwia, Betje e Britt, mentre Silv si dirigeva all'uscita scuotendo il capo. E non era la sola a lasciare la sala, c'era un'atmosfera generale di smobilitazione. Comprensibile: un bicchiere di centrifugato di barbabietola non ti fa venire voglia di restare seduto in compagnia per delle ore, come succede invece durante un buon pasto. Oltre al quartetto e a noi, in sala da pranzo rimase solamente Raisa, che si era scelta di nuovo un posto defilato. Adela e Rüdiger erano sempre più infervorati sul tema Hitchcock, le quattro donne avevano avvicinato le teste e sussurravano tra loro. Anche se dal nostro tavolo non si riusciva a capire nulla, era evidente che a tenere banco fosse Britt. E ancora una volta non ero la sola a osservarle, anche Raisa Bolshakova non le perdeva di vista. I nostri sguardi si incrociarono brevemente. Mentre io le feci l'occhiolino con aria complice, dal momento che ci eravamo sorprese vicendevolmente a spiare, lo sguardo di Raisa rimase impenetrabile, anzi, addirittura assente. Poco dopo si alzò e se ne andò. La seguii. Si diresse decisa all'ascensore, che si aprì con l'ormai familiare *pling*. Sempre dandomi la schiena, entrò e scomparve. Vidi che si fermava al secondo piano.

Uscii in terrazza, dove nuvole grigie preannunciavano nuove piogge. Mi sfregai le braccia, si era fatto decisamente più fresco del giorno prima. Silv, seduta su una poltroncina di vimini avvolta in un plaid, girava le pagine della sua rivista come se volesse strapparle. Che fosse di cattivo umore per la fame o perché era arrabbiata con la sua amica, non mi riguardava e neppure mi importava. La salutai con un cenno del capo e presi la strada più breve per scendere all'Haselbach.

Passai davanti all'impianto per la cura idroterapica di Kneipp, che con il freddo era inutilizzato, e imboccai il sentierino che un tempo faceva il giro attorno all'Himmelreich. La piscina scintillava invitante con il suo blu acquamarina sotto la cupola, e nella sala relax le sdraio erano tutte riallineate. In sala da pranzo il quartetto si era sciolto, rimanevano solo Adela e Rüdiger.

Mi tranquillizzava che Adela non avesse detto niente a Rüdiger del morto sul suo letto, però capivo benissimo perché volesse scoprire di più di quel Roger Hürlimann, che – se non era morto – quantomeno era sparito alla chetichella. Magari Dorette conosceva il numero di telefono di sua moglie? In tal caso sarebbe bastata una telefonata per appurare se fosse tornato a Zurigo.

Hiltrud mi salutò dalla finestra della cucina e nell'ufficio, pure con la finestra aperta, vidi Peggy Heinemann seduta al computer. Dopo il mio incontro con Karsten, mi congratulai mentalmente con lei. Che con il divorzio fosse riuscita a portar via la trattoria paterna a quel tipo sempre attento ai suoi interessi meritava tutto il mio rispetto. Quella donna doveva avere nervi d'acciaio.

Mentre riflettevo se fare una deviazione per il parcheggio, improvvisamente mi venne incontro Britt.

"Tu sei cuoca, vero?" mi investì senza tanti preamboli. "Allora saprai sicuramente tutto sull'allevamento intensivo in Germania."

"So che è una cosa che scandalizza il mondo intero, ma finché la gente non sarà pronta a spendere di più per la carne di buona qualità, andrà avanti così."

"Dunque sarebbe solo una questione di soldi? Non ci credi neanche tu."

"Ma certo che sì!" insistetti. Non capivo esattamente che cosa volesse da me. "Bestie allevate lentamente con foraggio naturale e che abbiano anche la possibilità di muoversi costano all'allevatore molto di più di quelle dell'allevamento intensivo," spiegai. "E tutto questo si ripercuote sul prezzo della carne. La dovremmo pagare dal quaranta al sessanta per cento in più. Se lo facessimo, ne mangeremmo di meno e ridurremmo le conseguenze dell'allevamento intensivo. Gas metano, troppi antibiotici nella carne..."

"La gente non dovrebbe mangiare meno carne, non dovrebbe mangiarne per niente," mi interruppe Britt. "L'uomo non ha il diritto di sfruttare o uccidere gli animali, e sicuramente non di mangiarli. Nessun essere vivente deve soffrire per i bisogni dell'uomo."

Eccone un'altra investita da una missione!, sospirai. Dopo Rüdiger e Karsten, per quel giorno di visioni di un mondo migliore ne avevo abbastanza. "Be', sono sicura che i brodi vegetali e i centrifugati di verdura non facciano soffrire nessun animale." Con quella frase avrei voluto sottrarmi elegantemente alla questione, ma Britt non mi lasciò andare tanto in fretta.

"Certo che no!" commentò brusca. "Però bisogna anche guardare al di là del proprio piatto. E là di fronte, al Rittersprung, domani macelleranno un maiale."

Una scrofa di Bentheim, allevata solo a ghiande, che sarebbe stata macellata secondo le regole del *Nose to Tail*, come sapevo. "Sì, e allora?" chiesi.

"Oh, lascia stare." Si voltò.

"Che cosa dovrei lasciar stare?"

"Lo sapevo che non eri la persona giusta, ma Dorette..." Si interruppe e se ne andò decisa.

Rimasi a guardarla scuotendo la testa. Mi sembrava quasi di essere tornata ai tempi del collegio di campagna: anche allora c'erano sempre state coalizioni strane, segreti e tanta agitazione per niente. Che il digiuno facesse tornare bambini?

Mi affrettai a rientrare. Non riuscii a trovare Adela, cui avrei voluto proporre la mia idea di una telefonata a Zurigo, perciò me ne andai in camera mia. Dopo una doccia tiepida, mi prese una stanchezza così piacevole che riuscii soltanto a mandare un breve messaggio a Luc e mi addormentai all'istante.

Mi svegliò di nuovo lo scricchiolio della ghiaia. Di nuovo mi alzai al buio, e urtai il tavolino rischiando di rovesciare il mazzolino di fiori. Poi andai a guardare dalla finestra. Non credevo ai miei occhi quando sotto la pioggia battente vidi Betje avanzare barcollando verso l'ingresso, arruffata come la sera prima.

Terzo giorno di purificazione

L'alimentazione dovrà ricalcare quella del giorno precedente. La disintossicazione è ormai in pieno svolgimento, e questo può comportare impurità cutanee, per alleviare le quali si può ricorrere a un bagno di vapore per la pulizia profonda del viso. Per i piedi freddi è utile un pediluvio con acqua via via sempre più calda. Aumentare le attività e uscire di frequente all'aria aperta per non sentirsi stanchi e fiacchi e non avvertire capogiri. Anche gli esercizi yoga regalano energie nuove.

A colazione in sala da pranzo l'atmosfera era stranamente opprimente, forse per via della preoccupazione per gli imminenti brufoli o per i piedi freddi. A parte Oliwia, al mio arrivo tutti stavano già bevendo la loro tisana. La disposizione dei posti era rimasta praticamente invariata. Rüdiger era di nuovo con noi, la Bolshakova se ne stava da sola nel suo angolo. Il quartetto della sera prima, invece, si era ridotto a un duo, a difendere la postazione rimanevano soltanto Britt e Betje. Dorette era tornata al tavolo con Silv, mentre Oliwia, appunto, non era ancora arrivata. Betje aveva sempre la sua tenuta dark e chili di kajal attorno agli occhi. Nulla in lei ricordava l'aspetto scarmigliato della notte precedente.

Prima del mio arrivo si stava parlando di qualcosa, me ne accorsi dal mormorio ai tavoli e dagli sguardi scambiati.

"Ho già detto ieri che trovo l'operazione politicamente stupida e non l'appoggio." Rüdiger si voltò per un attimo verso il tavolo dell'ex quartetto e tornò a dedicarsi alla sua tisana, poi però si girò un'altra volta. "Naturalmente in linea di principio trovo giusto impegnarsi per le proprie convinzioni, e se avessi saputo che strategicamente eravate così poco preparate..."

"...ovviamente ci avresti dato qualche consiglio," concluse per lui Britt con una bella risata. "Con i tuoi aneddoti dei tempi della RAF, con le tue leggende sulla guerriglia urbana, con le tue storie eroiche sulla Startbahn 18 West e così via. Tutte stronzate da vecchio sessantottino. Non hai idea di quanto ne abbia le palle piene."

"La strategia è stata pensata con cura, in realtà non sarebbe dovuto andare storto niente," ribatté cocciutamente Betje.

Era la prima volta che la sentivo parlare. Quella fragile voce da ragazza con l'accento olandese contrastava notevolmente con il suo corpo imponente e le dava un'aria molto vulnerabile.

"Ieri hanno cercato di liberare il maiale dal Rittersprung, ma durante l'operazione qualcosa è andato tremendamente storto," mi informò Adela a bassa voce. "Britt o qualcuna delle altre non ti ha chiesto di collaborare?"

Adesso capivo che cosa avesse voluto dire la sera prima Britt al torrente.

"Ma che cosa volevate farne del maiale, dopo averlo liberato?" domandò Silv. L'accento svizzero non celava il tono pungente della voce.

"Be', personalmente speravo che sarebbe toccato a Ueli andare a riprenderlo," ridacchiò Dorette, ma si zittì subito notando gli occhi alzati al soffitto di Silv.

"Ma guardati un po' intorno! Bosco e campi a perdita d'occhio. Un paradiso per i maiali," rispose la voce argentina di Betje.

"Finché il tenero porcellino non incontra il primo

cinghiale," gemette Silv beccandosi un'occhiata di Britt che prometteva inimicizia eterna.

"Nessuno di voi è stato svegliato durante la notte da un forte scoppio? Qualcuno sa che cosa sia stato?" chiese Adela cambiando argomento per alleggerire l'atmosfera.

Lo avevo sentito anch'io, lo avevo preso per un tuono e mi ero riaddormentata subito.

"A me è sembrato uno sparo," disse Rüdiger.

"Ma va'!" ribatté Britt.

"Ma di preciso che cos'è che è andato storto durante l'operazione?" domandai prima che quei due potessero continuare ad aggredirsi.

"La porcilaia era sorvegliata. Da due uomini. È come se al Rittersprung avessero saputo che saremmo venute. Sono solo contenta che Ueli non fosse uno dei due..."

Con un'occhiata autoritaria, Britt impose il silenzio alla chiacchierona Dorette.

"Tradimento?" si informò cauta Adela.

"Allora, voglio mettere bene in chiaro una volta per tutte che per quanto trovassi e trovi ancora stupida l'operazione, io non ne ho fatto parola con nessuno," dichiarò Rüdiger a tutta la sala. "Il tradimento è qualcosa di ripugnante, di subdolo. Le mie battaglie le combatto apertamente."

"Ma Oliwia dov'è?" m'informai.

Come già altre volte durante quella discussione, anche adesso cercai lo sguardo della Bolshakova, che fin a quel momento si era lasciata scivolare addosso la conversazione come se la cosa non la interessasse e non la riguardasse. Al nome di Oliwia, però, nei suoi occhi si era acceso un lampo.

"Avrà cambiato versante."

Dorette espresse con aria spensierata il rimprovero silenzioso che già da un pezzo aleggiava nella sala. A quelle parole Betje sussultò e chinò la testa. Se Britt la pensava come Dorette, non lo diede a vedere.

Nessuno alimentò né demolì quel sospetto e in sala si diffuse un silenzio spiacevole. Per scacciare quell'atmosfera, le tazze vennero nuovamente riempite e svuotate, i cellulari tirati fuori e le app meteorologiche consultate, le offerte di wellness di quel giorno e le possibili mete di escursione scambiate e discusse. A poco a poco tutti quanti, più o meno contenti ma perlomeno rappacificati, si accinsero a iniziare una nuova giornata di digiuno nella Foresta Nera. Le tazze vennero raccolte, le sedie spostate, e del maiale e della sfortunata missione per la sua liberazione non si parlò più. Tuttavia, i primi non avevano ancora lasciato la sala quando dalla porta arrivò Peggy Heinemann, straordinariamente pallida.

"Signore e signori, se non vi dispiace vi chiederei di rimanere seduti. Ho una comunicazione da fare."

Si fermò davanti a noi mettendo da parte i modi informali usati sino a quel momento. Su ciascuno dei dorsi delle mani aveva ancora una traccia di crema che si sfregava freneticamente sulla pelle. Adesso l'accento nella sua voce era così marcato che sembrava non avesse mai lasciato la patria sassone.

"Giù all'Haselbach si è verificato un malaugurato decesso," disse a fatica. "Vi prego di non agitarvi. Naturalmente faremo il possibile affinché il vostro soggiorno qui possa proseguire serenamente. Mantenete..."

Già alla parola "decesso", Adela era diventata incontenibile. Saltò su e mi trascinò fuori dalla sala, e anche gli altri non si trattennero. Tutti uscirono in terrazza, da dove si poteva vedere fin giù all'Haselbach. Tre auto della polizia bloccavano il ponte, da lì la strada si biforcava da una parte per l'Himmelreich e dall'altra per il Rittersprung. Due agenti stavano stendendo il nastro bianco e rosso per isolare la scena del crimine, altri quattro erano sul ponte. Uno di loro parlava al telefono.

"Altro che allucinazioni dovute all'alcol," sibilò Adela trascinandomi con foga verso il bordo della terrazza. "Ho sempre saputo quello che avevo visto, per quanto tu e Kuno..."

Dorette le si avvicinò con il binocolo in mano, Adela glielo strappò, se lo portò davanti agli occhi, lo fece girare di qua e di là e poi me lo porse visibilmente sconcertata.

Ci misi un po' prima di riuscire a riconoscere il corpo steso sul ponte in mezzo ai poliziotti. Era già stato coperto con un lenzuolo, ma spuntava una mano. Ed era una mano sottile e delicata, che non apparteneva a Roger Hürlimann. Al dito medio portava una giada verde scuro.

Abbassai il binocolo, che adesso Dorette mi strappò a sua volta. Qualcuno gridò: "Ma è Oliwia!" e la baruffa attorno ai pochi binocoli proseguì, perché tutti volevano vedere con i propri occhi. Solo la Bolshakova non vi prendeva parte. Se ne stava da un lato come un vecchio indiano, con le braccia incrociate sul petto, e il suo sguardo si perdeva nel bosco al di là dal ponte. Lo seguii fino a raggiungere il Rittersprung. Come noi all'Himmelreich, anche là gli ospiti si erano radunati davanti alla casa e anche là, come si capiva dal luccichio del sole sui vetri, facevano uso di binocoli.

In quel momento sul ponte si fermarono altre due macchine. Da una scesero tre uomini, dall'altra una donna in jeans e camicetta bianca. Gli uomini si infilarono tute bianche, la donna radunò attorno a sé gli agenti in divisa, ascoltò ciò che avevano da dire e li congedò. Quattro salirono all'Himmelreich, due al Rittersprung.

"Una donna a capo delle indagini. Non ci era mai successo," osservò Adela riprendendo il binocolo di Dorette. "Niente figli," aggiunse dopo una breve pausa.

Con la mano buona le presi il braccio, la allontanai dagli altri e la riportai sulla terrazza deserta. Adela brontolò e si impuntò, ma io non cedetti finché non fummo fuori dalla portata di orecchie indiscrete. "Noi con questa faccenda non c'entriamo niente, perciò non ci immischiamo," le ordinai. "Sono venuta qui per rilassarmi. Intendo disintossicarmi, ritrovarmi con un paio di chili in meno e far guarire il braccio, per il resto nient'altro."

Adela mi fissò con gli occhietti castani e mi carezzò entrambe le braccia. "Temo che siamo già immischiate."

Per quanto avesse usato il verbo "temere", Adela non dava l'impressione di rammaricarsene.

"Interrogatorio dei testimoni e così via. E sai benissimo come fa in fretta la polizia a trarre conclusioni sbagliate," continuò. "Tu quando hai visto Oliwia per l'ultima volta?"

"Ieri sera a cena."

"Io a tarda notte, doveva essere l'ora degli spiriti, quando si è incamminata per il Rittersprung insieme con le altre. Tutte vestite di nero e con scarpe con suole di gomma. Avevano un'aria molto professionale," raccontò.

"Volevano davvero liberare il maiale nel bosco?"

Adela si strinse nelle spalle. "Io non ero stata messa a parte del loro piano, se è quello che vuoi sapere. Però mi sto chiedendo come mai Oliwia fosse nel gruppo. Che fosse anche lei vegana come le altre?"

"Sono tutte vegane? È straordinario, quanta gente segua quella moda," mormorai.

"Puoi dirlo forte," convenne la mia amica. "Britt è la più fanatica. Ma questo c'entrerà con l'omicidio di Oliwia?"

"È proprio quello che deve scoprire la polizia."

"Sembri sul serio fermamente decisa a lavartene le mani, questa volta."

"Esatto," confermai.

Adela sospirò, e io pure.

"Ieri mi è venuta in mente una cosa a proposito di Roger Hürlimann," le dissi per cambiare argomento. "Magari Dorette potrebbe telefonare a sua moglie e sentire se è rientrato a Zurigo."

"Hai ragione..." cominciò Adela, ma si interruppe quando sulla terrazza arrivarono i quattro poliziotti che si erano incamminati verso l'Himmelreich.

A quel punto diedero il via a quella procedura così dispendiosa in termini di tempo con cui ha inizio ogni indagine di polizia e che conoscevo sin troppo bene: raccolta delle generalità, motivo della presenza, rapporti con il defunto e così via. Ovviamente nessuna informazione sulle modalità e le cause della morte di Oliwia. Di questo avremmo parlato poi con la commissaria capo della polizia criminale Ilse Hodapp, responsabile delle indagini.

Nutrivo ancora la debole speranza che Oliwia fosse morta per cause naturali e risposi diligentemente a tutte le domande. Tuttavia, se avessimo avuto a che fare con un delitto, ipotesi che purtroppo mi sembrava probabile visto il dispiegamento di forze di polizia, questa volta volevo confidare che, come avviene in oltre il novanta per cento dei casi, la polizia avrebbe fatto luce sull'accaduto nelle prime quarantotto ore.

Dovemmo lasciare il nostro numero di cellulare, in modo da essere raggiungibili per ulteriori domande. A differenza di Adela, non intendevo scambiare ipotesi e pettegolezzi con gli altri interrogati, che confabulavano tra loro spostandosi di continuo da un capannello all'altro. Per conto mio, mi incamminai verso l'Haselbach, mi sfilai le scarpe, arrotolai le gambe dei pantaloni ed entrai nell'acqua dell'impianto idroterapico. La pioggia del giorno prima aveva gonfiato il torrente, che adesso nel punto più basso mi arrivava al polpaccio. Per un attimo l'acqua gelida mi lasciò senza fiato. Era così che doveva essere.

Subito dopo, completamente spossata e allo stesso tempo rinfrescata, andai a sedermi su un sasso vicino al torrente e telefonai ad Arîn.

"Katharina!" Mi parve sorpresa di sentirmi. "Avevo creduto che finalmente il riposo e il rilassamento avessero avuto la meglio, visto che ieri non hai chiamato."

Aveva ragione. In effetti il giorno prima me lo ero scordato.

"Sì, qui è tutto a posto, mandiamo avanti la baracca," riferì la piccola curda. "Ieri è passato il tuo amico poliziotto, quell'Alban Brandt, e ci ha chiesto se potevano servirci delle zucchine del suo orto. Piccole e tenere. Cento per cento bio."

Anno dopo anno, Alban Brandt mi offriva le sue zucchine. Ero riuscita perlomeno a far sì che non arrivasse più con gli esemplari giganti, ma che mi portasse soltanto quelle davvero piccole.

"Be', potete usarle senz'altro per un contorno di verdure miste," suggerii. "Ci ha offerto anche i fiori?"

"No, sui fiori fa il difficile. E poi va nell'orto soltanto ogni due o tre giorni. Devo invitarlo a cena con il personale per ringraziarlo?"

In realtà Brandt amava mangiare per conto suo, ma da noi al Giglio Bianco qualche volta gli piaceva cenare in cucina.

"Se volete, certo. Altrimenti lo faccio io al mio ritorno. E siamo sicuri che vada davvero tutto liscio?"

"Senza di te non sappiamo come fare," gemette teatralmente Arîn. "Contiamo le ore, anzi, i minuti, che ci separano dal tuo arrivo."

"Stupida!"

"Stammi bene," rise lei. "E ricorda: riposo e rilassamento."

Rimisi via il cellulare e mi accorsi di avere i piedi già

asciutti. Sembrava proprio che la pioggia del giorno prima fosse stata soltanto un breve intermezzo, adesso il cielo splendeva di nuovo di un bell'azzurro. Le nuvolette a pecorelle si presentavano candide come dopo le pulizie di primavera, quasi fatte apposta per il riposo e il rilassamento. Quasi. Perché naturalmente non potevo continuare a comportarmi, come con Arîn, come se Oliwia non fosse morta. Chissà se la Bolshakova aveva riferito alla polizia qualcosa della sua conversazione con lei. E l'uomo che due sere prima Oliwia aveva baciato con tanta passione era forse uno di quelli del Rittersprung? Raisa Bolshakova sapeva chi era? Cercai con lo sguardo la taciturna russa. Non la vidi tra gli ospiti sulla terrazza, però notai Adela passare da un gruppetto all'altro. Non le sfuggiva neppure il minimo dettaglio delle loro conversazioni. Dal portone uscì Ebru, che si guardò attorno e raggiunse la mia amica. Adela si spostò con lei sul bordo della terrazza e mi chiamò a gesti. Calzai le scarpe e le allacciai, e quando rialzai lo sguardo vidi Ebru venirmi incontro sventolando un cellulare nella mano destra.

"Ti cerca Hiltrud," ansimò quando mi ebbe raggiunta. "Ha urgenza di parlare con te."

"Hiltrud?" Presi il telefono e me lo portai all'orecchio.

"Ascoltami bene. Sono all'Überzwercherberg a raccogliere mirtilli quando all'improvviso vedo un'auto ferma in un sentierino solitario. In un punto dove di macchine non ce ne sono mai. Vado a vedere da vicino e dentro c'è uno con la testa sul volante. Busso un sacco di volte ma quello non si muove. Anche se l'auto è chiusa a chiave, c'è un nugolo di mosconi che ci ronza intorno all'impazzata. I cadaveri attirano sempre le mosche, sono sicura che quell'uomo è morto. Prima di fare qualcosa di sbagliato, ho pensato di telefonarti. Tu sai come ci si deve muovere in questi casi, perché ti è già successo tante..."

"Che macchina è?" la interruppi marciando di gran carriera verso la terrazza. Ebru mi venne dietro.

"Una macchina sportiva, deve essere piuttosto vecchia, però non ti so dire la marca, non me ne intendo."

Hürlimann e la sua Facel Vega, dedussi. Se era morto, allora con ogni probabilità Adela non si era sbagliata e io, fissandomi con il riposo e il rilassamento, avevo ostacolato la sua ricerca della verità. Ma com'era arrivato dal suo letto in quella macchina e con quella nel bosco? Dovevo informare subito Adela del ritrovamento di Hiltrud.

"Adela, dobbiamo andare a fare una passeggiatina," le sussurrai non appena fui sulla terrazza. Con il telefono ancora all'orecchio, dissi a Hiltrud: "Stiamo arrivando, tu chiama il 110."

Memorizzai il suo numero nel mio cellulare e restituii il telefono a Ebru.

"Il 110 è la polizia, vero?" mormorò lei agitata.

"Non dire a nessuno di questa telefonata finché non saremo tornate con Hiltrud."

La ragazza annuì meccanicamente. Non avevo idea se avesse capito le mie istruzioni, ma in quel momento non potevo starci a pensare, perché per paura di perdersi qualcosa Adela e con lei Rüdiger non volevano saperne di allontanarsi dalla terrazza.

"Tè marca Harriman," sibilai a Adela, in modo che mi sentisse solo lei e non Rüdiger, "Hiltrud ha trovato una vecchia auto nel bosco."

Adela afferrò subito. Allontanò Rüdiger e andò a recuperare in fretta scarpe e zaino in camera sua. "Di prendere la macchina possiamo scordarcelo, immagino. Di sicuro non possiamo superare le transenne della polizia senza dare spiegazioni. A piedi quanto ci vuole?"

"Mezz'ora come minimo."

Nel frattempo mi ero fatta spiegare la strada da Hiltrud.

Non volevamo farci notare e neppure essere costrette a rispondere a domande, perciò uscimmo dalla porta sul retro della cucina e imboccammo la via per l'Haselbach che ben conoscevamo.

Aspettai di arrivare nella zona delle sorgenti, e quindi su una strada perlopiù pianeggiante, per raccontare a Adela che Hiltrud aveva trovato non soltanto la macchina, ma anche un morto al volante.

"Hürlimann, lo sapevo io. Non posso dire di essere contenta che sia morto, ma avere la certezza di poter fare affidamento sui miei occhi mi tranquillizza moltissimo." Adela si asciugò il sudore dalla fronte.

Avevamo camminato di buon passo e stavo sudando anch'io. Per riposarmi mi appoggiai a un albero e rimasi di sasso quando a una cinquantina di metri vidi Betje che, spaventata dalla mia presenza, si infilava nei cespugli.

"Hai visto?" chiesi a Adela. "Ma che cosa ci fa quella ragazza nel bosco?"

"Quale ragazza?"

"Betje." Indicai gli abeti vicino ai quali l'avevo appena vista.

"Lì non c'è niente," constatò Adela appoggiandosi a sua volta a un tronco. "Non è che hai le allucinazioni?"

Durante il digiuno non ci si dovrebbe mai affaticare, perché ovviamente il corpo è indebolito e a volte, avevo letto, la mente parte per la tangente. Che avessi solamente immaginato la ragazza? Che idiozia! Però avevo un leggero capogiro e non vedevo l'ora di fare uno spuntino decente. O, se non uno spuntino, perlomeno una galletta o una bella mela croccante. Invece Adela mi porse la sua bottiglietta d'acqua, che aveva un sapore molto più dolce del solito. Ne bevvi avidamente un altro sorso. E a quel punto ebbi la certezza che Adela stesse barando.

"Che cosa ci hai messo?"

"Una spruzzata di succo di limone e un paio di gocce di sciroppo di agave per aiutare la circolazione," biascicò lei.

"Solo un paio di gocce?"

"Adesso non fare tante storie per una sciocchezza." Adela si riprese la bottiglia e la richiuse. "Non hai pensato a come mi sento? Quell'uomo era nel mio letto, morto, io sono l'ultima ad averlo visto vivo."

"La polizia sarà qui tra un quarto d'ora," ci informò Hiltrud, quando finalmente trovammo lei e la Facel Vega. "Sono già da queste parti perché c'è stato un morto anche all'Haselbach." Mi fissò incredula scuotendo la testa. "Due morti nella stessa mattina nell'Haselbachtal! Certo che Martha aveva proprio ragione. Intorno a te spunta sempre qualche problema."

Chiusi gli occhi e sospirai. Ci mancava solo che adesso tirasse in ballo i miei capelli rossi. Feci mentalmente tre segni della croce, perché anche nella Foresta Nera la caccia alle streghe era cosa passata. O almeno lo speravo.

Intanto Adela aveva fatto il giro attorno alla piccola coupé, quindi si era chinata sul finestrino dalla parte del guidatore, ma sentendo avvicinarsi l'auto della polizia, fece subito un paio di passi indietro.

Dalla macchina scesero la donna che avevamo già visto prima all'Haselbach e altri due uomini in borghese.

"Ilse Hodapp, della direzione criminale di Tuttlingen," si presentò. "E questi sono i colleghi Zinn e Reiter. Prego, lasciate passare, bisogna transennare un ampio spazio attorno alla vettura. I colleghi prenderanno le vostre generalità. Reiter, informa la Scientifica. Appena avranno finito all'Haselbach devono venire qui. Chi ha trovato la macchina?"

Hiltrud alzò un dito, la commissaria la prese da parte, Reiter telefonò e Zinn cominciò a chiederci i nostri nomi. Una volta concluso l'interrogatorio di Hiltrud, la donna indossò i copriscarpe e si avvicinò all'auto.

"Anche voi state facendo la digiunoterapia all'Himmelreich?" chiese Reiter interrompendo le mie osservazioni.

"Sì," risposi, e come per confermare la mia affermazione il mio stomaco cominciò a brontolare rumorosamente. Un'occhiata all'orologio: era mezzogiorno. Quel poverino reclamava il solito brodo allungato.

Nel frattempo Reiter, che aveva terminato la telefonata, infilò i copriscarpe e raggiunse la collega.

"Nessuna ferita visibile," constatò a bassa voce. "Sembra che la macchina sia arrivata dalla strada e si sia fermata qui per colpa dei cespugli. Infarto alla guida?"

La donna si voltò verso di lui e, con imperiosi cenni del capo, gli indicò di allontanarsi. "Quanto ci vuole ancora per la Scientifica?" volle sapere.

"Dieci minuti," rispose lui.

A quel punto la commissaria tornò sul sentiero accidentato che aveva appena percorso con la macchina della polizia e da cui doveva essere giunta anche la Facel Vega.

Come lei tacitamente aveva appena messo in guardia i suoi colleghi dai giudizi affrettati, anch'io mi guardai bene dall'inquadrare troppo in fretta quella Ilse Hodapp. Passai mentalmente in rassegna tutti i poliziotti che avevo conosciuto per via del mio infausto talento. Alcuni erano stati precipitosi, altri cocciuti, altri ancora insopportabili, ma alcuni davvero bravi nel loro lavoro. Già da anni condividevo l'appartamento con lo sbirro in pensione Kuno Eberle; con il malinconico Alban Brandt coltivavo una tenera amicizia. Quei due li apprezzavo, mi piacevano, degli altri avrei tranquillamente fatto a meno.

Adesso era la volta di Ilse Hodapp. Jeans, camicetta bianca che ne metteva in risalto il fisico, capelli castani, taglio diritto, legati in una coda di cavallo. Sarebbe stato interessante sapere come Silv giudicava il suo abbigliamento. A me quella Hodapp sembrava una di quelle donne di mezza età toste e preparate: sicura di sé, disinvolta, professionale.

"Qualcuno sa che macchina sia?" urlò dal sentiero tornando indietro.

Quando dispiegò le sue conoscenze sulla Facel Vega, Adela si guadagnò tutta la sua attenzione.

"Dunque non è una macchina con cui inoltrarsi in una strada sterrata come questa."

"Certo che no! C'è da augurarsi che abbia superato indenne questo tratto assassino," sospirò la mia amica.

"A differenza del suo guidatore," commentò secca la poliziotta. "Qualcuna di voi lo conosce?"

Decisi che la commissaria era una donna da quarantotto ore, una che avrebbe scoperto l'assassino o gli assassini in fretta. Dovevamo giocare a carte scoperte. Feci un cenno di incoraggiamento a Adela e articolai le parole: "Dille tutto!" Ma in quel momento sul sentiero arrivò una seconda auto della polizia. La Scientifica.

"Le altre domande dopo," decise Ilse Hodapp, sfogliando le schede personali che le aveva porto Zinn. "Vedo che siete tutte ospiti dell'Himmelreich." Poi si fermò di botto e chiese: "Chi di voi è Adela Mohnlein?"

La mia amica alzò un dito.

"Questa sì che è una sorpresa," mormorò la commissaria. "Adela Mohnlein."

Un'ora dopo sedevamo nella cucina dell'Himmelreich mentre Ebru ci scaldava il brodo del pranzo.

"A me aggiungi pure una bella porzione di zuppa di avena," la esortò Adela. "Oggi nel brodo ho bisogno di qualcosa di solido, altrimenti mi viene l'ulcera. Non so da quanto tempo non mi sentivo così agitata."

A quell'ultima frase mi guardò infuriata. Purtroppo, infatti, sulla valutazione di Ilse Hodapp non la pensavamo allo stesso modo. Per tutta la strada del ritorno – Adela aveva rifiutato categoricamente l'offerta di farci riaccompagnare all'Himmelreich con un'auto della polizia, e, non volendo lasciarla incespicare da sola per il bosco, ero andata a piedi con lei – avevamo litigato per quel motivo, e ancora non eravamo d'accordo.

"Altro che chiarire il caso in quarantotto ore," schiumava di rabbia. "A lei interessa solo la sua carriera e ha già deciso chi è il colpevole. Ha scelto me, altrimenti perché alla fine avrebbe fatto tutte quelle storie sul mio nome? Me, perché forse c'è qualcun altro che ha visto Hürlimann morto nel mio letto oltre a me. Me, perché tu e Kuno mi avete convinta che avevo avuto un'allucinazione..."

"Non ti avevo suggerito più volte di andare alla polizia?" ribattei seccata.

"Già, ma che figura ci avrei fatto? Lo sai benissimo come fanno gli sbirri," continuò Adela senza freni. "Dunque, signora commissaria, nel mio letto c'era un cadavere e dieci minuti dopo era sparito, perciò ho creduto di essermelo sognato," declamò con tono infantile, quindi respirò a fondo e proseguì innervosita. "Per lei devo per forza essere la sospettata numero uno! Sono stata l'ultima a parlare con Roger. Non ho detto di averlo trovato morto nel mio letto. E poi ho chiesto di lui a chiunque, sbavavo dietro alla sua Facel Vega."

"Questo è vero, per un'auto d'epoca passeresti sopra un cadavere." Quel giorno non era proprio in vena di scherzare. "Però hai delle buone ragioni per non aver detto niente," continuai più seriamente. "Eri sbronza persa, hai visto quell'uomo nel tuo letto per non più di un paio di secondi prima di correre spaventata da me. La mattina dopo tutti ti hanno assicurato che Hürlimann era partito all'alba. Hai dubitato di quello che avevi visto, e anche se dopo hai cercato indizi, nulla provava che Hürlimann fosse davvero morto. È logico e ragionevole, perché mai la Hodapp dovrebbe prenderti di mira? Lo farà solo se la polizia lo verrà a sapere in un altro modo. Allora sì che finirai nei guai."

"E così adesso tutt'a un tratto Hürlimann morto nel mio letto c'era davvero," sibilò.

Alzai gli occhi al cielo e tirai un respiro profondo. In quel momento cadde per terra una pentola. Ebru, che aveva provocato l'incidente mentre lavava i piatti, si scusò. Si era tirata su le maniche e vidi di nuovo la cicatrice che avevo già notato. Gliel'aveva lasciata un incidente? O qualcosa di peggio? Rimanemmo a guardarla in silenzio, mentre sciacquava di nuovo la pentola e poi l'asciugava.

"C'è così tanto da fare," brontolò la ragazza. "Pesare le erbe per il bagno di vapore al viso. Preparare le tisane digestive e rilassanti. Da sola non posso farcela, non conosco le dosi precise. Dov'è Hiltrud?" Dal tono con cui ci aveva fatto la domanda sembrava quasi che l'assenza della cuoca fosse colpa nostra. "Perché non è tornata con voi?"

Quando Adela se ne era andata tutta stizzita e io le ero corsa dietro, Hiltrud era rimasta con i poliziotti. "Prova a chiamarla," le suggerii. "Dopotutto ha il cellulare con sé."

"L'ho già fatto, non risponde."

"Magari non c'è campo. Succede spesso, in queste zone fuorimano."

Ebru rifece il numero di Hiltrud.

"Di sicuro sarà qui presto," le dissi visto che non mi veniva in mente niente di meglio.

Hiltrud non rispose. Rassegnata, Ebru rimise via il cellulare.

"Ci sono novità riguardo a Oliwia?" le chiesi per cambiare argomento.

"Le hanno sparato dritto al cuore. Un'ottima mira," riferì rammaricata, per poi tornare subito a Hiltrud. "Oggi tutti vogliono calmarsi i nervi. Soltanto Hiltrud conosce le miscele esatte."

"Sparato?" ripeté Adela. "Allora lo scoppio che ho sentito questa notte era davvero uno sparo. Perciò le indagini si concentreranno sul Rittersprung, dove è pieno di armi da fuoco." Mi guardò furente. "Per quanto riguarda Oliwia, forse hai ragione tu a sospettare che quella Hodapp sia una donna da quarantotto ore. Ma per Roger Hürlimann..."

Stava già facendo il pieno di aria nei polmoni per un nuovo attacco, ma prima che potesse ricominciare, le feci un'offerta di pace. "Questa mattina è stata davvero impegnativa. Andiamo a stenderci per un'oretta, magari poi le cose ci sembreranno diverse."

"Sì, sì, tu va' pure a dormire," continuò a brontolare implacabile. "Stattene pure con le mani in mano. Fa' affidamento sulla polizia. Dopotutto, quella sospettata di omicidio è solo la tua migliore amica."

"Magari la Hodapp conosce il tuo nome per un motivo che non c'entra niente. Forse hai fatto partorire una delle sue amiche?" suggerii.

"Qui nella Foresta Nera? Sai benissimo che ho praticato sempre soltanto a Colonia. E poi sono in pensione da anni. No, il fatto che fossi ostetrica non c'entra niente."

"E che ne dici della tua fama di esperta di auto d'epoca?"

"Pfui," sibilò lei, quindi raddrizzò le spalle e se ne andò stizzita. Ebru e io rimanemmo a guardarla uscire dalla cucina a passo deciso. La seguii. Senza voltarsi, Adela passò davanti al banco della reception diretta alle camere. In corridoio la lasciai perdere. La sentii aprire la porta della sua stanza e sbattersela dietro. Non riuscivo a ricordare di averla mai vista così arrabbiata con me.

Rüdiger era seduto nell'atrio dietro il suo giornale, ma lo abbassò ansioso sentendomi arrivare.

"A quanto pare siamo fuori pericolo. I poliziotti sono partiti armi e bagagli per il Rittersprung. La povera Oliwia! Un colpo al cuore. Chi può aver fatto una cosa del genere?"

Annuii appena e proseguii verso l'area wellness. Non avevo idea di che cosa cercassi, sapevo solo che non avevo voglia di parlare con Rüdiger.

Nella sala relax Dorette e Silv erano su due sdraio affiancate. Con i turbanti di spugna bianca e le facce ricoperte da maschere verdognole, sembravano due gemelle siamesi. Erano le uniche nella sala e dormivano o facevano finta. Chiusi la porta e proseguii. In piscina la mamma olandese nuotava tutta sola e la Bolshakova troneggiava nella vasca piccola, dove l'acqua sotto la cascata le massaggiava le spalle. I nostri sguardi si incrociarono brevemente, il suo impenetrabile come al solito.

Dalla piscina uscii all'aperto e respirai avidamente l'aria della Foresta Nera, come se potesse scacciare gli avvenimenti di quella giornata. Due morti, Oliwia di sicuro assassinata, Hürlimann con ogni probabilità, Adela ostinatamente agitata e io ancora una volta, non so come, tirata in mezzo. E dire che avevo giurato a me stessa – e a Luc! – di non lasciarmi mai più coinvolgere in un delitto. E non lo avrei fatto, decisi cocciuta. Trovare il colpevole era il lavoro della Hodapp.

Immersa in quei pensieri, notai solo allora, sentendo lo scroscio sempre più forte dell'Haselbach, che senza accorgermene avevo imboccato la stradina che girava attorno alla casa.

Gli abeti frusciavano, gli uccellini cinguettavano e il sole dorato del pomeriggio si specchiava nei vetri delle finestre. Una di quelle della cucina era spalancata, sentii la musica della radio e vidi Ebru che si sporgeva cercando con lo sguardo a destra e a sinistra. Dunque Hiltrud non si era ancora fatta vedere. Proseguii lungo la casa, presi mentalmente nota del fatto che anche Peggy Heinemann aveva la finestra aperta e nel suo ufficio stava telefonando. Di colpo fui colta da un lieve capogiro, ancora una volta il digiuno si faceva sentire. Per riposarmi mi appoggiai un momento al muro del centro.

"Certo che Kusmin lo sa già!" stava dicendo stizzita la voce cristallina di Peggy Heinemann. "Oliwia era qui per riposarsi, lo aveva scelto lei. Nessun trattamento speciale, niente di particolare. E come se non bastasse il suo omicidio, adesso anche Hürlimann è stato trovato morto nella sua macchina. Quei due cadaveri faranno abbassare il numero delle prenotazioni e mi porteranno alla rovina," si lamentava. "Dimmi solo che cosa devo fare per evitarlo."

Tacque per un po', evidentemente stava ascoltando il suo interlocutore. "Forse hai ragione," convenne senza troppa convinzione. "Sì, devo farmi coraggio."

A cena, sul tavolo a cui negli ultimi giorni si erano sedute Britt, Betje, Dorette e Oliwia, erano accese un paio di candeline e qualcuno ci aveva posato sopra un mazzo di fiori di campo. Non vi prese posto nessuno. Tutti gli ospiti si erano per così dire ritirati su un terreno familiare: Silv e Dorette, Betje e sua madre Mareike, gli Hallstett, Inge, Gudrun e Claudia, Raisa Bolshakova come sempre da sola ai margini. In caso di pericolo, si serrano le file! Era un'espressione un po' antiquata, che mi venne in mente mentre mi guardavo attorno. Tutti stavano in guardia, tutti erano sul chi va là, nessuna manovra di avvicinamento, nessuna fraternizzazione, niente più confidenza. Unica eccezione Rüdiger, che sedeva di nuovo al nostro tavolo.

Quando li raggiunsi, Adela non mi degnò di uno sguardo. Vidi le caraffe di centrifugato e i bicchieri in mezzo al tavolo e me ne avvicinai uno. "Centrifugato di crauti o centrifugato di spinaci, che varietà di scelta!" scherzai, ma Adela mi zittì con un'occhiata gelida. Optai per la variante agli spinaci. Un colore meraviglioso per gli occhi, ma tutto lì. Il centrifugato sapeva di terra e ferro. Orribile. È proprio vero che il buon cibo rilassa sempre, non si potrà mai apprezzare abbastanza la funzione rasserenatrice di un pasto gustoso. Persino la morte si placa con il mangiare, altrimenti perché esisterebbero i banchetti funebri? Se mi fossi dovuta occupare io della cucina, quella sera per dare un po' di calore agli ospiti avrei preparato una minestra rinvigorente, insaporita con tante erbe e spezie, e per dessert un riso al latte, un budino di cioccolato o un semolino, perché niente consola quanto i piatti amati della nostra infanzia. Di certo non il digiuno, non quegli orrendi centrifugati di verdura. Anche Hiltrud non poteva non saperlo. Ma forse non era ancora tornata?

Già in condizioni normali non perdere il buon umore durante quei pasti era una faticaccia, con un cadavere fuori dalla porta di casa e un altro nel bosco, poi, era davvero impensabile. Nonostante il bel tempo, quindi, in sala da pranzo l'atmosfera era opprimente, per fortuna le finestre erano spalancate, per cui il silenzio di piombo veniva interrotto di tanto in tanto dal grido di un uccello. Forse un po' di conversazione avrebbe contribuito a una certa distensione, ma quella sera persino la loquace Dorette era muta come un pesce. Le bocche si aprivano solo per essere riempite con un sorso di quell'orrendo intruglio, per il resto tutti si comportavano come se fossero membri di un ordine monastico votato al silenzio o come interni di un collegio ai tempi della pedagogia nera, dove chi apriva bocca senza permesso si beccava un bel ceffone.

Per uno studioso di psicologia, il nostro gruppetto di digiunatori avrebbe costituito un ottimo campione di ricerca, gli avrebbe dato modo di osservare, sotto una tale pressione psicologica e con un così misero apporto alimentare, chi perdeva il controllo, chi crollava, chi dava in escandescenze, chi si riempiva di dolciumi e chi scappava via lontano.

Non avevo previsto che la prima sarebbe stata Silv, avrei puntato piuttosto sulla nervosa Britt. Senza curarsi di nessuno degli altri ospiti, uscì in fretta, seguita da Dorette, che scoccò un paio di occhiate impotenti a destra e a sinistra. Poco dopo in sala arrivò il suono del campanello della reception, che veniva premuto insistentemente con tono acuto e imperioso.

Lasciai perdere il mio centrifugato di spinaci e le seguii. Avevo bisogno di un po' d'aria fresca. Peggy Heinemann, colta di sorpresa dal campanello, stava arrivando in fretta da chissà dove.

"Noi ce ne andiamo. Per piacere, preparaci il conto." A sottolineare le sue parole, Silv tamburellava agitata con le dita sul banco.

"La situazione è terribile, lo so," disse Peggy, comprensiva. "Però credete davvero che partire sia la decisione più giusta? Stavo proprio per offrirvi un'ora di yoga per digiunatori, per favorire il rilassamento. Vi ha sempre fatto così bene! E poi tra poco arriverà il dottor Orlow, e in quanto medico potrà sicuramente consigliarvi qualcosa per..."

"Se insisti, paghiamo il soggiorno intero," la interruppe Dorette, e Mareike, la mamma olandese che aveva raggiunto le due donne insieme con la figlia, annuì in segno di assenso. Anche lei voleva partire.

La figlia Betje invece no. Tirava la madre per la manica, saltellava sugli anfibi e la investiva con un fiume di parole in olandese che non compresi, ma che suonavano come un deciso rifiuto di unirsi a lei.

"Probabilmente non possiamo andarcene," disse poi in

tedesco con la sua esile voce di ragazza. "Per via delle indagini. Nei gialli è sempre così."

"Che stupidaggine," sibilò Dorette.

"Siamo cittadine svizzere integerrime, siamo raggiungibili dalla polizia in qualunque momento, certo che possiamo andarcene quando vogliamo," pontificò Silv con fare regale.

"Chi scappa si rende sospetto," sentenziò la ragazza olandese.

Dorette la guardò come se volesse cavarle gli occhi cerchiati di nero.

"Vi prego, aspettate la prossima visita della commissaria," le invitò Peggy, con voce tranquilla. "Domani vuole parlare un'altra volta con tutti."

"Ah, davvero? E perché non ne sappiamo niente?" la sfotté Silv.

Con il suo calmo modo professionale, Peggy riuscì a far cambiare idea alle svizzere e alle olandesi, che accettarono di fermarsi ancora almeno per quella notte. Una volta chiarita la questione, se ne andarono tutte e io uscii all'aria aperta.

Raisa Bolshakova, ai margini della terrazza, guardava verso il Rittersprung. Quando mi avvicinai, si voltò, mi salutò con un rapido cenno del capo, quindi mi passò davanti e rientrò nel centro. Presi il suo posto e mi misi a osservare a mia volta l'altro versante della valle. Davanti all'albergo sostavano ancora tre auto della polizia, fuori non c'era nessuno. Con le finestre lunghe e strette simili a feritoie, l'edificio rivestito di legno sembrava una fortezza in mezzo al territorio nemico. Dalla porta uscirono improvvisamente degli uomini, che andarono a una delle auto di pattuglia e ci misero dentro qualcosa. Forse i fucili da caccia, dopotutto dovevano sottoporli agli esami balistici.

Rimasi ancora un po' a osservare il Rittersprung, dove ormai non succedeva più niente, e mi accorsi di avere il morale a terra. La fame perenne, la lite con Adela, i due morti. E se quella cocciutaggine di Adela fosse stato il primo sintomo di un'ostinazione senile? E se la Hodapp non si fosse dimostrata una donna da quarantotto ore? E se quella fame tremenda mi avesse spinta alla pazzia? Ma in camera mia non avevo ancora il fazzoletto pieno di frutti di bosco? Il pensiero di avvertire sulla lingua quelle piccole bacche mi fece venire l'acquolina in bocca, procurandomi una consolazione indicibile.

Però prima di quelle ghiottonerie proibite volevo fare ancora una bella camminata nell'acqua per stancarmi ben bene dopo quella giornata così logorante e garantirmi una bella nottata di sonno, perciò scesi all'Haselbach e da lì all'impianto per la cura idroterapica, mi sfilai le scarpe, arrotolai le estremità dei pantaloni ed entrai in acqua. Per un attimo il freddo mi arrestò il cuore, poi cominciai a muovere velocemente le gambe, pestai e sgambettai finché non sentii caldo, quindi rallentai il ritmo.

Di colpo mi penetrò nel naso un odore che finora all'Himmelreich non avevo ancora sentito: tabacco! Mi guardai attorno e nella luce fioca del crepuscolo, dietro un nocciolo a un paio di metri sopra la riva, vidi brillare a intervalli, come una lucciola, la brace di una sigaretta. Là c'era qualcuno che tirava avide boccate. Tornai cautamente a riva e a piedi nudi mi avvicinai alla pianta.

Britt, seduta in mezzo all'erba, parve sorpresa di vedermi quanto io di vedere lei. Si alzò di scatto e nascose la sigaretta dietro la schiena come uno studente beccato a fumare.

"Non mi dà fastidio," le dissi indicando la mano dietro la schiena.

Sollevata, riportò il braccio in avanti e diede un altro tiro. "Ne vuoi una anche tu?"

Scossi la testa. "Non ho mai cominciato, anche se in questo momento lo rimpiango. Il fumo mi aiuterebbe a scacciare il senso di fame. Quel centrifugato di spinaci, bleah... Oh, a cena non c'eri," ricordai.

"Neanche a pranzo." Aspirava così avidamente dalla sigaretta che il fumo doveva arrivarle fin negli angolini più remoti dei polmoni.

Annuii. "Da quando hanno trovato il corpo di Oliwia, c'è un'atmosfera strana." Mi sfregai le braccia. Lì nella Foresta Nera di sera faceva un bel freddino.

"Strana? Strana è dir poco!" mi schernì lei in tono leggermente isterico, poi buttò la cicca nell'Haselbach e tirò fuori dal pacchetto una nuova sigaretta.

"Stanno cercando un capro espiatorio, e quello sarò io. Incolperanno me per la morte di Oliwia."

Non capivo. "Perché?" le chiesi. "Dato che le hanno sparato, la polizia si sta concentrando sui cacciatori del Rittersprung." Feci qualche saltello per asciugarmi le gambe e scaldarmi.

"Sfruttiamo gli animali da migliaia di anni," attaccò lei accendendosi la sigaretta. "Come cibo e come forza lavoro. Un tempo era necessario per assicurare la nostra sopravvivenza, ma oggi non abbiamo più bisogno dei buoi per tirare gli aratri. Tutti hanno capito che far fare il lavoro a un trattore senza tormentare i buoi è un metodo non soltanto più efficiente, ma anche più ecologico. E ormai nel piatto non ci occorrono più carne o altri prodotti animali, abbiamo alternative a sufficienza. E invece che cosa succede? Gli animali vengono..."

"Possiamo fare due passi?" proposi, sentendomi una sciocca con quei saltelli. "Ho lasciato le scarpe un po' più giù."

"Per me," accettò, tornando subito in argomento, "gli animali vengono tenuti in condizioni impietose come mai prima nella storia dell'uomo. Senza possibilità di muoversi o di uscire alla luce, schiacciati gli uni contro gli altri. Non sono più rispettati, sono trattati come se non fossero esseri viventi. I maialini vengono castrati senza anestesia poco dopo la nascita, poi gli si cavano gli incisivi. Questi animali così intelligenti vengono tormentati e maltrattati nella maniera più orrenda. Per macellarli li trasportano attraverso il continente, se in Polonia costa meno che in Baviera. E durante la macellazione spesso i dardi sono sparati in maniera così sciatta che mancano il cervello e quei poveri animali vengono sgozzati quando sono ancora del tutto coscienti. L'ho visto con i miei occhi. Non sarebbe necessario, il solo pensiero non mi lascia dormire la notte. Ma anche chi non ne è scioccato dovrebbe riflettere sul nostro ecosistema. Per costruire depositi per il foraggio si disboscano anno dopo anno superfici enormi di foresta tropicale, e questo manda all'aria tutto l'ecosistema. Per l'allevamento si utilizzano quantità inimmaginabili di acqua potabile..."

Non avrei saputo dire perché l'ascoltassi, ma Britt non aveva più niente dell'arrogante berlinese, come alla nostra prima conversazione. Allora aveva sfoderato gli artigli come un felino prepotente, adesso invece mi si strofinava contro le gambe con dei miagolii strazianti. Con quelle sigarette fumate freneticamente e lo sguardo che girava dappertutto, aveva un'aria così ferita e smarrita che proprio non me la sentivo di piantarla in asso. Britt voleva confessare, aveva bisogno di perdono, per questo mi faceva la testa come un pallone.

"Certo, tutto giusto," mormorai quando arrivammo alle mie scarpe. "Ma che cosa c'entra con la morte di Oliwia?"

"Potrei elencarti mille altre ragioni per cui sono una vegana e un'animalista convinta, e in quanto tale non posso ammettere che fuori dalla nostra porta si macelli un maiale. E solo per intrattenere un gruppo di uomini fuori di testa!" Sputò sprezzante per terra per tre volte. "Visto che non potevo liberare il maiale da sola, ho cercato degli alleati, e non è stato difficile. Perché chi digiuna sa che cosa sia la buona alimentazione, e chi si prende cura di se stesso, si prende cura anche di tutte le altre creature."

"Ma chi l'ha detto?" non riuscii a trattenermi dal ribattere. Britt, però, tutta presa com'era dalla sua storia, ignorò la mia obiezione.

"Betje è stata la prima a unirsi a me," continuò. "È vegana come me, e quando le ho raccontato del maiale, si è infervorata subito. Poi ha suggerito di chiedere a Oliwia di partecipare. Non soltanto perché era vegana pure lei, ma perché era anche una donna davvero saggia che, per quanto non sembrasse, si impegnava seriamente in tutte le questioni importanti dell'esistenza."

"Per esempio?" domandai stupita, calzando le scarpe.

"Non ne ho idea, devi chiederlo a Betje. Quelle due hanno parlato a lungo un paio di volte, Betje era rimasta molto colpita da Oliwia. In ogni caso, Oliwia ha appoggiato subito la nostra operazione. E poi era già stata al Rittersprung, conosceva il posto e sapeva esattamente dove fosse la porcilaia. Ha anche suggerito che ci procurassimo delle torce e che indossassimo tutte felpe con cappuccio e scarpe da ginnastica scure, come se quella non fosse la sua prima volta."

"Aveva già preso parte ad altre azioni di liberazione di animali?" Oliwia mi sorprendeva sempre di più.

"Di queste cose non si parla," mormorò Britt. "Le operazioni sono sempre segrete."

Anche lei se ne intendeva di queste cose, conclusi, quindi le domandai: "Perciò eravate voi tre?"

"Quattro, c'era pure Dorette. Anche lei è vegana, però non per convinzione, ma solo perché è di moda. Credo che abbia accettato soltanto per scherzo, o per noia, o per via del suo ex, che ne so."

"Ma avevate davvero un piano?"

"Certo!" Britt buttò la cicca contro un nocciolo. "Dopo

che al Rittersprung fossero andati tutti a dormire, Betje e io volevamo liberare il maiale dalla porcilaia e poi spingerlo nel bosco, cercando di non farci scoprire. Oliwia doveva filmare l'operazione con il telefonino e nel frattempo Dorette avrebbe scritto sulla parete della porcilaia: 'Chi mangia carne è un assassino' con la vernice rossa che ci eravamo portate dietro. Quindi rientro tutte insieme alla base e fine dell'operazione."

"E che cosa è andato storto?"

Britt pescò un'altra sigaretta e prese tempo prima di rispondere. Il sole era tramontato, era sempre più buio. La piscina illuminata disegnava ombre storte sul pendio che si stendeva sul retro fino al torrente. Ombre che riproponevano i pannelli di vetro come rombi deformi, a volte più grandi e a volte più piccoli di quanto non fossero. Che cos'era reale? Che cos'era vero? La storia che Britt mi aveva raccontato era sicuramente distorta, ma avrei potuto giurare che non mentiva. Dal suo punto di vista era vera.

All'improvviso nella mia mente comparve l'immagine di una birra. Una bella Kölsch appena spillata, ghiacciata. Dopo una giornata così, una Mühlen o una Päffgen sarebbero state una goduria!

"Adesso una birra non ci starebbe male, per me con la sigaretta ci vuole," dissi.

Britt mi guardò perplessa.

"Scusa, la fame assume forme strane," mi giustificai. "Insomma, in realtà non devi spiegarmi niente. Dopotutto non mi riguarda..."

"E invece sì," mi interruppe. "Voglio raccontarti tutto, e anche a me una birra non dispiacerebbe."

"Allora dobbiamo andare al Rittersprung."

"Non se ne parla!" Lo urlò a voce così alta che spaventò un gatto in agguato nell'erba, che sparì via con un balzo. "Io lì non ci torno mai più."

"Perché, ci sei già stata? Hai fatto un giro preventivo di perlustrazione?"

"No, avrei suscitato sospetti. E poi, Oliwia già lo conosceva, e anche Dorette. Sapevamo esattamente dove dovevamo andare, dopotutto non è una proprietà così vasta. Ci siamo incamminate dopo mezzanotte e mezz'ora dopo al Rittersprung si è spenta l'ultima luce. Un quarto di luna ci illuminava la strada, non abbiamo neppure avuto bisogno di accendere le torce. Non abbiamo incontrato nessuno, sembrava tutto molto semplice. Fuori dal Rittersprung c'erano solamente i ceppi, il falò spento e l'odore di legna, cenere fredda e carne bruciata. Bleah." Si scrollò. "Perciò siamo andate alla porcilaia e lì Betje ha acceso la torcia per la prima volta, in modo da vedere il catenaccio alla porta. E come se fosse stato un segnale concordato, improvvisamente due tizi sono usciti urlando dal buio. Per lo spavento Betje ha lasciato cadere la torcia, Dorette ha gridato e io mi sono pietrificata. Soltanto Oliwia ha mantenuto i nervi saldi e in tono che non ammetteva repliche ha ordinato: 'Ritirata, subito!' Perciò ci siamo precipitate giù per la discesa e siamo risalite all'Himmelreich così in fretta che eravamo completamente senza fiato."

"Non c'era nessunissima ragione di sorvegliare il maiale se nessuno sapeva che volevate liberarlo," ragionai ad alta voce. "Oppure quei tizi non erano del Rittersprung?"

"Ma allora chi potevano essere?"

"Dei delinquenti sconosciuti, folletti dei boschi, carnivori fanatici," buttai lì. "Non si può mai escludere niente."

"Un po' tirata per i capelli, non trovi?" osservò pungente.

"Qualcuna di voi li conosceva?"

Britt scosse la testa. "Insomma, era un'operazione non violenta per liberare un animale. Non è successo niente, non ci sono stati danni. Ci hanno beccate e siamo scappate. Fine della storia. E poi, roba da non credere, il giorno dopo quelli reagiscono e uccidono Oliwia."

"Piano con le conclusioni affrettate! Finora al Rittersprung non hanno arrestato nessuno," l'ammonii. "Quei tipi vi hanno inseguite?"

"Nessuna ci ha fatto caso, guardavamo davanti a noi. Se ci sono venuti dietro, a un certo punto devono essere tornati sui loro passi, perché quando finalmente siamo arrivate all'Himmelreich, siamo rimaste fuori ancora un po', e a parte noi non c'era nessun altro."

"Avete discusso di chi vi ha tradite?"

"Che cosa credi? Avevamo capito perfettamente che qualcuno aveva fatto la spia. D'altronde all'Himmelreich tutti sapevano quello che volevamo fare, però i dettagli e l'orario preciso dell'operazione li conoscevamo soltanto noi quattro. Io so di non essere stata io, e le altre tre hanno detto lo stesso."

"Ma se è vero, allora chi è stato? Avete fatto dei nomi?"

"Betje ha sospettato subito di Silv, perché disapprovava che Dorette si fosse unita a noi, ma avresti dovuto sentire Dorette. 'Silv una cosa del genere non la farebbe mai, che infamia sospettare di lei!' e così via. E poi silenzio, nessuna ha più aperto bocca. Credo che sia stata Oliwia a dire a un certo punto che era il caso di andare a dormire. Ed è quello che abbiamo fatto tutte."

"E il giorno dopo a colazione Oliwia non c'era."

"Già."

Quel "già" riecheggiò, e non seguì nient'altro. Britt fece un bel tiro, poi sbuffò il fumo per aria e nessuna delle due parlò più. L'Haselbach gorgogliava sonoro.

"A colazione eri convinta che vi avesse tradite. Le hai augurato ogni male e poi sei venuta a sapere che le avevano sparato. Da allora ti senti di schifo perché l'hai sospettata ingiustamente e credi che le altre ti incolpino della sua morte per via dell'operazione di ieri," mi produssi in una diagnosi da psicologa dilettante.

Stroncò le mie osservazioni con una risata ansimante interrotta da attacchi di tosse. Volevo in qualche modo ritrattare, poi però tra un colpo di tosse e l'altro Britt sbottò: "Ieri notte Oliwia è uscita di nuovo. L'ho vista mentre ero fuori a fumarmi la sigaretta della buonanotte. Andava verso il Rittersprung."

Mezz'ora dopo bussai piano alla porta di Adela, avrei tanto voluto sedermi sul suo letto e riferirle la mia conversazione con Britt. Non mi piaceva andare a dormire senza aver fatto pace con lei, ma non rispose. Tornai pian piano su per le scale, aprii la porta della mia stanza e bevvi un bicchier d'acqua fissando il buio fuori dalla finestra. Anch'io sarei dovuta andare a letto, ma continuavo a ripensare al motivo per cui la sera prima Oliwia era tornata al Rittersprung. Quella domanda mi ronzava nella testa e non riuscivo a scacciarla. E poi c'era Betje, che per due notti era tornata all'Himmelreich piena di graffi.

Gli ippocastani frusciavano e la ghiaia scricchiolò quando Peggy uscì per mettere via i cuscini. Posò il mucchio su un tavolo, prese dalla tasca dei pantaloni una crema per le mani e se l'applicò. Forse serviva a calmarla, pensai. Non avrei voluto essere nei suoi panni. Anche se ogni tanto quel suo modo di parlare deciso e risoluto mi dava sui nervi, fino a quel momento aveva gestito la situazione scabrosa in maniera ineccepibile. Tanto di cappello.

Buttai giù un altro po' di acqua, ripensando alla sera in cui avevo promesso a Luc che non avrei mai più cercato di risolvere un omicidio. Eravamo seduti sulla sua terrazza di Scherwiller, guardavamo i suoi vigneti fin su all'Ortenburg, bevevamo un Crémant 11/8/13 e ci confidavamo reciprocamente il nostro passato. Non amavo ricordare certi avvenimenti, a spingermi a parlare con lui dello scontro nell'impianto di distillazione e della notte con i serpenti doveva esser stato il mio desiderio di sincerità assoluta. Mi sembrava ancora di vedere il suo sguardo inorridito mentre scuoteva la testa incredulo, di sentire la paura nella sua voce mentre esclamava: "Sarebbe potuta andare a finire in tutt'altro modo. Ma ti rendi conto di quanto è stato pericoloso? Lo capisci quanto sei fortunata a essere ancora viva?" E così gli avevo fatto quella promessa. Avevo giurato sul mio onore.

Le risposte a quelle domande doveva trovarle la Hodapp, non io.

Svuotai con decisione la caraffa, poi andai a lavarmi i denti. Alla violenta luce del bagno, vidi un bel brufolo in mezzo alla fronte. Almeno di quello avrei proprio fatto a meno. Mentre mi addormentavo, mi tornò in mente che avevo dimenticato le fragoline di bosco.

Quarto giorno di purificazione

A colazione bere una tisana, a pranzo consumare brodo vegetale o zuppa d'avena e acqua. Per combattere un'eventuale sensazione di freddo, al pomeriggio assumere una tisana con zenzero o cannella. La sera come sempre acqua, tisana, succhi di frutta o centrifugati di verdura. Per rilassarsi ci si può concedere un ricco peeling al corpo, per esempio con olio d'oliva e sale marino, e infine un bel bagno.

Le fragole mi inseguirono nei miei sogni. Ricomparve la torta alla panna del quaderno di ricette di mia madre, poi i frutti di bosco caddero in una bowle, si mescolarono sotto un'insalata di spinaci, rotolarono sopra il gelato alla vaniglia o andarono a disporsi ordinatamente in fila su una crostata di frutta. Al risveglio mi parve di avvertirne il sapore fruttato sulla lingua. Le desideravo come se fossero manna e balzai fuori dal letto per prendere dallo zaino quelle raccolte il giorno prima. Stordita dal sogno, le vidi davanti a me fresche e appetitose come appena colte, invece si erano trasformate in una poltiglia in parte ricoperta di muffa. La puzza fermentata mi salì al naso e lo stomaco reagì con un conato. Raccolsi i frutti di bosco in diversi fazzolettini di carta, li buttai nella spazzatura e mi infilai sotto la doccia. Quando poi mi guardai allo specchio, in mezzo alla fronte il grosso brufolo del giorno prima spiccava tra le lentiggini di un rosso acceso e un giallo purulento come un corno spaventoso. Solo, non sapevo se lo spavento fosse più il mio o di chi mi avrebbe guardata. Lo nascosi alla bell'e meglio con un po' di fondotinta e tirai giù un paio di riccioli sulla fronte. Per non farmi mancare niente, vestendomi urtai un'anta dell'armadio con il braccio infortunato, che mi procurò all'istante una fitta lancinante. A denti stretti indossai il tutore, lo strinsi e scesi in sala da pranzo.

Dall'atrio arrivavano le note di un tango. Non ricordavo di avere mai sentito della musica in quel posto, ma se pure fosse, doveva esser stata tanto sommessa da non essere notata. Quel tango, invece, non lo si poteva ignorare, era deciso e penetrante. Note brevi, risolute, trilli di trombe, tremolio di violini. Ricordava un po' *La cucaracha*, ma era decisamente un tango. Me ne intendevo un po'. Una volta c'era stato un uomo con cui lo avevo ballato spesso, allacciati stretti in un appartamento all'attico, il bandoneón di Astor Piazzolla nell'orecchio, l'eccitazione nell'aria, il desiderio a ogni movimento, una malinconia squisita. Il tango che riecheggiava nell'atrio, invece, scoppiava di allegria fastidiosa. Né il ricordo di Tayfun, il tanguero, né la musica contribuirono a migliorare il mio umore.

Speravo che perlomeno dopo una buona nottata di sonno avrei trovato Adela un po' rabbonita e che davanti alla tisana del mattino avremmo potuto seppellire la lite del giorno prima. Entrai in sala con il suono esultante delle trombe alle spalle. Rüdiger alzò brevemente gli occhi, ancora una volta si era accomodato al nostro tavolo, ma Adela non c'era.

Tanto meglio, volevo comunque parlarle da sola. Feci dietrofront e poco dopo bussai alla sua porta. Il suo allegro "Avanti!" migliorò all'istante il mio umore.

"Ah, sei tu," disse con un tono che ebbe su di me l'effetto di una doccia fredda. Si affrettò a prendere la borsa dalla poltrona, sparì in bagno, si spruzzò il profumo dietro le orecchie, inondò la stanza di quel meraviglioso odore di Adela, tornò e prese la chiave. "Non ho tempo, ho una commissione da sbrigare."

Mi spinse fuori, chiuse a chiave la porta e mi mollò in mezzo al corridoio.

Rimasi dov'ero, offesa, ad ascoltare i suoi passi energici e in fondo al corridoio la vidi svoltare in direzione della reception lasciandosi dietro solo un ricordo del suo profumo.

"Brutta strega," le urlai dietro. In tutta risposta al mio orecchio arrivò soltanto un fiume di allegre trombe.

"Non si può spegnere questa musica?" ringhiai a Peggy dietro il banco quando attraversai nuovamente l'atrio.

Annuì tranquillizzante con un'occhiata dolce da infermiera, come se fossi una pazza spinta alla follia dalla fame. La piantai in asso e aprii la porta della sala da pranzo.

C'erano tutti: Silv, Dorette e Mareike non erano ancora partite, persino Britt aveva osato tornare nella fossa dei serpenti. Adesso sedeva sola al tavolo a cui due giorni prima avevano progettato in quattro la liberazione del maiale. Qualcuno aveva spostato fiori e candele sul davanzale. Quando mi avvicinai al nostro tavolo, Rüdiger si alzò e se ne andò in fretta. Sicuramente per "sbrigare una commissione" con Adela. Quella donna aveva già trasformato l'ex professore nel suo lacchè.

Quel giorno sul cartellino della tisana c'era scritto: "Allegri frutti di bosco – asprezza per stimolare il buon umore". Ne bevvi tre tazze ignorando la musica, che Peggy non aveva abbassato e che continuava a ripetersi in un loop senza fine. Ignorando allo stesso modo i bisbigli ai tavoli attorno a me, mi concentrai sul bordo rosso lasciato nella tazza vuota dagli allegri frutti di bosco. Non riuscii a trattenermi soltanto dal lanciare un'occhiata alla Bolshakova. Sedeva di nuovo al suo solito tavolino appartato, muta e imperscrutabile come sempre.

Nessuno accennava ad alzarsi e andarsene, la nervosa incertezza di una comunità nata in condizioni di emergenza ci spingeva a rimanere uniti.

Quando le trombe ammutolirono e Peggy entrò in sala, attirò all'istante la massima attenzione dei presenti, compresa la mia. Questa volta si era portata dietro come sostegno non soltanto il dottor Orlow, ma anche uno sconosciuto più anziano, stempiato e con un nasone a patata.

"Cari amici, so che gli avvenimenti di ieri sono stati pesanti per voi. Chi sente il bisogno di un'assistenza psicologica può rivolgersi al dottor Orlow, e se qualcuno desidera mettere fine al digiuno, non c'è problema, ho già parlato con la cuoca. È possibile interromperlo con una mela, seguito da una leggera dieta di accumulo, come desiderate."

Mi accorsi che Peggy era tornata a rivolgersi a noi con tono informale e che il suo accento sassone era di nuovo impercettibile. Se gli omicidi del giorno prima l'avevano innervosita, aveva ritrovato il pieno controllo.

"Se invece volete proseguire il digiuno, ma avete dei dubbi per la vostra salute a causa dell'agitazione, il dottor Orlow è qui per soddisfare qualunque vostra richiesta."

Il medico chinò il capo per confermare quelle parole e rivolse alla sala un sorriso che doveva ispirare fiducia.

"Attualmente la polizia..." e qui Peggy prese fiato, "sta concentrando le sue indagini sul Rittersprung, ma poiché ieri è stato trovato morto anche Roger Hürlimann, vuole parlare ancora una volta con tutti noi. Per questo motivo oggi la commissaria Hodapp vi prega di tenervi a disposizione per i colloqui."

Mi chiesi come mai Adela si fosse lasciata scappare il discorso di Peggy, visto che per il resto era sempre tanto ansiosa di non perdersi neanche un'informazione. "Naturalmente, per distrarvi e rilassarvi potete fare quello che volete. Per il momento tutte le offerte di wellness a pagamento sono gratuite. Ho pensato anche ad altre due proposte supplementari. Il dottor Krauthagen," continuò indicando l'uomo con il nasone, "è un appassionato studioso di storia e natura locale e potrà parlarvi della fluitazione nella Murgtal. Gli interessati possono seguirlo subito in biblioteca. E per questa sera ho prenotato una chicca, una visita alla carbonaia di Baiersbronn. È qualcosa di assolutamente unico, perché è la sola di questo tipo in tutta la Germania."

Non si poteva dire che le sue parole riscontrassero un grande entusiasmo, però servirono a evitare una rivolta come quella del giorno prima, quando Silv, Dorette e Mareike pretendevano di ripartire. Una delle tre Grazie chiese se il dottor Krauthagen potesse raccontare anche qualcosa a proposito della fiaba di Hauff *Il cuore freddo*, una richiesta che incontrò subito il suo caloroso consenso, al che Bert Hallstett non si trattenne dal rivelare di averne appena visto una trasposizione cinematografica. Lo studioso si tirò dietro non soltanto le tre Grazie, ma anche Silv, Dorette, Mareike e i coniugi Hallstett. Britt si rivolse al dottor Orlow, Betje se la svignò e Raisa Bolshakova rimase seduta. Io feci lo stesso. La fissai a lungo oltre i tavoli vuoti. Vicino alla tazza aveva di nuovo il librone di cucina. Lo aprì, cominciò a leggerlo e a sottolineare o a prendere appunti a matita. Quando ogni tanto alzava gli occhi e incrociava il mio sguardo, era impassibile. Un osso duro. Ero curiosa di sapere come se la sarebbe cavata la Hodapp con lei.

Mi congedai con un rapido cenno del capo, attraversai l'atrio, liberato dall'invasione sonora, e uscii. C'era di nuovo un tempo da favola: cielo azzurro, sole splendente, un lieve vento, cinguettio di uccelli, il pacchetto completo. Cominciai a fare il giro del centro senza una meta precisa e mi accorsi che la decappottabile nera di Adela non era nel parcheggio.

Guidava una cabrio da che se la poteva permettere. Quando lavorava come ostetrica, portava le partorienti in clinica con il tettuccio aperto in modo che potessero godersi ancora un po' di aria fresca prima che le doglie andassero oltre il limite del sopportabile. Al mio arrivo a Colonia, quando in città non conoscevo ancora nessuno, cercava una nuova coinquilina. Grazie a lei in quella città nuova non soltanto avevo trovato in fretta un tetto, ma anche un'amica. Mi aveva consolato quando era finita la storia con il mio tanguero, e pure dopo quelle con almeno altri due uomini, era sempre stata al mio fianco nei momenti difficili, mi aveva curata quando ero stata male, con me aveva riso, aveva pianto e aveva fatto baldoria, mi aveva persino portata a cantare e a festeggiare il carnevale.

Ero ancora nel parcheggio. Partendo in fretta, la macchina di Adela aveva sollevato la ghiaia e per terra vedevo i solchi delle sue gomme. Spostai qua e là qualche sassolino con la punta della scarpa con un senso di smarrimento.

"Non vai a sentire il dottor Krauthagen?" La voce di Hiltrud mi fece sussultare.

Quando mi voltai, la vidi avvicinarsi a un'auto insieme a Ebru. Erano cariche: Ebru portava in spalla due sacchi di plastica, Hiltrud reggeva uno scatolone.

"Sa davvero moltissime cose sulla Murgtal," ansimò Hiltrud posando la scatola vicino alla vecchia station wagon. "Ha intervistato anche me. Per via del mio bisnonno. Era zatteriere, ho ancora una sua foto. Era un uomo alto e robusto, quello dello zatteriere era un mestiere pericoloso. Nella foto ha un'aria truce, come Michele l'Olandese della favola. Erano uomini orgogliosi, quelli. Con gli stivaloni sino alle cosce, cappellacci a tesa larga e la pertica in mano. Facevano il giro del mondo."

"Anche tu hai fatto il giro del mondo, ieri ci hai messo un bel po' a tornare. Ebru era in pensiero per te."

"Ebru è sempre in pensiero." Rivolse alla giovane curda un sorriso materno.

Qualche giorno prima l'occhio da ostetrica di Adela aveva stabilito che Hiltrud non aveva avuto figli. Molte donne non diventano madri indipendentemente dalla loro volontà, chissà se anche Hiltrud ne avrebbe voluti.

"E poi nel bosco ho sempre qualcosa da fare. I frutti di bosco non si colgono da soli," si affrettò ad aggiungere.

Poteva essere vero oppure no. A un tratto mi scoprii diffidente, mettevo in dubbio ogni frase, ogni informazione. In situazioni del genere mi succedeva sempre, ed era proprio questo che volevo evitare. Perché non lanciarmi in una manicure, come previsto dal programma del giorno, farmi fare le unghie e intanto pensare a qualcosa di bello?

"E adesso dove state andando?" chiesi invece, indicando i sacchi e la scatola. Non c'era verso, non riuscivo proprio a non fare domande.

"Abbiamo ancora qualche commissione da sbrigare," mi rispose Hiltrud indaffarata, aprendo il portellone del bagagliaio.

Ebru ci issò dentro i sacchi, poi prese la scatola e ce la spinse dietro. Era davvero robusta. Hiltrud le lanciò le chiavi della macchina e andò a sedersi al posto del passeggero. Ebru si mise al volante, avviò il motore e partì con uno stridio di gomme.

Io rimasi sola e abbandonata al parcheggio. Avevo i brividi, mi girava la testa, il foruncolo mi pulsava sulla fronte, e lo stesso il braccio infermo. Chiusi gli occhi cercando di trasformarmi nella Jeannie di *Strega per amore*. Poi avrei incrociato le braccia sul petto, avrei sbattuto energicamente le palpebre e mi sarei teletrasportata a Colonia per ritrovarmi nella cucina del Giglio Bianco. Avrei fatto a gara con Arîn a chi affettava più cipolle o avrei discusso la selezione di vini per il menù del giorno con Eva. Invece nella mia testa lampeggiarono come lampadine nervose nuove domande: quale commissione doveva sbrigare Adela? E Hiltrud ed Ebru? E com'era arrivato il cadavere di Hürlimann dal letto di Adela alla sua auto, e poi nel bosco? No, niente, di questo doveva occuparsi la Hodapp!

Ed era effettivamente quello che stava facendo. Quando rientrai in albergo, Peggy mi informò che la commissaria mi attendeva in sala relax.

Al centro della stanza, nuvolette di incenso si levavano da un piccolo bruciatore di pietra per ambienti. E l'incenso induceva sonnolenza, come ricordavo da tante funzioni festive della mia infanzia. Vicino all'affare di pietra svettavano un tavolo e due semplici seggiole di legno, che tra tante sdraio e palle da ginnastica sembravano corpi estranei.

"Sì, forse valeva la pena tentare un interrogatorio in sedia a sdraio." La Hodapp sorrise come se mi avesse letto nella mente. "Però poi ho preferito restare sul classico." Si alzò dalla sedia, spazzò via un po' di incenso, mi invitò ad accomodarmi con lo sguardo e mi diede la mano. "Anche la stanza non è l'ideale, ma è meglio fare gli interrogatori qui piuttosto che costringervi a venire tutti a Freudenstadt."

La sua stretta, salda ed energica, si intonava con il quadro della donna da quarantotto ore che mi piaceva immaginare. Indossava di nuovo jeans e una camicetta, questa volta di una delicata batista con un delizioso motivo di uccellini su sfondo beige, abbottonata sino in cima, e attorno al colletto rotondo aveva un fiocco dello stesso tessuto, i cui capi le dondolavano sul seno sodo. La camicetta le dava un'aria giovanile e scherzosa che mi lasciò confusa, perché non si adattava all'idea che mi ero fatta di lei. Che con quel modo di vestire volesse farsi passare per un'ingenua per raggirare più facilmente il suo interlocutore? E l'incenso, che scopo aveva?

"Davvero buffo che conosca Adela Mohnlein," avviai la conversazione, fermamente decisa a tenerne le redini il più possibile. "Posso chiederle come?"

"Domandare è lecito." Fece una risatina, mettendo in mostra due file di denti bianchissimi, poi richiuse la bocca facendo ondeggiare la coda di cavallo. Quindi studiò con attenzione un foglio che aveva davanti, si schiarì la gola e assunse un tono ufficiale. "Non ha niente in contrario, vero, se registro il nostro colloquio?" mi domandò, e senza attendere risposta, premette il pulsante di registrazione di un piccolo dittafono.

"Adela, non Adele, è insolito," continuai, "e anche Mohnlein non è un cognome comune. Non credo che Adela abbia un'omonima, oppure sì?"

Rise di nuovo, ma fu una risata breve e secca, poi si sistemò la coda e senza curarsi delle mie osservazioni chiese: "Lei conosceva Roger Hürlimann?"

L'incenso mi impediva di respirare a fondo, e mi chiesi se dovessi dirle del disagio che aveva procurato con la sua osservazione criptica sul nome di Adela.

Però prima che potessi prendere una decisione al riguardo, continuò: "Il motivo di questa conversazione è un caso di morte sospetta." Adesso aveva assunto un tono non soltanto ufficiale, ma anche severo. "Ha una ragione per voler evitare la mia domanda?"

Ossignore, ci mancava anche un interrogatorio con risvolti psicologici. "Non ho mai conosciuto Roger Hürlimann. L'ho visto per la prima volta morto nella sua auto," risposi diligentemente.

"Hürlimann è sparito il giorno del suo arrivo," proseguì lei, piegando le mani sul foglio e chinandosi verso di me. I capi del fiocco sfiorarono il tavolo. Presi nota del fatto che lo smalto sulle unghie aveva la stessa tonalità di rosso degli uccellini e che non portava anelli. "Le dispiace raccontarmi tutto quello che ha fatto quel giorno una volta raggiunto l'Himmelreich?"

Le riferii del nostro arrivo, della visita a sorpresa di Luc, del picnic a due. Mentre tiravo in lungo la mia deposizione con tutti quei dettagli, speravo ardentemente che Adela avrebbe risposto al cellulare quando l'avessi chiamata una volta terminato il mio interrogatorio.

"E poi è andata a dormire?" La Hodapp tamburellava con una certa impazienza sul tavolo con le unghie rosse della mano destra.

Improvvisamente mi venne il dubbio di non aver giudicato bene la commissaria. Forse non era una donna capace di scoprire la verità in quarantotto ore, forse era solo una nullafacente che rimestava alla cieca oppure una gretta carrierista capace di passare sopra un cadavere pur di ottenere rapidi risultati.

"Sì." Per tutto il tempo ero stata così convinta che il nostro comportamento fosse al di sopra di ogni sospetto che non avevo neppure preso in considerazione un piano B. Avrei dovuto farlo, pensai mentre le unghie rosse riprendevano a tamburellare sul tavolo, ma ormai era troppo tardi. "Verso mezzanotte Adela mi ha svegliata," proseguii dopo una breve esitazione, sentendomi una traditrice.

"Non le avevo creduto, capisce? Se lo avessi fatto, di sicuro sarebbe andata prima alla polizia, ma sono stata io a trattenerla," spiegai per giustificare il nostro comportamento dopo averle raccontato con sincerità quanto era accaduto in camera della mia amica. "Neanche lei conosceva quell'uomo. Aveva passato una bella serata con lui perché è appassionata di auto d'epoca. Però non ha niente a che fare con la sua morte."

Nell'ultima frase misi tutta la forza di persuasione di cui

ero capace, cercando di leggere il viso della Hodapp, ma la sua espressione rimase indecifrabile.

"Si sa già di che cosa è morto?" domandai poi, con la speranza di riprendere in mano le redini del colloquio almeno per un breve intermezzo.

"No." Scosse la testa e spinse il foglio un po' in avanti. "L'esame autoptico non è ancora terminato."

"È stato avvelenato?" insistetti. Di sicuro Hiltrud aveva già parlato del *bittertee* che Hürlimann aveva bevuto la sera e che aveva indotto Adela a sospettare un avvelenamento.

Si strinse nelle spalle. "Non posso dirle niente al riguardo," svicolò.

"E su Oliwia, ci sono novità?"

"C'è un'indagine in corso," rispose altrettanto laconicamente, spegnendo il dittafono.

"L'uomo con cui ho visto Oliwia di notte..."

Aggrottò la fronte con aria interrogativa. Non aveva letto i verbali?

"Ne ho già parlato agli agenti che mi hanno interrogata la prima volta. Oliwia e lui erano una coppia, forse clandestina, perché lei non lo ha fatto salire in camera. Avete già trovato l'uomo? È uno degli ospiti del Rittersprung?"

"Signora Schweitzer," sospirò. "Sa benissimo che non posso dirle niente." Poi si alzò bruscamente. "Grazie del suo tempo. Il suo numero di cellulare ce l'ho. Se avrò altre domande la chiamerò io."

Non avevo previsto un congedo tanto repentino. Alzandomi ebbi altri brividi e un capogiro, e l'aroma dell'incenso, che nel corso del colloquio avevo cercato di rimuovere, mi stordì. Ripensai di nuovo a chiese, messe, funzioni, confessioni. Dopo la confessione, in cui da bambina ricevevo sempre l'assoluzione, ogni colpa veniva saldata con cinque Ave Maria, oppure tre Padre Nostro, e si poteva tornare alla vita di tutti i giorni con il cuore leggero. Io però non mi sentivo sollevata dall'aver detto la verità, ero preoccupata che la Hodapp potesse davvero fraintendere il comportamento mio e di Adela.

Il terreno sotto i miei piedi era una nave ondeggiante, la strada fino alla porta un tratto di maratona. Quando senza ulteriori oscillazioni mi ritrovai fuori, inspirai avidamente la fresca aria della Foresta Nera e feci un paio di respiri profondi prima di tirare fuori dalla tasca il cellulare squillante.

"Adela?" dissi stringendo il telefonino all'orecchio senza guardare il display, tanto speravo che a chiamare fosse lei.

"Perché, non sai dov'è Adela?" mi chiese Arîn. "Credevo che al digiuno voi due faceste tutto insieme."

"Ti richiamo subito."

Chiusi la telefonata, mi lasciai cadere su una poltroncina di vimini, bevvi in fretta un bicchier d'acqua, me ne versai un secondo con le dita tremanti e feci il numero di Adela. Mandai giù l'acqua nell'organismo indebolito dal digiuno, sentendo in un orecchio il segnale di libero e nell'altro lo squillo del cellulare di Adela, e quando mi alzai e mi avvicinai al terrazzino della sua stanza, dalla finestra aperta vidi il suo telefonino illuminarsi e vibrare sulla scrivania. Lo aveva lasciato in camera, era andata via senza portarselo dietro. Perlomeno così non poteva trovarla neppure la Hodapp, cercai di tranquillizzarmi. Bevvi altra acqua, e con tutto quel liquido che mi gorgogliava nella pancia, mi sembrava di essere una botte di vino in fermentazione. Però stranamente non avvertivo più la fame.

Mi sentivo addirittura così in forze da potermi rialzare. Alla reception acquistai una cartolina con uno strano Omino di Vetro, una figura del folklore della zona. In un fumetto l'Omino augurava "cervello e buon senso", che in quella situazione trovavo decisamente appropriato. Sottolineai il testo e sul retro scrissi: "Il silenzio è d'argento, ma la parola è d'oro. Però non parlare con la

Hodapp prima di avermi richiamata!" Quindi infilai la cartolina sotto la porta della camera di Adela.

Tornai in terrazza e sentii il mio cellulare squillare di nuovo.

"Forse finalmente sei entrata del tutto nello spirito del rilassamento e non ti interessa più sapere del tuo ristorante," mi disse Arîn.

"Che succede?"

"Ieri la salamandra ha esalato l'ultimo respiro. Il salvavita è saltato, abbiamo avuto un piccolo blackout."

"Blackout," ripetei.

"C'era ancora abbastanza luce, i clienti non se ne sono accorti," continuò Arîn. "L'abbiamo staccata dalla presa, abbiamo risistemato il salvavita e abbiamo continuato. Insomma, quell'affare era vecchissimo. Dobbiamo comprarne una nuova o aspettiamo che torni?"

"Sì."

"Sì, cosa?"

"Ti richiamo."

Andai in fretta verso il bordo della terrazza perché mi sembrava di aver sentito una macchina. Quella che stava seguendo i tornanti fino al parcheggio però non era la decappottabile di Adela, bensì un fuoristrada mai visto, che sparì dietro il centro terapeutico – dalla terrazza il parcheggio non si vedeva – e poco dopo sulla ghiaia spuntò Raisa Bolshakova. Indossava una tuta fuori moda e aveva in spalla un borsone sportivo. Aveva la faccia paonazza, come se avesse fatto un grosso sforzo.

"Ecco che cosa succede quando si allentano le redini," sentii la voce cristallina di Peggy all'orecchio.

Mi voltai in fretta. "In che senso?"

"Una volta quella donna era un'olimpionica," aggiunse lei quasi in tono di scusa. "Ai giochi estivi di Seul del 1988. Una vera campionessa. Però sono almeno vent'anni che non si muove abbastanza e non si preoccupa più del suo equilibrio interiore. Anche se, come sappiamo tutti, non è mai troppo tardi. Comunque adesso ha ricominciato."

"Olimpionica," ripetei sorpresa. "E in quale disciplina?"

"Tiro con l'arco," rispose Peggy. "Non le piace parlarne, e non stupisce, visto il suo aspetto attuale."

Una tiratrice, il che voleva dire che quella donna sapeva usare arco e frecce, e, perlomeno un tempo, a livello olimpico. Mentre digerivo quell'informazione, Peggy salutò con un cenno del capo Raisa, che intanto ci stava passando davanti diretta all'ingresso. Peggy la seguì, ma poi si voltò ancora una volta. "Oh, dimenticavo quasi. Ha chiamato Adela. Mi ha chiesto di riferirti che è al Rittersprung e che dovresti raggiungerla là."

"Grazie," risposi perplessa. Perché Adela non mi chiamava di persona, se voleva qualcosa da me? Poi però mi venne in mente che non aveva il cellulare con sé e che non ricordava mai i numeri di telefono a memoria. Neppure il mio, anche se mi chiamava quasi tutti i giorni. Non avevo la più pallida idea di quello che era andata a fare al Rittersprung, però se non altro era di nuovo disposta a parlare con me.

"Io sconsiglio sempre le visite là." Peggy si era fermata con il viso contratto in una smorfia, come se stesse toccando qualcosa di disgustoso con le pinze. "La tentazione è fortissima in quel luogo. Carne, alcol e così via."

"Sono tanti gli ospiti che hanno cambiato versante?" non mi trattenni dal chiedere.

"Non vale la pena parlarne, c'è sempre qualcuno che non è abbastanza convinto. Per resistere al digiuno ci vuole grande fermezza interiore."

Se ne andò a testa alta, ma ero sicura che sentisse ancora il mio stomaco che brontolava una risposta. Per placarlo, bevvi in fretta altre due tazze di tisana, quindi mi incamminai verso il Rittersprung.

Sul ponte giù all'Haselbach il nastro bianco e rosso della polizia era sparito, dunque la Scientifica doveva aver finito con i rilievi, però mi fece comunque un po' impressione vedere il profilo del corpo di Oliwia disegnato sull'asfalto con il gesso e già mezzo cancellato e le macchie di sangue annerite, perciò accelerai il passo. Di sicuro Peggy aveva detto alla Hodapp che la Bolshakova era una tiratrice, anche se questo da solo non dimostrava niente, anzi, sollevava solo altre domande. Pur non volendo, non riuscivo proprio a scrollarmi di dosso gli avvenimenti degli ultimi giorni. La bella russa uccisa con un colpo di pistola, l'equivoco tipo svizzero forse avvelenato, la Hodapp probabilmente non una donna da quarantotto ore, il Murgschifferwald un luogo dell'orrore, il sogno di riposo e rilassamento andato in fumo come un miraggio. Cercavo ostinatamente il colpevole di quel caos orrendo, e cominciai maledicendo quella stupida tendinite che mi aveva fatta finire lì.

La salita al Rittersprung era ripida, e una volta in cima, passando davanti ai fuoristrada neri e verde oliva, ai SUV metallizzati e agli Hummer per raggiungere l'edificio in legno, vidi ballarmi tante stelline davanti agli occhi. Quel terribile digiuno mi faceva ammattire, non capivo neanch'io perché non smettevo. Nonostante tutte le auto parcheggiate e quello splendido clima estivo, nello spiazzo davanti all'albergo non trovai nessuno. Ma dov'erano gli uomini del Rittersprung? Erano usciti per un'escursione o un corso di sopravvivenza? Non avevano preso le mountain bike, perché erano lì, tutte infangate, sotto una piccola tettoia, appoggiate a una delle grosse travi all'esterno dell'albergo. Non c'era nessuno neanche a spaccare legna, e nessuno che avesse voglia di misurarsi con arco e frecce. Il bersaglio grosso come una ruota di carro tra due abeti sulla destra del falò ondeggiava abbandonato. Che gli uomini fossero sconvolti e se ne stessero tutti rintanati nelle loro stanze? Oppure erano dentro a tenere un consiglio di guerra?

Barcollai fino a uno dei grossolani tavoli di legno tra l'albergo e i ceppi e mi lasciai cadere su una panca. Con dita tremanti tirai fuori la bottiglietta d'acqua dalla borsa e la svuotai avidamente come se ne andasse della mia vita. Rinfrescata, continuai a guardarmi attorno. La roccia frastagliata del Rittersprung sulla sinistra disegnava lunghe ombre che arrivavano appuntite sui ceppi. In ognuno di essi era conficcata un'ascia pronta all'uso, in attesa di essere impugnata da robuste braccia maschili. Che dopo l'assassinio di Oliwia agli ospiti del Rittersprung fosse passata la voglia di svolgere attività primordiali all'aperto o di cantare allegre canzoni attorno al fuoco? La scrofa di Bentheim se ne stava del tutto indifferente, grufolando contenta nel suo casotto di legno vicino alla camera di affumicatura. Per lei negli ultimi giorni non sarebbe potuta andare meglio. Niente dardo in testa, niente mani d'uomo che la squartavano o la riducevano in salsicce. Al loro posto, ancora ghiande nel truogolo e la macellazione rituale del Rittersprung rimandata a data da destinarsi.

Guardai l'Himmelreich. Con l'intonaco bianco, le imposte rosse e le cassette di fiori colorate, l'albergo sembrava una linda casetta delle costruzioni. Gli omini in miniatura che si muovevano sotto gli ippocastani erano impossibili da identificare senza binocolo, quanto quelli che dall'Himmelreich si vedevano sul terreno del Rittersprung. In quel momento un'automobilina stava entrando nel parcheggio del centro; era nera o blu scura, avrei potuto giurare che si trattasse della cabrio di Adela. Da quella distanza, però, non potevo dirlo con precisione, e comunque non poteva essere. A quanto ne sapevo, c'era una strada soltanto che portava dal Rittersprung all'Himmelreich, ed era quella che passava sull'Haselbach. Se fosse stata davvero la sua auto, avremmo dovuto incrociarci. Mi resi conto che non avevo visto la decappottabile parcheggiata lì tra i SUV e i fuoristrada, ma sicuramente dovevano esserci altri posti macchina.

Il rumore di passi che si avvicinavano mise fine alle mie riflessioni. Voltandomi vidi due uomini venire verso di me. Erano entrambi molto bassi, uno era completamente calvo, l'altro aveva gambe arcuate. Tutti e due indossavano pantaloni beige e giubbotti con un'incredibile quantità di tasche. Non appena mi girai, accelerarono il passo e il pelato cominciò a parlare prima ancora di raggiungermi.

"Che cos'è venuta a fare qui?" mi ringhiò contro con tono da sceriffo, tanto che non mi sarei stupita se avesse tirato fuori una Colt fumante come un cowboy in maschera.

Mi si piazzò davanti a gambe divaricate. Mi alzai e devo ammettere che in quel momento apprezzai la mia statura. Con il mio metro e ottanta li guardavo tranquillamente dall'alto in basso, e come sempre quando avevo a che fare con uomini più piccoli di me, mi chiesi se avessero problemi con le donne più alte. Nel loro caso ero quasi certa che la risposta fosse sì.

"Allora, che cos'è venuta a fare qui?" mi domandò anche quello con le gambe arcuate.

"È della polizia?" aggiunse il pelato.

"Chiamatemi Karsten Heinemann oppure portatemi da lui," sbottai.

Lì la buona educazione non sarebbe servita a niente, a giudicare da come quei due se ne andavano in giro tronfi.

E durante la mia passeggiata nel bosco avevo già capito che tono autoritario usasse Karsten con i suoi ospiti.

I due uomini si intesero senza parlare, poi quello con le gambe arcuate tornò dentro mentre il pelato rimase con me. Mi scostai di lato perché non mi stesse così addosso, mi presi nella sinistra il gomito destro, e come la Bolshakova rimasi a braccia conserte in un silenzio ostinato. L'uomo mi fissò per un po', poi affondò le mani in due delle numerose tasche e cominciò a fare su e giù tra i tavoli di legno, finché qualche minuto dopo l'altro uscì di nuovo dal portone e ci chiamò a gesti.

L'atrio dell'albergo era dominato da un grosso caminetto aperto e nell'aria aleggiava un forte odore di legna e fumo. Attorno al camino erano disposti tavoli e panche in stile rustico. Mi sembrava di vedere gli uomini radunati lì a bere birra o idromele. Sull'altro lato della stanza notai un grosso bancone. Gli scaffali dietro di esso erano ben riforniti di alcolici di qualsiasi provenienza e promettevano festeggiamenti sfrenati o un benedetto oblio. Pensai alla canzone di James Brown *It's a Man's Man's Man's World*, ma quella che usciva dallo stereo era musica country, e guardando i tizi al bancone il tutto ricordava un po' una bettola per boscaioli del West.

Agli sgabelli del bancone sedevano in cinque, con la loro birra mattutina. Kevin, quel giorno non con i pantaloni di cuoio bensì in jeans, mesceva. Al posto delle camicie a quadri da taglialegna, portavano T-shirt con scritte idiote del tipo "Io sono il boss" o "Dopo di me il diluvio". Tra loro riconobbi Ueli, l'ancora marito di Dorette, sulla cui maglietta spiccava la scritta "No more sex with my ex": se poi quella per lui fosse una prospettiva buona o cattiva, era tutto da vedersi. Adesso capivo perfettamente perché lì Adela si fosse sentita fuori posto con il suo vestito rosso con le paillettes. Ma dove si era ficcata? Mi guardai invano in giro per la sala, riportai lo sguardo sugli uomini sugli sgabelli, li studiai con attenzione. Nessuno di loro ricordava neppure lontanamente il tipo che avevo visto con Oliwia.

I due dalle duemila tasche mi fecero strada oltre gli uomini, in un corridoio che puzzava di muschio. O forse era cavallo? Annusai ancora, ma non riuscii a decidere. Quello stramaledetto digiuno non aiutava il mio olfatto, anzi, lo mandava in malora!

"Qui dentro," mi ordinò uno aprendo una porta, mentre l'altro mi faceva segno con la testa di entrare.

"Lo avevo immaginato! Katharina Schweitzer."

Karsten sedeva su una moderna sedia ergonomica a una scrivania ricavata da un massiccio mezzo abete, avvitata a travi d'acciaio arrugginite. Al mio ingresso non accennò ad alzarsi. A parte un portatile color argento, una manopola per allenare i muscoli delle mani e la foto di una ragazza con le trecce e una fessura tra i denti, il lucido piano di lavoro era completamente sgombro. La faccia da luna piena della ragazza ricordava quella di Karsten da giovane. Con la testa indicò un ceppo naturale davanti alla scrivania. Preferii rimanere in piedi. Con quella seggiolina da condannati a morte poteva anche dare il tormento ai suoi ragazzi, ma di certo non a me. Dietro la scrivania troneggiava in una foto a colori Vladimir Putin a torso nudo su un cavallo, e in una grande foto in bianco e nero ci sorrideva Nico Richter, il guru della dieta paleo.

"Però al maestro il tuo bar non lo fai vedere," osservai indicando la foto di Richter. "Oppure diecimila anni fa le bevande alcoliche esistevano già?"

"Prima di tutto, non obbligo nessuno a sposare la mia filosofia sull'alimentazione, e in secondo luogo, ho una visione più ampia rispetto a Nico Richter. Nel ventunesimo secolo, la virilità non riguarda soltanto il cibo."

"Ecco il perché delle bevande alcoliche..."

Si alzò con una velocità spaventosa e per un attimo temetti che volesse prendermi a schiaffi. Strinse il mezzo abete con tutte e due le mani e lo superò con un balzo. Adesso era proprio davanti a me.

"Perché sei qui?"

Gli uomini bassi! Su di loro potrei scrivere dei romanzi. Non so in quante brigate di cucina mi sia dovuta azzuffare con *chef de partie* o capocuochi di bassa statura. Piccoli o grandi, quelli che spadroneggiavano li detestavo.

"Allora?" ringhiò Karsten.

Mi prudevano le dita dalla voglia di continuare a stuzzicarlo per quelle sue stronzate da macho, ma non ero lì per divertirmi, perciò assunsi un tono neutrale e spiegai: "Sto cercando la mia amica Adela Mohnlein. Mi ha fatto sapere che mi aspettava qui."

"Hai forse visto una donna da qualche parte?" Fece un gesto di invito stringendo la manopola.

"Be', sono certa che ci siano altre stanze oltre all'atrio, chi lo sa dove può essersi nascosta? Ah, tra parentesi era già stata qui. Capelli neri, occhi scuri, piccola e tonda. Ha bevuto un whisky con Roger Hürlimann."

"Ha un vestito luccicante da zoccola? Attillato, a voler essere gentili." Sogghignò viscido, stringendo la manopola.

Schioccai la lingua con fare sprezzante. "Ho l'impressione che tu accosti la virilità del ventunesimo secolo alla femminilità del diciannovesimo. Credimi, così non va. Allora, Adela è qui?"

Scosse la testa senza smettere di tenere premuta la manopola. "Dall'omicidio di quella russa siamo costantemente in stato di allerta. Lo hai visto anche tu, che qui non arriva nessuno senza essere notato."

"Oliwia, quella donna si chiamava così." Detestavo che i morti non venissero chiamati per nome. "Un colpo al cuore. Potrebbe essere stato un cacciatore."

"Be', in ogni caso ha avuto una mira maledettamente buona," convenne Karsten rilassando la mano. "Tu perché credi che la polizia abbia sequestrato tutti i nostri fucili? Esami balistici e così via. Non troveranno niente, la russa non è stata uccisa con una delle nostre armi."

Lo disse con la massima convinzione, come se fosse pronto a mettere la mano sul fuoco per ognuno dei suoi ospiti.

"Non hai paura di scottarti?" gli chiesi. "Qui al Rittersprung, a differenza dell'Himmelreich, siete pieni di armi. È improbabile che uno sconosciuto dal grilletto facile sia venuto nell'Haselbachtal, si sia messo a sparare a casaccio e abbia centrato Oliwia al cuore."

"Se tu te ne intendessi di caccia, sapresti che tutti i fucili devono essere conservati chiusi a chiave in un armadio apposito, e la chiave ce l'ho io. Perciò a ucciderla dovrei esser stato io." Ricominciò a schiacciare la manopola.

"E lo hai fatto?" gli chiesi.

Strinse le due impugnature con ancora più forza scoccandomi un'occhiata sprezzante.

"Lo sai che Oliwia era già stata qui?"

"Quella donna era una bomba a orologeria." Una risata secca, dura, poi aprì la mano e posò la manopola sul tavolo. "Una femmina così seducente può essere in combutta solo con il diavolo, e l'inferno me lo fa già passare la mia ex. La credo capace di qualsiasi cosa. Prima mi manda quella femmina focosa per far impazzire i miei uomini, e poi anche quelle donne fuori di testa che volevano liberare il mio maiale. Pur di darmi il tormento, quella farebbe di tutto."

"Interessante," constatai.

"Quell'arraffona non si ferma davanti a niente," brontolò lui.

Non mi stupiva che sospettasse di Peggy, se mai ero sorpresa che lo dicesse così apertamente. Ma la guerra dei

Roses degli ex coniugi Heinemann non mi interessava in particolar modo, c'era qualcos'altro che volevo sapere.

"Per caso ti ricordi quando Oliwia è stata qui?"

"Ma certo, perfettamente. È stato la sera in cui c'era anche George, il mio grossista di whisky. Come tutte le volte che viene, ha offerto una piccola degustazione dei suoi prodotti. Il suo whisky è strepitoso, si vende benissimo tra i miei clienti. La russa era venuta con quell'Hürlimann. Lui ha avuto una bella faccia tosta a presentarsi qui! Che codardo. L'anno scorso era da noi per il corso di sopravvivenza, ne era rimasto entusiasta, quest'anno voleva farne un altro. E invece no, torna in grembo a Peggy a digiunare con le donnette."

"Può essere che il tuo programma non vada bene per tutti gli uomini," mormorai cercando di nascondere la sorpresa per la notizia che Oliwia e Hürlimann si conoscevano. "E che cosa ci facevano qui quei due?"

"Cosa credi? Trincavano whisky, lui Tullibardine, lei Glenfiddich. Veri intenditori tutti e due, devo riconoscerlo. Lui non mi ha stupito, uomo di mondo e così via, quelli amano seguire ogni moda, e il whisky è sempre chic. Lei invece sì. Hanno chiacchierato parecchio, ma non chiedermi di che cosa. E poi, all'improvviso, quella gli butta sul muso il costosissimo Glenfiddich e lo pianta in asso. Avresti dovuto vedere la faccia di lui! Una bella uscita di scena, l'hanno notata tutti."

Se Hürlimann fosse stato ancora vivo, sarebbe stato il mio principale sospetto, pensai. Invece quando Oliwia era stata assassinata, lui era già morto. "E dopo quella volta lei non è più tornata?"

"Ma certo."

"E perché?"

"Fammi una domanda più facile. Forse per procurare incubi a qualcuno o per fargli passare qualche notte insonne, o forse perché apprezzava il mio whisky. Ha bevuto Glenfiddich seduta al bar e se ne è andata via dopo mezz'ora. Se qualcuno l'avesse seguita, se ne sarebbero accorti tutti. Ma perché me lo chiedi?"

Improvvisamente la sua voce vibrava di diffidenza e mi domandai perché.

"Che cosa fai, vuoi di nuovo cavare le castagne dal fuoco agli sbirri?" aggiunse.

"Io non cavo un bel niente. Da giorni campo di acqua e aria, e occasionalmente è solo la curiosità a distrarmi dalla fame."

"Da noi fame non ne avresti. La dieta paleo ti fa perdere peso per come è strutturata. E poi tanto pesce e noci mantengono in forma fisico e cervello."

Tornò dall'altra parte della scrivania senza saltare, ma facendo il giro attorno al mezzo abete.

"È tutto? Perché io avrei altro da fare che soddisfare la curiosità femminile. Se serve a calmarti, uscendo puoi chiedere agli uomini al bar se uno di loro tiene nascosta la tua amica nella sua stanza."

"Chi è stato a spifferarvi la storia della liberazione del maiale?" mi tornò in mente prima di andare.

"Ti piacerebbe saperlo, non è vero?"

E con quelle parole mi mise definitivamente alla porta.

Non cercai oltre. Non soltanto la reazione di Karsten mi aveva dimostrato che lì non avrei trovato Adela, ma ormai ero quasi certa che quella che avevo visto prima sulla strada per l'Himmelreich fosse davvero la sua macchina. Spedirmi volutamente da qualche parte non era da lei, Adela non avrebbe mai fatto una cosa del genere, neppure se fosse stata ancora arrabbiata. E allora, chi era stato a mandarmi al Rittersprung con quella telefonata? Forse Peggy? Non riuscivo a trovare un motivo. E in quel momento non mi importava, avevo altre preoccupazioni. Ovviamente speravo che Adela fosse passata prima in camera sua e avesse trovato la mia cartolina con l'Omino di Vetro, ma in realtà già me la immaginavo davanti alla Hodapp ad andare ignara incontro alla rovina con bugie e mezze verità.

Per tutta quella terribile mattinata avevo cercato una via d'uscita da quel pasticcio, ma non mi era venuto in mente altro che tornarmene a casa più in fretta che potevo. Al pensiero della cucina del mio Giglio Bianco a Colonia mi sentivo scaldare il cuore, persino il Wiener Platz, la cui mostruosità mi faceva rimescolare il sangue, visto con gli occhi della nostalgia si ammantava di uno splendore dorato. E il duomo! Nella mia testa sentivo la calda voce di Willi Ostermann cantare *Isch mööch zo Fooß noh Kölle jon*, la più sentimentale di tutte le canzoni coloniesi. Se necessario, a Colonia ci sarei tornata anche a piedi, ma preferibilmente con il treno o la decappottabile di Adela. Ma potevo, potevamo farlo, oppure la Hodapp aveva la facoltà di trattenerci all'Himmelreich per motivi legati alle indagini?

Conoscevo una persona in grado di aiutarmi. Lasciai il Rittersprung e appena fui abbastanza lontana da non essere sentita, composi il numero dell'ufficio di Alban Brandt. Rispose subito, dal che dedussi che doveva essere occupato a redigere rapporti, un lavoro che nella quotidianità di un poliziotto richiedeva sempre più tempo, come si lamentava di tanto in tanto quando ce ne stavamo seduti con una birra fuori dal capanno del suo orto urbano.

"Signora Schweitzer, mi hanno detto che sta seguendo una terapia nella Foresta Nera. Che peccato che non possa assaggiare le mie zucchine di quest'anno, sono particolarmente buone. Finora ho seminato soltanto le classiche Diamant F1, come sempre, ma adesso sto sperimentando una varietà nuova, le Siesta F1, giallo oro e molto aromatiche. Arîn e Holger ne sono davvero entusiasti."

"Siesta F1," ripetei con voce spenta.

"Ma immagino che non mi chiami per le zucchine, dico bene?"

"Signor Brandt, ho bisogno di un suo consiglio."

"Ossignore! Non mi dica che si è di nuovo fatta coinvolgere in un delitto."

Lo immaginai aggrottare la fronte preoccupato nel suo ufficetto a forma di tubo al distretto di polizia di Colonia. Sul davanzale della finestrella c'erano sempre vasi di fiori colorati per nascondere la vista dell'orrendo parcheggio del centro commerciale Köln Arcaden.

"Delitto sì, coinvolta no." Gli esposi la situazione e gli domandai quello che mi serviva.

"Con tanti possibili sospetti non vorrei proprio essere nei panni della collega," gemette. "E naturalmente cercherei di trattenerli tutti il più a lungo possibile, in modo da poter chiudere le indagini al più presto. Lo sa anche lei che la maggior parte degli omicidi vengono..."

"...risolti nelle prime quarantotto ore."

"Ma per venire alla sua domanda: ai sensi del paragrafo 127 comma 2 del codice di procedura penale, la polizia può trattenere temporaneamente una persona, ma solo in presenza di un sospetto grave. A sua volta, la fattispecie di sospetto grave presuppone che al momento del fermo sussista una forte probabilità di colpevolezza dell'indiziato. Secondo l'opinione corrente, la probabilità deve essere superiore al cinquanta per cento. Dal momento che qui i sospetti sono distribuiti tra molte persone e finora nessuna di loro spicca sulle altre, dal punto di vista strettamente matematico non è il suo caso, visto che già in presenza di cinque indiziati – e qui sono ben di più – la probabilità di colpevolezza ammonta solo al venti per cento."

Probabilità di colpevolezza! Avevo completamente dimenticato che quando gli facevo qualche domanda sul suo lavoro in polizia, Alban Brandt si addentrava subito in complicate espressioni tecniche.

"Questo vuol dire che la commissaria capo Hodapp non può trattenerci?" chiesi traducendo il suo pistolotto.

"Immagino che abbia preso le sue generalità, giusto?"

"Certo," confermai.

"È stata identificata? Impronte digitali, impronte dei piedi e così via?"

"Non ancora."

"Può essere che la collega lo richieda, nel caso in cui lei insista per partire. E naturalmente lei è autorizzata a farlo."

"Le impronte e tutto il resto posso dargliele, non è un problema." A un tratto mi sentii cadere un peso dal cuore. "La ringrazio, signor Brandt. Ha diritto come minimo a un invito a cena al Giglio Bianco."

"Allora avrò di nuovo il tormento della scelta."

"Comprende anche il menù preferito," gli promisi generosamente.

"Ancora una piccola cosa, cara signora Schweitzer," aggiunse dopo una pausa.

"Anche una grande, lo sa."

"Se se la sente, le consiglierei di rimandare la partenza ancora un po'. Non renda più difficili le indagini della collega, le conceda la proroga delle quarantotto ore. Adesso sa che stando alla situazione attuale può partire in qualsiasi momento."

"D'accordo," gli promisi con scarso entusiasmo.

"E ancora una cosa."

"Sì?"

"Sarebbe bene che questa volta non si immischiasse nelle indagini. La prego, ne stia fuori."

"Può starne certo, al cento per cento," gli assicurai con tono di massima convinzione.

Di ritorno all'Himmelreich, per prima cosa diedi un'occhiata al parcheggio, ed effettivamente la decappottabile di Adela era al suo posto. Mi affrettai a entrare in albergo e vidi di nuovo le stelline, ancora più numerose di prima. Mi sembrava di essere nella Via Lattea. Con il fiato corto mi appoggiai al banco della reception, accettai un bicchier d'acqua da Peggy e aspettai che la galassia sparisse.

"La commissaria vuole parlarti, devi andare subito da lei."

La sua voce penetrò cristallina fino al mio orecchio attraverso la nebbia della Via Lattea. Le restituii il bicchiere vuoto e lei lo riempì ancora.

"Sai dov'è finita Adela?" le chiesi dopo averlo svuotato di nuovo. "Perché al Rittersprung non c'era."

"Oh, davvero?" Sembrava sinceramente stupita. "Allora non dovete esservi incrociate. Adesso è con la commissaria." Riprese il bicchiere, alzò la caraffa con aria interrogativa, ma io scossi il capo. Decisi che avrei cercato di capire più tardi chi avesse fatto la telefonata.

"È passata prima in camera sua?"

"No, non ne ha avuto il tempo. Quando è arrivata, la commissaria la stava aspettando e l'ha portata subito in sala relax, e come ti ho detto, devi raggiungerla immediatamente anche tu."

Giocherellava sospirando con il bicchiere vuoto, spostandolo avanti e indietro sul banco, poi mi guardò. "Se posso fare qualcosa per te, dimmi pure. Anche se hai solo bisogno di parlare. Lo sai, siamo qui per questo."

Raddrizzai le spalle e me ne andai. Ero pronta a tutto e fermamente decisa a non farmi cullare dall'odore dell'incenso o da altro e a tornarmene a Colonia subito dopo il colloquio.

"Oh, eccola, finalmente," mi salutò la Hodapp, alzandosi.

Si affrettò a spingere la sua sedia vicino a quella di Adela sull'altro lato del tavolo e mi invitò a sedermi. Poi serpeggiò tra le sdraio e fece rotolare una palla da ginnastica fino al tavolo. Quando mi fui seduta, sul volto di Adela lessi perlomeno tanti punti interrogativi quanti dovevano essercene sul mio.

"Prima di tutto devo scusarmi con lei, signora Schweitzer, per la finta telefonata. Sono stata io ad attirarla al Rittersprung." Quando si sedette sulla palla, la sua coda di cavallo ondeggiò, e sul volto di Adela si accesero altri punti interrogativi. "Però avevo bisogno di parlare con la signora Mohnlein prima che lei potesse informarla della nostra conversazione. Non ho certo bisogno di spiegare a voi due quanto sia determinante nel lavoro di indagine verificare la veridicità di una dichiarazione, dico bene?"

Ridacchiò come una bambina che ha appena fatto un bello scherzo, mentre non soltanto sulla faccia di Adela, ma anche sulla mia, i punti interrogativi andavano moltiplicandosi.

"Signora Mohnlein, il giorno del suo arrivo, dopo la serata allegrotta al Rittersprung, lei si è accomiatata da Roger Hürlimann sul portone di ingresso intorno alle ventidue. Lei è andata in biblioteca, Hürlimann è rimasto sulla terrazza a bere la sua tisana serale, lo confermano due ospiti. Un altro ospite alla ricerca di qualcosa da leggere l'ha vista addormentata in biblioteca poco prima di mezzanotte e presumibilmente l'ha svegliata uscendo dalla stanza. A quel punto lei è tornata in camera sua, dove ha trovato Hürlimann morto sul suo letto e deve essere andata subito nella camera della signora Schweitzer. Lo confermano almeno quattro ospiti, perché salendo dal pianterreno al primo piano non è stata particolarmente silenziosa.

Dopo di che siete tornate insieme nella camera della signora Mohnlein, che avete trovato vuota."

All'improvviso provai una piacevole leggerezza e raggiunsi uno stato che di sicuro non avrei mai conseguito con il digiuno. La Legge di Murphy che per tutta la mattina mi aveva tenuto saldamente in pugno si dissolse nell'aria. Non dovevo più preoccuparmi dell'ostinazione senile di Adela. Ascoltava ancora la voce della ragione, dal momento che doveva essere stata lei a raccontare alla Hodapp com'erano andate le cose. E la commissaria aveva verificato le nostre dichiarazioni e se le era viste confermare. Normale e diligente lavoro di polizia, bravissima. In questo modo avrebbe anche risolto i due omicidi. In un impeto di generosità, decisi di seguire il consiglio di Alban Brandt. La Hodapp avrebbe avuto le sue quarantotto ore, per quel lasso di tempo saremmo rimaste a sua disposizione per altre domande, e se era brava, a quel punto avrebbe risolto il caso e di lì a due giorni saremmo potute ripartire.

Mentre la Hodapp continuava a passare in rassegna le nostre dichiarazioni punto per punto, giocherellai con le dita della mano destra sollevando leggermente il braccio nel tutore. Non avvertivo più alcun dolore, mentre prima già quei minimi movimenti mi facevano male. Forse era il naturale processo di guarigione, o forse era stata la pomata di Hiltrud ad accelerarlo. L'idea che al massimo di lì a due giorni avrei potuto nuovamente prendere un coltello in mano e tornare a occupare il mio posto al Giglio Bianco mi risollevò il morale, come di solito faceva solo il Crémant 11/8/13.

"Lei è una brava poliziotta," dissi, alzandomi quando ebbe finito la sua esposizione. "Sono convinta che risolverà i due omicidi."

"Un momento!" Adela mi afferrò il braccio sano e mi tirò di nuovo giù a sedere. "Vorrei sapere ancora due cose.

Primo: qualcuno ha visto Hürlimann dopo che ha bevuto la tisana? E secondo: lei come fa a conoscere il mio nome? E perché," continuò schiarendosi la voce, "ne era rimasta così stupita?"

"Oh, sì, l'ho davvero sorpresa, non è vero?" La Hodapp ridacchiò di nuovo, e per aumentare la suspense, dondolò un po' avanti e indietro sulla palla. "Prima di diventare commissaria, ero stata dislocata a Offenburg, e là ho imparato moltissimo da un burbero collega di Stoccarda trasferito per motivi disciplinari. Quell'uomo era innamorato di una donna, e non so quante volte ho sentito il nome Adela Mohnlein nel periodo in cui sono rimasta là. Non c'era frase che pronunciasse in cui non uscisse il suo nome. Era completamente cotto, non c'era modo di farlo tacere."

"Kuno," mormorò Adela con gli occhi subito un po' lucidi.

"Avevo sempre sentito soltanto il suo nome, non avevo mai visto una sua foto. E adesso all'improvviso eccola là di fianco alla Facel Vega. Non c'è da stupirsi se sono rimasta sorpresa, non le pare?"

"Lei non sarà mica la Hodäpple?" chiese Adela.

"Sì, allora mi chiamavano anche così." La commissaria raddrizzò il busto.

"Devo dirlo subito a Kuno," esclamò Adela agitata. "Quando gli dirò che la Hodäpple... Aveva grande considerazione di lei, ma lo saprà senz'altro."

Pensai al morto alla cava grazie al quale Adela e io avevamo conosciuto Kuno Eberle e chiesi: "Ma nel caso di Konrad Hils lei non era coinvolta nelle indagini, giusto?"

"Invece sì, ma allora svolgevo il lavoro d'ufficio, non ero impegnata sul campo," mi disse. "Però naturalmente so quanto allora vi siate immischiate entrambe, e so anche che lei, signora Schweitzer, alla fine è stata un po' più veloce di noi. Ma correndo un notevole rischio..." Scosse la testa con aria di rimprovero. "Ci sono buoni motivi se noi poliziotti ci dobbiamo muovere sempre in coppia. In quella distilleria quell'uomo avrebbe potuto ucciderla."

"Sei finita in ospedale due volte nel giro di dieci giorni." Adela la sostenne carezzandomi il braccio sano. "Quella volta te la sei vista davvero brutta."

"E non è stata l'unica occasione in cui si è intromessa in un'indagine per omicidio," proseguì la Hodapp.

"Non si preoccupi," la interruppi, "qui non ci intrometteremo in un bel niente, siamo venute per riposarci e rilassarci." Dovetti rifilare un calcio negli stinchi di Adela, in modo che quantomeno accennasse un segno di assenso.

"Oh, non ho paura che vi intromettiate, anzi, vi esorto a farlo." La Hodapp rotolò con la palla vicino al tavolo, annuendo con tanta foga che fece saltellare non soltanto la coda di cavallo, ma anche i lacci della camicetta.

Non credevo alle mie orecchie, ma quando vidi Adela annuire con altrettanto slancio, seppi di aver capito bene. "Voi due per me siete una specie di jolly insperato. Anche il magistrato competente è dello stesso avviso. Stando alle leggi della logica e della criminalistica, è evidente che il colpevole o i colpevoli devono essere tra gli ospiti del Rittersprung o dell'Himmelreich, in fondo lo sappiamo tutti che nel novantanove per cento dei casi l'assassino è da ricercarsi nella cerchia dei conoscenti. Voi due siete ospiti come tutti gli altri, potete muovervi senza suscitare sospetti. Potete sentire quello che si dice, vedere come si comportano gli altri."

"Un'indagine sotto copertura." Gli occhi di Adela brillavano di entusiasmo.

"Mi interessano tutte le informazioni su cui voi due – e questo è essenziale – vi imbatterete en passant. Non voglio in nessun modo che vi mettiate in pericolo. E naturalmente non dovrete rivelare a nessuno che state aiutando la polizia nelle indagini."

"Anche se in realtà questo dovrebbe essere scontato per qualsiasi cittadino integerrimo." Misi nella voce un bel pizzico di sarcasmo.

"Ma chi è poi integerrimo? Chiunque ha qualcosa da nascondere. Persino voi due avete scantonato un paio di volte prima di decidervi a dire la verità."

Touchée. Non aveva tutti i torti.

"Se quella sera all'Himmelreich c'era in giro così tanta gente, di sicuro qualcuno deve aver visto Roger Hürlimann dopo che ha bevuto la tisana e prima che finisse nel mio letto," fece notare Adela.

"Purtroppo no," la contraddisse la Hodapp. "Nessuno degli ospiti dell'Himmelreich lo ha potuto confermare."

"Che sfortuna," brontolò la mia amica.

"C'è un legame tra i due omicidi?" volli sapere io.

"Per quanto riguarda Roger Hürlimann, per il momento si tratta di un caso di morte sospetta. Soltanto la vostra dichiarazione sull'insolito ritrovamento del corpo alimenta l'ipotesi che si tratti di un delitto. Dobbiamo aspettare il rapporto del medico legale, e speriamo che a quel punto la situazione sarà un po' più chiara," svicolò la Hodapp.

"E adesso la Facel Vega dov'è?" chiese Adela.

"La Scientifica la sta esaminando a Tuttlingen."

"E poi? C'è una possibilità che io la guidi?"

Alzai gli occhi al cielo.

"Tu non puoi capire," ribatté lei con uno sguardo carico di disapprovazione. "Insomma, è l'unica occasione che avrò nella vita di guidare un'auto da sogno come quella."

"Posso informarmi," borbottò la Hodapp.

"La prego!" Adela la ringraziò con un lampo di eccitazione.

"Allora, che cosa ne dite della mia offerta?"

In quel momento suonò il gong del pranzo. Il pranzo! Ecco, adesso chiamavo pranzo quella brodaglia allungata.

Però anche quella risciacquatura di piatti mi fece venire l'acquolina in bocca come a un cane di Pavlov.

"Sono stati riscontrati casi di omicidio in cui la fame, cioè, non sto parlando di guerre o carestie, ma di terapie del digiuno..." Ma che scemenze stavo dicendo? Credevo davvero che i due omicidi fossero stati commessi da una persona che aveva perso la testa per la fame? Che idiozia. Mi diedi una regolata, ripensai alla risoluzione che avevo preso e dissi: "Sa una cosa, la sua offerta è davvero gentile, ma..."

"Vieni con me!" Adela saltò su e mi trascinò velocemente in piedi. "Ci faremo sentire presto!" urlò alla sorpresa Hodapp, incamminandosi verso la porta. "Devo salutare Kuno da parte sua?"

In sala da pranzo erano già seduti tutti a tavola. Rüdiger ci aspettava e come un cameriere della vecchia scuola annunciò che quel giorno potevamo scegliere tra un brodo vegetale classico o all'italiana. Poi prese il mestolo per servirci. Io scelsi la variante italiana, una minestra vagamente rossastra che sapeva di pomodoro. Assaporai le prime cucchiaiate a occhi chiusi, poi li riaprii e mi guardai intorno. La disposizione dei posti non era cambiata, Britt e la Bolshakova sedevano ancora da sole, gli altri come al solito. Mi stupì che nessuno avesse accolto l'offerta di Peggy. Non c'era una mela in giro per spezzare il digiuno, tutti continuavano a patire la fame. E così feci anch'io. Comunque la minestra si dimostrò un vero toccasana: il tepore, il sapore salato, la nota vegetale. Quando si digiuna, anche un tocco di pomodoro rende felici. Ed erano pomodori buoni, la cui essenza aromatizzava la minestra: maturati al sole, fruttati, dolci e aspri allo stesso tempo.

Anche questa volta mangiammo in silenzio, il raschio dei cucchiai, a volte un sussurro o un bisbiglio, per il resto niente. A me stava bene che pure al nostro tavolo non volasse una mosca, non avevo voglia di parlare. Rüdiger invece sì, non faceva che lanciare occhiate ansiose in direzione di Adela, ma neanche lei apriva bocca.

"Com'è andato il colloquio con la commissaria?" finì per mormorare quando non riuscì più a sopportare quel silenzio. Intanto si passava freneticamente la mano sulla criniera da Einstein.

"Bene," rispose Adela tranquilla. "Bene."

Rüdiger aprì e richiuse più volte la bocca senza dire niente, la risposta della mia amica lo aveva lasciato senza parole. "Ma stamattina," riprovò, "non avevi..."

"Mi ero sbagliata," lo interruppe lei continuando a mangiare.

"Su, avanti, non farti tirare fuori ogni parola con le pinze." Rüdiger, passato dall'ansia all'impazienza, alzò leggermente il tono di voce. "Che cosa vuole sapere quella donna? Questo pomeriggio abbiamo tutti un appuntamento con lei, il mio è fra dieci minuti. Non sarebbe male andarci preparati."

"La verità, Rüdiger, nient'altro che la verità."

Sapevo quanto Adela amasse le frasi teatrali, ma adesso stava davvero esagerando. Probabilmente aveva brontolato e trovato da ridire con Rüdiger contro quell'incapace di poliziotta tutta la mattina, e adesso si ammantava in un silenzio incomprensibile. Non c'era da stupirsi se quel poveretto era confuso.

"Ma lo pensi anche tu che qui stia sprecando tempo, che dovrebbe cercare l'assassino di Oliwia al Rittersprung," insistette.

"Il suo lavoro lo fa bene," ribadì lei glaciale, quindi si alzò lasciando intendere più che chiaramente che la conversazione era terminata. A me, invece, scoccò il più schietto dei suoi sguardi, come se non avessimo mai bisticciato, mi carezzò per un attimo il braccio sano e tubò: "Ho bisogno di tenere le gambe sollevate per una mezz'oretta, tesoruccio. Dopo che ne dici di una passeggiata?" Quindi se ne andò a testa alta.

"Devo andare anch'io," dissi allora in direzione di Rüdiger, mentre il suo sguardo confuso mi chiedeva consiglio, e mi affrettai a raschiare l'ultima cucchiaiata di minestra dal piatto. Non avevo voglia di spiegargli perché Adela lo avesse mollato come una patata bollente. Quei due se la sarebbero dovuta sbrigare da soli.

Uscii in terrazza e per l'ennesima volta andai a guardare l'Haselbachtal. L'acqua gorgogliava, le api ronzavano, le rondini volteggiavano, i passeri trillavano, gli abeti frusciavano. Respiravo a fondo la balsamica aria della Foresta Nera, quando accanto a me una voce disse: "Non si può credere che in questo idillio si nasconda il male, e invece è dappertutto. Perché ci sono due cose che al mondo non si riescono a estirpare: la stupidaggine e la crudeltà. Una persona crudele ha ucciso Oliwia, e speriamo che la poliziotta non sia stupida e che la metta sottochiave al più presto. Lei crede che la poliziotta sia stupida?"

Le R mosce della russa si trascinavano nelle frasi come perline. Voltai lentamente la testa di lato e osservai sorpresa Raisa Bolshakova. Quella donna mi stava parlando.

"No, non è stupida," risposi.

"Ci si può fidare di lei?"

Aveva girato la testa verso di me. I suoi occhi neri mi scrutavano il viso come se volesse capire se poteva fidarsi di me. Nelle sue pupille scorsi minuscole schegge argentee. Aveva le guance solcate da due profonde rughe ciascuna, ma il collo era liscio e i capelli ancora scuri e folti. Una donna che nella sua vita aveva conosciuto più di una tempesta. Era perfettamente possibile che avesse avuto bisogno di quei chili in più sulle costole per non andare a fondo.

"Non le sembra che ognuno debba stabilire da solo se può fidarsi o meno di una persona?" ribattei.

"Lei si fida di quella donna?"

Mi fidavo? Era una domanda che non mi ero ancora posta. "È un caso difficile," cominciai guardinga. "Molti testimoni, molti possibili colpevoli, deve raccogliere e valutare una gran quantità di informazioni. Possiamo solo sperare che poi ne saprà di più. Se la Scientifica stabilirà che il colpo è partito da un fucile del Rittersprung, farà un enorme passo avanti, altrimenti..." Mi strinsi nelle spalle e tornai alla sua domanda. "Conosce il suo lavoro. Credo che verificherà o farà verificare con cura ogni informazione."

"Le informazioni, sì, sono qualcosa di pratico, è un lavoro da certosini, in questo i tedeschi sono bravi. Come nelle favole, come in *Cenerentola*. 'Quelli buoni staran nel pentolino e i cattivi li avrete nel gozzino...' Ma che mi dice delle supposizioni?" Mi guardò come un severo esaminatore che aspetti la risposta successiva per decidere se promuovere o bocciare il candidato.

"Una supposizione che compromette qualcuno?" indagai con cautela.

"Forse," svicolò lei.

"Qualcuno che si vorrebbe proteggere?"

I suoi occhi si fecero di ghiaccio e all'improvviso la sua espressione tornò distante. Non osai chiederle della sua conversazione con Oliwia, temendo che a quel punto si sarebbe richiusa del tutto.

"Capirà da sola se poterne parlare con la commissaria o se sia meglio evitarlo," aggiunsi.

La Bolshakova annuì e senza preavviso mi strinse al suo enorme petto tanto che sussultai. "La ringrazio," mi disse solennemente, quindi si voltò per andarsene.

"Davvero è stata olimpionica di tiro con l'arco?" Almeno quello volevo saperlo.

"Chi glielo ha raccontato?" chiese con un soffio iroso, come quello di un gatto cui abbiano calpestato la coda. Adesso la sua R era dura come un rombo di tuono.

"Peggy Heinemann."

La mia risposta non parve sorprenderla. Assentì e dopo una breve pausa aggiunse: "È stato in un'altra vita, molto tempo fa."

Quindi alzò una mano in segno di saluto e rientrò in albergo.

La seguii, anch'io volevo passare un attimo in camera mia prima di rivedermi con Adela. Una volta nella mia stanza, mi tolsi il tutore, sciolsi la benda e cominciai a muovere cautamente il braccio su e giù. Poi provai a sfregare le dita e subito dopo lo portai dietro la testa. Per finire finsi di suonare il pianoforte, quindi strinsi la mano come se impugnassi un coltello e ruotai il polso. Constatai con soddisfazione che non mi faceva più male. Sulle ali dell'entusiasmo, lasciai perdere la fasciatura, tenni soltanto il tutore. Per prudenza, non volevo rischiare una ricaduta.

Quando Adela bussò, mi stavo allacciando le scarpe da trekking. "È aperto," dissi, e lei entrò. Osservai sconcertata il suo abbigliamento. Indossava sandali rossi con la zeppa e il tailleurino Chanel che le avevo visto l'ultima volta tre anni prima.

"Guarda, mi sta ancora." Girò su se stessa davanti a me e si passò un dito all'interno del cinturino per dimostrarmi che c'era ancora spazio. "Sono calata come minimo di tre chili."

Chissà che cos'avrebbe detto Silv di quell'outfit, pensai. Per me Adela poteva andarsene in giro per i boschi anche con un abito da sera. "Però ti serviranno delle altre scarpe."

"Non andiamo per i boschi. Prendiamo l'auto e andiamo a Baiersbronn."

Per via del vestito? Per pura vanità? Davvero interessante quello che il digiuno spingeva a fare una ultrasessantenne.

"E perché non direttamente a Baden-Baden?" la stuzzicai.

"Dobbiamo sbrigare una commissione."

"Qual era di preciso la 'commissione' che hai sbrigato stamattina?"

Anche se Adela si comportava come se non avessimo mai bisticciato, io ci ripensavo ancora.

"Te lo spiego in macchina," promise. "Su, andiamo, devi vedere qualcos'altro oltre agli abeti."

Sapeva benissimo quanto mi piaceva andare in giro con lei nella sua decappottabile, ed era vero: da quando eravamo arrivate lì, non avevo lasciato quell'angusta vallata. Perché non avrei dovuto prendere un po' di aria fresca? Perciò sostituii le scarpe da trekking con un paio di mocassini e presi la borsa.

Adela puntò decisa al parcheggio, aprì la macchina con il telecomando e abbassò la capote. Estrasse dalla borsa come per magia un fazzoletto di seta dal colore acceso, lo piegò a triangolo, se lo mise sulla testa, lo fece passare sotto il mento e lo annodò sulla nuca.

"Grace Kelly in *Caccia al ladro*. Nessuno l'ha mai diretta in maniera così sexy come Hitchcock," spiegò inforcando gli occhiali da sole.

A volte la passione di Adela per Hitchcock e i suoi film assumeva forme davvero strane. Non avrebbe mai assomigliato a Grace Kelly neanche vista da lontano, lei era l'esatto contrario di un'algida biondina. Piccola e tonda, con i capelli scuri e ondulati e la carnagione olivastra, esuberante e saccente. Spesso sceglieva un abbigliamento sbagliato, amava i colori accesi quanto quelli pastello e li mescolava secondo il gusto e l'umore. Il foulard di seta faceva a pugni con l'abito Chanel, ma un uccello del paradiso come lei non se ne lasciava turbare minimamente.

Avviò il motore e percorse i tornanti dell'Haselbachtal con molta più spavalderia e strombazzate di clacson rispetto al viaggio di andata. Arrivate a Zwickgabel, svoltò nella Langenbachtal. Ora che la strada era molto più larga e rettilinea, Adela si rilassò.

"Avanti, parla," la esortai.

"Mi hai proprio mandato in bestia con la tua filosofia del non immischiarti, è solo per questo che non ti ho detto niente," si giustificò. "Tutto perfettamente innocuo, niente di losco, soltanto una visita a un concessionario di Gaggenau. Si chiama Schmälzle, davvero un uomo tenero, un tipo all'antica, capisci? È stata Dorette a parlarmi di lui. Hürlimann passava sempre a trovarlo quando stava all'Himmelreich. Il signor Schmälzle era in un certo senso il suo concessionario di fiducia. La Facel Vega l'ha comprata da lui. Questa volta voleva fermarsi da lui sulla via del ritorno, cosa che, come sappiamo, non ha potuto fare. Era interessato da tempo a una Ferrari F40 e il buon Schmälzle gliene aveva trovata una. In realtà la Ferrari la detesto, però la F40 è l'ultima sviluppata ancora sotto la regia di Enzo Ferrari. Ha i suoi bravi cavalli e oggi costa tranquillamente un milione."

"Un milione?" Scossi la testa incredula.

"La Ferrari è un'auto da spacconi. Anche se me la trovassi fuori dalla porta, non la vorrei. Uomini e potenza sessuale, capisci? Secondo Dorette, neanche la moglie di Hürlimann è contenta del nuovo gioiellino del marito. Non tanto per la potenza, quanto per i soldi che costa. Però secondo Dorette lui da quell'orecchio non ci sente."

"Non è che ti stai inventando un classico 'moglie che uccide il marito per la sua passione per le auto d'epoca'?"

"Non si deve mai trascurare niente." E per dare forza alle sue parole, tamburellò con le dita sul volante.

"Stai dicendo che mi stai portando a vedere questa Ferrari e altre vecchie auto?" Come contromossa la minacciai con una visita forzata alle cucine Gaggenau di Lipsheim.

"Baiersbronn, come ho detto," mi tranquillizzò. "Dobbiamo fare spese. Torcia, binocoli e così via."

Respirai a fondo. "Quindi vorresti accettare l'offerta della Hodapp?"

"Ma certo!" Mi guardò come se fosse la cosa più ovvia di questo mondo. "Non poteva capitarci di meglio. Indagare con il beneplacito della polizia, e per di più con la Hodäpple." Rise piano. "Anche se," aggiunse con una strizzatina d'occhi, "fare indagini in segreto avrebbe avuto tutto un altro fascino."

"Guarda che hai frainteso alla grande," ribattei. "Noi non dobbiamo indagare, dobbiamo soltanto trasmettere le informazioni che raccogliamo 'en passant'. Come informatrici, come infiltrate. La Hodapp non ci ha chiesto niente di più. E ci scommetterei che ha fatto la stessa proposta a tutti gli altri ospiti."

"Quello che vuole la Hodapp è una cosa, quello che vogliamo noi un'altra," replicò imperterrita Adela. "Ma non capisci? Per una volta nessuno ci metterà i bastoni tra le ruote."

"Ehi, guarda qui." Tolsi il braccio dal tutore ed eseguii davanti a lei il programma completo di movimenti. "Posso tornare a lavorare. Voglio andare a casa. Possiamo farlo, ai sensi del paragrafo 127 comma 2 del codice di procedura penale, la Hodapp non può trattenerci."

"Tesoruccio!" Adela rallentò e mi guardò con i suoi occhioni. "Mi dispiace tanto di averti trattata male. Ero così ottusa, così in preda al panico, che non sono riuscita a pensare lucidamente. Per fortuna la voce della ragione si è fatta sentire prima che dovessi parlare con la commissaria."

"Per fortuna, perché era l'unica cosa giusta da fare. La Hodapp conosce il suo mestiere. E ho lasciato Arîn e Holger da soli sin troppo a lungo. Posso riprendere a lavorare, devo tornare al Giglio Bianco."

"La Hodäpple! Kuno è caduto dalle nuvole quando gli ho parlato di lei. Non è sicuro che si possa fare affidamento su di lei per chiarire un duplice omicidio. Dice che è troppo ambiziosa e ha troppo poco sostegno dai sottoposti."

"Kuno è in pensione da più di dieci anni. In questo periodo può essersi fatta le ossa, da apprendista può essere diventata maestra."

Adela si fermò a un semaforo e mi rivolse un'occhiata affettuosa. Poi mi prese velocemente la mano destra e mi piegò il polso all'ingiù.

Urlai di dolore.

"Tesoruccio, non sei ancora in grado di lavorare," mi disse poi, impassibile. "Mano e braccio vanno un pochino meglio, ma non sono ancora del tutto a posto. Se ti rimetti ai fornelli adesso, ti ribecchi un'altra tendinite in quattro e quattr'otto."

"Hai peggiorato tu la situazione," la investii, ben sapendo che non era vero. Cucinando movimenti così bruschi e avventati sono inevitabili.

Per il resto del viaggio mi rinchiusi in un silenzio offeso, lasciando cadere ogni tentativo di Adela di riprendere il filo della conversazione. Perciò anche lei non parlò più. A Schönmünzach svoltammo nella Murgtal e superammo località come Huzenbach e Röt.

"L'abbazia di Reichenbach, hai detto di aver sempre desiderato visitarla," propose poi in un tentativo di riconciliazione quando vide il cartello, e svoltò subito.

Poco dopo scendemmo dall'auto e ci guardammo attorno.

"Origine romanica, fondata dai monaci benedettini, evangelica dalla Guerra dei trent'anni," lesse Adela su un cartello fuori dall'ingresso. "Evangelica? Vuol dire che qui siamo in Svevia?"

"Sì," confermai annoiata. "Quando possiamo proseguire?"

"Rüdiger mi ha detto che il distretto di Freudenstadt comprende comuni della Svevia e del Baden. Non hai sempre detto che tra gli svevi e i badeniani..."

"Badensi," la corressi.

"Va be', badensi, che tra i due non corre buon sangue?"

Feci spallucce, non ero in vena di storia della cultura locale.

Dopo un breve intermezzo turistico, tornammo in silenzio alla macchina. Riaprii bocca solo quando vidi il cartello che indicava il bivio per la Tonbachtal.

"Vai da quella parte," ordinai a Adela, che obbedì senza discutere.

Poco dopo ci ritrovammo davanti all'enorme complesso alberghiero di Traube Tonbach, che vantava comfort e wellness grandiosi. Ma soprattutto, dove cucinava l'uomo che era uno dei migliori cuochi tedeschi, se non il migliore in assoluto: Harald Wohlfahrt. Grazie a lui, quel locale occupava già un posto nel libro sulle più rinomate mete turistiche al mondo: *I 1000 luoghi da vedere nella vita*. Prima di morire volevo mangiare almeno una volta da Wohlfahrt. Pensai alla sua panna cotta di astice con punte di alghe giovani, alla lombata di capriolo al pepe mélange, alla sua splendida salsa di prugne con vino rosso e buccia di arancia, che imitavo da anni, e all'invito di Luc. Se fossi ripartita nei prossimi due giorni, non se ne sarebbe fatto niente, visto che il nostro appuntamento era fissato solo per sabato.

"Adesso possiamo occuparci di cose più serie?" insistette Adela al mio fianco.

Con il cuore pesante per via della dieta, evitai di dare un'occhiata al menù. Probabilmente mi sarebbe bastato leggere le pietanze del maestro per perdere i sensi per l'entusiasmo e la fame.

"La Hodapp avrà le sue quarantotto ore," dissi tornando alla macchina, perché dovevo pur combattere in qualche modo le tentazioni di Wohlfahrt, e un po' anche perché lo avevo promesso ad Alban Brandt.

"È già un inizio," commentò soddisfatta Adela prendendomi a braccetto.

Durante la nostra escursione serale, rimasi nuovamente stupita da quanto nelle zone di campagna il turismo sia strettamente legato alla tradizione. Viaggi in carrozza come ai tempi dell'imperatore, frutta essiccata come quella della bisnonna, fieno raccolto con il forcone o crauti pestati a piedi nudi. Le località vacanziere superavano se stesse con le attrazioni, e in qualsiasi spettacolo escogitato per i turisti, in ogni tradizione dimenticata e poi recuperata, in ogni cosa aleggiava lo spirito dei bei tempi andati quando tutto era migliore: l'aria, l'acqua, la terra, la gente, di sicuro il clima e decisamente la vita. E in vacanza la gente aveva voglia di crederci. Solo così si spiegavano quei gruppi che seguivano spontaneamente erboriste e cantastorie, o contemplavano uomini veri che abbattevano alberi o navigavano la Murg su zattere.

O quell'ammirazione che avevamo provato per un carbonaio al lavoro.

Dopo il centrifugato serale di crauti o spinaci, eravamo andati in pullman dall'Himmelreich a Baiersbronn, e da lì nel bosco. Adesso eravamo intorno a una carbonaia fumante ed eravamo felici che il tepore della giornata avesse lasciato il posto a una serata fresca, perché la carbonaia emanava un bel calduccio e ci affumicava per benino. Il carbonaio, un giovane in pantaloni di cuoio e camicia a scacchi, indossava il tradizionale cappello nero del luogo, che ricordava vagamente un melone.

Mentre con un forcone smuoveva qua e là i ceppi accatastati in maniera complicata, aumentando il fumo, raccontava che quella del carbonaio è l'attività più antica dell'uomo, già praticata nell'Età del bronzo per la lavorazione dei metalli.

"La più antica? Davvero? Credevo che fosse..."

L'intervento di Dorette fu soffocato sul nascere da Silv con un'occhiata severa. Dava l'impressione di non essere lì volontariamente e di volersi lasciare alle spalle quell'esperienza il più in fretta possibile. Anche a giudicare dalle altre facce, nessuno degli ospiti dell'Himmelreich era particolarmente interessato alla carbonaia, però erano venuti tutti comunque. Perché in gregge ci si sente più al sicuro? Oppure per non suscitare sospetti?

Il ragazzo proseguì valorosamente, parlandoci dello sfruttamento intensivo del carbon fossile, poi del declino delle carbonaie finché agli inizi del ventesimo secolo il mestiere non si era estinto.

Lo smoothie tropicale che mi ero concessa nel pomeriggio al Café am See di Baiersbronn mi stava procurando un leggero bruciore di stomaco. Adela, sullo slancio della rinnovata perfetta vestibilità del vecchio Chanel, si era attenuta a una tisana. Mentre io trangugiavo il denso cocktail alla frutta, lei aveva sorseggiato la sua tisana, e rispetto a me era sembrata perfettamente immune a tutte le torte di ciliegie, fette di Lizer Torte e crostate di frutta della Foresta Nera servite ai tavolini all'aperto. Per me i camerieri che ci passavano continuamente davanti con vassoi carichi di dolciumi erano la tentazione personificata. Per non strappare loro un piatto dalle mani, tenevo ben stretto il bicchiere dello smoothie e mi concentravo sulle composizioni floreali e sulla disposizione artistica delle pietre nel giardino del caffè. E poi le chiacchiere con Adela mi distraevano. Aveva suggerito di unire tutte le informazioni che avevamo raccolto negli ultimi giorni sugli ospiti dell'Himmelreich e del Rittersprung.

"En passant" Adela aveva saputo poco, si era fissata con Roger Hürlimann. La sua fonte più fruttuosa era stata la loquacissima Dorette. Stando alla svizzera, Hürlimann era un uomo che si era fatto da sé. Aveva iniziato come venditore di sigarette, poi era passato nel campo del cioccolato e per questo motivo aveva commerciato per anni nocciole in Turchia e fave di cacao in Africa, con enorme soddisfazione dei suoi committenti. Dopo di che era passato alla SwissIF, dove comprava e vendeva enormi lotti di terreno. Nel corso degli anni aveva così accumulato una piccola fortuna, con cui si procurava auto costose e donne. La moglie attuale, già la quarta, era una mite biondina come le tre precedenti. Stando a Dorette, oltre a essere bionde dovevano avere anche gambe lunghe, e di preferenza dovevano provenire dall'Europa dell'Est.

"Ecco, vedi come ci si può ingannare, quando ci si lascia prendere dall'entusiasmo," osservò sorprendentemente Adela, che in realtà non era incline all'autocritica. "Quando sono stata al Rittersprung con lui, l'ho preso per un signore delizioso. Garbato, premuroso, sì, davvero affascinante. Non ricordo di aver mai parlato di Facel Vega e altre auto d'epoca con qualcuno più esperto di lui. E anche tornando a casa, è stato un perfetto gentiluomo. Mi ha persino offerto il braccio quando ho inciampato un attimo." Scosse la testa. "E invece evidentemente aveva più scheletri nell'armadio di quanto non potessimo immaginare, con quei traffici. La Facel Vega mi ha accecata. Se avessi saputo della Ferrari, lo avrei capito subito."

"Conosceva Oliwia," le rivelai. "Era stato al Rittersprung anche con lei. Secondo Karsten lei gli ha rovesciato un whisky in faccia."

"Sul serio?" chiese stupita, per aggiungere subito dopo: "Non mi sorprende. Secondo Dorette, Oliwia era proprio il suo tipo. Ma sappiamo di preciso quando è arrivata all'Himmelreich?"

Non lo sapevamo, come non sapevamo tante altre cose. Io però ero pronta a giurare che Hürlimann non era l'uomo che Oliwia aveva baciato tanto appassionatamente. Lo sconosciuto non era piccolo e secco, ma alto e snello.

"Quindi non tanto *cherchez la femme*, ma piuttosto *cherchez l'homme*," commentò Adela facendo ricorso alle sue scarse conoscenze di francese. "È molto improbabile che in questa valle solitaria della Foresta Nera si aggirino contemporaneamente due assassini, quindi i due omicidi devono essere collegati."

Mi strinsi nelle spalle. "Tocca alla Hodapp scoprirlo, la pagano per questo."

Adela alzò gli occhi al cielo con un sospiro, poi si mise a parlare della tisana serale di Hürlimann. "Se ho ragione a pensare che gli abbiano avvelenato il *bittertee*, allora il suo assassino va cercato qui all'Himmelreich."

"Hai sentito quello che ha detto la Hodapp. Prima dobbiamo aspettare il rapporto del medico legale. Fino ad allora le nostre sono solo ipotesi..."

"Adesso non fare l'adolescente cocciuta," mi sfotté. "Prima non hai detto che avresti concesso alla Hodapp le sue quarantotto ore? Allora, per piacere, vedi di sforzarti un po'. Su chi dobbiamo concentrare le nostre indagini questa sera?"

Non volevo fare di nuovo la saccente e ricordarle ancora la faccenda delle informazioni da raccogliere en passant. Concordammo che per quella sera ci saremmo limitate agli ospiti che avevano conosciuto meglio Oliwia: Betje, Britt e Raisa Bolshakova.

"E come dovremmo procedere?" le chiesi. "Chi si occupa di chi?"

"Tu ovviamente della Bolshakova, visto che ha già cominciato a parlare con te," stabilì. "Per il resto decideremo a seconda delle situazioni. Ci faremo venire in mente qualcosa quando saremo in quella carbonaia."

E adesso eravamo lì a farci affumicare, mentre scendeva sempre più il buio e il giovanotto continuava ad attizzare il fuoco, e intanto ci raccontava storie legate a un'antica attività tipica della Foresta Nera.

Come al solito, Raisa Bolshakova si teneva un po' in disparte dal gruppo, perciò approfittai di una nuvola di fumo per avvicinarla.

"Troppo fumo," spiegai.

Annuì con aria distante, come prima della nostra ultima conversazione. Attraverso la foschia vidi Adela infilarsi tra Britt e Betje e sussurrare qualcosa all'orecchio della prima, la quale reagì con vigorosi cenni di assenso. Intanto il carbonaio stava parlando del racconto di Hauff *Il cuore freddo*, che lo aveva spinto a imparare quel mestiere quasi scomparso.

"Allora?" sussurrai a Raisa Bolshakova. "La commissaria Hodapp si è conquistata la sua fiducia?"

Si portò il dito indice alla bocca, fingendo di essere interessata al racconto del carbonaio.

"Nella favola il carbonaio Peter Munk vuole fare qualcosa di più che estrarre carbon fossile un giorno dopo l'altro. Quando l'Omino di Vetro promette di esaudirgli tre desideri, non chiede cervello e buon senso, bensì ricchezza e fama. E poi vuole diventare Re del Ballo."

Guardai oltre la carbonaia, dove Adela si era appartata con Britt. Discutevano animatamente vicino al limitare del bosco.

"E quando Peter Munk ebbe sperperato tutto il denaro dell'Omino di Vetro," continuò il carbonaio, "in cambio di altro denaro vendette il proprio cuore a Michele l'Olandese, e al suo posto ottenne una pietra."

"Questa favola può essere letta come una prima critica del capitalismo," osservò Rüdiger. "Quando è vissuto Hauff? Nel primo Ottocento?"

Nessuno rispose alla sua osservazione.

"Ma poi si è salvato?" volle sapere la Bolshakova, e constatai con sorpresa che la favola le interessava davvero. O faceva soltanto finta?

"Come in tutte le fiabe, e come anche nella vita, prima Peter Munk deve imparare la lezione. Poi però si salverà grazie all'amore della moglie."

"Oh, com'è romantico!" lo sfotté Britt. "Alla fine di sicuro sarà tornato un carbonaio modesto e diligente, vero?" Vedendo il narratore annuire, Britt osservò rivolta a Rüdiger: "Allora la morale della storia è questa: a ciascuno il suo mestiere. Non mi sembra che si parli di capitalismo."

"Però è vero. Molte persone ricche hanno un cuore di pietra," mormorò Raisa Bolshakova al mio fianco.

"E la poliziotta Hodapp, che cuore ha?" tentai di tornare con un passaggio elegante a ciò che mi premeva.

"Non è di pietra, ma d'oro."

Alla Bolshakova doveva piacere parlare per enigmi, oppure mi prendeva per scema. La tattica migliore era l'attacco, decisi. "Ho visto Oliwia la sera tardi con un uomo, si baciavano. Dopotutto di lei si fidava. Le ha parlato di quest'uomo? Sa di chi si tratti?"

"Oro e denaro sono sempre la causa dei delitti, se non entrano in gioco i sentimenti," osservò la Bolshakova ignorando le mie domande. "Bisogna sempre seguire la pista dei soldi."

"Quale pista?" domandai interessata.

"Betje! Dov'è Betje?"

La voce di Mareike coprì quella del carbonaio, che continuava con il suo racconto, oltre alla mia. La Bolshakova ruotò nella direzione in cui prima si era fermata Betje. Tutti quanti ci guardammo attorno, ed effettivamente Betje non era più là, e non era neppure da nessun'altra parte.

"Betje?" gridò la madre nel buio del bosco, e non soltanto lei, ma molti si voltarono e cominciarono a chiamare la ragazza.

Io no. Ero troppo arrabbiata che per sparire avesse scelto proprio quel momento, quando la Bolshakova cominciava a parlare.

"Fate silenzio un attimo," ordinò il carbonaio al gruppo. "Se dovesse rispondere, non riusciremmo a sentirla."

Ma per quanto facessimo silenzio, Betje non rispondeva.

"Forse le scappava la pipì?" ipotizzò Peggy.

Aspettammo cinque minuti, ma Betje non ricomparve.

"Non può mica essersi dissolta nell'aria," osservò Dorette, incredula.

"Nessuno ha notato che si allontanava?" fu la richiesta della pragmatica Silv.

"Dobbiamo cercarla!" Mareike, in preda al panico, corse verso il bosco.

"Si fermi, si fermi!" Il carbonaio le schizzò dietro, la intercettò e la riportò nel gruppo. "Se Betje stava là," disse accennando al punto in cui si trovava la ragazza, "può essere andata solo in quel tratto di bosco," spiegò indicando gli alberi alle sue spalle.

"Fate una catena e accendete la torcia dei vostri cellulari." Peggy prese il comando della situazione. "Tenetevi sempre in contatto con i vicini con lo sguardo o la luce. Continuate a girare, orientandovi con il fumo della carbonaia. Non addentratevi troppo nel bosco, altrimenti finiremo per dover cercare non solo Betje, ma chissà quante altre persone."

La sua voce era energica e cristallina. Soltanto la ricerca

della crema per le mani tradiva la preoccupazione per la scomparsa di Betje.

"Non sarebbe meglio chiamare la polizia o la guardia forestale?" suggerì Dorette, che aveva scritto in faccia quanto detestasse l'idea di dover girare per il bosco a quell'ora.

"Betje è già sparita altre volte?" chiese Silv a Mareike.

Mareike scosse il capo e io mi domandai se la madre fosse al corrente delle scappate notturne della figlia.

"Mi pare valida la proposta di Peggy," disse Raisa Bolshakova al mio fianco. "Andiamo a cercarla, e se non la troviamo, penseremo alle mosse successive."

Nessuno fece obiezioni e su molte facce vidi la paura. Dopo due omicidi, i nervi erano scoperti, e anch'io mi chiesi se con Betje l'assassino avesse trovato la sua terza vittima. Mi domandai anche dove fosse andata nelle due notti in cui l'avevo vista tornare all'albergo.

Dieci minuti dopo ci aggiravamo nel bosco, e che cosa si intenda davvero per Foresta Nera lo si capisce solo quando ci si trova nel nero più fitto della vegetazione. Niente ombre, solo notte fonda. Senza torcia non si vedeva più in là di un palmo, in compenso sentivamo crepitii e fruscii dappertutto. Le torce dei cellulari brillavano nel buio come piccoli fuochi fatui. Dal terreno saliva l'umidità, nessuno sapeva dove metteva i piedi, ci si graffiava con i rovi o si incespicava nelle radici.

"Qui c'è qualcosa!" esclamò a un certo punto Rüdiger, facendo lampeggiare brevemente la torcia per tre volte per indicarci la posizione.

"L'hai trovata?" urlò Mareike.

Ci precipitammo tutti verso il luccichio del cellulare di Rüdiger, quindi illuminammo il punto da lui indicato. Aveva scoperto un riparo di rami e muschio. Ci puntammo contro tutte le torce, solo per constatare che era vuoto.

"A Pasqua qui nei dintorni c'è stato un accampamento di scout," spiegò il carbonaio. "Devono averlo lasciato loro. E adesso?"

Cercammo ancora un po', ma non trovammo traccia di Betje. In quel buio sembrava di cercare un ago in un pagliaio, e quando a un certo punto Peggy ordinò di tornare indietro, fu un sollievo per tutti.

Quando arrivammo alla carbonaia, rimanemmo stupefatti: Betje era seduta là e ci aspettava.

Era soltanto dovuta andare un attimo "in un posto", ci spiegò con la sua voce argentina, quindi un po' a malincuore si lasciò abbracciare dalla madre sollevata. Ascoltando la musica in cuffia, quando era tornata si era soltanto stupita di vedere che tutti se ne andavano in giro per il bosco con le torce, però aveva pensato che facesse parte dell'esperienza dell'antico mestiere.

Non credetti a una parola, ma non aveva importanza. Per quel giorno il bosco mi aveva dato il colpo di grazia, ero sfinita. Per fortuna neanche gli altri avevano voglia di mettersi a discutere, tutti desideravano rientrare in fretta al centro. Io ero così stanca che mi addormentai sull'autobus. Neppure l'odore di carne arrosto proveniente dal Rittersprung che ci accolse all'arrivo riuscì a rianimarmi. La spossatezza ebbe la meglio sulla fame. Prima di buttarmi a letto non bevvi neanche un bicchier d'acqua.

Quinto giorno di purificazione

Per colazione concedersi una tisana di rosa canina o salvia, che hanno entrambe un effetto depurativo sulla pelle. A pranzo come al solito consumare un brodo vegetale e acqua; per contrastare eventuali dolori di stomaco è possibile aggiungere al brodo un po' di riso o di farina di avena. Per combattere i gonfiori sono indicate tisane di anice o finocchio. La sera acqua e tisana, da combinarsi ancora con centrifugati di verdura o succhi di frutta.

Al risveglio niente mal di stomaco, però mi sentivo come passata al tritacarne. Scacciai le immagini di una sontuosa colazione e mi ficcai sotto la doccia. Le caviglie e i polpacci erano uno spettacolo pietoso, prudevano e bruciavano, pieni di graffi e taglietti e costellati di lividi. Accidenti a te, Betje, pensai, poi lo sguardo mi si posò sul brufolo, che ormai era maturo. Lo aggredii con le unghie, cosa non facile con la mano destra, ma in un modo o nell'altro riuscii a premerlo e schiacciarlo finché sulla fronte al posto del cornino giallognolo non rimase che una crosticina insanguinata. L'aspetto malconcio si intonava al mio stato d'animo.

Prima di presentarmi in sala da pranzo, mi trascinai in cucina. Nell'armadio delle erbe aromatiche di Hiltrud doveva esserci sicuramente una pomata lenitiva per il prurito alle gambe e una per nascondere quel foruncolo mostruoso. Vidi la *Schwarzwälder Bote* aperta sul tavolo della cucina e una tazza di caffè fumante, e ne dedussi che la cuoca doveva essere stata lì fino a poco prima.

La chiamai, ma non ottenni risposta. L'aroma del caffè mi penetrò nel naso, fresco e aspro, Hiltrud lo beveva nero e forte. Soltanto il ricordo del bruciore di stomaco del giorno prima mi impedì di impadronirmi della sua tazza. Invece diedi un'occhiata al giornale. Era aperto sulla pagina locale di Freudenstadt, e vi campeggiava la foto in bianco e nero di un albergo decaduto, ma di sicuro un tempo raffinato. La didascalia sottostante recitava: "I russi investono nella regione. Il futuro sta nel settore del lusso. Il gruppo Kusmin acquista il Waldeck in rovina per farne un centro wellness di classe".

Kusmin, quel nome lo avevo già sentito, però non riuscivo a ricordare dove e quando.

Sussultai sentendo la porta spalancarsi. Hiltrud si fiondò dentro puntando dritta allo stanzino delle erbe per prendere qualcosa nell'armadio.

"Ti manda il cielo," mi disse quando finalmente si accorse di me. "Presto, seguimi."

Uscii con lei in corridoio e salii al secondo piano, dove per terra vicino al carrello della biancheria sporca era stesa Ebru, mentre sulla soglia della sua stanza c'era Betje, sconvolta.

"Non è colpa mia, lo giuro," strillava, e la sua argentina voce da soprano si incrinò istericamente.

"È svenuta un'altra volta," spiegò Hiltrud, mettendole una boccetta sotto il naso. "Te lo dico io, ogni volta che ricomincia il Ramadan, mi faccio il segno della croce." Mise via la boccetta e schiaffeggiò la ragazza finché non aprì brevemente gli occhi. "Adesso la portiamo in camera sua," decise.

"Abita qui in albergo?"

"Certo, e dove se no?" La mia domanda le aveva fatto alzare gli occhi al cielo. "Al tre!" ordinò. "Tu le braccia, io i piedi."

Sollevammo la ragazza, che era maledettamente pesante. Hiltrud mi diresse prima all'ascensore, poi al pianterreno verso la cucina e da lì in un corridoio semibuio che ospitava le stanze dei dipendenti. Arrivate nella sua cameretta, unendo le forze riuscimmo a issarla sul lettino. Vedevo già le stelline, e anche Hiltrud ansimava forte, ma si riprese più in fretta di me.

"Devo tornare un attimo in cucina," riuscì a dire. "Inumidiscile un po' le labbra con un panno bagnato e aspetta che torni."

Annuii, ma prima mi lasciai cadere sull'unica sedia della stanza e aspettai che le stelline se ne andassero. Quello stupido digiuno! Quando ripresi a vedere lucidamente, mi accorsi che Ebru aveva ancora gli occhi chiusi e tremava tutta. Mi tornò in mente la cicatrice sul suo braccio. Doveva essere larga come minimo un centimetro e mezzo, il ricordo di una brutta ferita. Intanto Ebru si era girata verso la parete, dove era appeso un poster fotografico raffigurante un tratto costiero alle cui spalle si stendevano fino all'orizzonte verdi e rigogliose colline ondulate. Un paesaggio meridionale di tenera bellezza, completamente diverso dalla Foresta Nera. Sul comodino c'era la foto di un bambino, forse di sette o otto anni. Il resto della stanza era ammobiliato in modo scarno: un armadio, un comò con un piccolo televisore, un lavandino. A parte le due foto, non c'era neppure un oggetto personale.

Al lavandino bagnai l'angolo di un asciugamano e andai a sedermi sul letto vicino a Ebru. Aspettai che voltasse la testa verso di me e poi le inumidii le labbra con l'asciugamano bagnato. Aprì subito gli occhi e pronunciò qualche parola in curdo.

"Dove sono?" chiese poi in tedesco, vedendomi.

Glielo dissi e intanto mi alzai e andai a riappendere l'asciugamano vicino al lavandino. Ebru si mise subito a sedere senza dire altro. Mi rendevo conto che si sentiva a disagio, sola nella sua stanza con un'estranea.

"Hiltrud torna subito," la rassicurai. "Ah, e che bel posto," aggiunsi indicando il poster. "Dove si trova?"

"A Ordu," rispose, e notando il mio sguardo interrogativo, aggiunse: "Sul Mar Nero, ci sono molte piantagioni di noccioli."

"È la sua patria?"

Scosse la testa e posò i piedi per terra. "Adesso mi sento di nuovo bene," annunciò.

Feci un cenno col capo, e dalla foto alla parete il mio sguardo si spostò su quella del bambino vicino al suo letto. Ebru se ne accorse. Prima che potessi chiederle qualcosa, scostò di lato il copriletto e si alzò.

"Grazie," mi disse aprendomi la porta.

Lentamente tornai indietro, chiedendomi se gli svenimenti di Ebru potessero avere altre ragioni a parte il digiuno. Hiltrud, che stava venendo verso di me, mi rivolse un'occhiata interrogativa.

"Si è ripresa," la informai. "Non ha voluto che rimanessi nella sua stanza."

"Sì, è un tipo riservato," confermò la cuoca, e proseguì.

"Hiltrud," le urlai dietro. "Come se l'è fatta quella cicatrice sul braccio?"

"È una storia triste." Esitò un momento. "Non credo che Ebru abbia piacere che te la racconti."

"E questa storia triste ha qualcosa a che fare con i suoi svenimenti?"

"Ma come ti viene in mente? È per colpa del Ramadan." Annuì con foga per sottolineare le sue parole e continuò per la sua strada.

A quel punto avevo urgente bisogno di una tisana e mi diressi in sala da pranzo, ma alla reception venni bloccata da Adela. Indossava scarpe da ginnastica e una tuta verde menta e aveva un'aria pericolosamente intraprendente. "Oh, tesoruccio, meno male che ti ho trovata," mi disse tutta affaccendata mentre mi prendeva sottobraccio e mi trascinava fuori, in un angolo tranquillo. "Sono di corsa. Vado a fare kayak sulla Murg con Britt. Ieri ho stretto con lei un principio di legame che oggi vorrei rinsaldare."

"È possibile che Ebru sia incinta?" le chiesi sottovoce parlandole del nuovo svenimento.

Adela scosse la testa. "Non saprei," ammise. "Dovrei vederla meglio per dirlo. Tu credi che Hürlimann...?" Si rigirò per un attimo quella possibilità nella mente, ma poi scosse con foga i riccioli scuri. "No, Ebru non è il suo tipo. E anche se fosse incinta, questo che cos'ha a che fare con le nostre indagini?"

Le risposi con un'alzata di spalle.

"Continuiamo a concentrarci sul trio Betje, Britt e Raisa," stabilì Adela. "Ieri sera sei riuscita a far parlare di nuovo la silenziosa russa?"

"Ha detto soltanto che dobbiamo seguire la pista dei soldi. Qualunque cosa significhi." Alzai gli occhi al cielo. "La spedizione alla ricerca di Betje ci ha impedito di continuare."

"Quella piccola strega dobbiamo ancora sistemarla," commentò Adela con un dinamismo preoccupante. "Oppure credi a quella sua storia assurda?"

Mi strinsi nelle spalle.

"Lo sai che cosa ho saputo da Britt?" Adela si guardò rapidamente attorno, ma nelle vicinanze non c'era nessuno che potesse ascoltarci. Abbassò comunque la voce prima di uscirsene con la novità: "È convinta che l'amante segreto di Oliwia fosse Kevin."

Kevin? Ripensai all'aspetto del giovane tirapiedi di Karsten, il cui petto nudo aveva suscitato l'entusiasmo non soltanto di Dorette. Per me, invece, quel tipo emanava una malinconia misteriosa e non aveva proprio niente del boscaiolo temerario. Forse però mi sbagliavo, visto che la statura e la corporatura coincidevano, a ben pensarci. Era un vero peccato che non fossi riuscita a vederlo bene in faccia.

"Glielo aveva raccontato lei?" chiesi.

"No, li ha visti insieme due volte quando è uscita a fumare di notte."

"E su Oliwia hai scoperto qualcos'altro?"

"E perché credi che io vada in kayak con Britt? Dicono che fare sport insieme serva a creare fiducia." E per sottolineare la propria sportività, Adela flettè brevemente i muscoli. "Intanto tu non potresti tastare un po' il polso di questo Kevin?"

Sospirai.

"Avanti. La Hodäpple non si è ancora fatta vedere, chissà quale pista sta seguendo. E prima facciamo progressi, prima possiamo tornarcene a casa oppure trascorrere un altro paio di giorni qui in pace e tranquillità."

Pensai che le quarantotto ore erano finite e vidi che Adela sapeva a cosa stessi pensando.

"E allora? Da quando sei così fiscale? Non vorrai fare tante storie per uno o due giorni, ora che finalmente abbiamo unito le forze."

Rifiutare qualcosa a Adela una volta che se lo era messo in testa era maledettamente difficile. E se dovevo essere sincera, anch'io volevo sapere perché Hürlimann e Oliwia fossero stati uccisi.

"D'accordo," acconsentii tornando dentro.

"Dove stai andando?" La voce di Adela era allarmata e perplessa. "Per il Rittersprung devi prendere l'altra direzione."

"A bere una tisana. Ho bisogno di bere una tisana."

Nella sala da pranzo deserta trovai ancora mezza teiera di tisana tiepida. Menta, questa volta, "rinfrescante e tonificante", lessi sulla targhetta. La mandai giù a piccolissimi sorsi, e quando cominciai a sentirmi un po' risollevata, mi alzai in fretta per evitare di restarmene seduta a pensare a tutt'altro. Andai in camera mia, presi zaino e scarpe da trekking e mi incamminai.

Sulla strada per il Rittersprung, all'Haselbach, sotto il sole splendente, incontrai uno degli uomini di Karsten. Era il piccoletto con le gambe arcuate che avevo già visto nel corso della mia prima visita. Stava di pattuglia sull'altro lato del torrente, armato di walkie-talkie. Ormai vento e pioggia avevano cancellato quasi completamente i segni del gesso sul ponte, e anche la macchia di sangue era sparita. Io però vidi comunque davanti a me il corpo di Oliwia, e per la prima volta mi resi conto che quello era esattamente il confine tra l'Himmelreich e il Rittersprung.

Avevo appena attraversato il ponte che l'uomo prese il walkie-talkie per avvertire che si stava avvicinando la grassona del giorno prima. Non feci commenti sulla "grassona" e lo ignorai, chiedendomi come mai per comunicare usassero quegli apparecchi antiquati. Tirai fuori il cellulare per controllare se ci fosse campo, e allora compresi: il ponte si trovava nel punto più profondo della Haselbachtal. Niente campo. Oliwia aveva avvertito il pericolo? Aveva cercato invano di chiamare qualcuno da lì?

Era morta sul ponte? Non riuscivo a ricordare se la Hodapp avesse detto qualcosa al riguardo, ma del resto non glielo avevo chiesto.

Sullo spiazzo davanti all'edificio in legno mi si presentò un quadro del tutto diverso rispetto alla mia prima visita. Karsten e i suoi uomini sedevano sulle panche attorno a uno dei tavoli di legno davanti al falò. Sul tavolo c'erano grossi secchi di plastica trasparente in cui nuotavano dei pesci. Gli sguardi degli uomini erano tutti puntati su Karsten. Ognuno di loro aveva a disposizione un piccolo bastone e un coltello da caccia, a serramanico o di altro genere, uno più impressionante dell'altro. Gli uomini amano gli utensili di qualità, sapevo di più di uno che aveva speso una fortuna in coltelli senza averne realmente bisogno. Coltelli sportivi, il giocattolo dell'uomo moderno. Ovviamente in quanto cuoca conoscevo il valore di una buona lama in cucina, ma perché mai uno di città debba dotarsi di un coltello da caccia per me rimane un mistero. Mi guardai attorno e riconobbi Ueli, il piccoletto pelato e l'amante dei fiori in mountain bike, l'unico che mi salutò con un cenno del capo. Per il resto, su tutte le altre facce lessi sguardi diffidenti. Kevin non c'era, e io non ero la benvenuta.

Quando mi avvicinai al tavolo, Karsten si alzò, tuffò la mano in uno dei secchi, ne tirò fuori un pesce guizzante, prese il bastone e lo tramortì con un colpo esperto sulla testa. Mentre lo uccideva con un taglio nelle branchie, spiegò il procedimento agli astanti. Era una trota, vidi subito, una trota fresca di torrente. Arrostire con burro abbondante, condire solo con sale e pepe, prima di servirla insaporirla con un paio di gocce di limone, accompagnarla con patate al prezzemolo... Persino quel noioso classico nella mia fantasia si trasformò in una pietanza da dèi e mi smosse lo stomaco. Cercai di placarlo con un sorso d'acqua della bottiglietta che avevo con me.

"Taglio circolare sotto le branchie," mormorai.

"Ti mette fame, eh?" esclamò a gran voce Karsten, e tutti mi fissarono, per poi girare nuovamente la testa verso di lui. Adesso stava sventrando il pesce, gli tolse le interiora, per pulirlo lo immerse in un altro secchio, quindi gli infilò un gancio nella bocca e lo appese a un palo per farlo asciugare. "Poi lo affumicheremo su finissimo legno di faggio," spiegò. "E una volta pronto, lo strofineremo con il rafano."

Quell'uomo sapeva bene come torturare una persona che digiuna. Trote della Foresta Nera appena affumicate! Le compravo sempre quando ero nel Baden, da un allevatore dell'Achertal che affumicava il pesce su un misto di legno di faggio e di abete. Quando nel menù del Giglio Bianco c'erano le trote, andavano a ruba. Bevvi un altro sorso d'acqua.

"Bene, adesso sapete come si fa, perciò su, cominciate!" Karsten si pulì le mani sui pantaloni, poi issò l'atletico corpo dalla panca e mi torreggiò davanti. "È di nuovo la curiosità a spingerti qui? Prima che me lo domandi, stando alle perizie balistiche, nessuno dei nostri fucili da caccia è stato usato per sparare a Oliwia. Peccato per la signora commissaria, vero? Me la sono mangiata, quella zelantissima Hodapp!"

Sputò il nome come una gomma masticata. Potevo immaginare perfettamente che cosa pensasse Karsten di una donna a capo delle indagini.

"Adesso però deve spostare il suo lavoro sull'altro versante della montagna. Noi siamo fuori, ora tocca a voi!" sogghignò.

"Il fatto che nessuna delle vostre armi sia stata usata per spararle non significa automaticamente che non sia stato nessuno di voi," lo corressi con piacere.

"Ah, sono solo sottigliezze," minimizzò lui. "In ogni caso, non siamo più i principali sospettati. Sapevo fin dal principio che sui miei uomini potevo fare affidamento."

Intorno al tavolo si accese un parapiglia, tutti cercavano di alzarsi contemporaneamente, ma si ostacolavano a vicenda e si spintonavano. I secchi si rovesciarono, l'acqua si riversò sulla panca e per terra, e le trote precipitarono sulla ghiaia e poi guizzarono in alto, mentre gli uomini cercavano freneticamente di catturarle.

"Dovrebbero proprio esercitarsi un po' di più," osservai. "Ma perché gli dai trote vive? Non sarebbe meglio che cominciassero con quelle morte?"

Karsten non mi ascoltava. "Andate a prendere altra acqua," ordinò battendo le mani. "E raccogliete i pesci, su, presto!"

Una trota mi atterrò proprio davanti ai piedi. L'afferrai con la mano sinistra – non volevo ancora sforzare la destra con quel viscido pacchetto di muscoli – e quando sui tavoli ci furono di nuovo secchi pieni la ributtai in acqua. Come Karsten, anch'io ne raccolsi un altro paio da terra, mentre gli uomini erano in difficoltà.

"E.S.," mormorò Karsten con aria complice quando avemmo ributtato in acqua le ultime, e io annuii. Egbert Siefermann era il *poissonier* che ci aveva fatto da insegnante durante l'apprendistato professionale. Tutti i pesci vivi che trovava lì nella Foresta Nera, lontano dal mare, ce li portava a lezione, e noi dovevamo catturare gli animali, ucciderli, eviscerarli e cucinarli. Chi era passato per la scuola di E.S., con i pesci ci sapeva fare.

"Era un aguzzino," aggiunsi pulendomi le mani nel secondo secchio quando anche l'ultimo pesce fu recuperato.

Karsten fece segno di sì con la testa. "E puzzava sempre di pesce."

Sul conto di E.S. eravamo sempre stati d'accordo. Non soltanto avevamo frequentato lo stesso corso, avevamo anche passato insieme molto tempo, perché settimana dopo settimana prendevamo lo stesso treno per Bühl, dove aveva sede la nostra scuola. Come già ricordato, allora Karsten era un uomo grassoccio, flaccido e viscido, che non attirava le ragazze, ma non era per niente stupido. Sulla cucina avevamo avuto conversazioni davvero interessanti. Eravamo cresciuti entrambi in trattorie di campagna ed eravamo uniti dal desiderio di girare il mondo e imparare qualcosa di più della cucina casalinga del Baden. Non eravamo amici, ma per me era un collega, un fratello nello spirito. Perciò non mi ero soltanto arrabbiata, ma ci ero anche rimasta molto male quando all'esame di fine corso mi aveva messo il sale nella minestra.

"Allora mi hai davvero ferita," gli dissi quando mi venne vicino. La situazione attorno al tavolo si era placata e gli uomini avevano ricominciato a cercare di uccidere ed eviscerare i pesci.

"Il sale nella minestra?" Karsten fece ondeggiare la testa. "E dai, allora eravamo tutti così. Ognuno voleva essere il migliore. E io sono davvero più bravo di te. Non ho certo bisogno di venirti a dire quanto è spietato il nostro settore." Mi parlava senza guardarmi, continuava a tenere gli occhi sui suoi uomini. Improvvisamente si avvicinò al tavolo con un'impietosa scrollata di capo, tolse il bastone di mano all'amante dei fiori e tramortì il pesce al suo posto. Quindi gli spiegò con impazienza come doveva fare. Poi tornò da me. "E adesso dimmi un po' che cosa sei venuta a fare qui."

Quando gli spiegai che volevo parlare con Kevin, cercò di mandarmi subito via o perlomeno pretese di assistere al colloquio, ma io rifiutai. Immaginavo che avrei trovato Kevin da qualche parte in casa, ma non potevo cercare in giro come se niente fosse. Visto che eravamo immersi nei ricordi dei vecchi tempi, decisi di ricorrere a una tattica che gli ispirasse fiducia.

"Quando eravamo giovani cuochi non volevamo rilevare le trattorie dei nostri genitori, ricordi?" Mi scostai leggermente dal tavolo perché gli altri non potessero ascoltarci. "Però anche se volevamo rifiutare la nostra eredità, non volevamo neppure che qualcun altro ce la portasse via, giusto?"

Karsten annuì con foga, tutt'orecchi.

"Sono rimasta scioccata quando ho saputo in che modo la tua ex ti ha fregato," mentii. "Insomma, quella è la casa dei tuoi genitori, ci hai investito un sacco di soldi e poi..."

"Essere imbrogliati in quel modo ti fa davvero mancare il terreno sotto i piedi," ringhiò lui. "Russi e Baden-Baden, ho sempre saputo che non è un buon abbinamento per noi: casinò, Friedrichsbad, cocktail nel padiglione delle terme, e Peggy che si fa incantare dalla R moscia e dall'anima russa."

"E come se non fosse già abbastanza grave, si becca pure l'Himmelreich," continuai. "Ma sei proprio sicuro di aver fatto tutto il possibile?"

"Certo che le ho provate tutte," si indignò lui. "Mi sono rivolto a chiunque, dalla Cassa di risparmio alla Raiffeisen Bank e così via, ma nessuna banca ha voluto più farmi credito. Peggy e io ci eravamo indebitati parecchio con la ristrutturazione e l'apertura dell'area wellness, avevamo esaurito la liquidità. E poi Peggy se ne esce con i suoi contatti russi. Tutt'a un tratto è in grado di versarmi mezzo milione e di rilevare i debiti dell'Himmelreich."

"Tu sai chi è stato così generoso?"

"Non di preciso. È stato un affare di quel losco Orlow."

Mi tornò subito in mente l'articolo sulla *Schwarzwälder Bote*. "Russi? Ho letto sul giornale che la Kusmin-Investments ha comprato il Waldeck a Freudenstadt."

Assentì. "I russi stanno comprando un sacco di immobili nella Foresta Nera. Non sempre in buono stato, guarda un po' il Waldeck com'è ridotto. Credi davvero che a Freudenstadt ci sia bisogno di un'altra baracca per il wellness? Perché tirare fuori dei soldi per una catapecchia del genere? Ma non faccio commenti, lo sanno tutti che il denaro non puzza."

"Kusmin... Credo di aver sentito Peggy fare quel nome," rammentai di colpo.

"A che proposito?" Karsten era tutto elettrizzato.

"Non me lo ricordo più," svicolai.

"Peggy non creda che per me la faccenda si chiuda qui," sibilò lui. "Portarmi via la casa dei miei genitori è una cosa che non dimenticherò e non perdonerò mai."

No, a giudicare dal suo sguardo, non aveva dimenticato né perdonato. Nei suoi occhi lampeggiavano una rabbia sfrenata e una risolutezza di ferro. Non perdonava il doppio tradimento della sua ex.

"Kusmin," ripeté. "Kusmin."

"Adesso non starti a impuntare!" Ero arrabbiata con me stessa per essermi lasciata sfuggire quel nome, non volevo in alcun modo farmi invischiare in quella guerra dei Roses.

"Hai ragione," ammise, ma il suo sguardo dimostrava chiaramente che non era convinto. "E tu? La vostra trattoria non è proprio sulla B3? Posizione difficile, con la cucina all'aperto non si combina granché. Ma il locale non ha chiuso?" chiese cambiando argomento.

"Che ti salta in mente? È una trattoria locale molto ben avviata," protestai difendendo il nostro Tiglio. "I miei vorrebbero che rimanesse in famiglia, ma mio fratello ha una trattoria a Waldulm, io un ristorante a Colonia, e nessuno dei due ha in programma di tornare lì."

"Potreste trovare un gestore," suggerì Karsten.

"Staremo a vedere," scantonai cambiando argomento. "Tu hai cominciato con la dieta paleo dopo che…"

"È stata la mia salvezza," m'interruppe lui. "Da allora la mia situazione è completamente diversa. Non mi frega più nessuno."

La vendetta è dolce, pensai, rivedendo davanti a me il corpo di Oliwia sul ponte dell'Haselbach. Ma perché Karsten avrebbe dovuto…? Dalla sua morte non traevano profitto né lui né Peggy, anzi, l'omicidio metteva in pericolo gli affari di entrambi.

“Ma non sei venuta qui solo per dirmi quanto è stato spregevole il comportamento della mia ex, vero?” La sua sfiducia si era riaccesa.

“E invece sì, volevo semplicemente dirti questo,” mentii ancora. “E poi, lo sai quanto è noioso il digiuno. Un po’ di distrazione ci vuole. Senza contare il profumo di una trota appena pescata, tutti questi bei ragazzi...”

“Basta così,” mi interruppe. “Ora tornatene sull’altro versante.”

“Ti dispiace se prima faccio un salto in bagno?” gli chiesi stringendo le gambe. “Tutta quell’acqua... capisci?”

Annuì benevolo. “La seconda porta dietro il bancone.” Mentre mi allontanavo, mi ringhiò dietro: “E vedi di non toccare il mio whisky!”

Corsi dentro tenendo le gambe ancora strette. Venendo da fuori, l’interno era buio e piacevolmente fresco. Avvertii di nuovo l’odore del camino freddo. Quel giorno al bar non sedeva nessuno, era deserto. Lasciai scorrere lo sguardo sulla ragguardevole offerta di alcolici dietro il bancone e compresi subito il ringhio di Karsten e l’ebbrezza di Adela. L’assortimento di whisky era notevole. Principalmente scotch scozzesi, tutte le grandi marche: Glenmorangie, Lagavulin, Tullibardine, Highland Park... E Oliwia aveva bevuto il Glenfiddich.

Mi scappava davvero, cercai in fretta il gabinetto e tornai nell’atrio. Mi soffermai ad ascoltare i rumori dentro casa, poi andai nel corridoio che conduceva all’ufficio di Karsten e abbassai cautamente la maniglia. C’era soltanto la pacchiana scrivania di legno sempre sotto gli sguardi di Vladimir Putin e Nico Richter, niente Kevin, che evidentemente doveva sbrigare un lavoro silenzioso. Forse era fuori, forse era da qualche parte al piano di sopra a riposare. Ma andarlo a cercare mi avrebbe costretta a dare spiegazioni a Karsten, e non volevo nel modo più assoluto alimentare ulteriormente la sua diffidenza. Perciò decisi di uscire di nuovo.

Intanto al palo per l'affumicatura erano appese dieci trote, contai avvicinandomi. Calcolai che fossero a metà lavoro. Soltanto a metà. A giudicare dalle facce degli uomini, non si stavano divertendo, ma era giusto così. Per quanto non apprezzassi l'atteggiamento da macho di Karsten, non avevo la minima obiezione contro quell'approccio brutale alla preparazione del cibo, anzi. Carne o pesce devono sempre essere preparati con la consapevolezza che quello che è stato ucciso per finire sulla nostra tavola era un essere vivente. E questa è una lezione che si impara meglio se si è costretti a uccidere con le proprie mani.

"Be', allora io me ne vado," dissi avviandomi. La luce abbagliante mi diede un leggero capogiro. Già venendo lì si era preannunciata una giornata afosa, e adesso il sole splendeva violento. "Non è che c'è una strada più ombreggiata per tornare all'Himmelreich invece che attraverso il torrente?" mi informai.

"Passando dall'Hirschstein," rispose Karsten, indicandomi un sentiero che iniziava dietro il masso del Rittersprung. "Da lì si passa per il bosco. Al Wolfstein devi seguire le indicazioni con i rombi blu. Ti ci vorrà un'oretta."

Il bosco mi accolse con il suo silenzio e una gradevole frescura. La stradina dietro il Rittersprung risaliva la montagna serpeggiando tra gli abeti scuri. Al Wolfstein, un masso imponente come quello del Rittersprung che raggiunsi in breve tempo, il rombo blu indicava a sinistra.

Il giorno prima la Bolshakova mi aveva suggerito di seguire la pista dei soldi. Seguendo i soldi però inciampavo soltanto nella guerra dei Roses degli Heinemann, anche se in nessuno dei due riuscivo a trovare un motivo per l'assassinio di Oliwia. Ma in realtà Oliwia come si manteneva? La Bolshakova lo sapeva? O magari Betje? In ogni caso, lì nel bosco non avrei trovato risposta alle mie domande, perché intorno non c'era anima viva.

"Più Foresta Nera di così non si può." Era questo lo slogan della regione, e lì di foresta ce n'era maledettamente tanta: abeti a perdita d'occhio, e in mezzo faggi, ogni tanto una quercia nodosa, qualche acero qua e là, e sottobosco a non finire. A ogni bivio seguivo diligentemente i rombi blu, procedevo lentamente e mi fermavo spesso. Negli ultimi giorni non avevo più camminato così tanto, soprattutto non con lo stomaco che brontolava. Quando ai bordi del sentiero notai altri frutti di bosco, non riuscii più a trattenermi, vidi rosso nel senso più letterale del termine. Mi chinai e mangiai tutti quelli su cui riuscii a mettere le mani. Al diavolo quello schifo di digiuno! Un paio di bacche, un po' di fruttosio, un accenno di polpa, molta acqua, nient'altro. Un po' più in là fui attratta dai lamponi. Avevano un sapore celestiale, non c'era paragone con quelli acquosi coltivati che si trovano al mercato. E i mirtilli! Raccolsi una manciata di bacche blu e me le ficcai in bocca, le masticai a lungo e con solerzia, quel misto di residuo di buccia dura e intenso sapore fruttato era gioia pura. Alla ricerca di nuovi frutti mi addentrai ulteriormente nel bosco, raccoglievo e mangiavo, raccoglievo e mangiavo, non riuscivo a smettere. Soltanto quando lo stomaco brontolò pieno e soddisfatto, mi lasciai cadere sul muschio, mi portai il braccio sano dietro la nuca e mi godetti quel senso di sazietà. Oltre le punte degli abeti il cielo era azzurro, gli uccellini lontani, l'aria lieve.

Adesso però all'Himmelreich!, decisi quando ne ebbi abbastanza di quel dolce far niente. Rinfrescata e riposata, ritornai, o meglio, pensai di ritornare sul sentiero, ma non riuscii a scorgerlo. Mi girai, cercai invano qualcosa di conosciuto, di già visto, ma ovunque volgessi lo sguardo, gli abeti mi sembravano tutti uguali. Maledizione! L'avidità aveva finito per farmi smarrire la strada.

Controllai il cellulare, ma non c'era campo, non potevo accedere a Google Maps. Allora osservai il sole, ma era in mezzo al cielo e non avevo modo di distinguere i punti cardinali. Non mi rimaneva altro da fare che muovermi a caso. Finii presso un torrentello che ero sicura di non avere attraversato. Ne seguii il corso, sperando che scorresse in direzione dell'Haselbach e che prima o poi mi sarei ritrovata su un terreno conosciuto. Il "Più Foresta Nera di così non si può" era diventato un "*Rien ne va plus*", un "Non c'è più niente da fare".

"Ehilà, c'è qualcuno?" urlai nel bosco, ma nessuno rispose.

Procedetti imprecando, superai pietre e rami, ma a un certo punto inciampai in una radice nascosta sotto le foglie secche, dove la mia scarpa sinistra si impigliò come in un uncino, e finii per terra a pancia in giù. Con un gemito, per prima cosa sfilai il braccio infermo da sotto il corpo, poi mi misi in ginocchio. Fu allora che sotto un possente faggio scorsi un riparo simile a quello in cui ci eravamo imbattuti la sera prima alla ricerca di Betje. Davanti c'era un piccolo falò spento con resti di cenere, e, appeso a un ramo del faggio, un sacchetto di plastica pieno di rifiuti.

Quella scoperta mi fece alzare velocemente in piedi. Allarmata, mi spazzolai il terriccio dalle ginocchia e mi guardai attorno.

"Ehilà!" dissi, prima a bassa voce, poi più forte, senza ottenere risposta. Mi avvicinai cautamente e strisciai dentro il rifugio. Da un lato un tappetino isolante e un sacco a pelo, dall'altro stoviglie da campeggio e una piccola scorta di scatolame. A differenza del riparo della sera prima, questo non era abbandonato. Di sicuro quella sera qualcuno sarebbe tornato a quel sacco a pelo. Ma chi? Nella testa mi si affollavano i pensieri, in primo luogo l'idea che l'assassino fosse davvero uno sconosciuto, che si era accampato lì di nascosto, vicino al Rittersprung e all'Himmelreich. Ma perché poi non se ne era andato? C'era una spiegazione soltanto: perché non aveva ancora portato a termine il suo compito, perché doveva uccidere ancora.

Di colpo fui presa dai brividi, il braccio cominciò a farmi un male infernale e il cuore a battere all'impazzata. Ma che sconosciuto, sei pazza, mi rimbrottavo, però lì nel bosco il cervello e il buon senso non avevano vita facile. Ero nel regno di Hänsel e Gretel e degli orchi delle fiabe, delle grotte degli spiriti e dei pulpiti del diavolo, delle gole dei lupi e delle sorgenti magiche, delle streghe del bosco e dei briganti, e non c'erano briciole di pane o sassolini a indicarmi la strada per uscire da lì.

Quando sentii un rumore dietro di me, mi fermai senza osare voltarmi, poi scappai a gambe levate come se avessi avuto alle calcagna tutti gli abitanti del bosco, quelli reali e quelli immaginari. Mi ritrovai al torrentello, ne seguii incespicando il corso, mi impigliai nei rovi, sprofondai in pozzanghere di fango, urtai con la testa il fogliame degli alberi, mi graffiai le caviglie contro pietre e radici. Quando finalmente un sentiero incrociò il corso del torrente, mi fermai ansimante. Se fino a quel momento avevo visto solo stelline, adesso attorno a me vorticavano pianeti alla velocità della luce ed ero completamente senza fiato. Mi vennero delle fitte al fianco, mi piegai in avanti, il braccio infermo mi pulsava dolorosamente nel tutore. Una parte di me avrebbe voluto buttarsi sulle ginocchia, stendersi e rimanere così, ma un'altra parte mi ordinò di proseguire. Quando mi tirai su, improvvisamente, come sbucata dal nulla, vidi una ragazza davanti a me. Aveva sulla testa un copricapo con due corna e indossava uno strano mix di vestiti di cuoio e lino. Da un lato le pendeva una faretra piena di frecce e sulla schiena aveva un arco. Sembrava una creatura magica spuntata da un film fantasy ed era sorpresa di vedermi come minimo quanto lo ero io di vedere lei.

"La strada per l'Himmelreich, a destra o a sinistra?" le domandai una volta che mi fui ripresa dallo spavento.

Aprì la bocca. La fessura tra gli incisivi mi ricordò la foto sulla scrivania di Karsten. Crescendo aveva perso il faccino infantile a forma di luna, ma poteva benissimo essere la stessa persona.

"Sei la figlia di Karsten Heinemann?" le chiesi, ma non mi rispose. Richiuse la bocca, si voltò, tornò nel bosco e sparì talmente in fretta che dubitai di averla vista davvero.

Ma al posto di quella creatura di fantasia non poteva spuntare un viandante normale, uno dotato di GPS o di una cartina all'antica, o perlomeno una simpatica erborista disposta a prendermi per mano e a riportarmi a casa?

Prima di scoppiare a piangere come un'isterica, e lo avrei fatto se non fossi andata via da lì, decisi di imboccare il sentiero sulla destra. Inizialmente pianeggiante, quindi in lieve pendenza, attraversava il bosco ma non avevo idea se in direzione dell'Himmelreich o, al contrario, sempre più lontano. Chissà se gli uffici di informazioni turistiche avevano delle statistiche sugli escursionisti dispersi e mai più ritrovati, perché di certo non ero la prima né l'unica. Ma se esistevano elenchi del genere, di sicuro erano ben chiusi in cassaforte. Gitanti inghiottiti nel bosco non sarebbero stati una buona pubblicità neppure per Karsten e i suoi corsi di sopravvivenza. Non erano un toccasana per gli affari. Finora nessuno tra gli esperti di turismo aveva fatto caso al sottinteso minaccioso dello slogan "Più Foresta Nera di così non si può".

Adesso il sole non era più a picco, era sceso leggermente a ovest, perciò avevo perso da un pezzo la minestra di mezzogiorno, e se sarei rientrata in tempo per la tisana del pomeriggio era ancora tutto da vedersi. Completamente sfinita, decisi di tornare al torrente e di continuare a seguirlo, nella vecchia speranza di finire così all'Haselbach. Non avevo fatto neanche cento metri che un rumore di legno marcio spezzato mi fece sussultare. Quando mi voltai, un tizio in mountain bike sfrecciava su un paio di rami caduti.

"Si fermi!" strepitai piazzandomi sulla strada a braccia larghe. Lui però mi aggirò con una sterzata folle senza smettere di pedalare.

"Per l'Himmelreich, da questa parte o dall'altra?" gli urlai dietro.

"Segua semplicemente il sentiero," sentii una voce alle mie spalle, e accanto a me si fermò un secondo ciclista. Era l'amante dei fiori che avevo visto quella mattina, un'eternità prima, nel gruppo di Karsten.

"Da qui all'Haselbach le mancano al massimo venti minuti," aggiunse.

"Grazie." Ero così sollevata che avrei avuto voglia di strappargli la mano dal manubrio per stringergliela. "Mille grazie."

"Aspetti." Tirò fuori dalla tasca posteriore della maglia da ciclista una cartina piegata e me la porse. "Questa è una cartina dettagliata degli immediati dintorni del Rittersprung e dell'Himmelreich, per quelli di noi che preferiscono orientarsi all'antica usando carte della zona e non il GPS. La tenga pure, così alla prossima escursione non si perderà di nuovo. È stato un piacere." Rimontò in sella e cominciò a pedalare lentamente.

"Gliela rendo la prossima volta che ci vediamo," gli gridai.

"Sarà un piacere."

Alzò il braccio in segno di saluto, quindi scattò dietro al compagno. Ripiegai la cartina e seguii il sentiero che prima avevo scartato. Quando dopo un quarto d'ora marciavo ancora nel folto del bosco consultando invano la mappa, mi venne il sospetto che quell'uomo mi avesse mentito, ma dovetti subito ricredermi, perché neppure cinque minuti dopo gli alberi si diradarono offrendo una vista spettacolare su campi incolti e boschetti e sul gorgogliante Haselbach. "Siete arrivati a destinazione," avrebbe annunciato la voce femminile del navigatore di Adela.

Sollevata, mi asciugai il sudore dalla fronte e mi accorsi che mi si era slacciata una scarpa. Mi chinai per riannodarla e il mio sguardo si posò su rifiuti di ogni tipo: fazzoletti di carta, un tappino di plastica verde, barattoli, bicchieri di carta. Riconoscente di essere sfuggita al bosco, raccolsi tutto quanto e me lo ficcai nello zaino, quindi proseguii.

Neanche dieci minuti dopo arrivai al parcheggio. Adela non era ancora tornata con la sua decappottabile, al suo posto c'era una Mercedes bordeaux piuttosto vecchiotta che conoscevo sin troppo bene. Dopo quella marcia forzata ci mancava solo lei, o per meglio dire, la sua guidatrice.

Mi intrufolai dall'ingresso posteriore ed entrai nel corridoio che passava davanti alla cucina. Speravo di trovarla vuota, così come la reception, per poter tornare in camera mia senza farmi notare. Ero così esausta e sbrindellata che non avevo voglia di incontrare nessuno.

La porta della cucina era spalancata. Stavo per sgattaiolarci davanti quando in corridoio uscì Martha, come se si fosse appostata dietro la porta per vedermi arrivare.

"Oggesù, ma come ti sei conciata?" mi accolse.

Hiltrud mi salutò dal tavolo. Era seduta con Ebru dietro una montagna di biancheria, intenta a piegare camicie e maglioni.

"Ciao, mamma," pigolai allo stremo delle forze. "Prima devo fare un salto in camera mia, torno subito."

"Non se ne parla. Per prima cosa hai bisogno di una bella minestra calda, se non vuoi crollarmi in terra," mi ordinò, e con un cenno della testa mi indicò il tavolo della cucina, dove Hiltrud si affrettò a scostare di lato calzettoni di lana e camicie ed Ebru ad apparecchiare. Dopo che Martha mi ebbe spinta a sedere su una seggiola, mi squadrò da capo a piedi facendo schioccare la lingua con aria di disapprovazione. "Di' un po', ma dove sei stata?"

Detestavo gli schiocchi di lingua di Martha almeno quanto la sua ultima frase. Quante volte da ragazza mi aveva aspettato proprio con quelle parole quando rientravo a casa tardi? Poi seguivano sempre liti tremende, duelli verbali dilanianti, bugie e segreti, tonnellate di accuse reciproche. Crescere con una madre dispotica non era stata una passeggiata. Per quanto nel corso degli anni mi fossi allontanata dal ruolo della figlia eternamente ribelle, tacqui ostinata e automaticamente sfoderai gli artigli. Ero fatta così. Cervello, buon senso e buona volontà non bastavano mai. Se già in generale nel rapporto madre-figlia falliscono spesso, nel nostro accadeva praticamente sempre.

"Mirtilli, direi," rispose Hiltrud al mio posto, indicando le mie dita macchiate di blu. "Ti sei persa nel bosco?"

Annuii con foga e quando Ebru mi mise davanti la minestra, afferrai il cucchiaio. "Da qualche parte nei dintorni del Wolfstein," spiegai mangiando quel brodo allungato. Intanto Martha mi osservava. "Ma che cosa sei venuta a fare qui?" le chiesi.

"Il mio dovere di cristiana, se ti ricordi ancora che cos'è." Posò il corpo robusto sulla sedia vicino alla mia e con un cenno della testa indicò il mucchio di vestiti sul tavolo. "So che Hiltrud ed Ebru si occupano di raccogliere abiti smessi a Baiersbronn e mi fa piacere regalare la roba che Edgar e io non ci mettiamo più, vero Hiltrud?"

La cuoca assentì lisciando una camicia che riconobbi per una di quelle di mio padre. "Mi fa piacere che tu non lo abbia dimenticato. È passato un po' di tempo da quando te l'ho detto. La roba da uomo ci serve sempre. Non potete immaginare come arrivano a volte da noi i profughi. Più d'uno è riuscito a portare qui solo la pelle. E ne arriveranno altri, ora che in Turchia Erdoğan si diverte a fare il dittatore. A farne le spese sono soprattutto i curdi."

Cadendo per terra, il coperchio fece un gran baccano. Ebru stava tornando ai fornelli con la pentola. Si chinò per prenderlo e mi accorsi che tremava, ma quando si risollevò, aveva ritrovato il controllo.

"Due omicidi," sbottò Martha, e arrivò così al vero motivo della sua visita. "Sei di nuovo invischiata in due omicidi! Ma non la smetti mai? Potrai anche far credere a Hiltrud che eri in giro a raccogliere mirtilli, ma a me non la dai a bere. Ti stai di nuovo immischiando nelle indagini. Chissà quale traccia stavi seguendo nel bosco. Non hai già corso abbastanza pericoli in vita tua? Non ne sei stufa? Le donne della tua età sono sposate, lavorano e tirano su i figli, ma tu no, a te piace giocare a Miss Marple..."

Quando mi sparava una tale salva di rimproveri per telefono, mi limitavo a riagganciare. In quel momento avrei dovuto alzarmi e andarmene, ma me ne mancavano le forze.

"Qui sono tutti preoccupati," intervenne cautamente Hiltrud. "Saremmo tutti più contenti se sapessimo chi è stato, perché si dice che la maggior parte degli omicidi si risolvono nelle prime quarantotto ore. Quella Hodapp non ci è riuscita."

"E con ciò?" la sfotté Martha, come se fosse ancora la sua vecchia apprendista incompetente. "Non per questo ci si deve immischiare mia figlia. Ma tanto non mi dà mai ascolto, non capisce mai quando si parla per il suo bene..."

Ammutolì sentendo bussare energicamente alla porta e tutte ci voltammo.

"Oh, eccola qui," mi salutò la Hodapp, che aveva picchiato le nocche sullo stipite. Ci salutò con un cenno del capo. "Posso parlare un attimo con lei, signora Schweitzer?"

Mi alzai a fatica e mi trascinai alla porta. "Poi però torni qui," mi ordinò Martha.

Mi affrettai a richiudermi la porta alle spalle.

"È stata a fare compagnia ai signori del Rittersprung nei loro giochini di sopravvivenza?" mi domandò con un certo divertimento nella voce, mentre mi scrutava curiosa.

"Le dispiace se faccio un salto in camera mia e ci rivediamo tra dieci minuti?" proposi.

Scosse la testa. "È una cosa veloce. Venga, andiamo a sederci in biblioteca, in questo momento non c'è nessuno."

Biblioteca magari era un po' esagerato, constatai lasciandomi cadere in poltrona mentre la Hodapp chiudeva la porta. Quattro file in croce di libri sullo scaffale, storie d'amore, un paio di romanzi storici, gialli, tutti con dorsi rossi o grigi. Un'accozzaglia messa insieme per colore.

"Ho sentito dire che è andata al Rittersprung," esordì la commissaria senza guardare i libri mentre si sedeva sul divano di fronte a me. "Ha scoperto qualcosa di interessante?"

Per quanto fossi felice di essere sfuggita alle grinfie di Martha, avevo l'impressione di essere caduta dalla padella nella brace. La Hodapp dava per scontato che avessimo accolto la sua offerta: che Adela fosse stata di nuovo un po' troppo precipitosa? Informazioni raccolte "en passant"... Non avevo intenzione di farle da portaborse. Nel caso, avrei collaborato alla pari, scambio di informazioni e così via. Ma una cosa del genere richiedeva sicuramente una discussione più approfondita, e al momento non mi sentivo in vena di affrontarla, volevo soltanto terminare quella conversazione il più in fretta possibile per potermi finalmente liberare di quei vestiti sporchi e andare a stendermi un po'.

"Non direi," risposi fiaccamente. "Oliwia è stata più volte a bere whisky al Rittersprung, una volta con Hürlimann. Gli ha rovesciato in faccia il suo amato Glenfiddich. Però niente per quanto riguarda il suo amante. È sempre difficile fare domande quando ci si muove a tentoni."

"Già, l'amante."

"Non avete ancora fatto progressi in quel senso?" chiesi. "Lo temevo."

"Abbiamo la perizia balistica. Il colpo non è stato sparato da nessuno dei fucili che abbiamo sequestrato al Rittersprung, perciò dobbiamo ancora trovare l'arma."

"Anche questa notizia si è già diffusa." Probabilmente non mi avrebbe detto nulla che non sapessi già. "Come mai Karsten Heinemann ne era già informato?"

"È una tattica legata alle indagini." La Hodapp fece un breve cenno del capo. "E prima che me lo domandi, il rapporto dell'autopsia non è ancora arrivato. Un collega è in ferie, l'altro è malato, la solita follia. Non posso dire che le indagini proseguano in maniera ottimale."

Mi scoccò un sorriso forzato e mi fece quasi pena.

"È il mio primo grosso caso di omicidio come capo di una squadra speciale," aggiunse dopo una breve esitazione. "Mi considerano ambiziosa, e a volte questo non facilita le cose con i colleghi. Non è solo nel suo mestiere che le donne sono in una posizione difficile."

Mi sorrise, mendicando comprensione. Oh, sì, la capivo benissimo. Anche l'olimpo della cucina era occupato dagli uomini. Ma né nel suo né nel mio mestiere la cieca solidarietà femminile risolveva il problema.

"Le famose quarantotto ore sono finite," proseguì vedendo che tacevo. “Però non voglio comunque fallire su questo caso, non l’ho mai fatto prima. Solo che finora non ne ho mai avuto uno così difficile. Di solito si parte dall’ambito della vita della vittima e si procede in fretta, ma qui, dove soprattutto le signore seguono una dieta lontano dalla loro vita quotidiana e sull’altro versante gli uomini coltivano la propria virilità, le possibilità sono migliaia, e questo rende tutto molto più complicato.”

“Lo capisco,” mormorai. “Ma di sicuro avrà scoperto qualcosa. Sono certa che la Scientifica avrà già stabilito se Oliwia è morta sul ponte o altrove.”

Rifletté un attimo prima di rispondere: “Il luogo del ritrovamento è lo stesso dell’omicidio.”

“Ma come può il tiratore essere stato così preciso nel cuore della notte?” ribattei sorpresa.

“È morta al mattino presto, tra le quattro e le cinque, c’era già abbastanza luce,” spiegò lei. “Diversi ospiti dell’Himmelreich hanno sentito lo sparo, ma nel dormiveglia non lo hanno riconosciuto come tale. Così di buon’ora... *entre chien et loup*, tra il cane e il lupo, così i francesi chiamano l’aurora, ed è un’immagine calzante, secondo me. A quell’ora nessuno è lucido.”

Annuii, anch’io avevo preso lo sparo per un tuono. “E lei crede che il posto sia stato scelto di proposito?”

“Oh, lei pensa al confine tra l’Himmelreich e il Rittersprung, all’ostilità tra i due ex coniugi Heinemann. Certo, ci ho pensato anch’io, ma non ci sono indizi che puntino contro nessuno dei due, e poi non c’è movente. Lei invece crede di sì?”

Scossi la testa.

“Attualmente dei colleghi di Berlino stanno indagando sui retroscena famigliari di Oliwia Kalinin, forse questo ci farà fare progressi.”

“Era cresciuta a Berlino?” chiesi sorpresa.

Le squillò il cellulare. "Oh, ecco, mi fa piacere poterle dire qualcosa che non sa ancora," osservò con una strizzatina d'occhi prima di rispondere. "Sì," rispose, e mi congedò con un cenno del capo.

Volevo finalmente sfilarmi quei vestiti sporchi, ficcarmi sotto la doccia e sollevare un po' le gambe quando sul ballatoio mi fermò la voce cristallina di Peggy.

"Ho appena saputo della tua disavventura. Posso consolarti con un bel massaggio rilassante?"

Dopo, se mai, stavo quasi per dirle, ma poi mi tornò in mente Martha. Era capacissima di essersi appostata fuori dalla mia stanza.

"Volentieri, se possiamo farlo subito," decisi seguendola nell'area wellness.

"Fai un salto sotto la doccia," mi suggerì porgendomi due morbidi asciugamani. "Intanto io preparo tutto. Quale tipo di musica preferisci? Classica, pop, soft rock, da meditazione..."

"Jazz," interruppi il suo elenco. "Altrimenti niente."

Mi tolsi i vestiti sporchi – i pantaloni potevo buttarli direttamente nella pattumiera – e nuda davanti allo specchio ero uno spettacolo miserevole. Ovunque graffi e lividi, e sulla fronte ancora l'ex brufolo incrostato. L'acqua bruciava sulle ferite aperte, e scorrendo nello scarico prese un colore marrognolo, un misto di sangue e sporcizia. Con un gemito mi asciugai e uscii dalla doccia.

Mi accolse la voce vellutata di Cassandra Wilson che cantava *I Wished on the Moon*, un brano che amavo molto. Da una fontanella di pietra si levavano nuvole ariose di vapore dal profumo di cannella e bergamotto. Le lucide fotografie in bianco e nero di pietre alle pareti tranquillizzavano lo spirito. Peggy mi indicò con un gesto invitante un lettino coperto di pelle rossa, ovviamente l'asciugamano in cui ero avvolta era grigio: grigio e rosso, i colori del centro, mantenuti con coerenza fino alle coste dei libri. Per mettere l'ospite a proprio agio non si era badato a spese.

"Sdraiati sulla pancia e piega le braccia sotto il mento." Adesso la voce di Peggy non era più cristallina, gorgogliava come una fonte termale e cullava talmente che veniva spontaneo obbedire. "Aspetta, ti aiuto a sistemare il braccio infortunato. Ecco, così va bene, in questo modo non ti farà male. E ora la testa di lato, sì, destra o sinistra è lo stesso, e poi chiudi semplicemente gli occhi..."

Si sfregò le mani, non con la solita crema, ma con un delicato olio aromatizzato, e me le appoggiò sulle spalle. Con movimenti lenti ed esperti, mi massaggiò la pelle e i muscoli maltrattati. Sotto le sue mani mi sentivo come cera e cominciai a rilassarmi.

"Sei stata al Rittersprung dal mio ex," cominciò in tono discorsivo. "Ho saputo che ti ha parlato, in genere lui non parla mai con i miei ospiti."

"Oltre al mio aspetto affascinante, potrebbe dipendere dal fatto che lo conosco dalla scuola professionale," le spiegai senza farmi pregare. "All'esame finale mi ha versato il sale nella minestra."

"Quindi era una lurida carogna già allora," esclamò sorpresa senza nascondere l'accento sassone. "Mi ha detto che erano sempre tutti contro di lui. I suoi genitori, suo fratello, a scuola lo chiamavano porcellino, gli insegnanti e poi anche i maestri al corso per cuochi non lo credevano all'altezza. Si è sempre lamentato che non avevano considerazione di lui."

"Non... mi... dirai... che lo hai sposato per compassione." Dovevo fermarmi continuamente tra una parola e l'altra perché Peggy si era issata sul lettino, si era seduta a cavalcioni sul mio didietro e adesso mi lavorava il torace con movimenti energici.

"Oh, non sono mica una samaritana misericordiosa."

Le mani di Peggy esercitavano alternativamente sulla mia schiena pressione, spinta e rilassamento, procurandomi un benessere incredibile. "Ci siamo conosciuti al Colombi a Friburgo, lui era nella brigata di cucina, io cameriera," la prese alla larga. "Anche tu sei del mestiere, non devo certo venire a raccontare a te degli incontri tra single in cucina e in sala. Molti matrimoni sono nati durante i pasti del personale, anche quello tra Karsten e me. Allora per lui l'Himmelreich era una palla al piede, in realtà non sarebbe voluto tornare a casa. Ma quando erediti una locanda con un nome del genere, è un'opportunità da non lasciarti scappare, giusto? Himmelreich, 'Paradiso', basta sentirlo che si viene molto più volentieri che in un posto come Aquila o Cervo. Bisognava soltanto saperlo sfruttare, gli ho sempre detto. Il nome da solo non basta."

"Quindi... per te... era solo... una questione... di affari," dissi quando riuscii a ritrovare la voce.

"Cameratismo e interessi comuni non sono le premesse peggiori per un matrimonio," osservò lei. "E di quei suoi commoventi occhi da cucciolo mi sono anche un po' innamorata."

Il matrimonio! Pensai alla foto sulla scrivania di Karsten, alla bambina con la fessura tra i denti, e all'improvviso mi tornò in mente il personaggio fantasy incontrato nel bosco. "Avete figli?" le chiesi.

"No, lavoravamo troppo, non era neppure da pensarci. Però Karsten ha una figlia da una relazione precedente. Annika. Qualche volta veniva qui nel fine settimana e fino all'adolescenza è stata una bambina deliziosa. Karsten ne andava completamente pazzo. Quando dopo la nostra separazione si è messo a organizzare questi raduni per tipi tosti, ha voluto addestrare alla sopravvivenza anche lei. Lei l'ha presa malissimo, ha rotto i rapporti con lui eccetera. Si è fatta rivedere da lui un anno fa, dopo moltissimo tempo.

Le serviva un prestito per andare a studiare all'estero, ma lui non gliel'ha concesso. Quindi è venuta da me. Ci siamo dette d'accordo che è un brutto stronzo. Da quella volta non l'ho mai più rivista."

Io invece sì, pensai. Quel pomeriggio nel bosco.

"Se fosse possibile sapere sempre com'è davvero una persona, probabilmente molti matrimoni non si celebrerebbero," continuò Peggy tornando al suo periodo con Karsten. "Allora quello che più mi aveva entusiasmata era l'idea di poter costruire qualcosa insieme. Devi sapere che sono venuta qui in Occidente dopo la caduta del regime comunista, non avevo niente. Soltanto la mia voglia di lavorare, i miei sogni e la mia ambizione."

Mi tamburellava accanitamente e impietosamente sulla schiena, dandomi così un'idea della misura della sua ambizione.

"Il wellness, gli investimenti nelle camere degli ospiti, l'ammodernamento della casa, è stata tutta farina del mio sacco. Ho passato notti intere davanti ai progetti di ristrutturazione e di finanziamento, ho condotto io le trattative con la banca. Se fosse stato per Karsten, sarebbe andato avanti con la sua cucina locale a base di *schäufele* e *bibbeleskäs*, e a un certo punto si sarebbe stupito che gli affari non andavano più bene."

"Ahi!" gemetti quando mi piantò un ginocchio nella schiena, e all'improvviso mi chiesi come mai la figlia di Karsten fosse tornata proprio in quel momento.

"I primi anni abbiamo unito gli sforzi, abbiamo superato insieme tempi duri, finanziariamente molto magri," proseguì Peggy riprendendo a martellarmi la schiena. "Quando poi il ristorante ha ingranato e abbiamo cominciato ad avere sempre più ospiti per l'albergo e il wellness, Karsten se ne è stato con le mani in mano al grido di: 'è fatta!'. Ma nella gastronomia e nell'ospitalità alberghiera non si può mai stare con le mani in mano. 'Karsten,' gli ho detto, 'dobbiamo mettere in menù piatti vegetariani e vegani, devi cominciare a servire *powerfood* e altri stili di cucina. Io mi aggiorno continuamente con i massaggi e lo yoga, tu devi fare lo stesso come cuoco.' Però lui non voleva capire. 'Mio padre era macellaio, io sono macellaio, da noi si mangia carne. Non c'è niente di meglio di un bel pezzo di carne.' 'Ma ci può essere altro,' ho replicato. 'Da affiancare...' Ho cercato in tutti i modi di convincerlo, ma su questo punto è rimasto ostinato. Non potevamo proprio continuare così, capisci?"

"E poi hai conosciuto il dottor Orlow," dissi. A quel punto riuscivo a parlare in maniera sciolta e chiara, perché finalmente Peggy mi aveva lasciato in pace la schiena ed era scesa dal lettino. Adesso aveva messo mano al mio deretano.

"Quando vuoi cambiare rotta, spesso incontri proprio le persone di cui hai bisogno per imboccare la tua nuova strada, e Orlow è stato una di quelle," spiegò Peggy, massaggiandomi le natiche. "Lo so che tutti pensano che stiamo insieme, ma è solo una fantasia di Karsten. Nella nostra orrenda guerra durante il divorzio, si è sempre fatto passare per la povera vittima, per cui ai suoi occhi dovevo avere un amante. Orlow era il capro espiatorio perfetto. Karsten voleva buttarmi fuori, cacciarmi ignominiosamente dalla valle. Mi ha aizzato tutti contro, è stato orribile."

Mi strinse una coscia con tanta energia che per un attimo mi lasciò senza fiato, poi proseguì lungo il polpaccio.

"Non l'ho mai considerata una brava persona, ma non lo avrei mai creduto capace di tanta bastardaggine. Credimi, se non fossi stata coinvolta in tutti i mutui, me ne sarei andata. Però sapevo che senza di me l'Himmelreich sarebbe andato in malora e lui non avrebbe più potuto pagare i debiti. Quella sarebbe stata la rovina non solo per lui, ma anche per me. Perciò ho cercato un modo per tenere la casa e rilevare la quota di Karsten, e Orlow mi ha aiutata in questo."

"Non erano noccioline," ridacchiai, perché intanto Peggy era arrivata alle piante dei piedi e mi faceva il solletico. "Karsten mi ha parlato di mezzo milione più il saldo della sua parte di mutuo."

"Davvero?" Mi voltai a guardarla e la vidi scuotere la testa mentre mi tirava le dita dei piedi. "Sono interessanti, le follie che tira sempre fuori. Gli piace anche raccontare in giro che mi sono fatta comprare dalla mafia russa. Lo ha fatto anche con te? E che cos'altro ti ha detto?" Mi rimise dolcemente a posto il piede e attaccò l'altro.

Quando lo lasciò andare, non sentivo più alcun dolore ed ero piacevolmente rilassata. Piena di gratitudine per quello stato meraviglioso, le raccontai tutto ciò che ricordavo della mia conversazione con Karsten. Alla fine avrei voluto chiederle anche del gruppo Kusmin, ma ero troppo stanca.

"Va' a farti una dormita, ti farà bene," mi sussurrò con una calda voce da acque termali, e già sentii le palpebre appesantirsi.

Dormii sodo, e quando Adela mi svegliò ero confusa, completamente stordita, avrei voluto continuare a pisolare un altro po'.

"Forza, svegliati," mi ordinò. "Altrimenti ti butto in faccia dell'acqua fredda."

Mi misi a sedere, ruotai il collo e le spalle e mossi il braccio infermo. "Devi farti fare anche tu un massaggio da Peggy. Fa sparire per incanto ogni dolore."

"Oh, e a chi o a che cosa devi l'onore di essere stata presa in cura proprio dalla titolare in persona?"

A questo non avevo pensato. "Al suo ex," ipotizzai. "L'ho incontrato al Rittersprung. Quei due non si parlano più direttamente. Karsten sputa veleno su di lei e Peggy vuole conoscere i dettagli. Probabilmente per armarsi," racimolai i miei ricordi. "Saranno pure divorziati, ma la loro guerra dei Roses è ancora in pieno corso."

"E Kevin?"

"Kevin?" Lì per lì non capii di che cosa parlasse.

"Era l'amante di Oliwia o no?" La voce di Adela oscillava tra l'impazienza e la rabbia.

"Non ne ho idea, al Rittersprung non l'ho visto."

"Vorresti dire che per tutto il giorno non ti sei occupata d'altro che di questa stupida guerra dei Roses?" Adesso la sua voce era soltanto arrabbiata. "Ma quella non c'entra niente con Oliwia e neppure con Hürlimann."

"Non dici sempre che bisogna essere aperti a tutto? A proposito, Martha è ancora qui?" mi tornò in mente.

Per quanto riguardava mia madre, Adela poté tranquillizzarmi. Si erano incontrate al parcheggio, quando la mia amica era tornata dal suo giro in kayak e Martha stava per ripartire. Si erano salutate cordialmente, quelle due si piacevano. Con i miei amici, mia madre sapeva essere molto affascinante. Avevano trasformato le due chiacchiere davanti a un caffè per le quali mi ero accordata con Martha in una cena con pernottamento. Lì per lì non volli fare commenti, mancavano ancora un paio di giorni. Invece raccontai a Adela del riparo nel bosco.

"Incredibile," borbottò lei. Di più non trovò da dire, e in realtà neanch'io. Perché preferii tenere per me l'idea di un assassino sconosciuto che mi aveva mandata fuori di testa.

"E tu?" le chiesi.

"Posso raccontarti tutto della vita di una berlinese addetta al settore acquisti di una catena di prodotti biologici all'avanguardia e vegana convinta," sospirò. "Per il resto, Britt è fermamente persuasa che a Oliwia sia stato fatale il suo intervento a favore del maiale. Britt l'ha vista tornare al Rittersprung a tarda notte per un secondo tentativo di liberare il maiale da sola. Per lei, Oliwia è una martire dell'Animal Liberation Front."

"Non è tornata al Rittersprung per vedersi con Kevin?" domandai incredula.

"Quanto a Kevin, Britt non ne è più sicura, perché non lo ha mai visto bene in faccia, e in realtà con Oliwia non ha mai parlato d'altro che dell'operazione di liberazione," riferì Adela.

"Quindi Oliwia non le ha mai detto che anche lei era di Berlino?"

Adela scosse la testa e mi chiese come facessi a saperlo. Le riportai la mia conversazione con la Hodapp.

"Perciò anche lei non sta facendo progressi," ne dedusse Adela. "La Hodäpple... Troppa ambizione, non è cambiata. Il mio Kuno ha sempre saputo giudicare bene le persone."

"Be', ma io non credo che mi racconti tutto quello che sa," la contraddissi.

"Per il momento Britt possiamo lasciarla perdere," decise Adela. "Nonostante tutto il mio impegno... davvero, tesoruccio, il kayak non fa per me. Troppa acqua agitata, e quell'affare dove devi sederti che oscilla di continuo! Il tutto per risultati così scarsi! Invece chi è un'esperta è la Bolshakova. L'abbiamo incrociata in una barca a remi sulla Murg, ed era bravissima."

"L'olimpionica!" mormorai. "E così sa anche remare."

"Come se fosse nata con una barca attaccata al sedere," confermò Adela. "Dobbiamo concentrarci su di lei e dare finalmente una bella strapazzata a quella Betje. Finora purtroppo abbiamo solo pescato nel torbido."

Annuii e mi alzai. Nella stanza aleggiava ancora il profumo di cannella e bergamotto e fuori il sole era già all'orizzonte. Da qualche parte suonò un cellulare.

"Cosa c'è da mangiare per cena?" chiesi. Mangiare, usai davvero il verbo mangiare, ma ero talmente rilassata che non avvertii subito i morsi della fame. Oppure il mio stomaco stava ancora consumando i frutti proibiti.

"La cena è passata da un pezzo, Hiltrud ti sta tenendo il centrifugato in caldo in cucina."

Decisi di lasciar perdere.

"Kusmin," mi ricordai. "Una società di investimenti russa, ho letto che ha acquistato un vecchio albergo a Freudenstadt. Una volta Peggy ha fatto quel nome. Potresti chiedere a Rüdiger di cercarla in rete?"

"È una traccia poco importante," sbadigliò Adela.

"All'inizio di un'indagine non si sa mai che cosa è importante e che cosa no. E un favore del genere Rüdiger te lo fa volentieri. Dunque?"

"Domani." Sbadigliò ancora. "A cena si è seduto con le svizzere. È offeso."

"E ti stupisce?"

Adela si strinse nelle spalle. Il cellulare suonò ancora. "Credo che me ne andrò a letto," disse. Improvvisamente aveva un'aria non soltanto sfinita, ma anche vecchissima. Il suo viso era un mare di rughe e gli occhi scuri non lampeggiavano come al solito. Persino un vulcano di energia come lei era stato portato al limite dall'uscita in kayak.

"Prima passeresti in camera mia a prendermi un paio di vestiti puliti?" la pregai. "La chiave è alla reception."

Annuì e se ne andò. Annodai l'asciugamano, entrai nella cabina e vidi che a squillare era stato il mio telefonino. Cinque chiamate perse di Arîn. Il Giglio Bianco, giusto, c'era anche quello.

"Sono io," dissi quando mi rispose. "Che succede?"

"Perché non rispondi quando ti chiamo per qualcosa di importante?" strillò al telefono. "Holger è malato, sono in cucina da sola."

Chiusi gli occhi. Quella sera sarei potuta arrivare in suo soccorso soltanto con l'aiuto di Jeannie di *Strega per amore*. Quattro ore di viaggio come minimo, non c'era niente da fare.

"Chiama Berîwan," le suggerii. La cugina di Arîn ci aveva già aiutato un paio di volte.

"Sta già arrivando," gridò. "Comunque."

"Ce la farete," la incoraggiai. "Torno a casa domani mattina presto. Quando avete finito, mandami anche un rapido aggiornamento della situazione."

Quando ne parlai a Adela al suo ritorno e la pregai di accompagnarmi l'indomani alla stazione di Rastatt, lei scosse la testa.

"Torno con te," disse con mia grande sorpresa. "È arrivata l'ora di togliere le tende. Che la Hodäpple si arrangi a risolvere gli omicidi da sola."

Sesto giorno di purificazione

Per l'ultima volta, al mattino tè, a pranzo brodo vegetale, al pomeriggio tisana, alla sera centrifugato di verdura o succo di frutta. Come al solito, bere molta acqua. Per il programma benessere, oggi un piccolo idromassaggio per ridare energia all'organismo.

Mi alzai di buon'ora e vidi subito che Arîn e Holger si erano fatti vivi. La sera prima avevo cercato di parlare con Holger prima di andare a letto, ma non mi aveva risposto. Conoscevo lo svevo tondetto con boccoli da cherubino dal periodo passato insieme al Bue d'Oro, dove lavorava come zelante aiuto cuoco mentre io ero *gardemanger*, e quando era agitato, balbettava ancora tremendamente. Quando avevo aperto il Giglio Bianco, si era unito alla mia piccola brigata, ma dopo qualche anno si era trasferito a Parigi, dove aveva stretto i denti nell'infernale ambiente lavorativo della cucina a tre stelle di Sendrier, e adesso era tornato a Colonia. Ci conoscevamo da tempo. Sorella maggiore e fratello minore, così si poteva descrivere il nostro rapporto. Per via della balbuzie, non rispondeva mai al telefono, ma pensavo che per me avrebbe fatto un'eccezione. Non era stato così.

"Che ti succede?" gli avevo scritto nel gruppo WhatsApp del Giglio Bianco. Era offline.

Avevo fatto i bagagli, avevo cercato in rete gli orari dei treni nel caso in cui Adela avesse cambiato idea, poi ero uscita in balcone e avevo guardato fuori nella notte. Dopo quella giornata afosa, l'aria si era rinfrescata, c'era profumo di bosco, di muschio e un po' anche di cloro. Ancora due giorni prima probabilmente sarei partita all'istante, tanto avevo sentito la mancanza del Giglio Bianco, ma adesso? Dovevo ammettere che ci avevo preso gusto. Volevo risolvere l'enigma delle morti di Oliwia e Hürlimann, o perlomeno dare il mio contributo. E non soltanto questo. Volevo conoscere un po' meglio la Bolshakova e trovare la chiave per far parlare quella cocciuta di Betje. Volevo godermi un altro massaggio miracoloso di Peggy e sentire ancora i pettegolezzi di Silv e Dorette. Volevo bere una tisana, no, meglio, un whisky con l'amante dei fiori senza nome e scoprire che gusto avevano le trote affumicate di Karsten. E volevo assolutamente andare a cena con Luc al Traube Tonbach. In quel momento mi resi conto di aver fatto la mia scelta: a vincere la gara era stato Harald Wohlfahrt, non Peter Lumpp. Per chiamare Luc avevo tempo fino al mattino dopo. Per quella sera mi bastava il mio di disappunto, non volevo avvertire anche il suo. Con malinconia avevo preso nota del fatto che in realtà non avevo voglia di lasciare l'Himmelreich.

Dopo aver controllato il cellulare ancora una volta, lo avevo silenziato ed ero andata a dormire.

Adesso, non ancora del tutto sveglia, lo ripresi. Arîn mi aveva scritto: "Tutto a posto! È andato tutto bene!" Holger mi aveva mandato un messaggio lunghissimo, che aveva confermato i miei sospetti: c'era stato un litigio tra la piccola curda esuberante e il sensibile svevo. Succedeva spesso, quei due erano acqua e fuoco, ma con me a fare da cuscinetto la situazione non si inaspriva mai. Arîn si era atteggiata a capo chef e aveva brontolato per le sue salse, pur sapendo benissimo che le salse di Holger erano sempre perfette. Ovviamente lui non aveva accettato la critica, una parola tira l'altra e all'urlo di Arîn: "Ma vattene!" aveva obbedito.

"Resta dove sei," concludeva Holger. "Rimetteremo tutto a posto."

Ancora seduta sul letto, con il telefono sulle ginocchia, riflettei un momento, poi chiamai Arîn ben sapendo che l'avrei svegliata.

"Holger non è malato," le dissi.

"Già," confermò lei mogia mogia, poi chiese: "Sai com'è andata?"

"Conosco la versione di Holger, ora voglio sentire la tua."

Per Arîn la colpa era come al solito dell'arroganza di Holger. Da quando era tornato da Parigi, si dava delle arie e pensava di saperla più lunga degli altri. Si sfogò a lungo. Come Adela, anche Arîn era una persona poco incline all'autocritica.

"E adesso?" le chiesi quando ebbe terminato.

"Non saprei," rispose lei cocciuta.

Trassi un bel respiro, riflettei ancora un po', quindi dissi: "Non voglio ancora tornare."

"Sul serio?" La cosa sorprese Arîn non meno di quanto avesse sorpreso me la sera prima.

"E dunque?" le chiesi. "Hai qualche idea su come possiamo fare?"

"D'accordo, lo chiamo io." Sentivo che il rancore non era ancora sparito dalla sua voce. "Non dovrebbe mandarmi sempre così in bestia," aggiunse a mo' di spiegazione.

"Sbrigatevela tra di voi. Prima di mezzogiorno voglio ricevere un messaggio da entrambi."

"Capito," bofonchiò Arîn, "lo chiamo subito, tanto non riuscirò più a dormire."

Chiusi la telefonata sperando di aver preso la decisione giusta per loro due e per il mio ristorante. Mi stiracchiai ben bene e uscii sul balcone. L'aria era di nuovo un vero godimento. Sul prato tra l'Haselbach e la terrazza, Peggy faceva il saluto al sole con il suo gruppo di yoga. Ammirai quel misto di movimenti lenti, alternativamente fluidi ed energici, riflettendo se per gli ultimi giorni non dovessi unirmi a loro, braccio semiguarito permettendo.

Poi mi infilai la vestaglia e andai in camera di Adela. Era ancora alle prese con i bagagli e in quel momento stava piegando con cura l'abito rosso con le paillettes. L'aggiornai sulla situazione.

Come se il mio racconto fosse stato un invito, riappese immediatamente il vestito nell'armadio.

"Non ci si butta da un treno in corsa, come si suol dire." La sua voce sprizzava energia nuova. "Non credo che riuscirei mai a perdonarmi se piantassi in asso la Hodäpple con questo caso così complicato. Ci vediamo a colazione tra un quarto d'ora. Su, vedi di darti una mossa."

Dieci minuti dopo, fresca di doccia – l'ex brufolo si era ridotto a una piccola cicatrice – mi diressi in sala da pranzo. L'ascensore mi portò prima al secondo piano, ma non trovai nessuno che dovesse entrarci. Dalla porta aperta vidi Mareike che bussava a una camera senza ottenere risposta.

"Vieni anche tu?" le chiesi bloccando la fotocellula.

"Betje non risponde." Bussò con più forza.

"Che abbia le cuffie?" ipotizzai. "So che qualcuno le tiene addirittura per dormire."

Si aprì la porta accanto, la Bolshakova salutò con un cenno del capo prima Mareike e poi me, quindi scese le scale.

"Ieri sera mi aveva promesso che avremmo fatto colazione insieme," mi spiegò Mareike in un tedesco sciolto, ma con quelle S meravigliosamente sibilanti, il CH morbido e la R gutturale degli olandesi. "E adesso non apre neppure la porta." Come in molte mamme, nel suo sguardo c'era un misto di rabbia e di panico.

"I figli," gemetti.

"Tu ne hai?" mi chiese riprendendo a bussare.

"Due," mentii. "Un maschio e una femmina, Holger e Arîn. Ventotto e ventitré anni. Ormai il peggio è passato, ma si becchettano ancora."

"Becchettano?"

"Mi danno dei problemi," spiegai. "Qualche volta mi sembra che proprio non vogliano crescere."

Annuì con foga, concorde e duramente provata, poi bussò di nuovo, appoggiò l'orecchio alla porta e si mise in ascolto. "Non si sente niente."

"Sarà la fase di sonno profondo. Con il mio Holger era capace di durare fino a mezzogiorno. Qualche volta ho pensato che credesse di poter risolvere i propri problemi dormendo." Sospirai come una vera madre scusandomi mentalmente con Holger, che era una vera allodola. "Su, andiamo a berci un tè," proposi a Mareike. "Sono sicura che arriverà subito."

"'Aspettare e bere un tè', è così che dite in Germania per raccomandare pazienza, vero?"

"Esatto," confermai indicandole con un gesto l'ascensore, quindi le feci strada fino alla sala da pranzo.

Per cinque tazze di tisana – bacche di rosa canina, malva, mirtillo – Mareike parlò senza interruzione, felice di potersi finalmente sfogare con un'altra "mamma". Senza che avessi troppo bisogno di insistere, scoprii un bel po' di cose su Betje. Era stata una bambina tranquilla e molto serena, sempre un po' sovrappeso, ma si sa, la genetica. "Guarda me." Mareike l'aveva allevata da sola fin dall'inizio, Betje era stata il frutto dell'avventura di una notte, concepita con il responsabile di un ufficio turistico – "Oberammergau? Esiste un posto che si chiama così?" – della Fiera internazionale del turismo di Berlino. Ad abortire non aveva mai pensato, era stata felice della gravidanza, aveva accolto con gioia la bambina fin dal principio. Sì, Betje era la sua unica figlia.

"Solo quando ne hai due puoi capire quanto possano essere diversi i figli," continuai a sproloquiare nel mio ruolo di mamma. "Con Holger pensavo: 'Adolescenza? E che cos'è?' tanto l'ha superata senza scossoni, ma poi con Arîn è stato un vero inferno."

No, con Betje l'adolescenza non era stato un problema, l'aveva superata tranquillamente, proseguì il suo racconto Mareike, aveva anche terminato bene la scuola e subito dopo aveva avuto un posto a ecotrofologia ad Amsterdam. "Ma naturalmente Amsterdam è una metropoli, quando sei cresciuta in una piccola cittadina della Zelanda." Per il primo anno di università Betje era tornata spesso a Zierikzee, raccontava dei suoi studi e dei suoi nuovi amici, nel nido materno si era sentita ancora bene. Poi, un anno prima, la trasformazione! Da una settimana all'altra aveva cominciato a vestirsi soltanto di nero, poi erano arrivati i tatuaggi, i ritorni a casa si erano fatti sempre meno frequenti, aveva messo su peso e ormai non raccontava più niente, brontolava e basta. "Come se io fossi una madre degenerata."

"Madre degenere," la corressi.

Quante volte, proseguì Mareike, le aveva proposto di fare qualcosa insieme per riavvicinarsi. Una gita al mare, un fine settimana a Milano, un viaggio a Parigi. Non c'era stato modo di attirarla con niente. In preda alla disperazione, aveva prenotato per sé sola la cura lì all'Himmelreich, per mettere un po' di distanza... per fare qualcosa di buono per se stessa... per non continuare sempre solo a... e così via. E poi, due giorni prima della partenza per la Foresta Nera, come un fulmine a ciel sereno Betje se ne era uscita chiedendo se poteva venire anche lei.

Adesso ero tutta orecchi. Ricordavo di aver visto Betje due volte a tarda notte, di ritorno da non so dove, stanca e piena di graffi, però decisi che non era il momento di parlarne con Mareike.

"Magari voleva incontrarsi qui con qualcuno?" le domandai invece.

Mareike rispose con un'alzata di spalle. Ancora non riusciva a capire come mai la figlia avesse tanto insistito per fare quella digiunoterapia, visto che le diete le aveva sempre derise. Tanto più che una volta lì era rimasta chiusa in se stessa e ostinata, come a casa. Si era un po' ammorbidita e aperta soltanto nei pochi giorni con Oliwia, la giovane russa le aveva chiaramente fatto bene, e adesso il suo assassinio aveva di nuovo peggiorato moltissimo la situazione.

"Oliwia e Betje si conoscevano da prima? Oliwia era la ragione per cui Betje aveva voluto accompagnarla nella Foresta Nera?" insistetti.

Mareike scosse la testa. Dopo il giro di presentazioni, Betje le aveva detto di trovare tutti gli ospiti supernoiosi. Era stata lei stessa a spingere la figlia ad avvicinarsi a Oliwia, l'unica altra donna giovane.

"E di Oliwia ti ha raccontato qualcosa?"

Mareike guardò di sottecchi la porta, come aveva fatto spesso durante la conversazione, perché in quel momento in sala da pranzo stava entrando qualcuno, ma anche questa volta non si trattava della figlia, bensì di Adela. Ammiccò nella mia direzione con fare cospiratorio e si diresse al tavolo dove Rüdiger sedeva da solo a bere la sua tisana, trafficando con il tablet.

Oliwia si era interessata molto al corso di studi di Betje, raccontò Mareike, voleva studiare anche lei qualcosa nel campo della scienza dell'alimentazione, e le sarebbe piaciuto venire in Olanda. Betje si era offerta di ospitarla nella sua stanza a Zierikzee nei primi tempi, finché non avesse trovato un appartamento suo e non avesse ottenuto un posto all'università. Probabilmente era solo per questo che la figlia le aveva confidato i progetti di Oliwia. Mareike era rimasta un po' sorpresa da quella richiesta – "Ma che cosa ci viene a fare in Zelanda una ragazza come Oliwia?" –, ma naturalmente si era mostrata generosa.

Ricordai quanto le due ragazze mi fossero sembrate rilassate nel passeggiare all'Haselbach, quanto le avessi viste immerse nella loro conversazione, spiritualmente affini, sorelle nell'anima che non si erano cercate, ma si erano comunque trovate. Era la stessa lunghezza d'onda, forse, e l'istintiva certezza di potersi fidare l'una dell'altra.

Il *din* del mio cellulare interruppe i miei pensieri. Una foto e un messaggio sul gruppo WhatsApp del Giglio Bianco. Holger e Arîn che ridevano a braccetto nella nostra cucina, Holger con in mano una frusta e Arîn con un coltello. "Resta dove sei, qui ci pensiamo noi!", c'era scritto sotto la foto.

"Era quello che vi avrei consigliato io," risposi, ci aggiunsi tre smiley e sorrisi.

"Uno dei tuoi figli?" mi domandò Mareike.

"Tutti e due." Le mostrai la foto.

"Però non si assomigliano," constatò Mareike.

"Padri diversi," inventai in fretta, rimettendo il cellulare in borsa.

Mareike guardò di nuovo la porta mentre entrava Britt.

"Oliwia era una donna giovane, anche Betje lo è." Improvvisamente Mareike parve nervosa. "E se non ci fosse proprio nella sua stanza?"

Lo avevo già pensato anch'io. Un'altra escursione notturna, questa volta senza ritorno. Ma accidenti a lei, che cosa diavolo faceva nel bosco di notte quella ragazza? Un appuntamento clandestino di cui nessuno doveva sapere niente? Non riuscivo a immaginare che Mareike potesse avere niente in contrario sul ragazzo, anche se fosse stato un tipo alla buona. Forse aveva difficoltà a staccarsi dalla figlia, ma non tanto da tormentarla o ostacolarne la felicità.

"Oh, eccola!"

L'espressione sollevata sulla faccia di Mareike non riempì di calore quella di Betje, che stava venendo al nostro tavolo con aria scontrosa.

"Troppa tisana," mi scusai alzandomi. "Devo andare in bagno. Buona giornata," salutai la ragazza uscendo. In tutta risposta mi guadagnai un riluttante cenno del capo. Non era contenta che avessi fatto amicizia con la madre, e quella non era la premessa migliore per indurla a parlare. Feci un cenno a Adela, ancora intenta a confabulare con Rüdiger, lasciai la sala da pranzo, uscii e andai sul bordo della terrazza.

Sul prato prima di colazione Peggy aveva fatto gli esercizi con il suo corso di yoga, vidi Raisa Bolshakova seduta a gambe incrociate, con i palmi delle mani sulle ginocchia aperti all'insù, lo sguardo rivolto in lontananza, come se stesse meditando. Fissava il Rittersprung, dove notai soltanto un paio di tizi che si dimenavano fuori dalla casa. Mentre mi chiedevo che cosa mai stesse osservando Raisa o a che cosa stesse pensando, il rumore di un motore mi spinse a voltarmi. Una Renault Kangoo marrone svoltava sul ponte diretta al Rittersprung. Su una fiancata lessi la scritta a caratteri cubitali: "Scotch as Scotch can". Doveva essere il grossista di whisky di Karsten. George, sì, era così che si chiamava, era lì quando Oliwia aveva rovesciato il Glenfiddich in faccia a Hürlimann. Cercai in rubrica il numero del Rittersprung e lo composi.

"Rittersprung, parla Gerber," mi rispose una vivace voce maschile. Chiesi di Karsten. "In questo momento è al telefono. Può attendere?" mi domandò il giovanotto.

Giovanotto. Impiegai un secondo prima di fare il collegamento. "Lei è Kevin?" gli chiesi.

"Chi vuole saperlo?" ribatté lui con tono diffidente.

"Sono Katharina Schweitzer, al momento sono ospite all'Himmelreich. Sono stata compagna di studi di Karsten. Abbiamo fatto insieme l'esame di cucina."

"Mhmm. Aspetti un momento, riprovo." Mi mise in attesa e poco dopo tornò in linea. "È ancora occupato."

"Anche lei ha conosciuto Oliwia?" azzardai, avventurandomi in un terreno difficile.

"Una faccenda orribile. Certo, l'ho conosciuta. Impossibile non notarla," rispose lui senza esitare. "La luce nella nostra modesta dimora. Ogni volta che veniva a bere whisky, qui sorgeva il sole. Ma ho già raccontato tutto a quella commissaria," disse. "E anche che quando veniva, tutti scalpitavano nervosi."

"Qui all'Himmelreich le donne scommettono che tra voi due ci fosse qualcosa," inventai seduta stante. "Di certo nessuno dei vostri ospiti è bello come lei, neanche il suo capo." Una bella sviolinata, pensai, ma lui rise lusingato.

"Per me è un po' superficiale," continuai. "Solo perché due sono belli non significa automaticamente che stiano insieme. Io ho scommesso contro. Ho ragione?"

"Ha vinto lei," convenne con me. "Non era proprio il mio tipo. E poi ho già una ragazza. Un attimo, adesso il mio capo è libero."

"Scusi, ancora una domanda," aggiunsi in fretta. "La prima volta che è venuta da voi, Oliwia era con quell'Hürlimann. Di che cosa parlavano, prima che Oliwia gli buttasse il whisky in faccia?"

"All'Himmelreich avete fatto una scommessa anche su questo?"

"Non ce n'è stato bisogno. Siamo tutte d'accordo che lui deve averci provato," sparai ancora.

"Ma non è vero!" ridacchiò lui. "Erano chiacchiere innocue su un club di Berlino che conoscevano entrambi.

Era un nome che finiva per -graf, com'è che si chiamava?" Rifletté un momento. "Jewgraf, sì! Oliwia pronunciava la W allungandola. Deve trattarsi di un club alla moda, con una buona selezione di whisky, il nostro non reggeva il confronto, su questo erano d'accordo. Per questo mi sono così stupito quando poi gli ha rovesciato lo scotch in faccia... Valle a capire le donne. Adesso le passo la linea, va bene?"

Parlava di Oliwia con tanta tranquillità che gli credetti. Se mi avesse detto la verità, me lo avrebbe potuto confermare il grossista di whisky, visto che doveva aver assistito alla scena anche lui.

"Ciao, sono di nuovo io," salutai Karsten quando rispose.

"A poco a poco stai diventando un tormento."

"Sarò brevissima," lo tranquillizzai. "Volevo solo il numero di telefono del tuo grossista di whisky. Ho appena visto la sua macchina salire su da te, e ho notato che cos'hai sui tuoi scaffali. Roba di prima qualità. Potrebbe interessare anche a me per le forniture del Giglio Bianco."

"Ha un sito: www.scotchasscotchcan.com, minuscolo e tutto attaccato, lì trovi i suoi contatti."

"Grazie," gli dissi, e si sorprese che non volessi davvero altro da lui.

Curiosa, andai sul sito. George mi sorrideva già dalla homepage. Assomigliava davvero leggermente a Kevin, ma nei suoi occhi c'erano la malinconia e la solitudine delle Highlands scozzesi. Ero sicura di aver trovato l'amante di Oliwia.

Era già informato della sua morte? O lo avrebbe scoperto soltanto adesso da Karsten? La loro era stata una storia burrascosa o il grande amore?

Quando mi sentii toccare una spalla, trasalii.

"Non volevo spaventarti, tesoruccio." Adela mi si avvicinò e mi carezzò una mano. "Rüdiger è di nuovo dei nostri," riferì. "È una vera talpa, gli piace scavare. Se vuoi renderlo felice, chiedigli di fare una ricerca per te. La prima mezz'ora in rete sulla Kusmin non è stata proficua, ma qualche briciolina l'abbiamo trovata. La Kusmin Spa è una società di investimenti con sede a Berlino e una succursale a Baden-Baden," riassunse. "Diversi acquisti di immobili nella regione, quasi tutti vecchi alberghi abbandonati. Vogliono restituire gli alberghi della Foresta Nera al loro antico splendore, secondo molti articoli. Molto bla bla bla, ma Rüdiger dice che le informazioni davvero interessanti arriveranno solo dopo che..."

"Ho scoperto chi era l'amante di Oliwia," la interruppi. "George MacGuffin, un grossista di whisky scozzese. Probabilmente quei due si vedevano al Rittersprung."

Sul prato davanti a noi Raisa Bolshakova si alzò e girò la testa. Certo, ci poteva sentire. Tra un battito di palpebre e l'altro nei suoi occhi si accese un lampo che non le avevo mai visto. Paura? Rabbia? Una minaccia? In un attimo indossò di nuovo la corazza e apparve impenetrabile come sempre. Ci salutò con un rapido cenno del capo e se ne andò verso il parcheggio.

"Quel tizio si chiama davvero MacGuffin?" si sincerò Adela. "Speriamo che non si dimostri tale."

La guardai senza capire.

"Hitchcock, lascia stare," mi liquidò. "Forse dovrei fare un tentativo con lei," disse poi, guardando la Bolshakova. "Tu pensa pure all'amante. Incredibile, che si chiami davvero MacGuffin!" Scosse la testa, controllò di avere le chiavi dell'auto e partì dietro a Raisa, senza sentire che cosa pensassi del suo suggerimento. Tipico di Adela. Era meglio non ostacolare il suo dinamismo.

MacGuffin o no, per me voleva dire prima di tutto aspettare. Raggiunsi una delle sdraio, la girai in modo da avere una buona visuale sul ponte sull'Haselbach e mi sedetti. Poco dopo a me si unì Silv, per una volta senza Dorette.

"Vedo che hai scelto bene la posizione," constatò. "Da lì si vede chi viene e chi va. È per la tua sicurezza personale?"

"Credi che il colpevole sia uno sconosciuto che si è perso nell'Haselbachtal e ammazza gente a caso? Per me è una sciocchezza," risposi. "Dev'esserci un motivo se Oliwia e forse anche Hürlimann sono stati uccisi. E dal momento che Hürlimann non lo conoscevo per niente e in realtà neanche Oliwia, non credo di poter essere la prossima vittima. Se era questo che intendevi per preoccupazione per la mia sicurezza personale."

"Non ero andata così in là con i miei ragionamenti," ammise. "Comunque rimane la spiacevole sensazione di convivere con un assassino o un'assassina."

"Sì, non è da escludersi," convenni.

"Non faccio altro che ripensare a Oliwia, se ci fosse qualche accenno che si sentisse minacciata," continuò Silv. "Però, a differenza di Britt, non mi era mai sembrata nervosa. Tu sai che cosa facesse di lavoro?"

"So che voleva andare in Olanda a studiare qualcosa che c'entra con la scienza dell'alimentazione," risposi confidandole quello che avevo appena saputo.

"Scienza dell'alimentazione? Ha detto davvero così?" Silv non riusciva a crederci. "Io all'inizio ero convinta che facesse qualcosa nel campo della moda. Il modo di camminare, di vestirsi… Il mio primo pensiero è stato che fosse una modella. Non per il fisico… di ragazze come lei ce ne sono a decine. Oggi in molte fanno la fame per farsi venire i fianchi stretti e la pancia piatta, senza capire che per avere una possibilità nel settore della moda bisogna avere qualcosa di inconfondibile, un'aura convincente. E Oliwia ce l'aveva. Lo sguardo, il modo di muovere la testa, l'andatura ondeggiante."

Era un ragionamento ovvio, per una come Silv che si occupava tanto di moda. E anche plausibile, pensai.

"Per lavoro ho buoni contatti nel settore e ho fatto qualche ricerca. Ha lavorato davvero come modella. Non per grandi firme, ma per tre anni di seguito alla Berlin Fashion Week. Ha smesso nel 2014. Da oltre due anni non ci sono più sue notizie da nessuna parte. Certo, succede spesso che una modella non trovi più ingaggi, ma nel caso di una ragazza come Oliwia, la cosa mi avrebbe davvero stupito. Così ho fatto qualche domanda a Berlin 4.0, per cui aveva sfilato nel 2013 e di cui conosco l'art director. Effettivamente Maurice si ricordava di lei e avrebbe avuto piacere di lavorarci ancora insieme, ma Oliwia si è ritirata da un giorno all'altro. Gli ha detto solo che aveva altri progetti, e da allora non si è mai più fatta vedere."

Mi occorse un po' per metabolizzare la notizia. E così Oliwia era stata una modella in carriera e due anni prima aveva lasciato quella strada. Perché? "Ti sei stupita anche tu che abbia giustificato la sua presenza qui con la ricerca di introspezione?" le chiesi.

"E perché? Le modelle, come le bionde, non sono automaticamente delle stupide oche," pontificò Silv. "Perché non avrebbe dovuto cercare la spiritualità nel digiuno? A me non è sembrata per niente superficiale. A parte la sua partecipazione a quella stupida impresa per liberare il maiale, dava proprio l'impressione di una persona seriamente alla ricerca di qualcosa. Forse era questo a renderla interessante per quell'olandese tardoadolescenziale."

"Sì, quelle due erano sempre immerse nei loro discorsi," confermai. "A proposito di Betje, in quanto esperta di moda cosa ne pensi dei suoi tatuaggi? Perché una ragazza si concia in quel modo?"

"È un settore molto interessante e anche molto vasto," esclamò Silv con un entusiasmo che per gli standard svizzeri rasentava l'euforia. "Con i tatuaggi il corpo viene celebrato nella sua vulnerabilità, nel suo erotismo, nella sua carnalità e nella sua mortalità. Se gli abiti possono essere visti come una seconda pelle, i tatuaggi invece vanno direttamente sotto la pelle..."

"Un attimo," la interruppi vedendo la Renault Kangoo marrone partire dal Rittersprung diretta al ponte sull'Haselbach. "Devo fare una telefonata veloce," spiegai alzandomi in fretta. "Torno subito." Mi precipitai di nuovo sulla terrazza, cercando un posto tranquillo prima di comporre il numero di George MacGuffin.

"Pronto," rispose.

Mi presentai come gastronoma di professione desiderosa di inserire finalmente del whisky discreto nel mio repertorio di alcolici, mi dichiarai una conoscente di Karsten Heinemann e proposi un breve incontro, dal momento che lui era già in zona.

Per un attimo non disse niente, poi bofonchiò: "*Beg your pardon?*" perciò ripetei il tutto in inglese. Nuovo silenzio. "Oggi non posso," rispose in tedesco. "La richiamo."

"Oliwia," dissi prima che avesse il tempo di riattaccare. "L'ho vista con lei. Era di questo che volevo parlarle."

In risposta ci fu di nuovo un lungo silenzio, poi sbottò a denti stretti: "Schönmünzach, Sonnenhof, *in fifteen minutes*," e chiuse la conversazione.

Adesso avevo un problema. Adela era via con la macchina e neppure il più veloce dei maratoneti sarebbe riuscito ad arrivare dall'Himmelreich a Schönmünzach in un quarto d'ora. Non potevo guidare da sola per via del braccio, mi serviva qualcuno che mi facesse da autista. Andai in cucina e chiesi a Hiltrud se potesse darmi un rapido strappo, ma Ebru era via con la sua auto.

"Quando torna?"

Hiltrud replicò con un'alzata di spalle. "È appena andata. Se ti sbrighi, forse riesci ancora a beccarla. Comunque deve passare proprio da Schönmünzach."

Corsi al parcheggio più in fretta che potei, ma arrivata là, oltre alle solite stelline vidi soltanto la grossa nuvola di polvere che Ebru si era lasciata dietro. Mentre io boccheggiavo in cerca d'aria, la giovane curda scendeva a tutta velocità la stradina fino al ponte sull'Haselbach e affrontava la curva per la valle facendo fischiare le gomme. Poi sparì. Nel parcheggio rimaneva una macchina soltanto, una Fiat 500 grigio metallizzato con targa di Zurigo. Era di Silv o di Dorette. Puntai su Silv.

Guardai l'ora, dei quindici minuti ne erano già trascorsi otto, e per arrivare a Schönmünzach ce ne volevano dodici. Per quanto tempo George MacGuffin mi avrebbe aspettata? Tornai indietro di corsa. Per fortuna Silv era ancora sulla sdraio.

"Silv, è un'emergenza," ansimai. "Devo assolutamente vedere una persona a Schönmünzach e tu sei l'unica che mi ci può portare. Lo faresti? Possiamo continuare a parlare di tatuaggi per la strada."

Non accennò ad alzarsi, si limitò a chiedere: "Il grossista di whisky? Perché?"

Ovvio, Silv sapeva fare due più due. Anche lei prima aveva visto la sua auto, seguita dalla mia frenetica telefonata. La verità, riflettei. Perché no? "Era l'amante di Oliwia. Prima gliel'ho sbattuto in faccia. Si è detto disponibile a parlarmi."

"Interessante." Si alzò con calma. "Dove vi siete dati appuntamento? Al Sonnenhof? Un locale grande non è una cattiva scelta. Faccio un salto a prendere le chiavi della macchina, aspettami al parcheggio."

Questa volta non corsi, ma per quanto andassi lentamente, Silv impiegò ben più di me. Dovetti aspettare per cinque minuti accanto alla sua auto prima di vederla arrivare.

Schiacciai il mio corpo ingombrante sul sedile del passeggero della piccola vettura mentre Silv cercava nel portaoggetti gli occhiali che le servivano per guidare. Finalmente pronta, imboccò la discesa che portava all'Haselbach con tutta calma, a differenza di Ebru, di cui dati i tempi stretti avrei desiderato lo stile di guida. Una volta al torrente, si fermò e ripartì solo quando non vide arrivare nessuna macchina neppure a chilometri di distanza. Respirai a fondo.

"Secondo me al volante la prudenza non è mai troppa," dichiarò Silv, proseguendo lemme lemme. "È facile correre troppo, mentre non si va mai abbastanza piano."

Oh, altroché, pensai dentro di me, e tornai sull'argomento tatuaggi con la speranza che parlarne le desse un po' di slancio.

"I tatuaggi!" sospirò Silv. "Anche se negli ultimi vent'anni hanno spiccato il salto da sottocultura a mainstream, rimangono comunque una cosa barbarica. Una notiziola a margine: nel 2011 è uscita sul mercato perfino una Barbie tatuata."

Vedendo avvicinarsi la curva seguente, si zittì, rallentò fino alla velocità di un pedone e la affrontò con la massima serietà. Intanto mandai un rapido messaggio a MacGruffin per informarlo del mio ritardo.

"Che tu ci creda o no, era tatuato già Ötzi, ma comunque la moda attuale non è un omaggio alle tradizioni ma risale alle esplorazioni e alla colonizzazione."

MacGruffin rispose che non poteva aspettarmi oltre l'una.

"Polinesia, Australia e così via..."

Ormai eravamo in macchina da dieci minuti, e se Silv avesse continuato con quel ritmo, saremmo arrivate a Schönmünzach al massimo qualche minuto prima dell'una, il che riduceva di molto il mio interesse per le sue disquisizioni.

"Guarda che può aspettarmi solo fino all'una," accennai cautamente nel piccolo abitacolo della 500.

“Aspetterà,” ribatté Silv con risolutezza alpina, proseguendo la sua lezione. “Dunque, l’arte dei tatuaggi è riemersa in Europa soltanto nel diciannovesimo secolo.”

Non potevo strapparle il volante dalle mani, e chissà che cosa sarebbe successo se le avessi messo ancora più pressione.

“Come tra i marinai e gli avanzi di galera che hanno portato i tatuaggi in Europa, lo scopo è quello di sentirsi diversi, estranei,” proseguì. “Anche se naturalmente ormai, da quando si fa tatuare chiunque, questo aspetto conta sempre meno, ma nel caso di Betje sospetto che non lo faccia per seguire una moda.”

“E invece?” le chiesi, ma a quel punto la pregai comunque di accelerare un po’.

Passò dai venti ai trenta chilometri all’ora. “Esiste la tradizione medievale di un amore che ti entra nella carne, dolorosamente dolce,” spiegò. “Quando l’amore ti trafigge il cuore, ti entra sotto la pelle. Il vincolo tra i due cuori viene manifestato nel corpo. Il cuore in fiamme testimonia l’amore inestinguibile che ferisce la carne e la costella di ferite.”

Ci lasciammo infine alle spalle i tornanti dell’Haselbachtal e arrivammo al rettilineo per Zwickgabel. Senza ulteriori insistenze, Silv accelerò l’utilitaria fino agli ottanta all’ora.

“L’amore l’ha colpita con tanta violenza che per questo si abbellisce il corpo di ferite?” osservai cercando di tradurre le considerazioni di Silv nel nostro caso concreto.

“Sul décolleté ha scritto a caratteri ben visibili ‘Love & Hate’, è un rimando all’amore. Forse le sue natiche, il luogo dei messaggi più intimi, potrebbero darci informazioni più precise al riguardo,” rifletté, ma poi rise da sola. “Ma è improbabile che si abbassi i pantaloni davanti a noi, giusto?”

A Zwickgabel svoltò in direzione di Schönmünzach. L'orologio indicava otto minuti all'una. Silv accelerò addirittura a novanta chilometri all'ora, una velocità davvero azzardata per lei, come mi fece notare ben due volte.

"E le ali sulla schiena che cosa significano?" le chiesi.

"Sono un riferimento al motivo dell'angelo o di Icaro. L'angelo è simbolo di protezione, Icaro di libertà," spiegò, ormai paonazza per lo sforzo. "Tra due minuti ci siamo!" Indicò il cartello segnaletico di Schönmünzach, trovò a colpo sicuro l'albergo e parcheggiò proprio davanti all'ingresso.

"Mi aspetti?" le domandai scendendo.

"Mi siedo a un tavolo vicino a voi." Vedendo il mio sguardo perplesso, aggiunse: "Con la tua marcatura a uomo, o più precisamente a donna, la situazione potrebbe farsi pericolosa. Non si sa mai."

Il Sonnenhof, però, era lontano mille miglia dall'essere un posto pericoloso. Sorgeva al sole, ben tenuto e curato. Quel grande edificio sobrio non dava l'idea di essere un passaggio segreto o un covo spaventoso. Doveva risalire agli anni Settanta, e come la maggior parte degli alberghi nella Murgtal, si rivolgeva a una clientela borghese. Le numerose stanze per gli ospiti erano distribuite su più piani, tutti i balconi erano dotati di tendoni gialli e decorati con cassette di gerani rosa. Dal ristorante arrivava un profumino di cibo, le cameriere indossavano il costume tipico tirolese. Trovai MacGuffin in terrazza, seduto con un bicchiere d'acqua e una tazza di caffè. Mi presentai, ordinai a mia volta un bicchier d'acqua e mi sedetti.

Era un uomo nel fiore degli anni – chissà da dove mi uscì fuori quel modo di dire così antiquato –, alto e snello; i capelli folti avevano una vaga sfumatura rossa, la barba di tre giorni gli donava. In realtà era attraente, ma non quel giorno, perché dai suoi occhi era scomparsa la luce malinconica delle Highlands scozzesi e adesso stagnavano spenti nel suo viso pallido. Aveva un'aria sconfitta, finita, la preoccupazione lo metteva completamente a nudo. Una parola pronunciata a voce troppo alta lo avrebbe fatto cadere dalla sedia. La cameriera arrivò con il mio bicchier d'acqua.

"Se vuole ricattarmi, se lo può scordare," mi disse prima ancora che aprissi bocca. "Non ho mai voluto tenere segreta la nostra relazione."

Sapevo di dover procedere con i guanti di velluto, perciò gli sorrisi dolcemente, gli espressi tutta la mia comprensione e gli giurai che ricattarlo non era nelle mie intenzioni, che l'unico mio interesse era scoprire qualcosa di più sui retroscena di quell'orribile delitto.

"Credo che dovrei andare alla polizia."

"Assolutamente," convenni, e gli offrii di accompagnarlo, ma non aveva neppure la forza di alzarsi. A me stava benissimo che rimanesse seduto, perché forse così mi avrebbe aperto il suo cuore. "Lo ha saputo soltanto adesso?" mi informai con la cautela di un'infermiera che chiede dove ti fa male.

Annuì.

"E stavate insieme da molto?" insistetti sempre con prudenza.

Si accasciò come se con quella domanda gli avessi inferto una pugnalata. Riflettei se fosse il caso di ordinargli un'acquavite e cercai di intercettare una cameriera. Così facendo notai Silv, che si stava sedendo a un tavolo vicino con un cenno del capo verso di me. Accanto a noi servirono un piatto di *spätzle* con spezzatino. Il profumo di arrosto ricordò al mio stomaco vuoto mille squisitezze. Stavo per chiamare la cameriera quando George MacGuffin si schiarì la gola e cominciò a parlare.

"Ci siamo conosciuti sei mesi fa a Baden-Baden, a una degustazione privata di whisky in casa di una russa facoltosa, la presidente dell'associazione russo-tedesca. Prima della degustazione c'è stata una conferenza su 'delitto e castigo' nell'opera di Dostoevskij. In realtà sarebbe stata più adatta la vodka, ma naturalmente a me stava benissimo che avesse scelto il whisky. Era un gruppo di una trentina di persone, con molti vecchi tristi e molte belle donne."

Se prima al telefono il suo tedesco mi era sembrato stentato, nella conversazione a tu per tu lo padroneggiava bene.

"La diceria che i russi bevano come spugne posso senz'altro confermarla. E sanno anche come fare festa, a noi scozzesi possono dare dei punti. L'atmosfera era molto rilassata, la padrona di casa ha cantato, gli ospiti ballavano sui tavoli." Bevve un sorso di caffè, poi proseguì. "Oliwia era tra quelli silenziosi. Mi piaceva, ma non pensavo di avere qualche possibilità con lei, perciò sono rimasto così sorpreso quando qualche giorno dopo mi ha scritto all'indirizzo email del mio sito."

"Mi direbbe il nome della sua cliente?"

"Olga Tarassova."

"Oliwia era venuta sola o era in compagnia?"

"Alla degustazione sedeva tra due uomini, ed è andata via con un intero gruppo di persone."

"E c'è qualche altro nome che ha sentito, anche di sfuggita?"

Scosse la testa. Del resto sarebbe stato troppo bello.

"E così poi le ha mandato una email?"

"All'inizio mi ha parlato del suo scotch preferito, il Glenfiddich, ne abbiamo discusso animatamente."

All'improvviso la sua voce si era fatta più accesa, gli occhi più vivaci.

"Poi abbiamo scoperto che entrambi amavamo Roald Dahl. Per noi il suo racconto *Cosciotto d'agnello* è il migliore, lo conosce?"

Feci un cenno vago. Se c'era una cosa che in quel momento non mi interessava era la storia di un cosciotto d'agnello.

"Da allora tra di noi è iniziato... come lo chiamate? Uno scambio epistolare."

"Però immagino che oltre a scrivervi vi sarete anche rivisti."

Annuì. "Tuttavia era difficile. Io viaggio molto, e anche lei. Due mesi fa siamo riusciti a incontrarci brevemente a Basilea, lei era lì per un evento d'arte, io per vedere un cliente. Un caffè vicino alla stazione, il primo bacio, la promessa di continuare a scriverci e di vederci al più presto. Tutto lì."

"Sembra tutto molto romantico," osservai.

Annuì ancora. "Aveva qualcosa di misterioso, come la Anna Karenina di Tolstoj. Qualche volta la chiamavo così, la mia Anna Karenina."

Anna Karenina. Mi ricordavo che quel romanzo era la storia di un amore infelice.

"In comune con Anna Karenina aveva il mistero. Non parlava mai di sé, però le piaceva parlare degli animali. Amava in particolar modo i passeri. Oppure raccontava di una serata al mare, dove la luce del tramonto si spezzava e si perdeva all'infinito tra le onde che si infrangevano ritmicamente."

Rimasi a osservarlo un attimo a bocca aperta, chiedendomi se si stesse prendendo gioco di me, ma a giudicare dal suo sguardo non era così, per niente. Richiusi la bocca e per riportarlo su questioni più pratiche gli chiesi: "E vi siete rivisti solo al Rittersprung?"

"Quella è stata una vera sorpresa! Era seduta lì con quel vecchio bacucco, è stato un colpo al cuore, la credevo una che si manteneva da sola. Ha fatto finta di non conoscermi e io le ho retto il gioco. Poi, all'improvviso, gli ha rovesciato lo scotch in faccia, è saltata su ed è corsa fuori. Il vecchio ha imprecato a tutto spiano, ma è rimasto seduto. Tutti gli altri uomini in sala avrebbero voluto seguirla, ma si tenevano in scacco a vicenda con gli sguardi e nessuno ha osato fare il primo passo. 'Lasciatela andare quella zoccola, lei è veleno per tutti noi, ragazzi,' ha tuonato Karsten. 'Questa sera *Scotch as Scotch can*. Georgie, aprici una bottiglia a spese della casa!' E così ho fatto."

Piantò il gomito sinistro sul tavolo, si appoggiò il mento sulla mano ma tacque. Il suo sguardo era perso tra i gerani. Non era più lì, era al Rittersprung.

"E poi?" insistetti sommessamente.

"Quando ho riportato in macchina le bottiglie invendute era tardi. E all'improvviso me la sono trovata lì, sembrava spuntata dal nulla. 'Psst,' mi ha fatto, e ha sussurrato: 'Quella cosa con il whisky l'ho fatta solo per te. Lì per lì non mi è venuto in mente niente di meglio per liberarmi di quell'Hürlimann.' 'Non è il tuo uomo?' le ho chiesto. 'Lui? Certo che no,' ha riso. Poi mi ha preso per mano. 'Vieni,' mi ha detto, 'conosco un posto nel bosco.'"

Scosse la testa incredulo, come se ancora adesso non riuscisse a capacitarsi.

"Mi vergognavo di avere pensato così male di lei, ma non si era offesa, anzi. Voleva partire per la Scozia con me, subito. E io... lo volevo anch'io."

"Ma," ribattei io perplessa, "se il vostro era un amore così grande, perché nessuno doveva sapere della vostra storia?"

Scosse il capo disperato, come se anche lui si fosse fatto mille volte la stessa domanda senza trovare mai una risposta.

"Aveva paura di qualcosa. Sempre solo appuntamenti in luoghi appartati, il modo con cui si guardava attorno, io non dovevo accompagnarla all'Himmelreich... Le ho chiesto il perché. 'Dopo,' mi ha risposto. 'Quando saremo in Scozia.' Era così curiosa, voleva sapere tutto sulla sua nuova casa, la mia famiglia, il mio paese, Inverness, il Great Glen, il vento e la pioggia."

Mi riusciva difficile credere che non si fosse insospettito o non fosse diventato diffidente nel vedere che Oliwia era pronta a partire con lui per la Scozia dopo così poco tempo.

"Non le ha mai parlato del suo lavoro?" incalzai.

"Oh, aveva appena preso un dottorato in Olanda – qualcosa a che fare con l'alimentazione – e adesso doveva cercare lavoro. Aveva in mente di ammodernare il bed and breakfast di mia madre e più tardi di rilevarlo."

A Betje aveva detto di dover ancora frequentare l'università, a George invece che l'aveva già conclusa. Probabilmente non era vera nessuna delle due cose. Forse la chiave di quell'omicidio stava negli ultimi due anni su cui nessuno sapeva nulla. Dove, come e con chi aveva vissuto Oliwia?

"Una volta lavorava come modella, ma ha smesso due anni fa," gli rivelai.

"*Really?* Non ne ha mai parlato. In realtà di lei non so niente," si rese conto a un tratto, poi mi guardò e disse: "So solo che era quella giusta."

"E dopo quell'incontro al Rittersprung vi siete rivisti?"

Fece cenno di sì. "Dopo quell'impresa con il maiale. Ci siamo incontrati di notte nel bosco. Conosceva un riparo. Ci siamo separati quando ha cominciato ad albeggiare. La mia auto era nei pressi del Rittersprung, avrei voluto accompagnarla all'Himmelreich, ma lei ha insistito per andare da sola. Se soltanto non le avessi dato ascolto!"

E se invece fosse andata in tutt'altro modo?, mi chiesi a un tratto. "Lei sa sparare?" gli domandai.

La sua risposta fu una risata spezzata, poi disse con la massima decisione: "Farò di tutto perché venga trovato il suo assassino!"

Improvvisamente il suo sguardo diventò limpido e luminoso come un lago scozzese di montagna, come se avesse trovato energie nuove o una meta chiara. Chiamò la cameriera, chiese il conto, si alzò e si fece dare il numero di telefono della Hodapp, poi mi salutò in fretta.

Silv seguì la sua sorprendente uscita di scena con la mia stessa meraviglia e sulla strada del ritorno mi tempestò di domande su di lui, sempre con il suo ritmo rilassato.

"Oliwia voleva lasciare la Germania al più presto," concluse dal mio resoconto. "E per farlo si era preparata addirittura due strade: l'Olanda con Betje e la Scozia con George. Perciò la domanda è: da chi o da che cosa voleva scappare?"

Ero d'accordo con lei. "Di' un po'," le chiesi guardandola di sottecchi. "Per caso la Hodapp ha suggerito anche a voi di raccogliere informazioni 'en passant' sugli altri ospiti?"

Silv frenò tanto bruscamente che in quella macchina così piccola andai a sbattere contro il vano portaoggetti. "Oh, no! Perché, anche a voi?"

Annuii.

"Con noi lo ha giustificato con il fatto che, visto che siamo già venute spesso all'Himmelreich, conosciamo tutto e avremmo notato eventuali cambiamenti con più facilità rispetto a un nuovo ospite. E a voi che cos'ha detto?"

"Sai una cosa, penso che non lo abbia chiesto soltanto a noi," continuai la mia riflessione.

"Vuoi dire anche a quelle lagne degli Hallstett? O a quell'isterica di Britt? Ma per lei chiunque mangi carne è un potenziale assassino," ironizzò Silv. "No, no, la Hodapp si è scelta gli informatori con cura. Una mossa scaltra da parte sua, devo ammetterlo," la elogiò. "Del resto, quando si digiuna non si ha altro da fare che osservare gli altri. Si ha tutto il tempo, niente impegni, non si può mangiare. Ogni volta che veniamo qui, Dorette e io intessiamo storie sugli ospiti presenti, un misto di fantasia e realtà. È una distrazione meravigliosa."

"E per esempio di Raisa Bolshakova che cosa pensate?" buttai lì. Non volevo sapere che cos'avessero immaginato a proposito di Adela e me.

"Naturalmente insieme con Oliwia, la Bolshakova è la figura più interessante," si infiammò Silv. "Russa, discreta, malinconica, solitaria. Risponde a tutti i cliché: mafia e soldi, delitto e castigo, alcol e anima russa. Per noi è la moglie abbandonata di un magnate del petrolio che di notte trinca vodka e cova vendetta."

No. Raisa Bolshakova non aveva niente di risentito o amareggiato, era soltanto una donna solitaria, come una che ha dovuto affrontare la vita da sola.

"Era un'atleta olimpica," le confidai. "Tiro con l'arco."

"Sul serio? Oh, si è sbarazzata del magnate russo ed è venuta a nascondersi qui nella Foresta Nera," continuò ad almanaccare Silv, e poi, sorpresa dai suoi stessi pensieri, esclamò: "Oppure credi che sia stata...?"

Scossi la testa, perché la Bolshakova mi piaceva. Perciò la mia pancia diceva di no, ma, dovetti ammettere, poteva anche sbagliarsi. "Una volta l'ho vista parlare con Oliwia e mi è sembrato si stesse confidando con lei. Immagino che sappia qualcosa su Oliwia, ma che taccia al riguardo."

"Perché?"

Mi strinsi nelle spalle. "Brutte esperienze con la polizia tedesca, paura, o che so io."

"Interessante," mormorò Silv, e mi accorsi che ormai eravamo quasi arrivate in fondo all'Haselbachtal.

"E di Betje che ne pensi?" la incalzai poi quando si fermò al ponte per guardare di nuovo a destra e a sinistra prima di proseguire.

"Betje?" Silv schioccò la lingua sprezzante, accelerò con cautela e attaccò la salita al parcheggio. "Una mocciosa tardoadolescenziale che trasforma la vita della madre in un inferno perché finora la sua non è stata un paradiso. Irritante, ma del tutto priva di interesse."

Non fu però la marmocchia irritante, bensì sua madre ad accoglierci sulla terrazza con gli occhi rossi di pianto. Mentre Silv alzava i suoi al cielo e si affrettava a darsela a gambe, Mareike mi arpionò con il suo sguardo disperato.

"È scomparsa un'altra volta," singhiozzò. "Subito dopo colazione, eppure volevamo andare in macchina a Baden-Baden a fare shopping. È salita di nuovo in camera sua e non è più tornata. Peggy mi ha aperto la porta, ma lei era sparita. Gli Hallstett l'hanno vista correre nel bosco dietro il parcheggio."

"Be', tornerà," cercai di tranquillizzarla. "Dopotutto ormai conosce la zona."

"No, non tornerà," tirò su con il naso. "Guarda un po' che cosa ho trovato sotto il suo letto." Prese dalla tasca dei pantaloni un foglio tutto sgualcito e me lo porse. "Una lettera d'amore."

"Su carta?" le domandai sorpresa lisciando il foglio. "Per queste cose i giovani non usano il cellulare?"

"Mia figlia non la conosco più," balbettò Mareike disperata. "I tatuaggi, quel suo rinchiudersi in se stessa. Perché non mi ha mai detto che ama una donna? Eppure avrei potuto aiutarla. Povera Oliwia, Betje non avrebbe dovuto..."

"Mia amata," lessi. "Dopo tutto quello che c'è stato tra di noi, mi allontani, non vuoi più saperne di me. Mi abbandoni come un oggetto inutile. Ma io non ti consentirò..."

"Scritta in tedesco, niente data," constatai. "Niente nome e interrotta a metà frase."

"Si è innamorata di Oliwia, è per questo che era così felice, e poi nella sua disperazione..."

"Ma Betje sa sparare?" domandai molto pragmaticamente.

"Tiro al piattello, due anni fa è arrivata terza ai campionati juniores della Zelanda."

"E si è portata dietro il fucile?"

"Non aveva un fucile suo, ma che ne so io se non se ne è procurata uno ad Amsterdam?" pianse Mareike. "Non so più niente, ho soltanto paura che sia scappata nel bosco per... Forse è lì da qualche parte... Ho cercato di parlare con la commissaria perché la faccia cercare, ma non mi richiama."

Avevo visto Betje rientrare tutta scarmigliata la stessa notte in cui Oliwia si era accomiatata in modo così appassionato da George, perciò quella notte Betje non poteva essere stata con Oliwia. Che Betje l'avesse seguita e spiata? D'altro canto, la sua decisione improvvisa di accompagnare Mareike nella Foresta Nera era stata presa prima di conoscere Oliwia.

Non dovevo lasciarmi fuorviare da quella madre spaventata che credeva la figlia un'assassina. Dovevo riflettere, dovevo stare da sola. "Scusami, Mareike, ma prima devo mangiare un piatto di minestra, altrimenti svengo."

"Come fai a pensare al mangiare adesso?" gemette lei con le lacrime agli occhi. "Pensa un po' se fosse uno dei tuoi figli."

Speravo bene che i "miei figli" stessero mandando avanti il Giglio Bianco. Controllai in fretta il cellulare se non fosse arrivato un nuovo WhatsApp dell'orrore, ma non si erano fatti vivi né Arîn né Holger.

"Non posso aiutarti se ho fame," ripetei, mettendo via il cellulare. "E tanto meno se svengo."

"Ma dopo mi aiuterai a cercarla, non è vero?" mi urlò dietro Mareike, angustiata.

La piantai in asso ed entrai in casa, poi andai in cucina, che grazie al cielo a quell'ora di pomeriggio trovai vuota. Hiltrud aveva lasciato sul fornello una pentola di minestra, me la scaldai e la mangiai seduta al tavolo. Di nuovo un brodo badense, individuai il levistico, il sedano di monte. Mi fece ripensare alla mia prima visita a Singen, la sede della Maggi: allora in tutta la città aleggiava un profumo di brodo di dado. Ci sarebbe voluto un bel po' prima che al Giglio Bianco preparassi di nuovo un brodo vegetale, dopo quella dieta ne avevo le tasche piene di piatti del genere.

Il frigorifero borbottava e dalla finestra aperta entrava il cinguettio degli uccellini. Dalla dispensa arrivò in cucina il profumo di fiori di tiglio. Lavai piatto e pentola e mi sarei volentieri bevuta un caffè, ma dovetti accontentarmi di una menta rinfrescante.

Rifocillata come potevo esserlo dopo un pasto a base di liquidi, mi diressi in camera mia, felice di non incontrare nessuno. Spiegai la mappa del Rittersprung che mi aveva lasciato l'amante dei fiori e cercai di orientarmi. Lì la strada per l'Haselbachtal, là quella che passava dall'Hirschstein e arrivava al Rittersprung. Trovai anche il torrente che avevo seguito dopo la mia scorpacciata di frutti di bosco. E poi, quando il torrente incrociava la strada per l'Himmelreich, il punto dove avevo incontrato la ragazza fantasy. Lo segnai e cercai di trovare il posto in cui avevo visto Betje mentre raggiungevo Hiltrud e il corpo di Hürlimann. Mi resi conto che non doveva essere lontano da quello in cui avevo incontrato la figlia di Karsten. Sulla cartina mi rimaneva ancora da individuare il riparo. Ripensai da dove arrivavo quando mi ero imbattuta nel torrente e sulla mappa scorsi un triangolo giallo. Un triangolo che si ripeteva in diversi punti. Forse era il simbolo per "accampamento", magari Karsten ne aveva creati alcuni per il suo corso di sopravvivenza nel bosco. Valeva la pena tentare, decisi.

Mi allacciai le scarpe da trekking e mi incamminai. Era di nuovo una bella giornata, il sole splendeva e mi fece piacere inoltrarmi nell'ombra del bosco alle spalle del parcheggio. I raggi si infrangevano tra i grossi rami degli abeti, disegnando a terra sul muschio strisce chiare e scure. Nella boscaglia c'era un gran fervore di attività: uccellini che svolazzavano, topolini che guizzavano tra le foglie secche, scoiattoli che sgattaiolavano su per i tronchi, cedronelle che ballavano su campanule celesti. Adesso il bosco aveva proprio l'aspetto vantato dagli enti per il turismo della Foresta Nera: riposante e allegro, saturo di odori e rinfrescante.

Arrivai ben presto al torrentello e ne risalii il corso cercando un grosso faggio. L'erba vicino all'acqua era umida e vi scorsi impronte fresche che risalivano anch'esse. Erano all'incirca della stessa misura delle mie scarpe, perciò poteva senz'altro averle lasciate Betje. Le seguii finché non si allontanarono dal torrente e dopo un paio di passi si persero nel suolo del bosco ricoperto di aghi d'abete. Infine trovai il faggio e sotto di esso Betje. La ragazza stava accoccolata tra due grosse radici, la testa appoggiata sulle ginocchia e nascosta tra le braccia. Quando si accorse di me, alzò gli occhi ma subito riabbassò la testa. Era disperata.

"La ragazza fantasy, è per questo che sei venuta nella Foresta Nera, vero?"

Procedevo alla cieca tra tentativi ed errori, ma quando rialzò il capo per guardarmi, seppi di avere imboccato la strada giusta.

"Vi siete conosciute ad Amsterdam?"

La testa tornò a sparire tra le braccia e attesi, ma non successe nulla. Non voleva parlarne.

"Perché non è qui? Ti ha lasciata?" La sola risposta fu un unico singhiozzo. "Ha un nome?"

"Inch El Re." A voce bassissima, senza alzare il capo.

"Inch cosa? È il suo vero nome?"

Un'alzata di spalle, nient'altro.

"È tornata da suo padre?" insistetti.

"Da quell'idiota?" Finalmente alzò la testa e mi guardò. "Quello che sbatte gli altri nel bosco per farne dei veri uomini? Mai e poi mai. Lei quello sciovinista lo odia. Quando era bambina l'ha costretta a passare la notte da sola nel bosco. Prova di coraggio, perché si temprasse, pensa un po'."

"Ma allora perché è tornata qui? Che cosa cercava nel bosco?"

"L'illuminazione interiore, l'origine della vita, è un tipo molto spirituale," elencò Betje, poi la sua espressione si offuscò e sibilò: "Traditrice, misera traditrice."

"È stata lei a informare il padre della vostra operazione per liberare il maiale?"

Invece di una risposta, sulle sue guance cominciarono a scorrere lacrime sporche di nero. Di nuovo nascose la faccia. Il tradimento si riferiva a qualcosa di più di quella sola impresa. Niente fa così male come essere respinti in amore. E chi non ha il suo fardello da portare? Tirai fuori dalla tasca dei pantaloni un fazzoletto di carta semiusato e glielo porsi. Senza alzare il capo, me lo strappò di mano e si soffiò il naso con forza.

Immaginai quella ragazza fantasy dall'abbigliamento bizzarro vagare nel regno del padre, cercando di non farsi vedere da nessuno. Si vestiva da essere misterioso per staccarsi da lui e allo stesso tempo cercava la sua vicinanza. I legami di famiglia! Sempre complicati, quasi mai privi di contraddizioni. Anch'io avrei potuto dire la mia al riguardo.

"Ma perché non hai parlato a nessuno della vostra relazione?"

"Lei non voleva," sussurrò con voce appena avvertibile.

Un'altra che con la fissa per la segretezza! "È maledettamente difficile, quando sei innamorata," continuai. "Perché in realtà lo si vorrebbe gridare ai quattro venti. Con tua madre hai taciuto. Anche con Oliwia?"

"Oliwia mi ha capita senza che dovessi fare il nome di Inch," rispose Betje, alzando di nuovo la testa. "Con lei potevo parlare della mia disperazione come con nessun altro."

Due anime affini che si erano trovate. Due persone che si erano fidate in fretta l'una dell'altra. "E Oliwia ti ha confidato a sua volta per quale motivo fosse disperata?"

"Nel suo ambiente c'erano persone cattive che non volevano lasciarle la libertà di decidere da sola."

"Persone cattive? Quali persone cattive?" domandai eccitata.

"Nelle nostre conversazioni non siamo mai scese nei dettagli della quotidianità," dichiarò come se dovessi saperlo. "Ci muovevamo su un piano spirituale, perché l'anima può essere libera solo se si allontana dalla sua ristretta visione del mondo."

"Ma l'anima liberata non ha fatto nomi di persone o luoghi in cui ha incontrato queste persone cattive?"

"Perché, non credi che mi ci stia spaccando la testa da quando è stata uccisa?" ribatté Betje ferita. "Se soltanto almeno una volta fosse stata un po' più concreta! Così forse ci sarebbe una traccia che conduce ai suoi assassini."

"Ti aveva parlato di George?"

"George?" Scosse il capo, poi si fermò come se all'improvviso le fosse venuto in mente qualcosa e mi chiese: "È così che si chiama? Il suo biglietto per la libertà? È il modo in cui l'aveva definito. Come un incontro predestinato, una possibile svolta per il meglio."

Oliwia non avrebbe potuto esprimersi un po' più chiaramente? Anche con le persone che lasciava avvicinare, aveva sempre tenuto la sua vita sottochiave.

Rimanemmo sedute per un po' sotto il faggio una accanto all'altra, ognuna persa nei propri pensieri, finché a un certo punto Betje tirò fuori la sua voce argentina per chiedermi come sapessi di Inch El Re.

Glielo raccontai.

"E come fai a sapere che è la figlia di quel fuori di testa del Rittersprung?"

"Ha una sua foto da bambina sulla scrivania. L'ho riconosciuta dalla faccia rotonda e dalla fessura tra i denti."

"Una foto? Davvero?" La cosa la sorprese. "Perché una foto da bambina e non una recente?"

"Fammi una domanda più facile."

"In realtà volevo rimanere qui fino al suo ritorno." Respirò a fondo, combattendo di nuovo con le lacrime, poi proseguì rassegnata: "Ma non tornerà. Lo sai, volevo salvare il nostro rapporto, era diventato difficile già ad Amsterdam. Perché nessuno ti dice mai com'è complicato l'amore?"

Sgorgarono nuove lacrime, che si asciugò con il dorso della mano. Presi dalla tasca l'ultimo fazzoletto e glielo porsi. Si soffiò il naso con forza, poi disse: "Inch non sopporta la vicinanza, ma l'amore è questo! Stare vicini all'altro."

"Una volta anch'io stavo con uno che non sopportava la vicinanza," le rivelai. "Quando si sentiva soffocare, tagliava la corda, si cercava un lavoro all'altro capo del mondo. Giappone, India. Ci ho messo un bel po' prima di capire che non potevo trattenerlo."

"Stai ancora con lui?"

"No."

"E ti manca?"

"Qualche volta. Però non mi fa più così male."

"Il tempo guarisce tutte le ferite?" La sua risata argentina era colma di incredulità.

"No. Però è un fattore da non sottovalutare nel processo di guarigione."

"Non è una consolazione in questo momento."

"Lo so. Allora, che cosa pensi di fare?"

"Assolutamente non incontrare mia madre."

"Ha trovato la lettera interrotta a metà sotto il tuo letto. Pensa che fosse indirizzata a Oliwia. È spaventata da morire, è convinta che tu abbia ammazzato Oliwia e adesso crede che voglia fare del male anche a te stessa."

"Ossignore!" Betje spalancò gli occhi. "Ma come le è venuta in mente un'idiozia simile?"

"Sui tuoi sentimenti non hai aperto bocca. Non le hai mai parlato di Inch El Re."

"Perché non sono affari suoi."

"Sono d'accordo con te. Però in questo caso non avresti dovuto approfittarti di lei per il viaggio. Era così contenta di passare del tempo con te, di potersi di nuovo riavvicinare a te. E invece... i tuoi erano solo falsi pretesti."

"Adesso sì che non ho per niente voglia di tornare all'Himmelreich." Si scostò cocciutamente da me.

"Mareike informerà la commissaria della tua scomparsa, le parlerà della lettera e così via," proseguii. "Se poi accenna anche alla tua presunta volontà di suicidarti, la Hodapp dovrà far perlustrare il bosco con un grande spiegamento di forze."

"È davvero fantastico, lo scenario dell'orrore che sai evocare," mi sfotté.

"La cosa migliore è che torni e racconti tutta la faccenda a tua madre, perlomeno a grandi linee, prima che la Hodapp sguinzagli i segugi. Se vuoi, ti accompagno."

"Non se ne parla!"

Dopo di che non aprì più bocca. Certo, la prospettiva di dover chiarire qualcosa alla propria madre quando ci si vuole nascondere da tutti non è piacevole, ma rimanere nel bosco non era un'alternativa per lei, di questo ero sicura.

"Su, avanti, andiamo," decise dopo un po', alzandosi. "Però all'Himmelreich ci torno da sola. Non ho bisogno di una scorta."

Così mi sedetti su una panchina vista Murgschifferwald nel bosco sopra il parcheggio, e prima di rientrare aspettai un quarto d'ora.

All'Himmelreich mi accolse una Hodapp visibilmente stizzita. "È questo che intende lei per raccogliere informazioni?" mi apostrofò. "Perché non mi ha telefonato?"

Il gong della cena mi esentò da una risposta. Indicai la sala da pranzo e la piantai in asso. Ma che cosa credeva? Che le avrei fatto un rapporto ogni ora? Se voleva prendermi a bordo, doveva lasciarmi procedere a modo mio e permettermi di trarre da sola le mie conclusioni.

Dalla porta, Adela mi chiamò a gesti. In segno evidente di riconciliazione, Rüdiger sedeva di nuovo al nostro tavolo. In alternativa al centrifugato di spinaci o di crauti, quella sera ci aspettava una caraffa di nettare di lamponi. Peggy venne ad annunciarci che quello sarebbe stato il nostro ultimo pasto di purificazione e che l'indomani avremmo interrotto tutti il digiuno con una mela. Parlò con entusiasmo dell'aroma delle mele e dell'esplosione di gusto che si sarebbe diffusa nelle nostre bocche appena avessimo addentato la succosa polpa del frutto e ne avessimo avuto sotto i denti la buccia dura. Poi ci elogiò tutti per la capacità di resistere in condizioni davvero difficili. Augurò a ognuno di noi un buon ultimo pasto di purificazione e sullo stato attuale delle indagini non spese una parola. Forse per non mettere in agitazione gli ospiti, o forse perché molto semplicemente non c'erano novità da riferire.

Pregustando il nettare di lamponi, cominciai a versarmi un bicchierino di centrifugato di crauti, intimando a Adela e Rüdiger, che si erano serviti subito generosamente del nettare, di lasciarmene un po'. Le attività della giornata insieme alla sofferenza del digiuno mi avevano spossata, al punto che sarei volentieri andata subito a letto. Ma Adela, che non era per niente stanca e sprizzava energia, voleva a tutti costi sapere come fosse andato il mio incontro con George MacGuffin.

"Si chiama davvero così?" proruppe Rüdiger, incredulo. "Come il MacGuffin inventato da Hitchcock? Ogni storia, secondo lui, ha bisogno di un MacGuffin, un mistero, un plot. Può anche far rizzare i capelli, l'importante è che il MacGuffin sia credibile. Truffaut ha intervistato a lungo Hitchcock nel suo celebre libro."

"Ma questo non ha niente a che fare con il nostro MacGuffin," lo frenò Adela, dedicandomi tutta la sua attenzione. "Dunque?"

Le riferii a grandi linee quello che avevo scoperto, sentendomi una specie di Sisifo, che faceva rotolare la pietra in cima alla montagna solo per vederla tornare giù. Perché tutte le informazioni nuove non ci facevano fare veri passi in avanti, suscitavano solo nuove domande. Da nessuna parte vedevamo una traccia promettente per chiarire la morte di Oliwia.

"Tu almeno hai fatto progressi?" chiesi a Adela. "Che mi dici di Raisa Bolshakova?"

"Con il suo fuoristrada mi ha seminata," ammise mortificata. "A metà del Langenbach ha svoltato in uno sterrato. Salita ripida, tutta pietre e sassi. Avrebbe rovinato la mia bella auto, rotto le sospensioni o peggio."

Avevo già visto la Bolshakova rientrando. Ancora una volta sedeva al suo tavolo da sola, beveva, leggeva e non alzò lo sguardo neppure quando la fissai piuttosto a lungo.

"Però perlomeno è arrivato il tossicologico," mi informò Adela. "Hürlimann è morto per un'overdose di digitale. In effetti soffriva di cuore e prendeva un farmaco che ne conteneva. Potrebbe trattarsi di un'overdose volontaria, per questo la Hodäpple non esclude il suicidio." Alzò gli occhi al cielo incredula. "E come avrebbe fatto una volta morto a lasciare la mia stanza? È improvvisamente risorto o che? Che mi faccia passare per una testimone inattendibile mi fa una rabbia!"

Altre domande. Ma perché non si riusciva a chiarire almeno quella morte? Mi alzai a fatica e salutai. Fuori cercai Peggy, uno dei suoi massaggi rilassanti mi avrebbe fatto bene. La trovai nel suo ufficio, con lei c'era la Hodapp. Peggy si sfregava le mani, sembrava tesa, l'espressione della Hodapp era impenetrabile come quella della Bolshakova.

"Hai tempo per un massaggio, oggi?" chiesi.

"Direi di no," rispose al suo posto la Hodapp, invitandomi a chiudere la porta una volta uscita.

Per riflettere sull'intera vicenda mi mancava la freschezza mentale del giorno prima. Mi trascinai nella mia stanza e mi stesi sul letto anche se fuori c'era ancora luce. Non ricordavo quando fosse successo l'ultima volta.

Quando mi svegliò il cellulare, fuori era buio pesto. Al telefono era Arîn.

"Di' un po', stavi già dormendo?" si stupì. "Non è neanche mezzanotte."

"Qui abbiamo altri orari," mormorai.

"Volevo solo dirti che è andato tutto bene," disse. "Ottima atmosfera in cucina, ottimi clienti, tutto alla grande. Holger e io siamo di nuovo un cuor solo e un'anima sola, chiedi pure a lui."

"Da voi non mi aspettavo altro." Mi misi a sedere e mi

accorsi di essermi addormentata vestita. "Domani il digiuno finisce. Per colazione abbiamo una mela."

"Meglio di niente," rise lei. "Non voglio farti venire l'acquolina in bocca raccontandoti cosa mangiamo noi alla fine del Ramadan. E a proposito di Ramadan, cosa combina la ragazza curda?"

"Ebru è svenuta di nuovo," le raccontai. "L'ho portata in camera sua. Una stanzetta spoglia per i dipendenti, arredata con il minimo indispensabile. Sopra il suo letto c'è un poster della costa del Mar Nero. Bel posto, molti noccioli. Mi ha detto dove si trova, ma l'ho dimenticato."

"Ordu?" suggerì Arîn.

"Esatto!" confermai stupita. "Ma tu come...?"

"A Ordu ci sono enormi piantagioni di noccioli. Per il raccolto ogni anno ci si trasferiscono migliaia di poveri stagionali, anche molte famiglie curde. Lavori malpagati, condizioni miserevoli, sfruttamento minorile, ripetuti incidenti non di rado mortali, alloggi schifosi, una vera indecenza," elencò Arîn. "Il tutto perché l'industria dolciaria possa continuare a produrre cioccolato alle nocciole a buon prezzo. Mio zio Tarik ci ha lavorato un paio d'anni. Come faceva di cognome? Delbaz? Magari mio zio conosce la sua famiglia." Stupita, aggiunse: "Ma perché ha appeso un poster di Ordu?"

"Forse perché lì ha dei bei ricordi?"

"Ma non farmi ridere. Sarebbe l'eccezione che conferma la regola?" sbuffò Arîn. "Questo soggiorno deve davvero essere una figata, se vuoi rimanere sino alla fine," continuò cambiando argomento. "E il tuo braccio come va?"

"Meglio. Al mio ritorno potrò di nuovo prenderti a coltellate."

"Oh, no, ti prego, ho già tre belle cicatrici," gemette teatralmente. "Al confronto con il Giglio Bianco, Ordu è il paradiso. Eppure si dice che nel ricco Nord sia tutto migliore."

"Sei diventata troppo impertinente," scherzai stando al gioco. "Aspetta solo che torni, allora sì che potrai dire addio alla dolce vita."

Quel bisticcio mi divertiva. Era bello vedere come la piccola e timida curda avesse acquistato sicurezza negli ultimi anni. "D'accordo, allora stammi bene. E salutami tutti," conclusi.

Ora ero di nuovo sveglia. Mi alzai e bevvi un bicchier d'acqua. Sentendo delle voci, uscii in balcone e vidi Britt andare verso il parcheggio affiancata da due uomini in divisa. Li seguiva la Hodapp, che stava telefonando. Peggy, sulla soglia, rimase a guardarli, anche molto tempo dopo che i quattro erano stati inghiottiti dal buio e in lontananza si sentiva ululare una sirena.

Primo giorno di accumulo

Da oggi si comincia a preparare il corpo a riprendere l'assunzione di cibi solidi, ma badando a evitare ancora quelli particolarmente grassi, grassi animali e caffè, che in questa fase sovraccaricherebbero ancora troppo l'organismo. Due litri minimo di acqua e tisana sono ancora un must. Sono concessi anche latticello o yogurt, ma in quantità moderata. È anche possibile consumare fino a un senso di sazietà piatti a base di verdure e cereali, che sono facilmente digeribili.

Non voglio affermare che quando mi vestii la mattina dopo i pantaloni mi ballassero sui fianchi, però mi stavano così larghi che, se fossi stata in un negozio, avrei preso una taglia più piccola. Dovevo aver perso dai due ai tre chili. Meglio di niente. Quella nuova leggerezza mi risollevò il morale, come se avessi ottenuto qualcosa di veramente irraggiungibile, il che era una vera fesseria. Ma a parte lo smoothie e la piccola abbuffata di frutti di bosco, avevo resistito davvero. Per una cuoca era una vera impresa. D'altra parte, era vero che avevo avuto abbastanza "distrazioni".

In sala da pranzo ci attendeva l'ennesima variante di tisana, e per ciascuno una bella mela rossa alla Biancaneve e un coltellino per sbucciarla. Per chi non se la sentiva ancora di assumere qualcosa di fresco, ci informò Peggy, che per festeggiare quella giornata era seduta a colazione con noi, c'erano anche mele cotte e passate. La variante in purea, per essere precisi, fu scelta soltanto dagli Hallstett.

Adela aveva già tagliato la sua mela a piccoli spicchi e adesso stava togliendo il torsolo, Silv e Dorette guardavano le loro come se prima di mangiarle dovessero fare un po' di raccoglimento, la Bolshakova ignorava la sua, sfogliando il suo librone come se fosse più importante. A me bastò la sua vista per sentire l'acquolina in bocca e l'addentai così di gusto che mi colò un po' di succo sul mento. Bella soda, un po' troppo poco acida, il gusto leggermente di prugna Mirabelle e un tocco di limone, diagnosticai competente masticando a lungo e con cura.

Mentre ciascuno celebrava il proprio rituale personale, nelle conversazioni imperversavano le voci su Britt. La notte prima l'avevo vista mentre veniva portata via dalla Hodapp; adesso tra un morso e l'altro le chiacchiere attorno ai tavoli ruotavano sul perché. Un video in rete, che la vedeva coinvolta in un'operazione violenta e illegale per la liberazione di animali nel Meclemburgo, l'aveva catapultata nel ruolo di sospettata principale. Nelle chat della scena della liberazione, dove lei postava le proprie azioni con il nick di Tigerlilli, si era fatta notare per i suoi commenti radicali carichi di odio. In rete si presentava come una persona capace di passare sopra un cadavere per i propri ideali. Il che però non significava in alcun modo che lo avrebbe fatto davvero. Tuttavia, secondo la Hodapp – ci riferì Rüdiger che ne era informato non si sa bene come – un testimone aveva visto Britt seguire di nascosto Oliwia al mattino presto dopo la sfortunata operazione. No, non era stato lui, lui aveva dormito il sonno dei giusti, ci assicurò, e tutti – a eccezione di Raisa, che come al solito taceva – annuirono con foga assicurandosi reciprocamente di non essere quel testimone misterioso.

"Britt sospettava di Oliwia già quando, dopo l'operazione, eravamo ancora fuori dall'Himmelreich," spettegolò Dorette. "E naturalmente l'ho riferito alla commissaria."

"Ci sospettavamo a vicenda," la contraddisse Betje, che adesso sedeva di nuovo al tavolo con la madre, visibilmente sollevata. Aveva perso la sua solita aria cocciuta, ma sembrava pur sempre infelice.

"Di sicuro la commissaria ha accesso anche ad altre fonti che noi non conosciamo," intervenne Rüdiger. "Non ha certo fermato Britt senza motivo. Britt non è la prima vegana che va fuori di testa. In fin dei conti sappiamo tutti dove possono portare una rabbia cieca e un'ideologia che si spaccia per redentrice. Dovremmo essere contenti che la polizia faccia il suo lavoro e goderci questi ultimi giorni senza morti e omicidi."

Dovevo ammettere di non aver mai preso Britt in considerazione come assassina di Oliwia. Eppure, lo sapevo sin troppo bene, non si deve mai trascurare nessuna traccia. Rüdiger aveva ragione: di sicuro la Hodapp non l'aveva fermata senza motivo.

"Non è stata Britt." La voce delicata con la R moscia ci zittì.

Tutti fissammo la Bolshakova, sorpresi. Nessuno aveva previsto il suo intervento, e anche allora si limitò a quell'unica frase senza fornire ulteriori spiegazioni. Quindi si alzò, chiuse tranquillamente il libro, intascò la mela e uscendo respinse ogni domanda sul come e il perché con espressione stoica.

"Una vera diva," si irritò Dorette, non appena la Bolshakova fu sparita. "Butta nella stanza un commento al fulmicotone e toglie il disturbo. Io non ci credo, è tutta scena."

Quel poco che la Bolshakova mi aveva detto e il suo comportamento lasciavano intuire che sapesse qualcosa di decisivo sul conto di Oliwia, ma che lo tenesse per sé. Finora aveva taciuto su ogni speculazione attorno alla sua morte, senza contare che era una persona poco incline alle reazioni a caldo. Per questo la sua osservazione in pubblico mi sorprendeva: doveva aver avuto una ragione per esporsi in quel modo. Ma quale?

Mentre ci riflettevo sopra, gli altri continuavano a discutere accavallando osservazioni sulla Bolshakova, su Britt e sulla situazione in generale. E come in un vero dramma teatrale, nel dibattito seguì l'entrata in scena di una nuova attrice che nessuno aveva previsto, e la cui apparizione ammutolì l'intero gruppo.

Britt aveva l'aria stravolta, i capelli corti ritti sulla testa, la T-shirt con uno strappo che le penzolava sul corpo sottile, gli occhi in cui ardeva una ferma risolutezza. Tutti gli sguardi in sala la seguirono fino al suo tavolo, dove prese la mela, la strinse tra le mani e poi, con una rotazione esperta, la spezzò tenendone una metà in ogni palmo. Rimase lì addentandone un pezzo e stritolandone la polpa tra i denti.

"Siete sorpresi che sia di nuovo qui, vero?" Insieme ai semi sputò nel piatto anche la sua indignazione. "E dire che ero un così bel capro espiatorio. Vegana radicale spara alla traditrice, era così che ve la siete immaginata, giusto?"

Fece scorrere lo sguardo tutto attorno in modo tale da indurre ognuno di noi ad abbassare il proprio. Ci fissava con scherno e disprezzo. Niente incertezza, niente dubbi, niente più ricerca di un alleato come durante la nostra conversazione all'Haselbach. Sola contro tutti, aveva preso la sua decisione.

"Posso bene immaginare chi di voi abbia tirato fuori quelle vecchie storie su di me in rete." Fulminò Rüdiger, e se uno sguardo potesse uccidere, lui sarebbe morto sul colpo. "Non avrei mai creduto di dover elogiare il lavoro della polizia tedesca," continuò cambiando argomento, poi si infilò in bocca il resto della mezza mela e lo ridusse in poltiglia. "Però," continuò dopo aver deglutito, "non contano le voci e i falsi sospetti, ma solo i fatti. E i fatti dimostrano che non ho ucciso Oliwia."

"Puoi raccontarci quello che vuoi," sbottò Rüdiger, raccogliendo la sfida, "ma se ti avessero rilasciata soltanto per mancanza di prove?"

Gli sguardi corsero da lui a Britt e ritorno, nessuno fiatò. L'atmosfera nella sala era esplosiva, e non ero la sola a sperare che Rüdiger tenesse la bocca chiusa e che Britt mettesse presto fine alla sua esibizione. Lei, però, non intendeva lasciare la scena tanto in fretta. Già durante la nostra conversazione al torrente si era ribellata all'idea di diventare il capro espiatorio, ed era esattamente quello che era accaduto. Che avesse attirato i sospetti su di sé come in una profezia che si avvera da sola o che davvero Rüdiger avesse scovato in rete qualcosa su di lei o che gli uomini della Hodapp avessero trovato prove a suo carico, probabilmente soltanto la commissaria avrebbe potuto dirlo. In ogni caso Britt aveva trascorso una notte in guardina, le erano state contestate vecchie storie, si era dovuta giustificare e difendere. Si sentiva tradita, umiliata e abbandonata. Voleva soltanto sfogarsi? Oppure seguiva la vecchia regola per cui la miglior difesa è l'attacco?

"E adesso avete un problema, gente," continuò. "Dal momento che non sono stata io, deve essere stato uno di voi." Puntò volutamente il dito contro ognuno di noi, anche su di me. "Cercatevi un nuovo capro espiatorio, io non sono più disponibile. Ne ho abbastanza. Me ne vado."

Prese la seconda metà della mela, alzò la testa e marciò verso la porta. Sarebbe stata sicuramente un'uscita di scena muta, se in quel momento non avessero squillato due cellulari. Uno era il mio, l'altro quello di Peggy. Perciò Britt non uscì dalla sala da sola, ma con Peggy e me. "Chiamata in arrivo: Luc," lessi sul display. In genere ci telefonavamo soltanto di sera.

"È successo qualcosa, *chéri*?" gli chiesi uscendo in terrazza.

“*Non, non.* Però è bello sentire la tua voce,” tubò lui in tono molto sollevato. “Credevo già di trovarti morta di fame. Sono giorni che non ti fai sentire.”

Davvero? Non che di norma ci telefonassimo ogni giorno, ma da quando era stato trovato il cadavere di Oliwia, in effetti lo avevo chiamato di meno. Non volevo mentirgli, ma non volevo neppure parlargli dell’omicidio, il mio era un bel dilemma.

“Sono viva e vegeta e ho rispettato il digiuno tranne due piccole scivolate,” gli raccontai allegra. “Oggi per colazione abbiamo avuto una mela e fra due giorni la terapia sarà conclusa. La tua offerta è ancora valida?”

“*Mais oui!*”

“Ho deciso per Wohlfahrt. Una cenetta a due da Wohlfahrt!” Misi nella voce tutto l’entusiasmo di cui ero capace, ma senza troppo successo. In qualche modo Luc sembrava lontanissimo, e anche il suo invito, anche Wohlfahrt, sembrava appartenere a un’altra vita. “Spero che con così poco preavviso tu riesca ancora a trovare un tavolo libero,” aggiunsi.

“Stai bene?” mi domandò preoccupato. “Hai una voce strana.”

Luc non sapeva ancora niente dell’omicidio, altrimenti mi avrebbe fatto domande al riguardo, capii. In linea di massima mi ero attenuta alla mia promessa. Non mi stavo immischiando nelle indagini, non mi stavo mettendo in pericolo, ma allo stesso tempo volevo sapere chi avesse ucciso Oliwia e portavo avanti le mie ricerche. Con il mio silenzio camminavo sul filo del rasoio tra verità e menzogna, però avrei preferito parlarne con Luc di persona, meglio una volta che fosse tutto finito. La probabilità che lui venisse a sapere dell’omicidio o degli omicidi era minima, calcolai. Per la stampa alsaziana un delitto nella Foresta Nera poteva meritare al massimo un trafiletto, e forse non ci sarebbe stato neppure quello. Tanto più che lui non era così assiduo nel leggere i giornali, nel guardare i notiziari o nell'usare il cellulare. Perciò se Martha non avesse spifferato…

"Non preoccuparti," cercai di tranquillizzarlo. "Il digiuno indebolisce l'organismo, qualche volta la circolazione ne risente, ma da oggi abbiamo ricominciato con l'alimentazione solida. Fammi sapere se riesci a prenotare, d'accordo?"

"Non sarai mica svenuta?" si allarmò. "Eppure te l'avevo detto subito che dovevi lasciar perdere questa storia del digiuno."

"Luc! Sto benissimo!" lo rassicurai.

Sbuffò, borbottò ancora un po', poi chiese: "Per caso hai qualche tresca con un altro ospite?"

"No," risposi divertita. "Nessuno degli uomini che sono qui è alla tua altezza, *chéri*. Però ci sono donne che meritano. Una russa che si interessa alla differenza tra cucina sefardita e cucina ashkenazita e una svizzera capace di raccontarti perché dalla Rivoluzione francese in poi gli uomini indossano completi, e poi una vegana…"

"Ferma, ferma, ferma!" mi interruppe ridendo a sua volta. "Sembra terribilmente noioso, ma molto riposante. La cosa mi tranquillizza moltissimo."

Lo lasciai cullare in quell'idea, ma quando chiusi la telefonata e posai il cellulare sul tavolo, mi sentii comunque un po' meschina. Era vero che non gli avevo mentito, ma non gli avevo neppure detto tutto.

Britt doveva aver messo le sue cose in valigia alla velocità della luce, perché quando rientrai in casa, la trovai che mi veniva incontro con il suo trolley. Alla reception mi ricordai di aver dimenticato il cellulare e tornai in terrazza, e la vidi correre con la valigia diretta al parcheggio. Sparì dal mio campo visivo per riapparire subito dopo, con la Hodapp e un bel po' di altri agenti.

"Raduni tutti gli ospiti in sala da pranzo," mi ordinò la commissaria da lontano. "Presto, su, si sbrighi," aggiunse vedendo che non reagivo all'istante. "E non dimentichi il personale."

Feci come mi aveva detto, informai tutti quelli che trovai nell'atrio e pregai una Peggy impallidita di avvertire anche gli altri ospiti, oltre a Hiltrud ed Ebru. Subito dopo arrivò la Hodapp con il suo seguito e prese il comando.

"C'è stato un altro morto," ci comunicò quando fummo tutti riuniti. Sembrava esausta e infinitamente arrabbiata, ma si sforzava di mantenere un tono professionale. "Un'ora fa è stato rinvenuto il corpo di Karsten Heinemann, il titolare del Rittersprung. I colleghi vi interrogheranno a questo proposito. Per cortesia, lasciate i cellulari sul tavolo e spegneteli. Aspettate il vostro turno e nel frattempo non parlate tra di voi. Il collega Reiter vi terrà d'occhio."

"Be', allora io sono di sicuro fuori discussione," annunciò Britt che si era fermata con il trolley nei pressi della porta. "Ho un alibi a prova di bomba. Non posso avere ucciso quell'assassino di animali, perciò me ne vado."

"Come le pare," sbuffò la Hodapp. "Nel caso, in seguito verrà convocata dal magistrato inquirente, e sarà obbligata a presentarsi." Quindi, lasciando perdere Britt, la commissaria si rivolse a me. "Venga con me."

La seguii fuori, passammo dalla reception e andammo in biblioteca.

"Ieri sono andata a letto subito dopo cena e mi sono addormentata immediatamente," le dissi senza aspettare la sua domanda, immaginando che volesse chiedermi appunto quello. "Poco prima di mezzanotte mi ha svegliato la mia cuoca, Arîn Kalay. Abbiamo parlato di lavoro. A quel punto ero di nuovo sveglia e l'ho vista andare via con Britt. Poi sono tornata a dormire. Non ho notato altro per tutta la notte. Stamattina mi sono svegliata, ho fatto colazione, ho assistito al ritorno di Britt, ho appena parlato con il mio ragazzo, fine." Solo una volta assolto quell'obbligo mi resi conto di essere scioccata. Hürlimann, Oliwia e adesso Karsten. "Non capisco! Ho parlato con lui proprio ieri mattina. Presumo che non sia stato un incidente."

La commissaria scosse la testa, poi mi intimò: "Ho bisogno di tutte le informazioni che posso trovare su quell'uomo. Lei gli ha parlato almeno due volte. Mi racconti con la massima precisione. Si concentri! Registrerò tutto."

Ripensai alla nostra prima conversazione, quell'incontro casuale nel bosco, la storia della dieta paleo, il modo brusco con cui aveva trattato Ueli, l'ex di Dorette, la sua filosofia sul tema "Quand'è che un uomo è un uomo?", per citare un vecchio brano di Grönemeyer.

La Hodapp annuiva impaziente, non le stavo rivelando nulla di nuovo. "Le ha davvero versato il sale nella minestra all'esame finale della scuola per cuochi?" mi domandò, più per curiosità che perché fosse rilevante per le indagini.

"Non è una cosa infrequente agli esami di cucina. La concorrenza tra i fornelli è enorme," spiegai. "Però mi ha fatto arrabbiare tremendamente che fosse successo a me e che non avessi tenuto d'occhio proprio Karsten Heinemann."

Ricordando che lei doveva tener d'occhio tre cadaveri, ritornò sull'argomento della nostra conversazione.

Le raccontai del nostro secondo colloquio nell'ufficio di Karsten. Di Putin e di Nico Richter, della degustazione di whisky, della sua insinuazione che Peggy avesse mandato Oliwia per demoralizzare la truppa.

"La guerra dei Roses," mormorò la commissaria.

Adesso che Karsten era morto, non poteva più escludere nessuna pista, perciò doveva passare al setaccio anche il rapporto tra i due ex coniugi.

"Ovvio che non perdiamo di vista la signora Heinemann. Ovvio che verifichiamo in che modo ha ottenuto il denaro per liquidare l'ex marito," dichiarò impaziente.

Neanche un accenno se il controllo fosse già stato effettuato e se magari avesse addirittura dato qualche risultato.

"Lei sa già dove ha trovato i soldi Peggy Heinemann?" insistetti cocciuta, ma non ottenni risposta.

Una conversazione davvero a senso unico, per quanto riguardava il passaggio di informazioni. Dissi tutto quello che sapevo e in cambio non mi fu gettato neppure un bocconcino. La cosa mi indisponeva, perlomeno avrebbe potuto riferirmi com'era morto Karsten.

"Hanno sparato anche a lui?"

"Avanti, la smetta di mettermi in imbarazzo, lo sa che non posso rivelarle niente." Probabilmente notò la mia stizza, perché subito dopo aggiunse: "La prego di aiutarmi comunque." La sua espressione prometteva gratitudine eterna.

Tacqui.

"Sulla sua scrivania c'è la fotografia di una bambina," proseguì. "Durante il primo interrogatorio non era rilevante, ma adesso..."

"So chi è."

"Davvero?"

La Hodapp aspettava una risposta, ma non intendevo lasciarmi spremere come un limone senza ottenere niente in cambio. "I suoi colleghi hanno già scoperto qualcosa della vita berlinese di Oliwia?"

Aggrottò la fronte e si appoggiò allo schienale della seggiola. Per quanto il suo viso non tradisse nulla, immaginai che stesse valutando che cosa dirmi o meno.

"Viene da una famiglia russo-tedesca arrivata in Occidente negli anni Ottanta," rispose un po' esitante. "Oliwia è cresciuta a Berlino, nel quartiere di Marzahn, dove vive una numerosa comunità russa. La sua famiglia ci abita ancora. Ha un fratello più grande, due sorelle più piccole, il padre lavora nell'edilizia, in Unione Sovietica era ingegnere, la madre, anche lei ingegnera, al supermercato Mix Markt. Oliwia frequenta la scuola, fa la maturità, vuole proseguire gli studi."

"Era già vegana in famiglia?" mi venne in mente. "Certe ragazze hanno una ribellione alimentare fin dall'adolescenza."

La Hodapp scosse il capo, la famiglia non aveva detto niente al riguardo. Quindi Oliwia doveva aver cambiato alimentazione soltanto durante il periodo in cui faceva la modella o dopo.

"I genitori appoggiano il suo desiderio di frequentare l'università, però non sono in grado di finanziarla," continuò la Hodapp. "Ma prima che Oliwia debba preoccuparsi di chiedere un prestito studentesco o qualcosa del genere, le viene offerto un lavoro come modella ed entra nel mondo della moda berlinese. Torna a casa di rado, spesso nelle sue rare visite lascia una busta piena di denaro, sa che la famiglia è in difficoltà. Da due anni, però, i suoi non hanno più sue notizie. I genitori immaginano che sia finita in qualche brutto giro: droga, prostituzione, le solite cose. Perlomeno le droghe possiamo escluderle, l'autopsia non ha evidenziato tracce di uso recente o passato di sostanze stupefacenti."

"Che cos'ha fatto in questi ultimi due anni?" domandai.

"Non lo sappiamo ancora, però nessuno sparisce senza lasciare tracce. Se ne stanno occupando i colleghi di Berlino. Il lavoro della polizia è certosino e a volte noioso," svicolò. "Adesso tocca a lei. Chi è la bambina della foto?"

Forse era davvero tutto quello che la polizia aveva scoperto sino ad allora, sembrava che Oliwia avesse cancellato bene le proprie tracce.

"Annika," risposi. "Non conosco il cognome. La figlia di Heinemann da una relazione precedente il matrimonio con Peggy. Oggi si fa chiamare Inch El Re e si aggira nel bosco con un costume fantasy armata di arco e frecce."

"Arco e frecce?" mi fece eco sorpresa.

"Ogni tanto si sente dire di ragazzi che si vestono e si comportano come i loro eroi dei libri o dei film. Non ho idea di quale sia il personaggio del mondo fantasy che se ne va per i boschi con cornetti sulla testa e arco e frecce," precisai. A un tratto mi venne in mente un'altra cosa. "Ma Karsten com'è morto?"

"Non posso parlare di un'indagine in corso," ripeté alzandosi. Improvvisamente aveva fretta di sbarazzarsi di me. "Le prometto che sarà la prima cui dirò qualcosa di più non appena mi sarà possibile."

Beato chi ci crede, pensai alzando gli occhi al cielo mentre uscivo dalla stanza.

L'atrio era deserto, la porta della sala da pranzo chiusa, non si sentiva filtrare nessun rumore. Probabilmente in sala il collega della Hodapp faceva attenzione che nessuno parlasse. In quel silenzio si sentivano il cinguettio degli uccelli e lo stridere lontano di una sega, rumori che arrivavano dal bosco attraverso la portafinestra aperta. Aggirai il banco della reception abbandonato e da lì proseguii in terrazza, dove Britt fumava in piedi vicino al trolley.

"Ebbene, hai compiuto il tuo dovere civico?" mi salutò buttando la cenere per terra.

"E tu?" ribattei.

"Rapido e indolore," rispose senza un attimo di esitazione. "Ho capito che alla fin fine era meglio farlo qui in modo da non pensarci più. Con il senno di poi, posso essere felice di aver trascorso la notte scorsa in guardina, altrimenti tutti mi avrebbero sospettato di aver ucciso quell'assassino di animali."

"Non c'è alibi migliore," convenni. "Così sei esonerata da tutto. Vuoi sempre partire?"

"Certo," rispose con un cenno del capo. "Solo che per oggi è troppo tardi. Però ti posso assicurare una cosa: non tornerò tanto presto nella Foresta Nera né a fare una digiunoterapia."

"Sai, non ho mai incontrato Hürlimann, e Oliwia la conoscevo solo di vista," le dissi senza commentare la sua osservazione. "Però in questi ultimi giorni avevo parlato un paio di volte con Karsten Heinemann. Non aveva paura, si sentiva al sicuro nel suo mondo del Rittersprung, e adesso..."

"Quello uccideva gli animali! Non dirmi che ti piaceva."

"Ma questo non c'entra niente," l'apostrofai. "Adesso è morto, è questo che conta."

Britt diede un paio di tiri frenetici, poi spense la sigaretta. "Certo, naturale che è una cosa orribile, non la si augurerebbe al proprio peggior nemico. L'ho visto giusto ieri pomeriggio. Vivo e vegeto. Prima che i miei peccati di gioventù riaffiorassero e dovessi sperimentare dolorosamente che la rete non dimentica. Che cosa non hanno tirato fuori su di me! Ma capisci? Da quando ho questo nuovo lavoro, chatto molto di rado e non sono più attiva nell'Animal Liberation Front, il che non significa però che non condivida..."

"Credevo che Karsten Heinemann non lo conoscessi per niente," la interruppi.

"Infatti, ma naturalmente ho visitato il sito del Rittersprung, e sulla homepage il suo fisico temprato è messo in bella mostra in più di una foto. E a differenza di altri, nella vita vera è esattamente come in fotografia. Sotto la canottiera e i pantaloni da jogging traspare ogni singolo muscolo, quel tipo è sportivo fino alla nausea. Anche da fermo era sempre in movimento. Oh, e tra parentesi, ha parlato con la Bolshakova."

Certo che quella mattinata era piena di brutte sorprese. Prima la notizia della morte di Karsten, adesso che poco prima di morire aveva parlato con la Bolshakova. Al di là della simpatia, quella russa stava diventando davvero inquietante.

"Sul serio?" Mi sforzai di non mostrarmi sbalordita. "E di che cosa discutevano quei due?"

"Certo che ti piace ficcare il naso negli affari altrui, eh?" mi rimproverò con una discreta sfacciataggine.

"Eri troppo lontana e non hai sentito quello che dicevano," dedussi. "Sei proprio sicura di averli visti insieme?"

"Ma certo! Non sono mica cieca," si indignò. "E mi sono stupita, soprattutto perché era la Bolshakova a parlare, mentre di solito non apre bocca."

"Tra l'altro prima, in sala da pranzo, ti ha difesa. Ha detto a tutti che non eri stata tu a uccidere Oliwia."

Britt rimase talmente allibita che non trovò niente da replicare.

"Ma di che cosa parlava la Bolshakova?" ripetei.

"Non sono riuscita a capire molto," ammise. "Qualcosa a proposito di flussi e movimenti. Tornava spesso la parola Küsmich o Kusmach. Heinemann era davvero turbato. Mi è sembrato che la Bolshakova cercasse di spiegargli qualcosa."

"Küsmich o Kusmach," mormorai. "Poteva essere anche Kusmin?"

"Può essere. Non mi interessava, mi aveva soltanto stupito, come ti ho detto." Si strinse nelle spalle. "Comunque non mi sembrava che stessero litigando, nel caso adesso tu voglia appuntare i tuoi sospetti sulla Bolshakova," aggiunse. "Davvero mi ha difesa?" volle sapere. "Quella donna è un bel tipo, non trovi?"

Annuii vagamente, perché i miei pensieri avevano già preso tutt'altra direzione. Se la Bolshakova e Karsten avevano davvero parlato della Kusmin, il loro non doveva esser stato un incontro casuale. Chi era stato dei due a cercare l'altro? Che cosa sapeva la Bolshakova della Kusmin? Non me lo avrebbe detto, immaginai, quanto a informazioni era una che ti lasciava a stecchetto.

"Anche lei è di Berlino, forse è questo a unirle," proseguì Britt, accendendosi un'altra sigaretta. "Vive a Wilmersdorf, nei pressi di Prager Platz, mi ha confidato una volta che era in vena di chiacchierare. Quartiere della borghesia bene, il buon vecchio Occidente."

"Oliwia era cresciuta a Marzahn."

"No! Non ci posso credere. Un'altra berlinese. Non ne ha fatto parola," si meravigliò Britt. "Però mi ha raccontato di aver comprato l'anello con la giada da Leicht nell'hotel Adlon. Un gioielliere raffinato per una persona che proviene da un quartiere non troppo elegante, mi viene da pensare adesso."

Giusto. E avrei scommesso che quell'anello lo aveva comprato negli ultimi due anni. Oppure era stato un regalo? Con chi, da chi aveva vissuto Oliwia negli ultimi due anni? Il primo giorno aveva parlato di una ricerca di introspezione. Quello era il motivo per cui era venuta lì. Voleva chiarirsi le idee a proposito di qualcosa, cambiare vita, allontanarsi dalle "persone cattive", lasciare la Germania. Ero sicura che ne avesse discusso con la Bolshakova, ma quella era muta come una tomba. "La goccia scava la pietra," diceva sempre mia nonna. Decisi di appostarmi nell'atrio e di starle dietro finché non mi avesse parlato.

Al mio ritorno, Peggy distribuiva riviste sul tavolino e sprimacciava cuscini, poi prese due tazze abbandonate da qualcuno. Quando mi vide, sussultò. Per un attimo nei suoi occhi si accese una minuscola scintilla di panico, poi abbassò le palpebre, respirò a fondo e riprese il controllo.

"È stato così brutto?" le chiesi.

"Per piacere, non chiedermi niente, altrimenti mi metto a piangere." Si sfregò le mani sforzandosi di sorridere, ma con risultati pietosi. "Quell'uomo non smette di crearmi fastidi neppure da morto."

"Sai niente di più preciso?"

"E come potrei?" sbuffò. "La Hodapp non si sbottona. Hiltrud mi ha sussurrato di straforo che pare sia successo qualcosa su al Wolfstein. Ma che cosa? Qui nella valle tutti sanno del nostro divorzio tempestoso, ma perché avrei dovuto uccidere Karsten? L'Himmelreich appartiene a me, certo, il Rittersprung mi dà fastidio, ma va be'. Qualche volta mi sono augurata che Karsten si rompesse il collo in uno dei suoi tour di sopravvivenza, ma ogni tanto non abbiamo tutti pensieri del genere? Per fortuna i pensieri non sono letali."

Posò le tazze sul banco della reception e accennò con la testa in direzione della porta della sala da pranzo. "A giudicare dal putiferio che fa la Hodapp, non pare che sia stato un incidente."

"Corre voce che tu abbia ottenuto il denaro per rilevare l'Himmelreich dal gruppo di investimenti Kusmin," azzardai all'improvviso.

"Ma come ti viene in mente di parlare di denaro adesso?" In un batter d'occhi assunse un'espressione glaciale, poi mi chiese: "È stato Karsten a dirtelo?"

Se solo fossi riuscita a ricordare che cosa mi aveva detto lei di preciso sulla Kusmin... Invece mi era rimasto impresso soltanto il nome. "No."

"Già, era proprio scaltro," ammise a denti stretti. "Sparge voci, poi però fa l'innocentino."

"E adesso è morto."

"Se la sua morte ha un vantaggio è che non può più diffondere menzogne simili. Anche da morto non è una persona migliore."

Fece una risata amara. Sembrava pronta a scattare come una pantera. Il mio tiro alla cieca era andato a segno. Ma d'altro canto, chi non è suscettibile sul tema dei soldi? Su questo nessuno ama mettere in piazza i propri affari.

Mentre riflettevo ancora su come scucire a Peggy qualche informazione in più sui finanziamenti per l'Himmelreich, si aprì la porta della sala da pranzo e uscì Raisa Bolshakova. Ci salutò con un secco cenno del capo, andò all'ascensore, premette il pulsante e rimase in attesa dandoci la schiena. Spostai lo sguardo tra Peggy, che adesso stava prendendo le tazze e andava in cucina, e Raisa, che stava entrando in ascensore. Chi dovevo seguire?

La chiave è la Bolshakova, decisi partendo a razzo. Ricordavo che la sua camera era al secondo piano e salii in fretta le scale. Arrivai in corridoio mentre stava chiudendo la porta. Bussai. "Signora Bolshakova, sono io, Katharina Schweitzer," dissi piano. Nessuna reazione. Premetti cautamente la maniglia, ma la porta era chiusa.

Mi guardai attorno. Cinque camere su un lato, cinque sull'altro, tra le porte foto di grande formato di donne con piercing o tatuaggi e l'abito tradizionale di quella zona. Ero indecisa, non sapevo se mi piacevano davvero, però perlomeno davano una bella scrollata all'immagine rigida e polverosa della Foresta Nera e si intonavano perfettamente al centro di Peggy.

Come al mio piano, anche lì nella rientranza davanti alle scale c'erano due poltroncine rosse che rimanevano sempre inutilizzate. Tranne da me in quel momento. Dopo aver fatto su e giù per tre volte nel corridoio, mi sedetti, e oltre alle signore della Foresta Nera, ammirai il tappeto di sisal chiaro con i suoi nodi piccoli e stretti. Era un ottimo punto di osservazione, decisi. Tenevo sott'occhio tutte le porte delle camere e l'ascensore, e inoltre potevo sentire chiunque fosse salito per le scale. Distesi le gambe, mi girai i pollici e attesi.

Dalla stanza della russa non proveniva alcun rumore, nessuno chiamò l'ascensore da sotto, nessun altro ospite rientrò in camera dopo l'interrogatorio della polizia. La stanza accanto a quella di Raisa era di Betje, rammentai, perché era stato proprio sotto la foto della donna con il tipico cappello nero, il rossetto lilla e il piercing al naso appesa tra le due porte che era svenuta Ebru, prima che con Hiltrud la riportassimo nella sua camera. Però non avevo idea di quali altri ospiti soggiornassero a quel piano. Al primo vicino a me c'erano Mareike, Britt e gli Hallstett, al pianterreno, oltre a Adela, avevo visto sparire Rüdiger, Claudia, Inge – due delle tre Grazie – e Dorette. E Oliwia? Pianterreno o lì, al secondo? Non lo sapevo.

Esercitai un po' dita e polso del braccio infortunato e non avvertii più alcun dolore. L'indomani avrei lasciato perdere il tutore che me lo sosteneva, conclusi con un bello sbadiglio.

Esiste qualcosa di più noioso che aspettare? Ma come fanno quelli che devono sorvegliare la gente per lavoro? Giocano in continuazione con il cellulare? Si portano sempre dietro una rivista di sudoku o di parole crociate? Contano le piastrelle o i campanelli dei citofoni? Prima di andare a lavorare si preparano un argomento su cui riflettere mentre tengono d'occhio il sospetto? Oppure riescono ad astrarsi da tutto alla maniera zen, rimanendo allo stesso tempo sul chi va là?

Mi stiracchiai e mi allungai, mi osservai i piedi nudi nelle infradito. Riconobbi che avevo bisogno di mettermi di nuovo lo smalto. Ma che cosa diavolo faceva la Bolshakova nella sua stanza? Continuava a leggere il librone di cucina? E perché le interessava tanto la storia della cucina ebraica? Era ebrea? In quel libro cercava le proprie radici? Oppure era una cuoca dilettante alla ricerca appassionata di nuove sfide culinarie? Comunque non aveva a che fare con la cucina per lavoro, quando glielo avevano chiesto nel giro di presentazione, aveva detto di lavorare in campo assicurativo. Ammesso che fosse vero! E che il libro fosse davvero un libro di cucina.

Mentre me ne stavo seduta così a non far niente e ad aspettare, i miei pensieri saltavano di palo in frasca.... Con tutta la buona volontà, non potevo credere che la Bolshakova fosse andata a dormire. Anche se, a un nuovo sbadiglio, pure a me non sarebbe dispiaciuto chiudere un po' gli occhi.

Tirai fuori il cellulare e guardai di nuovo la foto che mi aveva mandato Arîn. Che Holger tenesse in mano la frusta e lei il coltello era perfettamente adeguato, lui era un tipo lieve e arioso, lei cercava lo scontro. Nessun messaggio dal giorno prima, bene così. Anche se non erano miei figli biologici, a Mareike non avevo mentito. Quei due ed Eva, insieme a Adela e Kuno, erano di fatto la mia famiglia coloniese.

Passai alle foto più vecchie e mi soffermai su una di Eva, la mia fedele *chef de rang*. Uno scatto nella nostra cucina, Eva con baffi neri sul naso e in mano i piatti vuoti da cui aveva appena leccato la ganache al caffè. Amava i dolci ed era sempre di una bellezza mozzafiato, come quando aveva cominciato da me. Né la gravidanza né gli anni avevano cambiato le cose. Mi aveva raccontato molto sul fatto di essere bella. Di come gli altri si facciano sempre catturare dall'apparenza perfetta senza mai pensare alla persona che ci sta dietro. O di quanto sia difficile capire se si è davvero amate o se si è soltanto un trofeo da esibire. Anche Oliwia aveva fatto le stesse esperienze? Per questo cercava un momento di introspezione?

Sentii qualcuno salire le scale e mi raddrizzai.

"Ossignore, ecco dove ti eri nascosta," ansimò Adela. "Ti ho cercata dappertutto." Si lasciò cadere sulla seconda poltrona. "Ma che cosa ci fai quassù?"

"La Bolshakova," sussurrai indicando la porta della sua stanza. "Ci sono novità sulla morte di Karsten?"

"Gli interrogatori individuali sono quasi terminati, dopo di me c'erano ancora Betje e gli Hallstett. L'agente che mi ha interrogata non ha voluto rivelarmi com'è morto Heinemann. Gli ho parlato della Facel Vega, ma ha fatto orecchie da mercante e qualcosa mi dice che anche la Hodapp non ha mosso un dito al riguardo."

"Be', adesso ha altre cose di cui occuparsi," le feci notare. "Tre cadaveri e ancora nessun colpevole, può succedere che non si pensi più a un'auto d'epoca."

"Guai a lei se non mantiene la promessa, altrimenti gliela farò vedere io, te lo assicuro."

Non avevo il minimo dubbio. Se c'era una cosa in cui Adela era maestra era incaponirsi.

"Ma non è per la Facel Vega che sono qui," proseguì. "Rüdiger ha trovato in rete qualcosa su questo gruppo Kusmin. È giù alla reception. Vieni, così vedi anche tu."

Annuii, mi alzai, andai alla porta della russa, bussai di nuovo e, non ottenendo ancora risposta, ripetei: "Signora Bolshakova, devo assolutamente parlare con lei. L'aspetto alla reception." Poi entrai in ascensore con Adela e scesi di sotto.

In preda all'impazienza, non appena ci vide uscire dall'ascensore Rüdiger saltò su dalla sedia, incapace di aspettare che andassimo da lui a sederci. Partì con un panegirico sulla ricchezza di informazioni del World Wide Web, che si rendeva accessibile solo a chi sapeva come cercare.

"Adesso fa' un po' vedere a Katharina quello che hai trovato," lo interruppe Adela.

"È interessante che Tolja Kusmin abbia dato al gruppo di investimenti proprio il suo nome. È insolito nelle società che operano in questo settore, perché di regola chi ci sta dietro preferisce rimanere anonimo."

"Su, vieni al punto," lo incitò Adela.

"Come molti russi, anche Kusmin ha un debole per la Foresta Nera. Probabilmente per motivi storici, perché alla fine del diciannovesimo secolo lo zar veniva a Baden-Baden per i suoi soggiorni di cura, Dostoevskij ha perso qui al casinò i suoi ultimi rubli, Rachmaninov..."

"Rüdiger!" Adela lo interruppe nuovamente. "I vecchi russi non interessano a nessuno."

"Ma i nuovi sono ben più interessanti," ribatté lui. "Nel nostro caso, quelli danarosi. 'Il russo compra e fa collezione di alberghi come altri di francobolli senza che la cosa lo interessi realmente', scrive la *Stuttgarter Nachrichten* citando una fonte del settore immobiliare. Lo stesso vale per l'acquisto del Waldeck a Freudenstadt e per quello di altri due alberghi a Baden-Baden e a Baiersbronn. È ovvio il dubbio che siano operazioni di riciclaggio di denaro sporco."

Fece una breve pausa godendosi la nostra piena attenzione. Però quel sospetto non era esattamente una novità, Karsten si era già espresso in quel senso.

"Nel caso di Kusmin, tuttavia, finora non ho trovato alcun indizio," proseguì deludendoci. "Il che non vuol dire che non lo faccia, ma solo che finora non si è fatto beccare," si affrettò ad aggiungere. "Viene da Petropavl, nel nord del Kazakistan. Il Kazakistan è un Paese con immense ricchezze minerarie, come forse saprete: petrolio, metano, carbon fossile, minerali metallici e così via. Kusmin ha fatto i soldi con il metano."

Rüdiger si tolse gli occhiali e controllò che continuassimo ad ascoltarlo, un gesto che di sicuro soleva fare anche con i suoi allievi.

"Ho studiato numerosi rapporti sugli oligarchi dell'ex Unione Sovietica," continuò. "Cordate e contatti con il mondo della politica, dei servizi segreti e con l'ambiente criminale sono la regola. Perché mai Kusmin avrebbe dovuto fare eccezione?"

Rüdiger allargò le braccia e noi aspettammo che andasse avanti.

"Alcuni di questi personaggi amano mettere in mostra le loro ricchezze," continuò. "Prendono il sole su uno yacht al porto di Cannes, vanno a cena sui tetti del Qatar oppure sperperano denaro ai tavoli da gioco di Las Vegas. Invece in rete sulla vita privata di Kusmin non ho trovato un bel niente, la tiene del tutto sottochiave." Prese rapidamente fiato e poi: "Perciò ho preferito approfondire i suoi affari. Se si studiano le acquisizioni immobiliari della sua società, gli alberghi nella Foresta Nera sono briciole, insignificanti, quasi un hobby, un po' come i francobolli di cui dicevo prima. La maggior parte dei suoi affari immobiliari si svolge a Berlino, soprattutto a Wedding e Marzahn, dove rileva interi isolati."

"Oliwia è cresciuta a Marzahn," intervenni.

"Be', a Marzahn sono cresciuti migliaia di tedeschi di origine russa," tagliò corto lui. "Kusmin fa affari lì, ma non si limita alla Germania. Da un anno la sua società si è data anche al *land grabbing*..."

"Ecco il legame con Hürlimann!" fece notare Adela.

"Naturalmente è la stessa cosa che ho pensato anch'io. È quello di cui mi sto occupando, ma finora senza alcun riscontro," replicò lui tornando subito a Kusmin. "In pubblico appare di rado, e in quei casi si mostra come un uomo generoso e mecenate della cultura. Guarda!" Finalmente aprì un file sul tablet e me lo mostrò.

Vidi un articolo della *Berliner Zeitung*. Titolo: "Il benefattore del quartiere". "L'uomo d'affari Tolja Kusmin sostiene sempre i progetti sociali della città," lessi. "Dopo avere già finanziato tre anni fa una sala comune e l'anno scorso un asilo per la comunità russa a Wedding, pare che il suo prossimo progetto andrà a favore dell'intero quartiere: una scuola di cucina in cui bambini e ragazzi impareranno le basi di un'alimentazione sana, oltre a una mensa in cui la gente del quartiere potrà ottenere a buon prezzo un pasto salutare. Vegano convinto, Kusmin ritiene assolutamente necessario offrire al maggior numero possibile di persone, in particolar modo ai meno abbienti, alternative gustose ai prodotti animali."

"Vegano mi sembra esagerato, ma in linea di massima mi pare una buona idea investire i suoi soldi nella cucina sana," osservai. Quindi chiesi: "Kusmin vive a Berlino?"

Rüdiger alzò gli occhi al cielo. "Uno come lui ha case sparse in tutto il mondo, e di sicuro non lo trovi sull'elenco del telefono!"

Ingrandii la foto che raffigurava l'imprenditore vicino all'assessore allo Sport di Berlino. Sebbene arrivasse solo alla spalla del robusto politico, dominava l'immagine. Era un uomo sulla cinquantina, gracile, aveva occhi dal leggero taglio asiatico, i capelli brizzolati, vestiva sportivo-elegante come un italiano o un francese. Sul viso spiccava la bocca piccola ma energica che metteva subito sulla difensiva chi aveva davanti. Era un uomo abituato a ottenere ciò che voleva.

Un kazako di Petropavl. Mi chiesi di dove fossero originarie Raisa Bolshakova e la famiglia di Oliwia.

"Allora? Che ne dici?" Rüdiger si riprese il tablet e si adagiò contro lo schienale della seggiola.

"È grandioso tutto quello che hai scoperto su quell'uomo," mi congratulai, sperando che non notasse la mia delusione. Sarebbe stato troppo bello se Rüdiger avesse trovato un legame tra Kusmin e Peggy, tra Kusmin e Oliwia oppure tra Kusmin e Raisa. Niente, un bel niente. Forse era soltanto un uomo ricco che comprava alberghi come fossero francobolli e l'accenno di Peggy era stato un fatto casuale. Un vicolo cieco, una strada senza sbocco, una tessera sbagliata del puzzle. Io invece non vedevo l'ora di trovare quella giusta, decisiva, che riunisse le altre sparse alla rinfusa in modo che fosse perlomeno intuibile il quadro complessivo.

"Non posso immaginare come ragioni uno che ha così tanti soldi da poter comprare alberghi come se fossero francobolli," osservò Adela prendendo il tablet per studiare la foto di Kusmin. "Occhi glaciali e bocca affilata," constatò. Poi ordinò a Rüdiger: "Devi insistere sulla storia del *land grabbing*. Gli omicidi sono collegati tra loro, l'ho detto da subito."

"Ho ancora un nome per te," aggiunsi io. "Olga Tarassova. Una ricca russa di Baden-Baden. Oliwia era ospite da lei, George MacGuffin l'ha conosciuta a casa sua. E poi anche un club di Berlino che si chiama Jewgraf."

"Tarassova," scandì Rüdiger inserendo il nome nel tablet.

Confermai e poi, allarmata da un rumore, mi girai verso la porta della sala da pranzo, da cui in quel momento usciva barcollando Betje. Occhi rossi, kajal sbavato, disperazione nello sguardo. Abbassò in fretta la testa, si fermò nell'atrio e fece un paio di bei respiri nel tentativo di ritrovare il controllo del corpo tremante. Ci notò solo quando rialzò il capo e venne subito da noi.

"Come hai potuto!" mi sibilò.

"Io?" Non avevo idea a che cosa si riferisse, e poi ci si mise anche il mio cellulare. Mi stava chiamando Arîn. Speravo solo che non fosse qualche altra catastrofe. Uscii in terrazza. "Sì?" risposi.

"Tutto a posto, il Giglio Bianco va alla grande," mi tranquillizzò subito. "Chiamo solo per via di Ordu."

"Ordu?" ripetei con i riflessi un po' appannati.

"Costa del Mar Nero, noccioli, braccianti, condizioni lavorative infami," mi ricordò. "Ieri è venuto a trovarmi mio zio Tarik e ne ho parlato con lui. Non capisce come una curda possa tenere un poster di Ordu nella sua stanza. Dice che è come se qualche secolo fa uno schiavo di uno Stato sudista avesse appeso sopra il letto la fotografia di un campo di cotone. Prima di addormentarti e appena ti svegli hai sempre davanti agli occhi un posto legato a sfacchinate tremende."

"Interessante," mormorai.

"Ma lo sai in che modo indegno veniamo trattati noi curdi a Ordu?" Arîn era inarrestabile. "Fin dall'arrivo siamo sottoposti a un 'controllo sicurezza' da parte della polizia, e ci è proibito entrare nella città di Ordu per piantarci le nostre tende durante il raccolto. Dicono che sia perché la sporchiamo, ma in realtà è solo che non vogliono curdi nelle loro strade."

Arîn era nata e cresciuta a Colonia, era stata di rado a Mardin, la città natale della sua famiglia in territorio turco-siriano, e non aveva mai messo piede a Ordu. Adorava il carnevale, qualche volta andava alle partite di calcio, parlava tedesco con marcato accento di Colonia e non avrebbe voluto vivere in nessun altro posto. Ma per quanto amasse la sua vita lì, si infiammava per la causa dei curdi, e quando ne parlava usava sempre il "noi".

"Ci fanno accampare fuori dall'abitato, senz'acqua, senza servizi igienici, per comprare qualcosa da mangiare dobbiamo fare chilometri. Ci trattano come appestati, anzi, preferirebbero che a Ordu non ci mettessimo piede, però hanno bisogno di noi. In Turchia nessuno sgobba per così poco quanto i braccianti curdi. Per questo la nostra gente deve far lavorare anche i bambini, altrimenti i soldi non bastano. I coltivatori di nocciole turchi non soltanto pagano salari miseri, non garantiscono neppure vitto e alloggio durante il raccolto, per cui siamo costretti a portarci dietro mezza casa. Oppure credi che potremmo permetterci una camera d'albergo?"

Immaginai che la sera prima Arîn avesse discusso di Ordu con la sua numerosa famiglia, sognando un Kurdistan libero. E adesso mi rovesciava addosso tutte le informazioni raccolte, insieme alla sua indignazione.

"In realtà in Turchia esiste l'obbligo scolastico," proseguì. "Ma come fa la nostra gente a mandare i figli a scuola quando è via come minimo sei mesi l'anno per fare i braccianti e ha bisogno dell'aiuto dei piccoli? Albicocche a Malatya, pomodori a Konya, nocciole a Ordu, e così primavera, estate e autunno si passano nei campi. Tre quarti dell'anno in cui i bambini non hanno modo di studiare."

Come Arîn, così probabilmente la pensava la maggior parte dei suoi connazionali che vivevano al sicuro in esilio. Non era facile accettare di passarsela meglio del proprio cugino o della propria nonna, lo sapevo da numerose conversazioni avute con lei.

"Arîn," sospirai.

"Chiedile perché tiene appesa quella foto."

"Lo farò," le promisi.

"Bene," si placò. Quindi cambiò argomento. "Adesso mi metto ai fornelli. Devo dirti tutto quello che abbiamo in menù? Cominciamo con un petto di polletto con fettine di limone sotto la pelle, poi salmone e asparagi verdi al cartoccio, e anche filetto di agnello insaporito con *Ras el hanout* e miele di sesamo..."

"Smettila subito," le ordinai sentendo di nuovo l'acquolina in bocca.

Terminammo la telefonata. Rimisi via il cellulare, mi avvicinai al parapetto della terrazza, e guardai la roccia scoscesa del Rittersprung pensando al poster in camera di Ebru. Durante la chiacchierata con Arîn, il paesaggio con quel tenero verde aveva perso ogni dolcezza.

Togliamoci il pensiero, decisi mettendomi alla ricerca di Ebru. Però nei corridoi non vidi il suo carrello delle pulizie e neppure la trovai in cucina, dove Hiltrud sminuzzava indaffarata carote e patate nel brodo limpido, mettendomi nuovamente in subbuglio lo stomaco.

"Con i porri e i cavoli rapa ci vado ancora un po' piano perché provocano flatulenza," spiegò. "Ma l'erba cipollina e il prezzemolo sono già puliti. E c'è anche il dessert. Yogurt ai mirtilli. Hai voglia di aiutarmi?"

"A dire la verità stavo cercando Ebru," le dissi.

"È a Freudenstadt a dare una mano con i profughi," mi informò Hiltrud. "Avevano bisogno urgente di un'interprete. Ebru fa spesso la volontaria da loro, i curdi sono imparentati con i siriani."

"Tu sai perché abbia appeso in camera un poster di Ordu?"

"Ordu?" ripeté lei perplessa.

"Lascia stare, glielo chiederò quando torna," tagliai corto. "Si pranza alla solita ora?"

Hiltrud annuì e mi avvicinai alla pentola agitando la mano per inalare l'aroma della minestra.

"Vuoi assaggiare?" mi chiese.

"Posso aspettare mezz'ora," ribattei valorosamente, decidendo di sfruttare quel tempo per parlare con Betje.

Immaginai di trovarla nella sua stanza, perciò presi l'ascensore per il secondo piano e bussai alla sua porta. Quando mi fece entrare, si era asciugata le lacrime e aveva riapplicato il kajal, ma nei suoi occhi lampeggiavano ancora mille rimproveri. Raccolse gli abiti abbandonati su letto e poltrona e li ficcò alla rinfusa dentro l'armadio, poi mi indicò con la testa la poltrona rossa e mi sedetti. Lei invece rimase in piedi, le spalle appoggiate alle ante dell'armadio.

"Come hai potuto parlare di Inch con la commissaria?" mi accusò. "Non voleva che nessuno, ma proprio nessuno, venisse a sapere che era da queste parti."

"Ti ha lasciata," replicai sbalordita. "Perché la proteggi ancora?"

"Non è una risposta!"

"Perché non avrei dovuto dirglielo? Suo padre è stato assassinato. Sulla sua scrivania c'è la sua foto, non è un segreto che sia sua figlia," le spiegai con pazienza. "In caso di morte violenta, la polizia cerca sempre i parenti più prossimi, perciò l'avrebbe trovata in ogni caso."

"Ma ufficialmente lei è ad Amsterdam."

"E allora?" Non capivo il problema.

Betje si allontanò dall'armadio e tirò un calcio rabbioso contro il cassetto sotto il letto.

"Nutriva un odio profondo per il suo vecchio," mi disse continuando a maltrattare il mobile. "Per anni solo visite occasionali nel fine settimana, ma poi, dopo che ha scoperto quella vaccata paleo, non era mai abbastanza. E non perché avesse finalmente capito che una figlia ha bisogno dal proprio padre di qualcosa di più di una gita all'Europa-Park, no, ma perché aveva una missione, doveva farla diventare come lui: tosta, atletica, inflessibile, impietosa."

A ogni aggettivo tirava un nuovo calcio contro il cassetto.

"Ma che razza di padre è uno che costringe la figlia di dodici anni a passare la notte da sola nel bosco o a squartare una lepre? Quello l'ha devastata, le ha mandato il cervello in pappa o come si dice."

Constatai con sollievo che finalmente aveva smesso con i calci.

"Credimi, a sentire i suoi racconti dell'orrore, per la prima volta sono stata felice di non avere mai conosciuto mio padre," continuò. "Meglio nessuno che uno come..."

"Ferma, ferma," la interruppi, perché a un tratto avevo capito che cosa scatenasse tutto quel panico in Betje. "Perché Inch El Re è qui? Te lo ha detto?"

"Voleva fargliela pagare."

"In che modo?" Mi sforzai di mantenere la calma.

"Doveva provare la stessa paura che aveva avuto lei allora. Ma prima che tu me lo chieda, non mi ha spiegato come."

"Sa sparare?"

"Ci siamo conosciute al tiro al piattello," mi disse mentre sul suo volto affiorava un sorriso dolente. "Spara benissimo, ed è altrettanto brava con arco e frecce. Ha avuto una scuola dura, una cosa del genere non si dimentica."

Pensai alla reazione sorpresa della Hodapp quando le avevo detto che la figlia di Karsten si aggirava nel bosco armata di arco e frecce.

"La commissaria ti ha chiesto se Inch El Re usa frecce appuntite?"

"Sì! Ed è per questo che sono così in pensiero per lei."

Mi fulminò con lo sguardo, ancora arrabbiata per quell'informazione alla Hodapp. Uscii in balcone in cerca di aria fresca. Se Karsten era stato davvero ucciso con una freccia, le cose si mettevano male per Annika alias Inch El Re. Se... oh, ero davvero stufa di tutte quelle ipotesi.

Rientrai nella stanza. "Sei in contatto con lei?"

Scosse la testa. "Migliaia di WhatsApp senza risposta, migliaia di telefonate, sempre la segreteria."

"Ti ha lasciata, non sarà per questo che non ti richiama? Forse è davvero già tornata ad Amsterdam."

Betje tirò su con il naso e temetti che sarebbe scoppiata di nuovo a piangere, ma prima che succedesse, suonò il gong del pranzo.

"Zuppa di patate e carote e yogurt ai mirtilli," cercai di invogliarla. "Avanti, Betje! Un buon pasto tira sempre su di morale."

Si soffiò il naso con forza, si asciugò delicatamente palpebre e ciglia e mi seguì in corridoio. Scendendo, le descrissi con entusiasmo la minestra che ci aspettava, sproloquiando a lungo sul potere del buon cibo, finché in sala da pranzo non potei affidarla a sua madre. Constatai che Peggy e i suoi dipendenti avevano fatto il possibile per riportare la sala, che per qualche ora la Hodapp aveva indebitamente trasformato in cella di detenzione, alla sua funzione. La porta e tutte le finestre erano spalancate, l'aria fresca doveva spazzare via il karma sgradevole di quella mattina. I tavoli non erano più apparecchiati nei toni del rosso e del grigio, ma per festeggiare la giornata erano coperti da tovaglie bianche. Senza contare i mazzi di fiori artisticamente disposti, le candele e i tovaglioli intonati, i menù amorevolmente allestiti. Nel complesso un'atmosfera che doveva rasserenare corpo e anima e procurare distensione, anche se non credevo proprio che nessuno di noi sarebbe tornato a casa rilassato.

Al mio ingresso Silv mi fece segno di voler parlare con me, gli Hallstett presero posto, le tre Grazie studiavano insieme il menù, Adela mi chiamò con un cenno e sulla soglia Peggy batté le mani per richiamare la nostra attenzione.

"Qualcuno di voi ha visto Raisa Bolshakova?" ci chiese. "C'è una telefonata per lei, ma in camera sua non risponde."

Lì in sala da pranzo non c'era proprio. La Bolshakova era sparita di nuovo? Oppure si rifiutava semplicemente di rispondere a una telefonata? Quella mattina la conversazione con Arîn e la visita a Betje mi avevano distratta. Se non avessi chiarito subito la questione, non sapevo che cos'altro sarebbe potuto succedere.

Uscendo dalla sala da pranzo, lanciai un'occhiata nostalgica ai piatti di minestra che venivano serviti in quel momento. Raggiunsi in fretta il parcheggio: il fuoristrada di Raisa era là, perciò non era andata via in macchina. Tornai, ignorando lo sguardo perplesso di Adela quando vide che non mi dirigevo al nostro tavolo, bensì a quello di Betje e Mareike. Una volta là, sparai una palla a Betje dicendole di aver dimenticato il cellulare sul suo balcone e di avere urgente bisogno della sua chiave per andarmelo a riprendere. Me la diede e mi allontanai subito.

Prima di aprire la porta della stanza di Betje, bussai di nuovo a quella di Raisa Bolshakova, di nuovo non ebbi risposta, di nuovo ripetei il mio discorsetto, sempre con lo stesso risultato. Perciò aprii la porta della camera di Betje, attraversai la stanza e uscii in balcone, che, come il mio, era separato da quello vicino solo da un muretto di un metro e mezzo. Accostai una seggiola al muro, ci salii sopra, scavalcai e mi lasciai cadere dall'altra parte. La tenda davanti alla finestra di Raisa era chiusa, ma come speravo, la portafinestra non lo era. Per prepararmi, avevo passato in rassegna tutte le possibilità, da un infarto improvviso a un paio di cuffie insonorizzanti che impedissero a Raisa di sentire bussare o chiamare, ma quando tirai la tenda di lato ed entrai, mi salì il cuore in gola. Mi bastò un'occhiata alla stanza e la porta aperta del bagno: niente cuffie e niente infarto, l'uccellino aveva preso il volo. Mentre ero in terrazza a parlare al telefono con Arîn? O quando ero in camera con Betje?

Mentre restavo lì senza sapere che cosa pensare, mi lasciai avvolgere dal profumo di Raisa, un misto intenso di cannella e pepe piccante. Vicino alla porta aveva lasciato ad asciugare le scarpe da trekking su un vecchio giornale, su una stampella era appesa la sua giacca a vento, per il resto in giro non c'era niente. Chissà se praticava ancora il tiro con l'arco, chissà se aveva arco e frecce nascosti da qualche parte. Aprii l'anta dell'armadio. Vidi soltanto giacche e abiti appesi in bell'ordine e camicette, magliette e persino pantaloni ben piegati e impilati con tanta precisione che avrebbero fatto la gioia di qualunque sergente maggiore dell'esercito. Se i cosmetici tradivano qualcosa della loro proprietaria, era che la cura della bellezza non era una priorità per Raisa. La dotazione era decisamente spartana: spazzolino, dentifricio, sapone, shampoo, crema per il corpo.

Tornai nella stanza. Sul piccolo scrittoio davanti alla portafinestra, sempre in bell'ordine, *Il libro della cucina ebraica* che quella donna si portava dietro continuamente. Lo sfogliai con un orecchio alla porta e tra ricette per le rape rosa, il Sahawiq verde e le melanzane marinate, scoprii la fotocopia di una cartina. Era un settore molto ingrandito dell'Haselbachtal, con le indicazioni precise delle altitudini. Nella mappa erano segnate frecce che da varie posizioni puntavano al ponte sull'Haselbach, e accanto, a matita e con una grafia precisa e minuta, erano annotati calcoli complicati. Alta matematica, per me un libro dei sette sigilli.

Non mi sentivo troppo a mio agio a ficcanasare in quel modo e drizzai gli orecchi, in allerta. Se Raisa fosse tornata in quel momento, sarebbe finita. Quel misero inizio di confidenza si sarebbe volatilizzato, non mi avrebbe più rivolto la parola. Fotografai in fretta la cartina con il cellulare, la rimisi tra le rape rosa e il Sahawiq verde – tra parentesi, una salsa piccante yemenita a base di basilico, peperoncino, coriandolo e cardamomo – e continuai a sfogliare il librone. In alcune ricette Raisa aveva corretto le dosi o aggiunto ulteriori ingredienti con la sua ordinata scrittura aguzza, da cui si deduceva che era una cuoca esperta. Tra le ricette di trippa piccante nordafricana e cervella in salsa di pomodoro trovai anche la ricevuta di un benzinaio, rilasciata all'area di servizio autostradale di Breisgau Est, forse utilizzata come segnalibro. Non c'era altro.

Rimisi via il libro, dopo un'ultima occhiata in giro uscii dalla stanza per la stessa strada da cui ero arrivata, e due minuti dopo restituii la chiave a Betje. Raisa non si era fatta vedere, buona parte dei commensali se ne erano già andati, ma Adela mi aspettava ancora al nostro tavolo.

"Se va bene è tiepida." Indicò la zuppiera, da cui mi stava raschiando gli avanzi in un piatto. "Te ne ho comunque salvato una porzione. Tra l'altro è veramente deliziosa. Il gusto dolce delle carote, quello terroso delle patate, è proprio vero che il digiuno acuisce i sensi!" La sua espressione estasiata ricordava quella di un esperto degustatore di vini che si gode un prodotto squisito.

La "porzione" copriva a malapena il fondo del piatto.

"Chi tardi arriva male alloggia," mi redarguì impietosa. "E tra parentesi, dove ti eri ficcata?"

"Dopo," le dissi. "Prima dammi il tempo di mangiare. Spero che tu mi abbia lasciato almeno lo yogurt ai mirtilli."

In tutta risposta alzò gli occhi al cielo e attaccò in fretta a parlare delle voci raccolte in giro. "A quanto pare un escursionista ha scoperto il corpo di Heinemann questa mattina vicino al Wolfstein. Secondo Dorette, che ha parlato al telefono con il suo Ueli, da allora al Rittersprung è un macello. Un interrogatorio dopo l'altro, sospetti reciproci e così via. A quanto pare Heinemann metteva i suoi uomini sotto di brutto, non è da escludere che a uno di loro abbia dato di volta il cervello. Si parla anche di un incidente di caccia, spesso Heinemann usciva per una battuta al mattino presto. In ogni caso a sentire Dorette, Ueli non vede l'ora di tornarsene a casa al più presto, e ancora di più che lei torni da lui, eventualità che adesso Dorette sta prendendo seriamente in considerazione. In un giallaccio sarebbe lei la colpevole, che avrebbe ucciso tre volte per salvare il suo matrimonio."

"Be', sarebbe un giallo veramente orrendo," commentai.

"Oh, ce ne sono parecchi." Adela annuì per confermare le proprie parole. "Ma per tornare al nostro caso: a parte te, nessun altro ospite dell'Himmelreich conosceva Karsten Heinemann..."

"Secondo Britt, ieri pomeriggio la Bolshakova parlava con lui al parcheggio..."

"D'accordo, a parte te e la Bolshakova, qui nessuno lo conosceva, perciò c'è posto per ipotesi di ogni tipo. E finché la Hodäpple non spiffera com'è morto, non possiamo fare progressi, ma su questo tiene ostinatamente il becco chiuso. Se perlomeno sapessimo se gli hanno sparato con la stessa arma! Non riesco davvero a capire perché non riveli neanche questo, almeno a noi due. Come pensa che possiamo aiutarla, se tiene tutto segreto?" brontolò stizzita. "Se vuoi sapere come la penso, non è per niente all'altezza."

"Be', però deve districare un pasticcio davvero enorme," le feci notare, masticando con fervore l'ultimo pezzettino di carota. "Tre omicidi senza apparente collegamento tra loro."

"Senza collegamento? E che mi dici del *land grabbing*? E Oliwia era stata al bar da Heinemann!"

"Troppo poco, niente di solido." Spinsi il piatto vuoto al centro della tavola. "Sai benissimo che alla Hodapp servono fatti e prove."

"Per una volta credevo che saremmo state avvantaggiate, invece quella donna si dimostra così lunatica!"

Per mettere a tacere le lamentele di Adela, le parlai della mia conversazione con Betje e le mostrai la foto della cartina che avevo trovato in camera della Bolshakova.

"Ti arrampichi sul muro divisorio, perquisisci la camera di un'altra persona, ma bravissima! È questo che intendi per raccogliere informazioni 'en passant'?" Mentre studiava la cartina, non riuscì a trattenersi dal prendermi in giro.

"Frecce che indicano il luogo dell'omicidio. Non ho idea di che cosa significhi." Fece ondeggiare la testa avanti e indietro. "La sai una cosa? Mandiamo la fotografia a Kuno, magari lui che è un ex sbirro riuscirà a cavarci qualcosa."

Era una buona idea, pensai, perciò scrissi a Kuno un breve messaggio di spiegazione e gli inviai la foto.

Intanto Adela si sfregava le mani desiderosa di agire. Io invece non avevo voglia di fare niente, mi girava la testa e avevo ancora fame. "Quello yogurt ai mirtilli mi avrebbe davvero tirato un po' su," brontolai indispettita.

"Non avevi detto che fin dall'inizio Heinemann era sicuro che non fosse stato nessuno dei suoi uomini a sparare a Oliwia?" Con la sua domanda Adela riuscì abilmente a soprassedere ancora una volta alle mie lamentele. "E se non lo avesse detto tanto per dire?"

"Intendi che sapeva esattamente che non poteva essere stato nessuno di loro?"

"Uno che ama andare a caccia alle prime luci dell'alba vede un mucchio di cose," proseguì il suo ragionamento. "C'è sempre la possibilità che abbia scorto l'assassino."

"Ma allora perché non avrebbe raccontato niente alla Hodapp?" ribattei. "In quanto titolare del Rittersprung, doveva essere nel suo interesse che il caso venisse risolto al più presto, in modo che la situazione tornasse tranquilla."

"Sarebbe logico," convenne Adela. "A meno che… E se avesse voluto trarre vantaggio dalle sue informazioni? Oppure se avesse conosciuto il colpevole e per qualche ragione avesse voluto proteggerlo?"

"Sua figlia? Ma lei che cosa c'entra con Oliwia?"

"Gelosia contorta? Pensa al rapporto stretto tra Betje e Oliwia," rispose Adela con un'alzata di spalle.

"Quasi quasi torno al Rittersprung," proposi. "Di sicuro là sono più informati di noi sulla morte di Karsten.

Magari riesco a tornare con qualche notizia più solida. Dopotutto domande ipotetiche ne abbiamo a bizzeffe."

"Intanto io mi procuro un lazo e non appena Raisa Bolshakova si fa rivedere, l'acchiappo," disse Adela. "Non la lascio scappare un'altra volta."

"Che però tu riesca a sciogliere la lingua è un altro discorso."

"E se avesse tagliato la corda?"

Ci avevo già pensato anch'io, ma mi rifiutavo ancora di crederci. Mi alzai. Ormai eravamo rimaste sole da un pezzo in sala da pranzo. Si alzò anche Adela.

"Oh, tra l'altro Rüdiger ha scoperto che Tolja Kusmin era un ottimo ginnasta," le venne in mente mentre uscivamo. "Nel 1988 ha fatto parte della squadra olimpica a Seul insieme a Vladimir Artëmov, uno specialista nelle parallele, stella di Seul, ha vinto quattro medaglie d'oro. E fra parentesi, è stato a quelle Olimpiadi che per la prima volta è scoppiato lo scandalo doping."

Emisi un fischio tra i denti. "È la stessa Olimpiade cui ha partecipato anche la Bolshakova, il che vuol dire che è possibile che quei due si conoscessero. Rüdiger dovrebbe controllare se riesce a trovare qualcosa al riguardo."

"Lo farà di sicuro. È una fortuna che si lasci mettere sotto da noi, non trovi?" Mi strizzò l'occhio. "Noi due non saremmo in grado di rovistare in rete in quel modo."

"Sì, tu ci sai davvero fare in questo genere di cose," confermai.

Nessuno sapeva meglio di me quanto Adela riuscisse a sfruttare impietosamente gli altri, e il più delle volte era così abile che tutti lo accettavano di buon grado.

Le nostre strade si separarono perché Rüdiger, seduto su una delle poltroncine all'ingresso, la chiamò a gesti. Adela andò decisa verso di lui mentre io mi diressi verso le scale.

Là mi imbattei in Peggy, che usciva da una delle stanze degli ospiti al pianterreno con un vassoio in mano. Quel vassoio suscitò la mia attenzione: sopra c'erano un piatto vuoto e un vasetto intonso di yogurt ai mirtilli.

"Qualcuno si è ammalato?" le chiesi.

"No, no. Claudia ha pranzato in camera," mi spiegò. "Stamattina non si sentiva bene. E del resto, con tutto quello che è successo," sussurrò. La sua bocca si contrasse in un sorriso tirato mentre aggiungeva: "Ci mancherebbe solo un'influenza estiva o un virus gastrointestinale. Se capita anche questo, tanto vale che mi spari."

"È già un po' che mi chiedo come fai a non crollare," le dissi. "Sempre all'opera, ti occupi di ognuno degli ospiti, sembra che non ti stanchi mai."

"Crollare non servirebbe a niente," commentò asciutta. "E poi, il lavoro è la terapia migliore. E l'Himmelreich è tutto quello che ho." Salutò con un cenno della testa gli Hallstett, che ci passarono davanti diretti alle stanze, e aspettò che si fossero allontanati prima di proseguire: "Mi dispiace per il massaggio di ieri sera. Adesso avrei un'ora di tempo, perciò se vuoi..."

"Oh, grazie dell'offerta, ma è meglio di no. Il massaggio mi fa venire sonno, e adesso non è il caso," risposi guardando di sottecchi il vassoio. "Però un vasetto di yogurt ai mirtilli non mi dispiacerebbe."

Con un sorriso comprensivo, lo posò sul tavolino tra le due poltroncine rosse, che anche lì erano sistemate nella rientranza vicino alle scale. Mi sedetti e pure lei si accomodò dopo una rapida occhiata all'orologio.

"La Hodapp ti ha detto perlomeno come è morto Karsten?" le chiesi, mentre prendevo il cucchiaino.

"A me non racconta un bel niente," si indignò Peggy. "Anzi, adesso rientro addirittura nella cerchia dei sospetti. 'Oltre il novanta per cento dei reati gravi sono delitti passionali,' mi ha detto, e ha voluto che le riferissi in dettaglio il mio rapporto con lui. 'Di quale fase vuole sapere?' le ho chiesto. 'Del matrimonio? Del divorzio? O dello status quo? Quello è presto detto: non ci rivolgiamo più la parola, non ci vediamo, non abbiamo più niente a che fare l'uno con l'altra. Tutto il resto è storia passata.' Ma sono davvero l'unica che aveva un 'rapporto' con Karsten? La Hodapp farebbe bene a studiarsi meglio la sua bella famiglia."

"A proposito di famiglia, di recente nel bosco ho visto la figlia di Karsten," le raccontai. "L'ho riconosciuta dalla fessura tra i denti."

"Sì, anch'io ho sentito dire che si aggira da queste parti," confermò Peggy, strappò una foglia avvizzita della sparmannia africana vicino alla sua poltroncina e la posò sul vassoio. "Corre voce, giù in paese, che se ne vada in giro per i boschi vestita come una Robin Hood in gonnella. Sua madre ha avuto il cancro l'anno scorso, e non sta bene. Per Annika è difficile, essendo figlia unica. Ma perché è andata a vivere proprio nel bosco? Non ne ho idea."

Ero sorpresa che Peggy lo sapesse, la prima volta che avevamo parlato della figlia di Karsten non ne aveva fatto parola. Perché non ci aveva pensato, o lo aveva taciuto di proposito? Oppure lo aveva saputo solo dopo la nostra conversazione? Soltanto adesso mi venne in mente che, in quanto titolare dell'Himmelreich e vivendo lì da anni, doveva essere la più informata sugli ospiti e sulla gente dei dintorni. Una miniera d'oro per la Hodapp, che di sicuro aveva richiesto la sua collaborazione come aveva fatto con noi. Doveva essere nel suo interesse che gli omicidi venissero risolti al più presto. Era per questo che raccontava tutto alla Hodapp, mentre con noi ospiti era più riservata? Oppure maneggiava le informazioni come facevo io? Qua e là gettava una briciola o accennava a un dettaglio, per scoprire che cosa sapevamo o come reagivamo.

"Sa sparare," dissi tornando a Inch El Re alias Annika.

"Davvero?" La sua voce, cristallina, sembrava stupita. "Non lo sapevo, ma mentirei se sostenessi che mi sorprende. La mela non cade mai lontano dall'albero, come si dice. Karsten è... era," si corresse in fretta, "un tiratore di prim'ordine. Va a caccia da quando è ragazzo, centra una lepre in corsa da cento metri di distanza." Aveva trovato un'altra foglia secca nella sparmannia e la staccò in fretta. Stava per posarla sul vassoio insieme alla prima quando si fermò di colpo. "Non penserai mica che Annika..."

"Peggy," osservai scrupolosa, "pensare non vuol dire sapere." Poi mangiai l'ultimo cucchiaino di yogurt, rimpiangendo che il vasetto ne contenesse così poco. Lo rimisi sul vassoio.

"Anche se non sono credente, prego ogni giorno che la commissaria sia folgorata da un'intuizione o che finalmente si imbatta negli indizi giusti." Peggy si alzò con un sospiro preoccupato. "Tra due giorni andrete via, e se per allora non sarà stato chiarito tutto, dovrò annullare il prossimo soggiorno, in tutta coscienza non posso certo accogliere nuovi ospiti finché qui intorno si aggira indisturbato un assassino." Prese il vassoio. "Se ti occorre un altro massaggio rilassante, dimmelo senz'altro," si offrì. "E adesso vado a vedere come vanno le cose in cucina."

Rimasi a guardarla allontanarsi con il vassoio in mano. Indossava di nuovo un paio di pantaloni aderenti che le arrivavano alla caviglia e un giacchino intonato, i corti capelli biondi pettinati alla perfezione. Come al solito sembrava tirata a nuovo. Doveva avere un'autodisciplina pazzesca e una volontà di ferro. Se si fosse lasciata appena un po' andare, probabilmente tutte le sue tecniche di rilassamento non le sarebbero servite a niente, sarebbe stramazzata a terra o sarebbe andata fuori di testa.

In camera mia, calzai le scarpe da trekking e misi lo zaino in spalla. Salii un'altra volta al secondo piano per bussare nuovamente invano alla porta della Bolshakova. Tornando indietro incontrai Mareike, che in accappatoio si stava recando in piscina, e cominciò subito a parlarmi di Betje, di quanto era sollevata che la figlia non avesse ammazzato Oliwia, di quanto la ragazza soffriva per le pene d'amore, ma di quanto poco lei in quanto mamma...

"Be', è una cosa che ognuno deve superare da solo," tagliai corto le sue lamentele, e mi rallegrai quando nell'atrio le nostre strade si separarono. Adela e Rüdiger erano spariti, chissà dove diavolo si erano eclissati. In terrazza trovai Britt a fumare di nuovo, questa volta senza trolley al fianco. Aveva rinunciato alla segretezza, non le importava più niente che tutti la vedessero con la sigaretta in bocca, e la tazza da tè che utilizzava come posacenere traboccava di cicche. Nei suoi occhi c'era sempre quello sguardo rabbioso da "al diavolo tutti quanti" che rivolgeva a chiunque incrociasse la sua strada. Fui sorpresa che non fosse ancora partita.

Silv e Dorette, invece, erano occupate nel loro rituale pomeridiano come se niente fosse. Riposavano in perfetta armonia su due sdraio, Silv con una rivista, Dorette con il binocolo in grembo. Di tanto in tanto lo puntava in direzione del Rittersprung.

Silv mi chiamò con un gesto, posando la rivista.

"Volevo mostrarti una cosa," mi disse prendendo il tablet dalla borsa. "Mi piacciono molto i quadri di Natal'ja Gončarova, avanguardia russa, legata al Blaue Reiter, il gruppo di artisti attivo a Monaco alla vigilia della Prima guerra mondiale, ma anche acclamata scenografa, nel caso il nome non ti dica niente," la prese alla larga. "Al momento alcune delle sue opere sono esposte a Monaco. Tra parentesi, era imparentata con la moglie di Puškin. E adesso, indovina un po' in chi mi sono imbattuta leggendo un articolo sul vernissage?"

Girò il tablet verso di me e mi mostrò una foto che raffigurava una galleria d'arte piena di gente. Mi saltò subito all'occhio Oliwia. Se ne stava smarrita ai margini della foto, con una flûte di spumante in mano.

"La degustazione di whisky a casa di Olga Tarassova a Baden-Baden, il vernissage a Monaco: si muove in ambienti chic constatai.

"Non mi stupisce, deve avere ricevuto un'ottima offerta, se ha potuto permettersi di rinunciare senza problemi all'attività di modella. Quello che mi sorprende in questa foto è un'altra cosa," ribatté Silv, invitandomi a guardare meglio.

L'uomo che copriva quasi Oliwia volgeva le spalle al fotografo, ma anche di profilo la sua bocca era affilatissima: Tolja Kusmin. Lui e Oliwia si conoscevano. Sentii il polso accelerare e le ginocchia vacillare per l'eccitazione. Finalmente un legame! Ma Silv come faceva a conoscere Kusmin?

"Sì, anch'io ho dovuto guardare due volte prima di riconoscerla," rise vedendo la mia espressione sorpresa, e puntò il dito su una donna elegante ferma davanti a un ritratto.

"Questo autoritratto con i girasoli è uno dei miei quadri preferiti della Gončarova," esclamò con entusiasmo, quindi spostò il dito dal quadro alla donna. "E adesso guarda un po' questo abito nero su misura! Nasconde abilmente le spalle e i fianchi troppo larghi con uno scollo a cascata e una gonna a portafoglio." Ingrandì la foto. "E qui, il collier d'oro di ottimo gusto e gli orecchini en pendant! Attira l'attenzione sul collo ancora quasi privo di rughe. Questa sì che è una donna che sa come mettere in risalto il proprio fisico!"

Silv ignorava completamente Kusmin, parlava di quella signora elegante, che io però non conoscevo.

"Devi immaginartela con i capelli arruffati," mi soccorse Silv.

"Raisa Bolshakova," esclamai stupefatta.

"Chi lo avrebbe detto che la Bolshakova fosse una donna di mondo!" Era ancora stupita della propria scoperta. "Sono anni che desidero essere invitata a un vernissage di una mostra sulla Gončarova, e queste due ci riescono senza sforzi."

Avevo il cervello completamente sottosopra. Oliwia, Raisa e lo sfuggente Kusmin insieme in una foto. Quei tre si conoscevano. Certo, non si poteva escludere che fosse un caso. Un'artista russa, persone con radici russe, e così via. Però la possibilità che quei tre si conoscessero mi sembrava più probabile.

"La Bolshakova appartiene chiaramente a quell'ambiente, lo si capisce da tutto il suo atteggiamento," continuò Silv. "Oliwia invece non si sente a suo agio, si tiene ai margini, in qualche modo lasciata sola, quasi smarrita. Adesso la cosa interessante è capire perché qui all'Himmelreich la Bolshakova nasconda questo suo aspetto mondano. Arriva con il capo cosparso di cenere, si presenta come una persona timida e solitaria, e se ne va sempre in giro con un libro di cucina sotto il braccio."

"Guarda un po' anche tu, Silv!" Dorette diede un colpetto all'amica, prendendo il binocolo. "Kevin sta spaccando legna, ma è solo, in giro non c'è nessuno degli altri uomini," mi informò passando gentilmente a un tedesco più standard. "Ueli dice che in pratica hanno tutti i bagagli pronti."

Silv le prese il binocolo di mano.

"Sta sfogando lo stress," diagnosticò. "Oggi non lo fa per mettere in mostra il fisico, guarda un po' la maglietta slargata. Di sicuro quel pover'uomo non sa più dove ha la testa, ora che Karsten è morto. Chissà chi eredita il Rittersprung. Non è questa la domanda che ci si fa sempre nei gialli?"

La Hodapp aveva trasformato ogni ospite dell'Himmelreich in un investigatore dilettante. Ciascuno indagava per conto suo o si cimentava allegramente in ipotesi, ma fin lì senza risultato. Forse la commissaria confidava semplicemente nel fatto che anche un orologio rotto segna l'ora giusta due volte al giorno.

Pregai Silv di inviare la foto sul mio cellulare e mi incamminai verso il Rittersprung senza sapere più che cosa pensare. Il cielo nuvoloso e un vento fresco mi indussero a scegliere la via breve attraverso il ponte. Le guardie munite di walkie-talkie sull'altra sponda dell'Haselbach erano sparite, nessuno mi bloccò la strada, non incontrai anima viva. Più mi avvicinavo al Rittersprung, più mi arrivava forte il rumore dei colpi d'accetta e il tonfo sordo dei ciocchi che cadevano a terra.

Kuno mi chiamò prima che superassi i SUV e i fuoristrada.

"Be', perlomeno tu hai campo, Adela di nuovo non risponde," brontolò.

"Ciao, Kuno."

"Apri un po' la foto," mi chiese, e io feci come mi diceva. "Lo vedi il punto segnato con il numero 2?" Aspettò che lo avessi trovato. "Quella è la posizione migliore per colpire una persona ferma sul ponte. Sulla cartina sono indicate le posizioni ottimali per il tiro. Mi sorprende che non ci siate arrivate da sole."

"Numeri e calcoli," biascicai.

"Chi ha fatto quei conti se ne intende. Non è la prima

volta che spara," spiegò Kuno. "Se vuoi sapere come la penso, avete trovato il colpevole."

Raisa Bolshakova! Da tempo c'erano tanti indizi che puntavano contro di lei, ma non avevo voluto riconoscerli. Sapeva sparare, conosceva Oliwia già prima di quel soggiorno ed era stata l'ultima a parlare con Karsten.

"E da questo momento, voi lasciate perdere." Kuno, in piena modalità ex sbirro, interruppe il filo dei miei pensieri. "Dovete assolutamente mostrare la cartina alla Hodäpple, e al più presto."

"Ma la Bolshakova non potrebbe aver soltanto cercato di capire dove si era posizionato il tiratore?" mi venne in mente in sua difesa.

"Katharina, in ogni caso, adesso deve occuparsene la polizia," insistette Kuno. "Tieniti alla larga da quella donna e manda subito la foto alla Hodapp." E mi minacciò: "Se non lo fai tu, lo faccio io."

"Tranquillo," gli promisi. "Da te tutto bene?"

"Fa un po' troppo caldo per andare in bici, ma per il resto tutto bene," rispose laconico, e poi: "Di' a Adela di chiamarmi questa sera. E, Katharina, niente iniziative personali! Dicevo sul serio, parla con la Hodapp!"

"Questa volta non devi preoccuparti."

"Beato chi ci crede."

Rimisi via il cellulare, indecisa sul da farsi. Raisa Bolshakova. Olimpionica del 1988 come Tolja Kusmin, tutti e due membri della squadra olimpica sovietica, in discipline diverse. Con il crollo dell'Unione Sovietica Kusmin era diventato ricco e potente, la Bolshakova era finita a Berlino. A un certo punto si erano ritrovati, avevano ricordato i vecchi tempi, erano entrati in affari insieme. E Oliwia? Si era fatta comprare da Kusmin? Come amante, come bel trofeo o chissà cosa? E poi per lui era diventata un peso o aveva infranto le regole e lui l'aveva fatta liquidare? Dalla

Bolshakova? Ma perché quest'ultima non se l'era svignata prima? Forse adesso aveva tagliato la corda?

Immersa in quei pensieri, soltanto allora mi accorsi dall'odore di legna appena spaccata di avere semplicemente proseguito in direzione del Rittersprung. Al mio arrivo vidi che Kevin aveva già preparato legna da ardere per più di una sera. Nel grande spiazzo davanti alla casa era solo: tavoli e panche erano deserti, il bersaglio ondeggiava solitario tra gli alberi, il maiale grugniva allegro, dalla camera di affumicatura saliva del fumo e sotto l'odore di legna fresca individuai quello di trote affumicate. Presto, promisi al mio stomaco che brontolava.

"Salve," dissi, cercando di adattarmi alla nuova situazione. In fin dei conti tutti i miei ragionamenti sulla Bolshakova rimanevano pure ipotesi, forse lì avrei trovato qualche elemento concreto.

"Qualunque cosa stia cercando, qui non c'è niente e io non le dirò niente," mi avvertì Kevin, continuando a spaccare legna. "Il mio capo è morto e all'improvviso tutti pensano che io sia al corrente di ogni cosa, e invece non so un bel niente."

"Non sa neppure come è morto?"

"E lei chi è?"

"Katharina Schweitzer, ci siamo parlati una volta al telefono."

"Himmelreich, aveva studiato con lui," ricordò posando l'accetta.

"Ottima memoria," mi complimentai affrettandomi a continuare. "Quando ho saputo della sua morte sono rimasta scioccata. Ci si ritrova per caso dopo così tanto tempo, ci sono mille cose di cui parlare, e poi invece gli sparano."

"Sparano? Come le salta in mente?" Scosse la testa. "Una freccia in mezzo al cuore, non una freccia di Cupido, ma una ben intenzionata a ucciderlo."

Arco e frecce, finora solo un'ipotesi, adesso un fatto. Di nuovo i miei pensieri si appuntarono sull'olimpionica. Ma la Bolshakova sarebbe davvero stata così stupida da attirare i sospetti su di sé con l'arma del delitto? E l'altra tiratrice? La vendetta di una figlia ferita, un crimine passionale come nella maggior parte degli omicidi, in fondo non era molto più probabile? Chissà se la Hodapp aveva già trovato Inch El Re.

"Il capo amava arco e frecce, dava il tormento a tutti," continuò la voce di Kevin. "Aveva una vera e propria passione per i vari modi di uccidere. Voleva organizzare addirittura un corso di lancio del tomahawk, prossimamente."

"È stato ucciso con una delle vostre frecce?" chiesi, indicando il bersaglio ondeggiante tra gli alberi. Kevin seguì il mio sguardo. "Le ho dovute consegnare tutte alla Scientifica." Poi osservò la legna spaccata ai suoi piedi e riprese l'accetta.

"Conosce sua figlia?" mi affrettai a chiedere prima che riprendesse il lavoro.

"Annika? È stata qui un paio di giorni fa. Sembrava spuntata dal nulla, il capo è rimasto sorpreso. Hanno parlato brevemente in ufficio, poi ha preso di nuovo il largo. Avevano un rapporto difficile, credo."

Altro che non voler più avere niente a che fare con il padre! Betje si sbagliava di grosso. Chissà se Annika aveva fatto visita al padre con il costume fantasy, se aveva con sé arco e frecce. "Com'era vestita?"

Kevin mi guardò senza capire. "Niente di particolare, probabilmente jeans e maglietta. Perché?"

"Oh, cose da donna," svicolai.

"Se perlomeno sapessi se il capo aveva fatto testamento," brontolò. "E chi eredita il Rittersprung. Di sicuro Annika non ha alcun interesse per queste cose da uomini. Se si becca tutto lei, posso dire addio al mio lavoro."

"Aspetti, non si fasci subito la testa," borbottai, impegnata a digerire quelle informazioni nuove. "Un uomo così giovane ed energico come lei..."

Kevin ignorò quel tiepido tentativo di incoraggiamento, riprese l'accetta e continuò a combattere con foga le preoccupazioni per il futuro.

Mentre spaccava un ciocco dopo l'altro, io aprii di nuovo sul mio cellulare la foto della cartina che avevo trovato nel libro di cucina di Raisa. Il punto contrassegnato dal numero 2 si trovava sulla strada che andava dal Wolfstein all'Himmelreich. Volevo vederlo con i miei occhi.

Seguii il sentierino ormai familiare dietro il masso del Rittersprung, ma non avevo calcolato che mi sarei trovata davanti al luogo del ritrovamento del corpo di Karsten, isolato con il nastro bianco e rosso. Lentamente e con la pelle d'oca, come se la morte richiedesse rispetto e una sosta, mi avvicinai al nastro e osservai la macchia color ruggine in mezzo alle piante schiacciate di mirtilli. Poi accelerai, ma mi parve quasi di vedere ancora il corpo di Karsten con una freccia nel cuore, che finché era vivo non era stato né troppo grande né troppo tenero. Era stata la Bolshakova oppure sua figlia a mandarlo all'altro mondo?

Accelerai ancora. Non era il bosco a mettermi i brividi, bensì l'idea di incontrare da sola una delle tiratrici e di non sapere come reagire. Mi venne in mente Adela. Lei intendeva mettersi alle calcagna della Bolshakova non appena l'avesse vista, e sapevo bene quanto fosse tenace nello stare addosso a una persona, non la fermava niente. Doveva evitarlo a tutti i costi. Feci il suo numero, ma continuava a non rispondere. Le mandai un WhatsApp e mi accorsi che lei me ne aveva già mandato uno mezz'ora prima. "Il Club Jewgraf di Berlino appartiene al gruppo Kusmin." Un altro legame tra Oliwia e Kusmin.

Sudata fradicia e di nuovo con le stelline che mi ballavano davanti agli occhi, arrivai al punto che cercavo e mi sorpresi nel riconoscerlo. Mi ci ero già soffermata una volta. Allora ero stata sollevata di vedere finalmente un posto conosciuto, dopo che mi ero persa nel bosco. Avevo persino raccolto la spazzatura. Quel giorno in giro non c'erano rifiuti e avevo uno sguardo diverso. Non cercavo il parcheggio familiare e il tetto dell'Himmelreich, bensì più in giù, il ponte sull'Haselbach. La vista era libera, neanche un albero a oscurarla. Da lì in dieci minuti si arrivava all'Himmelreich, in venti al Rittersprung. Era possibile scorgere avvicinarsi qualcuno proveniente da entrambe le direzioni, la posizione ideale per un tiratore. Perlustrai nuovamente i dintorni in cerca di eventuali tracce, ma non trovai nulla fuori posto: fogliame, rametti, qualche zolla di terra, uno scarabeo stercorario morto. Niente impronte, nessun altro indizio della presenza di qualcuno. Pensai alla spazzatura che avevo raccolto: fazzoletti di carta, un tappino verde, barattoli, bicchieri di carta, ma niente che si potesse far risalire alla Bolshakova.

Proseguii. Al parcheggio vidi sia l'auto di Adela sia quella di Raisa. Dunque la Bolshakova non se l'era ancora filata, a meno che non si fosse procurata un'altra macchina. Ma accidenti a lei, perché era ancora lì? E dove diavolo si era ficcata?

Le sdraio di Dorette e Silv erano abbandonate, in terrazza non c'era nessuno, ma per fortuna trovai Rüdiger, come sempre preso dal suo tablet, nel suo solito posto nell'atrio.

"Dov'è Adela?" Per attirare la sua attenzione dovetti ripetere la domanda. Finalmente si accorse di me.

"La Bolshakova è tornata, Adela l'ha seguita in camera sua."

"Quando?"

"Cinque minuti fa."

Mi precipitai su per le scale. Il corridoio del secondo piano era vuoto, la porta della camera della Bolshakova era aperta. In preda al panico guardai dappertutto. Niente. Tornai di corsa alla reception. Rüdiger non era più al suo posto, invece trovai Peggy dietro al banco, intenta a spalmarsi di nuovo la crema sulle mani. Si affrettò a prendere il tubetto dal banco e a rimetterlo in tasca.

"Hai mica visto passare Adela e la Bolshakova?" le domandai senza fiato. "Dove sono andate?"

"Non ne ho idea. Sono arrivata solo da un paio di minuti," rispose, quindi mi chiese: "È successo qualcosa? Sembri così nervosa."

"E Rüdiger? Dov'è andato?"

"Ha appena chiesto la chiave della sua stanza."

Pianterreno, lo sapevo, e schizzai via.

"Rüdiger!" lo chiamai dal corridoio visto che non conoscevo il numero della sua camera. In risposta mi arrivò il rumore di uno sciacquone. "Rüdiger!" urlai di nuovo. Mi pareva già di vedere Raisa imbracciare l'arco e mirare a Adela. Finalmente aprì la porta proprio davanti a me e contemporaneamente anche Dorette aprì la sua.

"Non sono al secondo piano, le hai viste uscire?"

Rüdiger scosse la testa.

"Se state parlando di Adela, è appena andata verso l'Haselbach con la Bolshakova," mi disse Dorette.

Stavo già per scattare quando Rüdiger, visibilmente perplesso, mi sussurrò: "Ho scoperto ancora un'altra cosa che devi assolutamente vedere."

Lo seguii alla sua scrivania. Le dita gli tremavano tanto che non riusciva a usare il tablet.

"Dai, dimmelo e basta," gli ordinai impaziente.

"Il nome da nubile di Peggy Heinemann è Kärcher," gracchiò. "E nella DDR, Peggy Kärcher era una campionessa di biathlon. Il biathlon è stato ammesso per la prima volta alle Olimpiadi come disciplina femminile nel 1992, e la Kärcher aveva ottime possibilità di classificarsi. I problemi legati alla caduta del Muro le hanno impedito di partecipare."

Quella notizia mi stese. "A-anche lei s-sa sparare?" balbettai.

Assentì. "E c'è un'altra cosa che devi sapere," aggiunse. "Prima di salire al secondo piano, Adela ha detto a Peggy di sapere chi fosse l'assassina."

Peggy? Nella mia mente volavano tessere di puzzle, Peggy e Karsten, Peggy e il dottor Orlow, Peggy e il credito per l'Himmelreich. Non c'era niente che quadrasse. All'improvviso rividi la spazzatura che avevo raccolto durante la sosta. Il tappino di plastica verde. Uguale a quello della crema per le mani di Peggy che avevo rivisto solo pochi minuti prima. Peggy conosceva quel punto nel bosco, ci era stata. Ovvio, lei conosceva tutta la zona, perché non avrebbe dovuto guardare l'Himmelreich e l'Haselbachtal da quel punto panoramico? E naturalmente non era l'unica a usare quella crema. Non doveva significare per forza qualcosa, però era possibile, e in tal caso... Il cuore mi batteva all'impazzata, il braccio mi faceva di nuovo un male tremendo anche se non avevo ancora tolto il tutore. Oh, Adela, ma che sciocca! Doveva sempre seguire una traccia con troppa risolutezza e sbruffoneria. Ma perché non aveva tenuto il becco chiuso?

"Io chiamo la Hodapp," disse Rüdiger al mio fianco.

Annuii con foga, presi un ombrello che era lì in giro e corsi di nuovo alla reception, pronta a darlo in testa a Peggy, se necessario, ma era sparita. E se l'assassina di Oliwia non fosse stata la Bolshakova, bensì lei?

Uscii barcollando in terrazza, dal parapetto cercai con lo sguardo le tre donne sulla strada per il ponte sull'Haselbach. Peggy non si vedeva, invece scorsi Adela e la

Bolshakova. Rimasi stupefatta nel vederle camminare affiancate e chiacchierare. Dunque Adela era riuscita a far aprire la bocca alla silenziosa russa, ma se era l'assassina, con Adela avrebbe avuto gioco facile, mentre se non lo era, quelle due erano praticamente in vetrina. Urlai con quanto fiato avevo in gola, ma non reagirono, erano già troppo lontane per sentirmi. Poi mi sbracciai forsennatamente per fare loro segno di tornare indietro.

Quando finalmente mi videro, mi salutarono e proseguirono. In preda alla disperazione, provai a chiamare Adela al cellulare, ma il numero non era al momento raggiungibile. Già, lì sul ponte non c'era campo!

"La Hodapp sarà qui tra dieci minuti." Quando Rüdiger mi raggiunse, aveva il fiato corto. "Però Peggy non la becca più. È appena sparita in direzione della cucina con una borsa."

L'uscita sul retro. Da lì Peggy poteva raggiungere il punto panoramico molto più in fretta che passando dal parcheggio. Non lasciai alla mia mente il tempo di immaginare altri scenari dell'orrore, presi subito la corsa: tornai dentro, passai davanti alla cucina, raggiunsi l'uscita sul retro e imboccai il sentierino che portava al punto panoramico. E allora la vidi. Aveva in spalla una borsa lunga e stretta e forse un centinaio di metri di vantaggio. Respirai a fondo, vidi di nuovo le stelle ma non me ne curai, proseguii incespicando, correndo più lateralmente che sul sentiero per potermi riparare nei cespugli, se fosse stato necessario. Più salivo, più il pendio era spoglio, un brutto temporale doveva aver disboscato la zona. Procedetti il più silenziosamente possibile, ma mi stupì comunque che Peggy non si girasse.

Lo fece soltanto una volta arrivata sull'altura e con il terreno solido sotto i piedi, ma a quel punto si mosse con una velocità sorprendente. Estrasse l'arma dalla borsa e la puntò dritta su di me. Tutto attorno c'erano solo tronchi abbattuti, neanche uno dietro cui potermi nascondere con un balzo.

"Possiamo parlare di tutto," le urlai. "Ti prego, non sparare!"

In quel momento premette il grilletto. Spaventata da un sibilo alle mie spalle, mi voltai. Un dolore come dinamite mi pervase il braccio infermo e mi buttò a terra. L'ultima cosa che vidi fu una freccia che mi saettava di fianco e un po' più lontano l'immagine confusa di una testa con due corna, e poi scese il buio.

Secondo giorno di accumulo

A questo punto è possibile introdurre gradualmente il consumo di verdure crude, ma avendo cura di masticare a lungo. Nel caso in cui finora non si sia riusciti a svuotare l'intestino, ci si può aiutare con un clistere. Come spuntino tra i pasti si può consumare una pera o uno yogurt con succo di olivello spinoso e semi di lino. Il pacchetto wellness prevede un idromassaggio rilassante o un bagno di vapore con fieno.

Mi svegliò l'odore di tisana. Menta, extra-forte. Quando socchiusi gli occhi, Adela era seduta sul mio letto e il braccio infortunato mi sorprese con un dolore insolito: bruciava. Aprii completamente gli occhi e vidi una fasciatura nuova sul braccio e un carrellino con un vassoio per la colazione da cui Adela si stava servendo. Prese un'altra galletta e ci spalmò sopra una generosa cucchiaiata di formaggio alle erbe.

"Buongiorno, tesoruccio." Accorgendosi che ero sveglia, mi stampò un bacio sulla guancia con la fetta in mano. "Vuoi che ne prepari una anche per te? Anche se sono solo gallette, fa davvero bene mettere di nuovo qualcosa di solido sotto i denti."

Mi misi a sedere tastandomi il braccio.

"Colpo di striscio," mi spiegò Adela. "Brucia e fa male, ma guarisce presto." Addentò la galletta facendo cadere una pioggia di briciole sul piumone. Le spazzolò in fretta e mi chiese: "Le hai detto davvero: 'Ti prego, non sparare!' e 'Possiamo parlare di tutto'?"

Immediatamente rividi Peggy armata davanti a me. Il braccio mi bruciava come se fossi caduta in mezzo alle ortiche. Mi aveva sparato sul serio. "Vorrei proprio vedere in quella situazione chi troverebbe qualcosa di intelligente da dire," borbottai facendole segno di versarmi una tazza di tisana. "Lì vicino c'era Inch El Re?" chiesi poi. "Ricordo vagamente di aver visto una testa con due corna."

Adela annuì tra un morso e l'altro. "Poi ha scagliato una freccia nel braccio a Peggy e così le ha impedito di colpirti di nuovo," spiegò addentando l'ultimo pezzo di galletta. "Devo dire che in questo soggiorno c'era un numero sorprendente di tiratrici. Non lo trovi straordinario anche tu? Delle centinaia di donne che ho aiutato a partorire, non ce n'è mai stata neppure una che sapesse sparare."

"Ma è stato un caso che Inch El Re fosse nel posto giusto al momento giusto?" chiesi allungando la mano per prendere la tazza, ma ritrassi immediatamente il braccio quando il dolore mi fece salire le lacrime agli occhi.

Adela mi mise la tazza nella mano sinistra. "Quando ti alzi ti rimetto il tutore," decise. "Ci sei già abituata, consideralo semplicemente una profilassi aggiuntiva per evitare una nuova tendinite."

"Profilassi," gemetti. "Per quanto tempo?"

"Un paio di giorni. È solo una ferita superficiale." Indicò la galletta e io annuii. Mandai giù la tisana mentre mi spalmava il formaggio sulla fetta e poi me la porgeva perché l'addentassi. Mentre masticavo quel pane sbricioloso con il formaggio magro, lei mi tagliò a piccoli spicchi una mela che era sul vassoio insieme al resto della colazione.

"Adela," insistetti quando riuscii di nuovo a parlare, ma mi mise a tacere ficcandomi in bocca un altro boccone.

"La freccia nel petto di Heinemann era un indizio pesante non soltanto contro la Bolshakova, ma anche contro la figlia," cominciò Adela dopo aver disposto gli spicchi di mela in cerchio sul piatto. "La Hodäpple ha messo la ragazza sotto torchio, ma ha dovuto lasciarla andare quando il medico legale ha potuto circoscrivere l'ora della morte. La ragazza è stata in grado di dimostrare che in quel momento si trovava a una serata di film fantasy a Rastatt e che poi aveva pernottato da un'ex compagna di scuola." Mi infilò in bocca l'ultimo pezzo di galletta. "Ovviamente Annika o Inch El Re ha riflettuto molto su chi potesse volerla incolpare dell'omicidio di suo padre, e ha finito per puntare su Peggy. Ah, tra parentesi nella sua lista di sospetti c'eri anche tu, insieme con Betje, ma contro Peggy c'erano più indizi. Perciò si è appostata fuori dall'Himmelreich per aspettare che Peggy uscisse e l'ha tallonata senza farsi vedere né sentire, a differenza tua. Puoi davvero dirti fortunata che fosse lì vicino! Non voglio neppure pensare a quello che sarebbe potuto succedere altrimenti. Ma tu perché pedinavi quella bersagliera?"

"Credevo che volesse uccidere te."

"Oh, tesoruccio!" Adela mi carezzò la mano, commossa. "Ti sei messa in pericolo per me?"

I suoi occhioni umidi mi guardarono con tanto candore che quasi salirono le lacrime pure a me. Ci pensò lo stomaco che brontolava a impedirlo.

"C'era davvero una galletta soltanto?" chiesi.

Adela accelerò le carezze sulla mano e sospirò vagamente come faceva sempre quando si sentiva colta sul fatto.

"Spicchi di mela?" domandò innocente porgendomi il piatto.

"E la Bolshakova?" volli sapere prendendone uno.

"È partita stamattina. Mi ha lasciato detto di salutarti." Veloce come un fulmine, Adela rosicchiò due spicchi di mela uno dopo l'altro.

"Partita?" Non capivo.

"Quando ieri ho bussato da lei, ero decisissima a non farmi scaricare, e invece mi ha ignorato proprio come ha fatto con te," spiegò. "Soltanto quando ho brontolato che non poteva lasciar aspettare in quel modo una vecchia ostetrica la porta si è aperta all'improvviso. 'Ostetrica,' ha detto. 'Se rinasco, voglio diventare ostetrica. Non c'è lavoro più bello! Nessuno è più vicino alla vita. E le ostetriche sono donne sagge. Si vedono confidare tanti segreti e sanno custodirli.' Ovviamente io ho concordato assolutamente con lei. Partorire è una situazione estrema. Potrei scrivere dei libri su tutti i segreti che mi sono stati confidati, ma non lo faccio. Segreto professionale. Lo sai anche tu che so tacere come una tomba. Durante la nostra passeggiata le ho dovuto promettere di non parlare a nessuno della nostra conversazione a parte te."

"Vieni al punto," bofonchiai impaziente, alzando due dita e indicandomi, per mettere bene in chiaro come si dovessero ripartire i tre spicchi di mela rimasti. Adela me ne porse uno, se ne mise in bocca un altro e divise il terzo.

"Ovviamente Raisa, adesso ci diamo del tu, non mi ha detto tutto, una persona così riservata non diventa all'improvviso una chiacchierona. Però prima della sua partenza sono riuscita a carpirle un paio di risposte alle nostre domande."

"Ma perché se ne è andata così all'improvviso?" le domandai diffidente.

"Non vuole essere trascinata in questa storia e vuole a tutti i costi evitare di rimanere invischiata nella trama di Kusmin. E dopo quello che mi ha raccontato, posso capirla benissimo. È rimasta solo quanto bastava per metterci sulla pista giusta per trovare l'assassina di Oliwia."

"Ah, ha detto così? Be', ci ha messo un po' troppo tempo, e ha rischiato che ci fosse un altro omicidio." La mia diffidenza aumentava anziché diminuire.

"No, no. All'inizio non aveva idea di chi avesse ucciso Oliwia," la difese Adela. "Però fin dal principio aveva appuntato i suoi sospetti su Kusmin."

"Perché?"

"Ha conosciuto Oliwia all'esposizione di una pittrice russa a Monaco. Il nome non me lo ricordo, ma finiva anche quello con 'ova'. Raisa era là con una delegazione kirghiza che accompagnava per conto della sua assicurazione, mentre Oliwia era dell'entourage di Kusmin. Raisa conosceva Kusmin come membro della squadra olimpica a Seul, già allora quell'uomo si crogiolava nel proprio lustro. Dopo il crollo dell'Unione Sovietica, lei ha seguito la sua carriera e sa con quali metodi criminali ha fatto i soldi. Raisa detesta da morire questi russi arricchiti e cafoni. E non soltanto perché risucchiano terreni e persone come sanguisughe, ma anche perché gettano discredito su tutti i russi onesti. Per questo, quando alla mostra lo ha visto arrivare con il suo codazzo di guardie del corpo e belle donne, non aveva il minimo interesse a riprendere i vecchi contatti."

"E tu le credi?"

"Prima lascia che ti racconti l'intera storia," brontolò Adela prendendo uno dei due mezzi spicchi di mela. "Allora: purtroppo uno dei kirghizi era al corrente del suo passato olimpico e ne ha parlato con Kusmin. Kusmin è sembrato contento dell'incontro, hanno chiacchierato dei vecchi tempi, ha presentato Raisa a Oliwia. Qualche frase di circostanza e Raisa voleva già allontanarsi, ma si è fermata perché è rimasta colpita dalle cose intelligenti che quella giovane donna diceva della pittrice. Per farla breve, le due si sono scambiate i numeri di telefono. 'Il mio primo grosso errore,' dice Raisa. Ogni tanto si mandavano un messaggio. Così qualche settimana fa Raisa ha scritto a Oliwia che voleva finalmente fare qualcosa per la propria salute e che aveva prenotato un soggiorno all'Himmelreich. 'E questo è stato il mio secondo grosso errore,' dice."

"E il terzo grosso errore è stato dare ascolto a Oliwia, giusto?" Indicai l'ultimo spicchietto di mela. "Immagino che Kusmin avesse comprato Oliwia, ma che lei volesse allontanarsi per via di MacGuffin. La solita terribile e banale storia di una donna che lascia l'uomo e lui che dà i numeri."

"La faccenda è più complicata." Come se fosse la cosa più ovvia al mondo, Adela divise ancora una volta il mezzo spicchio, me ne mise in bocca solo un pezzetto grosso quanto un pollice e mangiò il resto. "Kusmin aveva conosciuto Oliwia a una sfilata di moda e le aveva fatto un'offerta che non si poteva rifiutare: no, non quello che pensi tu! Nessuna storia di letto o di sesso, nel suo ambiente sanno tutti che è gay. In un Paese a maggioranza musulmana come il Kazakistan, però, non è una cosa che si possa rendere pubblica. Perciò in cambio di una somma principesca, Oliwia doveva farsi passare per la sua compagna per due anni. Entrambi hanno rispettato gli accordi, ma Kusmin voleva prolungare il contratto a tempo indeterminato, e in più voleva costringerla a dargli un figlio con l'inseminazione artificiale. Oliwia però non ne è stata onorata e ha rifiutato. Voleva frequentare finalmente l'università e vivere la sua vita. Ma secondo Raisa, a Tolja Kusmin non puoi dire di no. Una volta nelle sue grinfie, non ne esci. È proprio quello che ha cercato di farle capire, quando Oliwia le ha chiesto un consiglio. E che l'unica soluzione era quella di sparire in fretta, possibilmente senza lasciare tracce."

"Questo spiega le Highlands scozzesi," mormorai. "Ma sarebbe stato abbastanza lontano?"

"Probabilmente, dice Raisa, Kusmin sapeva di MacGuffin," continuò a raccontare Adela. "Lei è stupita che

Kusmin abbia permesso a Oliwia di venire qui all'Himmelreich da sola. Oliwia pensava che lui non la facesse controllare perché era venuta con Raisa, invece lo faceva tramite Peggy, e quando qui nella Foresta Nera Oliwia ha incontrato nuovamente lo scozzese ha firmato la sua condanna a morte."

Andai su tutte le furie, non riuscii a trattenermi. Mi faceva impazzire l'idea che ovunque nel mondo la gente con i soldi potesse giocare con la vita degli altri. Kusmin aveva fatto ammazzare una ragazza perché non voleva diventare la sua fattrice, ma voleva vivere la propria vita. E naturalmente non si sporcava direttamente le mani, aveva gente che faceva il lavoro sporco per suo conto. Ma la storia che la Bolshakova aveva raccontato a Adela era vera?

"Ma se lei non c'entrava niente, come è arrivata Raisa a Peggy?" chiesi ancora.

"Proprio come noi, anche lei dopo l'assassinio di Oliwia ha cominciato a indagare, ma a differenza nostra, lei era a conoscenza del legame tra Oliwia e Kusmin," proseguì Adela. "In un primo tempo Raisa ha pensato a un sicario prezzolato sparito subito dopo l'assassinio. Però, già prima della morte di Oliwia, Raisa aveva saputo per caso da Karsten Heinemann che Peggy era stata una campionessa di biathlon, e quando poi in una delle nostre conversazioni Raisa ha sentito fare il nome di Kusmin..."

"Non posso credere che Karsten abbia taciuto alla Hodapp che Peggy sapeva sparare," la interruppi. "Perché quella donna non ha reagito più in fretta?" mi indignai.

"Alla Hodäpple ci arriviamo," mi rassicurò Adela. "Durante le indagini si è fatta sballottare di qua e di là." Si versò dell'altra tisana e tornò subito alla Bolshakova. "Raisa conosce bene questo sistema di compiacenze con cui la gente come Kusmin cementa il proprio potere, perciò si è domandata se Peggy sarebbe stata capace di commettere un omicidio su commissione per il suo Himmelreich, e si è risposta di sì. Così ha dato alla Hodäpple più di un chiaro indizio, campionessa di biathlon eccetera. Però, visto che la commissaria non prendeva provvedimenti e visto che..." e Adela indicò se stessa con tutte e due le mani, "...visto che sono ostetrica, mi ha raccontato tutto."

"E Karsten? Di che cosa parlava con lui al parcheggio poco prima della sua morte?" volli sapere.

Adela fece spallucce. "Di sicuro non era niente di importante."

"Ti sei dimenticata di chiederlo oppure la Bolshakova non ha voluto rispondere?" insistetti.

"E dai! Con tutto quello che è successo, un piccolo dettaglio ti può anche sfuggire, no?" si difese.

"Chi è stato a ucciderlo?"

"Tesoruccio!" Adela alzò gli occhi al cielo.

"Adesso non dirmi Peggy." Scossi la testa incredula. "Perché avrebbe dovuto? Dopotutto l'Himmelreich è già suo."

"Nel suo appartamento hanno rinvenuto non soltanto l'arma con cui hanno sparato a Oliwia, ma anche un arco e un paio di frecce uguali a quella che hanno trovato nel petto di Heinemann," rispose trionfante Adela. "Forse ti ricorderai che già qualche giorno fa avevo ipotizzato che Heinemann, che essendo cacciatore spesso usciva nei boschi di buon'ora, poteva aver assistito all'omicidio di Oliwia. Probabilmente è andata così e di sicuro avrà cercato di ricattare Peggy. Voleva riprendersi l'Himmelreich, vendicarsi finalmente dello smacco subito. È raro che gli uomini sappiano accettare le sconfitte."

Peggy! Per il suo Himmelreich non si era fatta scrupoli. Non l'avevo mai sospettata perché non riuscivo a trovarle un movente. Non mi era passato per la testa che potesse ripagare il suo credito con omicidi su commissione. Però non dubitavo che avesse la freddezza necessaria, considerato come aveva messo nel sacco Karsten Heinemann. "Capisco," mormorai pensierosa.

"Devi ammettere che in questo caso ho avuto un fiuto decisamente migliore." Mi fece l'occhiolino con aria complice, sorseggiando la sua tisana.

"E la Hodapp che cosa dice dei nuovi sviluppi?" chiesi ignorando la sua osservazione.

"Devi ringraziare il cielo che ieri il medico ti abbia dato un sedativo. Ti assicuro, quando è arrivata qui, era fuori dalla grazia di Dio..."

Come se ci avesse letto nella mente, in quel momento bussarono alla porta, e al mio "Avanti!" in camera entrò un agente in divisa con la notizia che la Hodapp aveva urgente bisogno di parlare con me.

"Devo ancora farmi una doccia e vestirmi. Le dica che sarò da lei tra una decina di minuti."

Però impiegai un po' di più, perché nel frattempo mi chiamò Arîn.

"No, non ho ancora chiesto niente a Ebru sul poster di Ordu. No, a Ebru e Ordu non ci ho proprio più pensato," borbottai al telefono perché, con la sua testardaggine, Arîn mi dava il tormento su quella faccenda. E il mio umore non migliorò quando cercai di infilarmi i pantaloni con il telefono all'orecchio e il braccio che aveva ripreso a farmi male. "Non capisco perché sia così importante."

"Ebru ha una lunga cicatrice sul braccio?" incalzò Arîn invece di rispondere, e quando glielo confermai, aggiunse: "Allora la storia che ha sentito zio Tarik è vera."

"Quale storia?" domandai, a quel punto tutt'orecchi.

Arîn me la riferì e alla fine mi sentii scossa e sconvolta, però non ebbi il tempo di pensarci su perché intanto stavano di nuovo bussando alla mia porta con impazienza. Questa volta in corridoio c'era la Hodapp in persona.

"Crede di poter fare i comodi suoi?"

Quando la seguii in biblioteca, sembrava ancora parecchio furiosa.

Non si era forse espressa chiaramente, cominciò non appena ebbe richiuso la porta. Raccogliere informazioni "en passant" non significava nel modo più assoluto riferire solo frammenti, né tantomeno inseguire una donna armata, né signific...

Continuò infiammandosi sempre di più, mentre io nella testa mi rigiravo la storia di Ordu raccontatami da Arîn.

"Con la sua iniziativa personale e il suo comportamento irresponsabile ha mandato all'aria il lavoro certosino dei colleghi della Criminalità organizzata di Karlsruhe," proseguì la sua sfuriata. "La divisione che da mesi teneva sotto sorveglianza il riciclaggio di denaro sporco del gruppo Kusmin," precisò. Quindi proseguì chiedendomi se avessi una vaga idea di quanto è difficile trovare le prove dei traffici criminali intessuti attraverso Stati e continenti. Se riuscissi anche solo a immaginare lontanamente quanto possa diventare complicata un'indagine per omicidio quando all'improvviso entra in gioco un'altra sezione investigativa. Perché già, la verifica dei debiti di Peggy e la traccia che da questi risaliva a Kusmin avrebbe accelerato le indagini non soltanto della Omicidi, ma anche dei colleghi della Criminalità organizzata. Avevano elaborato un piano ben congegnato per avvicinarsi a Kusmin tramite Peggy e il dottor Orlow, ma con le nostre ricerche personali Adela e io avevamo mandato tutto all'aria.

"Non si può mandare all'aria qualcosa di cui non si ha idea. È stata lei a spingerci a indagare lasciandoci completamente all'oscuro dell'inchiesta sulla criminalità organizzata," mi difesi quando finalmente si fermò per riprendere fiato. "E poi, se Peggy vuoterà il sacco, potrete comunque incastrare Kusmin."

"Se," ribatté la Hodapp. "Se."

"C'è una cosa che non capisco," continuai. "In che modo la morte di Hürlimann rientra nel quadro?"

"Sappiamo che negli ultimi tempi il gruppo Kusmin ha investito in acquisizioni di terreni in Africa, e se ne era occupato Hürlimann. Non sappiamo ancora che cosa sia andato storto, ma è ben noto che Kusmin non va tanto per il sottile con chi manda in fumo i suoi affari. Per il dottor Orlow, che è un altro degli uomini di Kusmin, sarebbe stato facile manipolare i farmaci di Hürlimann per il cuore. Ma come sempre nel nostro lavoro, bisogna trovare le prove. E questa è una cosa che richiede tempo, anche se c'è chi per questo motivo ritiene noi poliziotti un mucchio di incompetenti."

Mi scoccò un'occhiataccia, quindi mi chiese di ricapitolare quanto era accaduto il giorno prima. Mi fece ancora un altro paio di domande, e finalmente mi congedò.

Avevo bisogno di prendere un po' d'aria e mi diressi alla terrazza, dove trovai i pochi rimasti del nostro gruppo – ormai ridotto a Rüdiger, Dorette, Silv, Adela e me – intenti a ristorarsi con un succo di mela. Ovviamente Adela aveva provveduto ad aggiornare tutti. Discutevano animatamente sulla doppia vita di Peggy, e anche sul fatto che non si possa mai sapere quello che un altro ha in testa. Dorette osservò che comunque quel soggiorno, nonostante o forse proprio grazie agli omicidi, aveva portato qualcosa di buono, perché il suo Ueli…

Silv la mise a tacere con un'occhiata, quindi si disse rammaricata per la partenza anticipata della Bolshakova, e io convenni con lei. Mi sarebbe piaciuto conoscerla un po' meglio.

Si parlò anche di cose banali, come di chi avrebbe ereditato l'Himmelreich e se dovessimo comunque saldare il conto, mentre gli uccellini cinguettavano, gli abeti frusciavano e il vento ci portava il profumo fragrante della Foresta Nera.

"Il digiuno è finito," scrissi quella sera a Luc. "Non vedo l'ora di rivederti. Ho un sacco di cose da raccontarti e ho scelto il menù vegetariano per il pranzo da Wohlfahrt. Ci vediamo direttamente a Tonbach?"

Terzo giorno di accumulo

Iniziare la giornata con frutta fresca e müsli a base di grano germogliato. Prima del risotto di pranzo è consentito un primo caffè con latte abbondante. Per cena ci si può concedere un panino integrale con quark o formaggio. Accostarsi gradualmente all'alcol, perché per il momento ha un effetto più rapido. In un primo tempo allungarlo con un po' d'acqua minerale.

La colazione ci aspettava ai tavoli, come se all'Himmelreich fosse tutto *business as usual.* Ci scambiammo i numeri di cellulare mangiando müsli a base di grano germogliato, e ci salutammo con strette di mano. Mentre subito dopo gli altri andavano nelle loro stanze per fare i bagagli, io mi diressi in cucina.

Quando entrai, Hiltrud alzò gli occhi spaventata. Sedeva pensierosa con una tazza di caffè, la *Schwarzwälder Bote* intatta accanto a lei. Non aveva neppure sfogliato il giornale.

"Ecco che adesso alla mia età mi tocca cercare un nuovo lavoro," brontolò. "È sempre stata un po' inquietante, quella Peggy, ma una cosa così..." Dondolò la testa avanti e indietro, preoccupata, poi mi guardò. "Complimenti. Complimenti davvero. Ancora una volta hai avuto fiuto. Vieni sempre a capo di ogni mistero."

Adela non sarebbe stata per niente d'accordo, io tacqui. "Le cuoche sono sempre ricercate," cercai di consolarla. "Dopotutto a Baiersbronn ci sono più alberghi e ristoranti che sabbia in mare."

"Ma nessuno così vicino alla fattoria di mio fratello. Ed Ebru? Lei dove lo trova un altro posto?"

"Ma adesso dov'è?"

"A Gaggenau con la sua famiglia. Oggi finisce il Ramadan."

Spostava inquieta la tazza di qua e di là. Avvertii il suo nervosismo.

"E tu? Te ne vai?" mi chiese.

Annuii e la vidi alzarsi faticosamente dalla sedia. Venne verso di me, mi diede la mano e mi scrutò il viso impensierita.

"C'è qualcos'altro? Hai qualche altra preoccupazione?"

Fu in quel momento che decisi di non dirle niente.

"No," dissi soltanto. "Stammi bene, Hiltrud, e salutami Ebru."

Mentre mi accompagnava alla porta e la richiudeva in fretta alle mie spalle, avvertii il suo sollievo. Andai in camera di Ebru, alla reception avevo preso il passepartout. Aprii ed entrai. Guardavo alternativamente il poster di Ordu e la foto del bambino, e intanto sentivo nella testa la voce di Arîn.

"Circa dieci anni fa, a Ordu si è verificato un brutto incidente: una ragazza è rimasta gravemente ferita e il suo fratellino è morto. Lunghi giorni di pioggia avevano infradiciato il terreno nei noccioleti e i braccianti, soprattutto i bambini, scivolavano sempre giù da un pendio ripido al di sopra della strada, un tratto in cui gli alberi erano molto ravvicinati tra loro. Continuava a piovere. I braccianti avevano chiesto a Serkar, il loro capo, almeno di esentare i bambini dal lavorare lassù, ma quel giorno c'era un acquirente svizzero che voleva comprare grossi quantitativi di nocciole e si dava molte arie. Aveva ordinato a Serkar di costringere i suoi operai a lavorare, voleva vederli ballare agli ordini di Serkar, o per meglio dire ai suoi. Sotto gli occhi dello svizzero, Serkar aveva mandato in quel punto pericoloso i bambini, che erano piccoli e agili, e lì riuscivano a raccogliere meglio le nocciole. A un tratto uno dei bambini era inciampato, e dato che il terreno era così scivoloso e il pendio ripido, era precipitato sempre più giù e sempre più velocemente. La sorella lo aveva afferrato per una mano, ma non era riuscita a trattenerlo, era scivolata con lui, poi però era rimasta impigliata a un ramo sporgente che le aveva squarciato il braccio. Non aveva più potuto trattenere il bambino, che era caduto in strada ed era stato investito da un'auto."

"E il grossista, che aspetto aveva?" avevo chiesto ad Arîn.

"Sembrava un jinn, uno spirito cattivo, mi ha detto zio Tarik, era piccolo e magrissimo, con occhi penetranti e un pancione."

Hürlimann. Un tempo lavorava come addetto agli acquisti di cioccolato e nocciole. Spostai lo sguardo dai noccioleti di un bel verde intenso alla foto del bambino. Ogni giorno, subito prima di addormentarsi e appena sveglia, Ebru ripensava all'incidente. E poi all'improvviso si era vista davanti quel jinn responsabile della morte del fratellino...

Se Arîn avesse raccontato alla Hodapp quella storia, lei avrebbe dovuto verificare se l'incidente mortale fosse avvenuto nel periodo in cui Hürlimann lavorava per l'industria del cioccolato e se proprio allora lui si fosse recato in Turchia. Avrebbe dovuto verificare come Ebru fosse venuta in possesso della digitale e sarebbe arrivata presto all'armadio delle erbe di Hiltrud. In fin dei conti nella Foresta Nera quell'erba velenosissima cresceva dappertutto.

Non dovevo fare proprio niente. Potevo tenere per me quella storia, che forse era vera o forse no. Perché dopotutto esisteva un legame tra Kusmin e Hürlimann anche tramite le acquisizioni di terreni in Africa.

Tornai pensierosa in camera mia a fare i bagagli. Provavo una profonda, ma anche riprovevole gratitudine per essere nata in un Paese in cui vigeva l'obbligo scolastico e il lavoro minorile era vietato. Quando trascinai il mio trolley alla reception, solo Rüdiger sedeva ancora su una delle poltrone. Lo salutai e andai al parcheggio.

Adela aveva già abbassato la capote della sua auto e si era seduta al volante. Vicino alla macchina c'era la Hodapp, stavano parlando. O per meglio dire, Adela parlava e la Hodapp ascoltava.

"La chiamo domani per la prova con la Facel Vega, tanto ci fermeremo da queste parti ancora un paio di giorni," le annunciò a gran voce. "E se gli eredi non dovessero sapere che farsene di quell'elegante auto francese, la prenderei io, visto che praticamente sono stata io a incastrare l'assassina di Hürlimann."

Mi sedetti accanto a lei e Adela avviò immediatamente il motore. La Hodapp ci salutò.

"Dai, tesoruccio, non te la prendere," mi consolò vedendo la mia faccia preoccupata, e tanto per cambiare mi carezzò il ginocchio. "Non puoi essere sempre tu quella che scopre il colpevole."

MINESTRE

Naturalmente Katharina è felice che sia arrivata la fine dei brodi vegetali. Perciò qui quello tipico della digiunoterapia è appena accennato, perché non lo si può propriamente definire una ricetta, alla fin fine si tratta solo di bollire in acqua verdure varie, che subito dopo la cottura vengono eliminate, e di insaporire il brodo con un paio di erbe. Altra faccenda è un brodo vegetale davvero gustoso, che costituisce la base di (quasi) tutte le zuppe saporite che ho raccolto in questo libro.

Brodo vegetale fatto in casa

Ingredienti per 1 litro di brodo
4 cipolle
3 carote
2 porri
1 prezzemolo da radice
¼ gambo di sedano e qualche foglia
1 finocchio
5 cucchiai da tavola di olio di semi di girasole
aromi: 2 chiodi di garofano, 2 spicchi d'aglio, 10 grani di pepe bianco, 5 grani di pimento
erbe: 1 foglia di alloro, 2 gambi ciascuno di timo, maggiorana, prezzemolo
sale

Preparazione
Tagliare a metà una cipolla con la buccia e imbiondirla in padella a fuoco vivo sulla superficie tagliata senza aggiungere grassi. Sbucciare le altre cipolle e le verdure e tagliarle a pezzi grossolani. Scaldare l'olio, rosolarci le cipolle, quindi aggiungere le verdure e infine la cipolla imbiondita con la buccia; ricoprire il tutto di acqua. Mettere gli aromi in un infusore e aggiungerli con le erbe. Portare lentamente l'acqua a ebollizione, quindi lasciar sobbollire le verdure a fiamma bassa per almeno quaranta minuti. Se in superficie si forma della schiuma, eliminarla con la schiumarola.
A fine cottura, filtrare il brodo con un setaccio coperto con un canovaccio. Non schiacciare le verdure. Insaporire il fondo di cottura con sale, rimettere sul fuoco, portare a bollore e lasciar ridurre per qualche minuto.

Nota: trattandosi di una preparazione dispendiosa in termini di tempo, vale la pena di preparare più di un litro di brodo in una pentola capiente. L'avanzo si può congelare in porzioni singole da utilizzare in un secondo momento.

Zuppa di piselli fredda

Facile e veloce. Ottima tanto come antipasto in un menù raffinato quanto come portata principale nelle calde serate estive.

Ingredienti per 4 persone come antipasto (come portata principale, raddoppiare le dosi)
600 g di piselli freschi e sgusciati oppure surgelati
60 ml di EVO
½ l di brodo vegetale o di pollo fatto in casa
pepe, sale
qualche goccia di succo di limone
4 cucchiai di ricotta

Preparazione
Sgusciare i piselli freschi o scongelare quelli surgelati. Scaldare 50 ml di olio in una pentola capiente, aggiungere i piselli, farli saltare brevemente e salare. Coprire con il brodo vegetale o di pollo e cuocere cinque o sei minuti a fuoco vivo. Perché i piselli non perdano il loro bel colore, raffreddare introducendo la pentola in acqua molto fredda. Una volta fredda, ridurre la zuppa a purea con il frullatore a immersione, quindi passare al setaccio di crine. Se risulta troppo densa, aggiungere ancora un po' di brodo. Insaporire con sale e pepe e qualche goccia di succo di limone. Mettere un cucchiaio di ricotta in ciascun piatto o scodella precedentemente raffreddati, versare la zuppa, distribuire in superficie l'olio restante e completare il tutto con pepe nero macinato al momento.

Minestra di pomodori con gnocchetti di formaggio

Veloce e non troppo complicata, amata anche dai bambini.

Ingredienti per 4 persone
1 l di brodo vegetale
2 cucchiai di concentrato di pomodoro o 4 cucchiai da tavola di passata di pomodoro
2 cucchiai di burro ammorbidito
1 tuorlo d'uovo
2 cucchiai di semola
3 cucchiai di parmigiano o emmenthal grattugiati
1 cucchiaio di pangrattato, se necessario un poco di farina
sale, pepe, noce moscata
1 mazzetto di erba cipollina

Preparazione
Portare a bollore il brodo vegetale, aggiungere il concentrato o la passata di pomodoro e mescolare, quindi lasciar sobbollire a fuoco lento. Nel frattempo preparare gli gnocchetti di formaggio: sbattere il burro e il tuorlo in una piccola ciotola fino a ottenere una spuma, aggiungere la semola, il formaggio e il pangrattato, insaporire con pepe e noce moscata e salare con giudizio (il formaggio è già salato). Se l'impasto non risulta abbastanza compatto, aggiungere ancora un po' di semola o di farina. Aiutandosi con due cucchiaini, tagliare l'impasto a gnocchetti e lasciarli scivolare dolcemente nella minestra. Sono pronti non appena risalgono in superficie. Regolare di sale e pepe e guarnire con erba cipollina.

Zuppa di patate e carote

Facile e veloce. L'arma universale quando si deve mettere in tavola in fretta qualcosa di gustoso e sostanzioso. Amata allo stesso modo da grandi e piccini.

Ingredienti per 4 persone
1 scalogno
3 o 4 carote
3 o 4 patate
1 cucchiaio di burro
1 l di brodo vegetale fatto in casa o di brodo istantaneo
2 foglie di alloro
1 cucchiaio di smetana (oppure panna acida)
sale, pepe
1 mazzo di crescione

Preparazione
Sbucciare lo scalogno e le patate, mondare le carote e tagliare il tutto a pezzettini. Sciogliere il burro in una pentola, aggiungere lo scalogno e imbiondirlo, quindi unire carote e patate. Coprire con un litro di brodo vegetale, portare a bollore, aggiungere le foglie di alloro e lasciar sobbollire il tutto a fuoco medio per una ventina di minuti. Eliminare le foglie di alloro, aggiungere la smetana e passare il tutto con un frullatore a immersione. Regolare di sale e pepe. Guarnire nei piatti con il crescione.

Pichelsteiner (Stufato di carne e verdure)

Facile, richiede un po' di tempo. In una calda giornata estiva non c'è niente di meglio.

Ingredienti per 4 persone
500 g di gulasch di manzo biologico
1 cipolla
1 spicchio d'aglio
3 cucchiai di olio
1 l di brodo vegetale
verdure dell'orto, oppure 3 patate
2 carote
1 cavolo rapa piccolo
1 porro
1 piccolo gambo di broccolo
1 manciata di piselli
sale, pepe
1 mazzetto di prezzemolo
1 ciuffo di erba cipollina

Preparazione
Tagliare la carne a pezzettini pronti per essere mangiati. Sbucciare e sminuzzare anche l'aglio e la cipolla. Scaldare l'olio in una pentola, dare una bella rosolata alla carne, salare e pepare, quindi toglierla dal fuoco. Nella stessa pentola rosolare e imbiondire le cipolle, aggiungere nuovamente la carne, coprire con acqua, portare a bollore e lasciar sobbollire a fuoco lento da venti a trenta minuti. Nel frattempo sbucciare le patate, mondare le carote e il cavolo rapa, e tagliarli a dadini. Dopo venti minuti aggiungerli alla carne, coprire il tutto con il brodo vegetale e lasciar sobbollire per altri venti minuti. Dopo dieci minuti aggiungere il porro, il broccolo e i piselli. Quando carne

e verdure sono cotte, regolare di sale e pepe. Prima di servire aggiungere prezzemolo ed erba cipollina sminuzzati. Accompagnare con pane casereccio.

Minestra di verdure marocchina

Facile e veloce. Una minestra piccante che riscalda, ideale per le fredde serate invernali.

Ingredienti per 4 persone
4 scalogni
2 spicchi d'aglio
3 carote
4 patate
1 porro
3 cucchiai di olio
3 cucchiaini di Ras el hanout (miscela di spezie marocchina)
200 g di lenticchie rosse
3 cucchiaini di Harissa (salsa piccante magrebina)
1 l di brodo vegetale
4 steli di menta piperita
250 g di yogurt alla panna
sale, pepe, zucchero
un pizzico di cumino nero
1 mela piccola tagliata a fettine

Preparazione
Tagliare a dadini lo scalogno e l'aglio, a pezzi un po' più grossolani le carote, le patate e il porro. Riscaldare l'olio in una pentola, imbiondire l'aglio e lo scalogno, aggiungere il Ras el hanout e tostarlo, quindi unire carote, patate, porro, lenticchie e harissa, e coprire il tutto con il brodo vegetale. Lasciar sobbollire a fuoco medio con il coperchio per venticinque minuti. Nel frattempo lavare le foglioline di menta, sminuzzarle e mescolarle allo yogurt. Quando verdure e lenticchie sono cotte, passare la minestra con il frullatore a immersione, se risultasse troppo densa aggiustare con un po' d'acqua o di brodo, rego-

lare di sale e pepe e aggiungere un pizzico di zucchero. Servire nei piatti aggiungendo in ciascuno una cucchiaiata di yogurt alla menta, spolverare con un pizzico di cumino nero e guarnire ogni piatto con tre fettine di mela. Accompagnare con pane basso tipo schiacciata.

Zuppa di mirtilli

Facile e veloce, un rinfrescante dessert estivo.

Ingredienti per 4 persone
600 g di mirtilli freschi o surgelati
60 g di zucchero di canna
300 ml di succo di mela
1 cucchiaio di succo di limone
1 cucchiaino di amido
1 manciata ciascuno di meringhe e amaretti

Preparazione
Lavare e pulire i mirtilli freschi, scongelare quelli surgelati, quindi mescolarli in una pentola con lo zucchero e i succhi di mela e limone, e portare a bollore. Intanto mescolare l'amido solo con acqua fredda (!), unirlo alla zuppa per farla addensare, portare nuovamente a bollore, quindi togliere dal fuoco e lasciar raffreddare. Conservare in frigorifero fino al momento di servire. Versare nei piatti e decorare con le meringhe e gli amaretti sbriciolati.

IN CONCLUSIONE

Chi conosce la bella Murgtal cercherà invano una Haselbachtal nei pressi di Zwickgabel, perché l'ho inventata io, così come ho inventato l'Himmelreich e il Rittersprung. Per tutti gli appassionati dell'antica rivalità tra Baden e Svevia, ricorderò soltanto che la fittizia Haselbachtal si trova nella parte badense del distretto di Freudenstadt. Perciò *Tisana letale* si può considerare un giallo badense, anche se naturalmente ci sono escursioni nella parte sveva del distretto.

Non sono la prima autrice a spedire la sua investigatrice a fare un soggiorno terapeutico. Per prepararmi a questo libro ho riletto con grande piacere *Le terme*, in cui Manuel Vázquez Montalbán fa digiunare il suo Pepe Carvalho. Le osservazioni di Silv sulla moda e i tatuaggi sono tratte dall'interessante volume *Angezogen. Das Geheimnis der Mode* di Barbara Vinken. Il libro sulla cucina ebraica che la Bolshakova legge di continuo [in inglese *The Book of Jewish Food. An Odyssey from Samarkand to New York: A Cookbook*, Knopf, 1996, non tradotto in italiano], è non soltanto effettivamente un bel librone, ma è anche davvero grandioso e lo consiglio a tutti quelli che si interessano di cucina e cultura ebraica. Per aggiornarmi sui trend attuali nel campo dell'alimentazione, ho letto articoli in lungo e in largo, ma particolarmente illuminante è stato l'articolo scientifico "*Was darf ich noch essen?*" [Che cos'altro posso mangiare?] contenuto nel numero 6 di *Die Zeit* del

4.2.2016. Per quanto riguarda le regole relative alla digiunoterapia, ho preso a modello il seguente link: www.brigitte.de/gesund/ernaehrung/heilfasten/heilfasten--fasten---das-zwoelf-tage-programm-10095296.html

Tisana letale non sarebbe diventato quello che è oggi senza il sostegno e l'ispirazione:
– delle mie colleghe Mila Lippke, Jasna Mittler e Beate Sauer, che mi hanno aiutata con lo sviluppo della trama di *Tisana letale* nel nostro incontro annuale a Unkel.
E ringrazio anche:
– ancora una volta in particolar modo la mia collega Jasna Mittler che, in quanto esperta lettrice beta, non soltanto ha trovato molti punti deboli della storia, ma mi ha anche incoraggiata quando ero in dubbio;
– la mia amica Martina Kaimeier, che è diventata una vera maestra nello scovare errori nella trama;
– la mia amica Angelika Tschanen, senza la quale Dorette non avrebbe potuto parlare tedesco con accento svizzero;
– il mio omonimo Bernhard Glaser, sovrintendente di polizia, che ha letto e corretto con occhio esperto i passi riferiti alle indagini, impedendomi di usare un fucile da caccia;
– Christel Steinmetz, che ha trasformato *Magere Zeiten* in *Saus und Braus*, trovando il titolo migliore.
– *last but not least* la mia editor Marion Heister, che mi ha accompagnato nell'ormai ottava avventura della mia Katharina.

E un grande ringraziamento a tutti voi e naturalmente anche al team della Emons Verlag.

LA SERIE DELLA CUOCA KATHARINA

DELITTO AL PEPE ROSA
Il primo caso della cuoca Katharina Schweitzer

Katharina Schweitzer è felicissima: è la nuova pasticcera del miglior ristorante di Colonia. Ma dietro la porta a vento della cucina serpeggiano malumori, invidie e tresche. La cena con delitto è servita. E Katharina veste i panni della detective, assistita dall'esuberante coinquilina Adela, ex-ostetrica di mezza città.

MORTE SOTTO SPIRITO
La cuoca Katharina torna a casa

Rientrata a casa per assistere la madre con una gamba rotta, Katharina Schweitzer si ritrova suo malgrado ai fornelli della locanda di famiglia nella Foresta Nera. Nel frattempo nella valle infuria la protesta contro una pista di sci poco ecologica. Quando l'ambientalista Konrad Hils viene ritrovato morto, Katharina, pungolata dall'immancabile amica Adela, metterà da parte il grembiule e con la sua Panda scoppiettante andrà a caccia dei colpevoli.

ASSASSINIO À LA CARTE
La cuoca Katharina e la mafia turca

Katharina è tornata a Colonia e finalmente ha aperto il suo primo ristorante, Il Giglio Bianco. Gli affari però non vanno molto bene. E come se non bastasse, mentre il carnevale impazza, un cadavere mascherato da cannibale viene trovato sulla soglia del locale. Non sarà mica per quella busta trovata sotto un tavolo dopo la chiusura?

MIELE AMARO
La cuoca Katharina e l'eredità pericolosa

Prima muoiono le api. E ora è morta anche zia Rosa. Katharina, unica erede, ritorna nella vecchia casa di Fautenbach, rifugio della sua burrascosa adolescenza. Ma molto è cambiato: agricoltori e ambientalisti si fronteggiano sui campi di mais, e le tracce lasciate dalla zia non quadrano. Perché Rosa non ha venduto un terreno che le sarebbe valso oro? Katharina è confusa ma, come sempre, decisa a capire.

BUFFET AL VELENO
La cuoca Katharina e il terribile sospetto

Puoi fidarti del tuo amore? È la domanda che angoscia Katharina da quando il Reno ha restituito il corpo senza vita di Minka, la timida lavapiatti del suo ristorante nel vivace quartiere turco di Colonia. I sospetti si concentrano proprio su Ecki, eterno fidanzato della cuoca. C'è una foto che ritrae i due in tenere effusioni, ma no, non può essere stato lui. Col cuore spezzato e l'intuito di sempre, Katharina indagherà in un mondo a lei sconosciuto...

CRIMINI AL PISTACCHIO
La cuoca Katharina va in Alsazia

Attirata a casa dalla madre con l'inganno, Katharina si ritrova a partecipare a una gara culinaria in Alsazia, durante le annuali celebrazioni dell'amicizia franco-tedesca. Passati i festeggiamenti, ad annunciare l'alba non è il gallo, ma un morto. Proprio sotto le finestre della cuoca, un cadavere galleggia nel torrente. E nella schiena, ben piantato, ha il coltello di Katharina.

Collana Gialli tedeschi

Friedrich Ani
SÜDEN (2 edizioni)
Il caso dell'oste scomparso

Friedrich Ani
SÜDEN E LA VITA SEGRETA

Friedrich Ani
M COME MIA
Süden e le ombre del passato

Friedrich Ani
IL GIORNO SENZA NOME
Un caso per Jakob Franck

Friedrich Ani
L'OMICIDIO DELLA FELICITÀ
Un altro caso per Jakob Franck

Patrick Brosi
IL BLOGGER

Simone Buchholz
REVOLVER
Le ragazze del porto di Amburgo

Simone Buchholz
LA NOTTE DEL COCCODRILLO

Simone Buchholz
UOMINI IN GABBIA
Un altro caso per la pm Chas Riley

Oliver Buslau
LA SINFONIA DI FUOCO
La congiura della Nona di Beethoven

Kerstin Cantz
LA SIGNORINA ZEISIG E IL CASO DELLA BAMBINA SCALZA

Kerstin Fielstedde
00GATTO
Licenza di graffiare

Kerstin Fielstedde
00GATTO
Si vive solo sette volte

Wolfram Fleischhauer
IL BOSCO SILENZIOSO

Wolfram Fleischhauer
ROSSO COME IL MARE
Eco thriller

Harald Gilbers
BERLINO 1944 (4 edizioni)
Caccia all'assassino tra le macerie

Harald Gilbers
I FIGLI DI ODINO (2 edizioni)
L'ex commissario Oppenheimer e la fine del Reich

Harald Gilbers
ATTO FINALE
L'ex commissario Oppenheimer e l'Armata Rossa a Berlino

Harald Gilbers
LA LISTA NERA
L'ex commissario Oppenheimer e la resa dei conti

Harald Gilbers
L'INVERNO DELLA FAME
Il commissario Oppenheimer e i fuggitivi del Reich

Brigitte Glaser
DELITTO AL PEPE ROSA (2 edizioni)
Il primo caso della cuoca Katharina Schweitzer

Brigitte Glaser
MORTE SOTTO SPIRITO
La cuoca Katharina torna a casa

Brigitte Glaser
ASSASSINIO À LA CARTE
La cuoca Katharina e la mafia turca

Brigitte Glaser
MIELE AMARO
La cuoca Katharina e l'eredità pericolosa

Brigitte Glaser
BUFFET AL VELENO
La cuoca Katharina e il terribile sospetto

Brigitte Glaser
CRIMINI AL PISTACCHIO
La cuoca Katharina va in Alsazia

Brigitte Glaser
TISANA LETALE
La cuoca Katharina e la vacanza detox

Lisa Graf, Ottmar Neuburger
GULASCH DI CERVO
Caccia al tesoro nel cuore della Baviera

Lisa Graf, Ottmar Neuburger
TROTA ALLO SPIEDO
Morti sospette alla Residenza sul Lago

Alfred Hellmann
SIA FATTA LA TUA VOLONTÀ
Thriller berlinese

Bernhard Hofer
TANNENFALL
La storia di un uomo e di un cervo

Michaela Kastel
NELLA TANA
Il bosco non è mai stato così oscuro

Volker Klüpfel, Michael Kobr
SPICCIOLI PER IL LATTE
Il primo caso del commissario Kluftinger

Volker Klüpfel, Michael Kobr
MISTERO IN FONDO AL LAGO
Il commissario Kluftinger al castello di Ludwig

Volker Klüpfel, Michael Kobr
LA RECITA
Il commissario Kluftinger e il conto alla rovescia

Andrea Nagele
GRADO SOTTO LA PIOGGIA

Andrea Nagele
GRADO NELL'OMBRA
Un altro caso per Maddalena Degrassi

Andrea Nagele
GRADO NELLA NEBBIA
Il caso non è chiuso, commissaria Degrassi

Edgar Noske
IL CASO ILDEGARDA (2 edizioni)

Edgar Noske
IL BASTARDO DI BERG

Andreas Pflüger
NERO ASSOLUTO

Petra Reategui
IL PROFUMO RUBATO
Le misteriose origini dell'Eau de Cologne

Disponibili anche in audiolibro
sul sito emonsedizioni.it, sull'App Emons Edizioni e su tutte le piattaforme digitali

Brigitte Glaser, *Delitto al pepe rosa. Il primo caso della cuoca Katharina Schweitzer*
letto da Giulia Valeria Sacchi

Harald Gilbers, *Berlino 1944. Caccia all'assassino tra le macerie*
letto da Piero Bardash

Andrea Nagele, *Grado sotto la pioggia*
letto da Giusy Frallonardo

Andrea Nagele, *Grado nell'ombra. Un altro caso per Maddalena Degrassi*
letto da Giusy Frallonardo

Andrea Nagele, *Grado nella nebbia. Il caso non è chiuso, commissaria Degrassi*
letto da Giusy Frallonardo

Ascolta la playlist su Spotify

Kerstin Cantz, *La signorina Zeisig e il caso della bambina scalza*